辽疆之恋

素素 等／

著

北方联合出版传媒（集团）股份有限公司

春风文艺出版社

·沈阳·

图书在版编目（CIP）数据

辽疆之恋/素素等著. —沈阳：春风文艺出版社，
2019.12（2021.1重印）
ISBN 978 - 7 - 5313 - 5712 - 4

Ⅰ. ①辽… Ⅱ. ①素… Ⅲ. ①报告文学 — 作品集 — 中国 — 当代 Ⅳ. ①I25

中国版本图书馆CIP数据核字（2019）第244792号

北方联合出版传媒（集团）股份有限公司
春风文艺出版社出版发行
http://www.chunfengwenyi.com
沈阳市和平区十一纬路25号　邮编：110003
永清县晔盛亚胶印有限公司印刷

责任编辑：张玉虹	责任校对：于文慧
封面设计：杨光玉	幅面尺寸：155mm × 230mm
字　数：312千字	印　张：21.75
版　次：2019年12月第1版	印　次：2021年1月第2次
书　号：ISBN 978-7-5313-5712-4	
定　价：70.00元	

前　言

　　辽宁援疆的"一地两师"，位于准噶尔盆地的边缘，南倚天山北麓，北连古尔班通古特沙漠，西接哈萨克斯坦，东饮玛纳斯河。这里冰川牵手丘陵，草原环抱谷地，绿洲依偎沙漠，天山雪水汇聚成浩荡河流，大漠戈壁培育出遒劲胡杨。在这片热土上，汉、哈萨克、维吾尔、蒙古、回等29个民族相互依存，共同耕耘，携手发展，融合了民族的血脉，巩固了祖国的边疆，创造了多姿多彩的社会生活画卷；在这片热土上，几代军垦人仗剑扶犁，屯垦戍边，白手起家，穿百衲衣，住地窝子，在改天换地的奋斗中，用汗水、泪水和鲜血筑起了一座座军垦名城，穿成丝绸之路上一颗颗耀眼的明珠。

　　这片神奇的土地，吸引来了无数的建设者。2010年辽宁对口援疆以来，共有2335名辽宁儿女支援"一地两师"，他们坚持讲政治、顾大局，无怨无悔地建设新疆、报效祖国，受到当地党委、政府和各族群众的高度评价。尤其是辽宁第五批援疆工作队2016年12月入疆后，主动适应援疆工作的新要求，开展了"援疆为什么，在疆干什么，离疆留什么"思想大讨论，坚持"民心是最大政治"这一准则，聚焦惠民生、建项目，在脱贫攻坚、产业援疆、民族团结等方面做出了突出贡献。经过3年的努力，他们实现了从"交支票"到"交钥匙"的转变，把援疆的各项工作扎扎实实地落到了实处，从中他们也锤炼了党性修养，坚定了政治立场，增长了知识才干，锻造了品格情

1

操，涌现了一批诸如"一个人顶3个团""援疆钉子户""最美援疆人"等一大批先进典型，用实际行动实现了维吾尔族的一句谚语"事成于和睦，力生于团结"。

辽宁援疆干部人才的事迹深深地感染了我省作家，为充分展示我省支援新疆建设的成果，书写辽宁援疆干部为建设团结和谐、繁荣富裕、文明进步、安居乐业的中国特色社会主义新疆所做出的突出贡献，在国庆节前夕，省作协组织了9名作家到我省援疆指挥部、塔城地区的"一地两师"9个援疆单位分别进行了创作采访。边疆美丽的风景、援疆干部人才的感人事迹、各民族石榴籽般团结在一起的动人场景给了采访作家从没有过的震撼。他们放弃国庆节假期的休息，夜以继日、废寝忘食地进行报告文学创作，将这部《辽疆之恋》呈现给读者。通过这些作品，我们能深深地体验到"我和我的祖国"在一起，体验到辽宁援疆干部人才所付出的艰辛汗水，所贡献的聪明才智，所担当的使命。这些充满正能量的"中国故事"，向世人展示了辽宁形象，抒写了"新时代的辽宁精神"，同时也向读者展示了辽宁作家报告文学创作的实力。

现将作品集中编撰，以飨读者。

目　录

大爱之歌

素　素

引　子

　　飞机落到塔城，只差几分钟就是翌日。夜黑如漆，繁星满天。我在一天中最幽暗的时刻，进入这个陌生的城市。四周什么都看不见，只觉得从坐上车开始，那条路就没拐过弯儿，也没上坡和下坡，车就那么笔直地朝前行驶着。我问司机，塔城咋这么平坦？司机说，塔城在盆地里。

　　生平第一次去塔城。在地图上找到它的时候，心脏立刻訇訇如鼓。如果说新疆是无法想象的遥远，塔城就是遥远里的遥远。市中心距离边境只有12公里，迈出巴克图口岸那道门，对面就是哈萨克斯坦。若不是辽宁对口支援新疆塔城，我恐怕这辈子都无缘走到它面前。

　　"一地两师"，就是塔城地区和新疆生产建设兵团第八师、第九师。八师和九师位于塔城地区，但没有隶属关系。辽宁对口援疆前方指挥部位于塔城市，但统管塔城地区和兵团八师、九师的辽宁对口支援工作。这是我来到这里之后，费了半天劲儿才搞明白的总属和分属关系。

　　再具体点说，塔城地区，下辖五县两市（县级市）。八师和九师

1

下辖诸团场。辽宁援疆前方指挥部设在塔城市，两个分指挥部设在八师和九师，受前方指挥部领导。当然，前指和分指，县市和团场，都驻有辽宁援疆队员。塔城地区，面积相当于辽宁省2/3的国土面积。地与县之间，师与团之间，甚至县与县、团与团之间，可谓天低野阔，山遥路远，踩一脚油门，就要跑出数百乃至上千公里。这也是我来到这里之后，费了半天劲儿总算搞明白的地貌特征。

辽宁作家此行的任务，就是采访第五批辽宁援疆队员在受援地的工作情况。也许因为采访团我最年长，带队的金方主席让我留在塔城市，主要采访前方总指挥部，包括驻地在塔城的三个工作队，即省直工作队、沈阳工作队和医疗工作队。任务之艰巨，就像我在地图上乍一看到遥远的塔城，心脏再次訇訇如鼓。

塔城地区文联安排我们住在市内的酒店，里面的床单和气味都是簇新的。但是，我和金方主席还是决定去住素而简的援疆公寓，每餐饭也都在公寓食堂里吃。一是方便采访；二是可以直接体验援疆队员的日常生活。

对我而言，此次采访不啻一场心灵的洗礼。被采访者的家国情怀，包括他们为忠孝难全而流的泪水，让我受教至深，终生难忘。我希望自己能把援疆队员的大爱和付出，真实地还原在我的文字里，让更多的人如我一样，感同身受。

领命入疆

我的采访对象首先是前指。但是，常务副总指挥张宝东、党组成员张克都出差在外，总指挥杨军生虽然在家，因为他还是地委副书记，也只在采访团来到塔城的翌日上午跟大家见了一面，介绍了一下第五批援疆队员的整体情况。因此，我一直是在外围采访。

离开塔城前一天，总算约到了总指挥杨军生，地点在前指会议室。之所以在会议室，是因为他在前指没有办公室，他的办公室在塔城地委。前指设在辽宁援疆公寓院里,是一座独立的二层综合楼,门前牌子上写的全称是"辽宁省对口支援新疆工作前方指挥部"。当杨军生终于坐下来跟我聊的时候,他一再强调,要多写援疆队员,不要写他个人。我说,当然要写援疆队员,这些天也一直在采访援疆队员,但你是总指挥,许多事情是你拍板的,也不必刻意越过去吧?再说还原第五批援疆工作的起承转合,你也有这个责任啊。即使这样,采访中他仍然回避谈到自己,更多的是讲省委、省政府如何重视援疆工作,援疆队员如何融入当地,克服了哪些困难,每个人都有什么样的成长,以及第五批辽宁援疆前方总指挥部在受援地做了哪些重大项目,等等。最后,采访总算从领命入疆开始了。

那是2016年12月中旬的某一天,快下班的时候,当时还是本溪市委常委、秘书长的杨军生,被时任市委书记崔枫林叫到办公室。书记说,刚接到省委组织部电话,拟让你担任第五批辽宁援疆前方总指挥。消息来得太突然,杨军生一时愣住了。其实,杨军生2009年从商务部到辽宁工作后一直两地分居,2016年9月女儿结束高考到外地读大学,他正着手将妻子调到辽宁工作。书记问:"对省委的安排,你有什么意见?"杨军生马上回过神,说:"我没意见,一切服从组织安排。"

也是从这一天起,杨军生整个状态进入了援疆倒计时。一是因为省里马上要召开党代会,会后援疆队员马上就要启程;二是因为全国有19个省份按照中央统一部署对口援疆,辽宁的援疆工作一直名列前茅;三是因为他对援疆只从其他人口中有只言片语的了解,而且从来没去过塔城……这些都让他顿感压力很大。为多了解援疆工作,他一方面向前几批援疆前指成员请教,另一方面他想起了两个故交。一位是河北老乡,他是上一批唐山市援疆工作队的领队,另一位是北京老友,他是上一批北京援疆前方指挥部办公室主任。两个人都有长达三年的援疆经历,都是经验教训一大把,面对杨军生的各种咨询,自然是不藏不掖,和盘托出。作为前方总指挥,做这么多功课的目的不单是请教,更是想在带队出征之前,拿出第五批辽宁援疆工作总体设计。

2016年12月24日，是一个特殊的日子。喜欢过洋节的人，可能正在相约去哪里狂欢。2016年12月24日，更是一个时间节点。下午3时，第五批辽宁援疆前方指挥部7名党组成员和各市工作队领队及省直的部分援疆骨干，集体来到省政府院内的人民会堂。在辽宁省第十二次党代会闭幕翌日，时任辽宁省委书记李希就带着省直部门负责同志召集大家集体谈话，可见省委、省政府对辽宁援疆工作有多重视。会上，省委书记李希对整个援疆工作，尤其对前方总指挥部，提出非常明确的定位，非常具体的要求，对援疆队员的工作、生活、安全以及可能遇到的困难，也做了非常重要的提醒和指示。

辽宁援疆史，肇始于2005年，受援地在南疆的柯尔克孜州，先后有两批干部入疆工作；2010年，受援地变成北疆的塔城和兵团八师、九师，因为此前已有两批干部在这里援疆，现在即将启程的就列为第五批。在集体谈话会议上，总指挥杨军生代表273名援疆队员表态发言。发言的主要内容，就是他在咨询和思考中完成的总体设计，概括起来就是八个字：四个坚持，四个坚决。即，坚持讲政治、顾大局，坚决做到无怨无悔、报效祖国；坚持惠民生、聚民心，坚决做到忘我工作、不辱使命；坚持强制度、严管理，坚决做到令行禁止、确保安全；坚持抓班子、带队伍，坚决做到团结奋进、内圣外强。于是，省领导的一场集体谈话，变成了援疆队员的壮行和誓师。

出发时间正是年底和年初相交，第五批辽宁援疆队员分前期和后期两次入疆。先期入疆的只有28个人，主要是去完成交接，成员有前方指挥部有关人员和各市工作队领队，出发时间是2016年12月25日，也就是省领导集体谈话的第二天，援疆人就在去远方履行使命的路上了。大家一大早就赶到桃仙机场，从沈阳飞往乌鲁木齐。12月26日，入疆第二天，自治区举行了隆重的欢送和欢迎大会，这也是辽宁第四批和第五批援疆队员在乌鲁木齐的大会师。亲人相见，泪花闪闪，气氛热烈至极。12月27日至30日，自治区对28位入疆干部进行了3天紧张的培训，主要是让大家提高站位、熟悉疆情、进入角色。12月31日，天不作美，本来是他们去塔城的日子，却下起了鹅毛大雪。飞机停航，前指领导决定全体改坐汽车，一定要按既定时间抵达受援地。乌鲁木齐与塔城相距660公里，车队在弥漫的雪雾中，翻山越岭，缓慢向前，颠簸了8个小时之后，终于在2016年最后一天，平安驶入即将度过3年援疆生活的塔城。

塔城的雪更厚，雪帽子罩在街道两侧的红砖小楼上，像一排静静站立的圣诞老人。到塔城翌日，就是2017年元旦。别人此时在享受3天新年假期，28位援疆队员却分赴各个受援单位，开展紧张的交接工作。元旦当天，前指领导班子就来到中国医科大学塔城医院医疗专家公寓楼等所有在建"交钥匙"援疆项目工地。先是与项目建设方见面，之后是与项目施工方见面，最后是与受援单位领导见面。

在此之前，辽宁援疆项目都是"交支票"工程，从第五批援疆开始有个重要的变化，根据省委、省政府的指示，辽宁援疆的重大项目将由"交支票"向"交钥匙"转变。因为人和项目都处于新旧交替之时，前指领导班子不敢有半点含糊，先期入疆之后，要求各个工作队对每一个未完成的项目，都在现场进行交接，不但要看工程，看财务，还要看政策、规划等各种文件。于是，在2017年的第一场大雪和严寒之中，从前指、分指到各个工作队，所有人每天都要加班到深夜，紧张而有序地忙了7天，终于顺利完成了各项交接任务。

兵强将勇，出师必胜。在第五批273名援疆队员中，有党政干部110人，有专业技术人才163人。在7位党组成员中有6位实职副厅级，其中4位是市委常委，1位是副市长。从第五批援疆领导班子的搭建和队员的构成，就可以看出省委、省政府对援疆工作的重视和期许，也预示着这支优中选优的援疆队伍一定会不辱使命，表现不俗。

受援地是"一地两师"，前指党组成员也按"一地两师"分工：杨军生、张宝东等3名党组成员留在前指所在地塔城地区，杨军生是前指党组书记和总指挥，张宝东是前指党组副书记和副总指挥；林艾民和刘新铭去八师所在地石河子市，他们既是前指设在八师分指挥部的指挥长和副指挥长，也是各自所率阜新和大连两个工作队的领队；杜鑫和柴力君去九师所在地额敏县，他们既是前指设在九师分指挥部的指挥长和副指挥长，也是各自所率抚顺和葫芦岛两个工作队的领队。

前指在"一地两师"一共派驻了16个工作队，与前指同在塔城的是省直、沈阳和医疗3个工作队。省直援疆工作队，对口支援塔城地直部门，同时也分散在前方指挥部的职能处室。沈阳市援疆工作队，对口支援塔城市。医疗援疆工作队，对口支援塔城地区人民医院。16支工作队都在辽宁援疆前方指挥部直接领导下工作。

2017年1月13日，送走辽宁第四批援疆负责善后的人员之后，前指就在援疆公寓召开了年度第一次党组扩大会议。除了前指党组成员，还扩大到16个工作队领队。会议的议题，就是趁着大部队未到，研究如何把援疆工作的总体设计落到实处，研究前方指挥部机构设置、党组成员分工和安全管理规定，也包括研究迫在眉睫的2017年援疆工作要点。如果说入疆之前省领导的集体谈话是后方誓师会，入疆之后的党组扩大会就是战前动员会。

辽宁第五批援疆队员似乎与雪有缘。2017年春节过后，273名援疆队员就分别乘坐两架包机降落在乌鲁木齐。那天是2月18日，天气还算晴好，有200多人从乌鲁木齐成功转机去了塔城。然而，当天晚上，天气突变，风雪交加，原定2月19日分别去前指和九师的干部，还有一路专程来送干部的辽宁省委组织部副部长任长海等一行人，都被风雪阻留在乌鲁木齐。于是，与上次一样，前方指挥部决定，由飞机改乘汽车去塔城。考虑到路途上的风险，前指领导一再劝任长海副部长打道回府，他却执意说："怎能让我当逃兵呢，不把你们送到塔城驻地，我是不会回去的。"

午饭后，车队顶风冒雪出发了。走到克拉玛依，高速公路已经封闭。当地陪同的同志说可以找交通部门开方便之门，经验丰富的老司机却建议，车队应该离开高速走国道，躲过玛依塔斯风口，那里的风吹雪最严重，以确保行车安全。前指领导心里打鼓，托里县有一个更著名的"老风口"，虽然经过多年治理，但当地人说风吹雪仍很严重。原以为"老风口"不会太长，但实际上老风口有30多公里长，冬季一下雪就漫天飞舞、遮天蔽日、天地一色，能把车吹翻，能把人吹跑，吹来的积雪十多分钟就能把一辆大吉普车彻底掩埋，党员干部的楷模孔繁森就是在赴疆考察调研时，在"老风口"路遇风吹雪而翻车牺牲的。虽然辽宁的冬天也是冰天雪地，但是在援疆队员的记忆里从未见过这么大的风雪，能见度只有5米，向上看是雪，向下看是雪，狂风把雪花撕成雪末呼啸着摔打在车体上，偌大的丰田吉普被吹得像一叶孤舟，摇来晃去。车上所有人都屏住呼吸，一言不发，寂静得可以听到彼此的心跳。交警让车与车保持五六米距离，互相借用车灯辨认道路和方向。一直到深夜12时，车队才终于到达塔城。第二天早上，大家在电视上看到，在玛依塔斯风口，有300多辆车被埋，600多人受困。大家暗自庆幸选择了老风口，避开了玛依塔斯风口，否则可能正困在车里等待救援呢。

两次入疆，两场大雪，前方指挥部的党组成员都经历了，各市工作队领队也都经历了。作为第五批援疆工作队的领军者，他们内心的感受要比一般援疆队员更加复杂，大家都心照不宣地想，这是老天爷给我们耍的一个下马威，故意用最恶劣的天气来考验我们的援疆决心和意志，好哇，那就来吧。

适应性训练

大队人马，悉数入疆，援疆队员全新的生活立刻开始。按照前指的设计，入疆第一个月，先把工作放一放，所有干部要参加适应性训练。这个训练，其实在入疆之前就开始了。2月17日，也就是大部队入疆前一天，上午是省委隆重召开第五批援疆队员欢送大会，下午即是入疆前的培训班。2月20日，也就是大部队入疆第二天，一个月适应性训练的第一课，便是参加塔城地委和八师、九师党委分别举办的援疆队员培训班。入疆前的培训是为了明确援疆任务，入疆后的培训是为了全面了解新疆和塔城。

在入疆前的培训班上，所有援疆队员重温了与治疆和援疆有关的一些历史：2200多年前，西汉张骞历经13年出使西域，克服艰难险阻，最终不忘初心，回到长安，建立了与西域各族的联系。250多年前，辽宁地区有5000多锡伯族人经过长途跋涉到达新疆伊犁地区，组建了"伊犁四营"之一锡伯营，屯垦戍边，为建设边疆、抵御外侵做出巨大贡献。1876年至1878年，左宗棠率领6万湘军收复新疆，粉碎了沙俄和英国分裂新疆的图谋。1949年，王震将军率10万人民解放军解放新疆，并动员上百万人开创了军垦伟业，成为稳定新疆的重要支柱。2005年，辽宁援疆大幕拉开。2017年，接力棒交到我们第五批援疆队员手里……大家达成了一个共识，既然我们选择了援疆，那就要把这一棒接得漂亮，接得精彩。

在入疆后的培训班上，通过对塔城情况的切近了解，所有援疆队员达成一个共识：我们这么多人撤家舍业从辽宁来到新疆，不是来修身养性的，也不是来观光旅游的，而是要带着感情，带着热情，带着激情，投入援疆工作中去。我们要以忠诚之心对党，以真诚之心为民，以赤诚之心做事，把关怀和温暖送到塔城群众的心坎上。

在适应性训练中，援疆队员讨论最热烈的话题，就是"援疆为什么，在疆干什么，离疆留什么"。前指在入疆之前做的总体设计和援疆誓言，所有援疆队员都能熟记成诵；大家的党性意识、家国情怀、使命担当、信心决心得到很大提升；大家"不当先生当学生，不当客人当主人，不当他乡当故乡"融入当地、建设当地、发展当地的决心进一步坚定。3年援疆，说长不长，说短也不短，红军二万五千里长征用了两年时间，左宗棠收复新疆用了3年时间，王震将军解放新疆用了一年时间，可见3年时间能做很多事情。在今后的援疆工作中，援疆队员要做好一颗钉，当好一个兵，打造援疆兄弟连，留下援疆兄弟情……

在适应性训练中，援疆队员讨论最严肃的话题，就是纪律和安全。因此说了解和熟悉塔城，是为了接受援地的地气，遵守各项规章制度，就是聚队伍自身的精气。纪律是制度，而制度是安全的最后一道防线。在援疆队员纪律条款中，前指制定了各种不准，各种禁止。比如，在各种"不准"中，有一条叫"不准开车"。因为以往援疆队员发生的事故，有2/3以上是车祸，所以前指下了一道"死令"，援疆队员一律不准开车，工作出车一定要用专业司机。再比如，在各种"禁止"中，有一条叫"禁止私自外出"，设立干部轮流值日和"早晚双点名"制度，即在规定时间点名的时候，早上不能晚起，晚上也不能晚归。有时在晚点名之后，还要调取视频抽查。总之，在值班值宿上，前指领导直接抓各领队，并且每晚都要听值班室汇报完16个工作队的情况后才能睡觉。

与以前相比，由"交支票"向"交钥匙"转变只是变化之一，还有一个变化是干部人事。在第五批之前，所有干部都是提职援疆，从第五批开始改为平职援疆。然而，在这个重大变化面前，所有平职援疆队员都不计个人得失，所有人都是自愿报名或服从组织安排来援疆。我在采访中发现，当他们在谈到为人生做出这个重要选择的时候，每个人嘴里说的，胸中鼓荡的，都是一种甘为援疆付出所有的男儿心和英雄气。

当然，在适应性训练开始不久，也有个别人出现一些不适应，有的失眠严重。在适应性训练中期，省直工作队举行了一次周点评，大家都在会上谈了感受，对照思想认识进行深入交流。点评当中，前指领导向大家交底说，入疆之前，省领导嘱咐最多的就是要严格管理。严是爱，宽是害，宁愿现在听大家的骂声，也不愿将来听大家的哭声。

适应性训练这一关过去之后，前指在各工作队继续开展大讨论，讨论内容只有掷地有声的三句话：来疆为什么，在疆干什么，离疆留什么。这三句话，其实也是三问，直扣援疆主题。大讨论的结果，就是让大家回到了报名援疆时的初心，点燃了为援疆而奋斗的万丈豪情。于是，第五批辽宁援疆团队如一块辽宁产的铮铮好钢，在比军事化还军事化的训练中炼成了。

项目建设与"交钥匙"

第五批辽宁援疆工作队出发前，时任辽宁省省长陈求发对产业合作、项目建设和"交钥匙"等做出了明确指示。2018年年初，省长陈求发任省委书记，5月22日至25日，就率领易炼红、谭作钧、刘焕鑫等省领导参加的辽宁党政代表团来到新疆塔城和八师、九师，考察调研辽宁的援疆工作。代表团在新疆期间，召开了辽宁省新疆维吾尔自治区及生产建设兵团对口支援座谈会，辽宁援疆队员人才座谈会，辽宁省对口援助塔城地区兵团八师九师座谈会暨签约仪式。陈求发对下一步辽宁援疆工作进一步做出了指示和要求，要全力以赴抓项目，要在抓项目中发挥辽宁优势，以我们的优势产业推进新疆工作。

一年后的2019年6月26日，辽宁省省长唐一军也率领张雷、陆治原、王明玉、谭成旭等省领导参加的辽宁党政代表团来到新疆塔城，考察调研辽宁的援疆工作，召开"一地两师"对口支援座谈会。唐一军说，辽宁自2011年经济开始下行，一直到2016年，全省GDP增速是负2.5%。即使在这种情况下，辽宁的援疆工作也并没有受影响，资金不少、标准不降、额度不减，援疆资金在全国各援疆省份中位居上游，确保每一个项目都保质保量不折不扣地完成。

采访中，我曾看过一份第五批援疆工作总结报告，截止时间正好在我们到来之前两天。从报告中可以看出，项目建设和产业援疆的确是辽宁援疆工作的重中之重，并取得了喜人的成果。报告里虽然大都是阿拉伯数字，却感觉字字千斤，这是辽宁省委、省政府和辽宁人民用宽广之怀、大爱之心凝成的，更是第五批援疆队员用1000多个日夜，蘸着一串串汗珠子写出来的。

项目建设援疆，直接涉及由"交支票"向"交钥匙"转变的问题。"交支票"，就是把钱一交，别的不用去管。"交钥匙"，就是既要出钱，还要把项目建好。辽宁省委、省政府做出了重大项目由"交支票"向"交钥匙"转变的决定。

说起来容易做起来难。在这个转变中，前指不但要管拨钱，还要管招投标、资金财务、安全生产、竣工验收、交付使用、廉政风险，不只是工作量加大，责任和风险更大。面对新形势新任务，前指领导班子贯彻国家和省里的指示精神不走样，在前指和受援地之间，坚持做纽带，做桥梁，做后盾，提供好服务，确保援疆项目落地开花，真正惠及受援地广大群众。

援疆是一盘大棋，援疆项目却分散在"一地两师"。按前指分工，总指挥杨军生负责抓全面，项目建设由副总指挥张宝东分管。入疆之前，张宝东任营口市委常委、政法委书记，入疆以后，除了前指的工作，还兼任新疆塔城地委委员、行署副专员。在第一个年中汇报会上，由他牵头的项目管理中心紧锣密鼓，只用了不到半年时间，就制定出了《援疆项目管理办法》《交钥匙项目决算验收办法》和《交钥匙项目决算验收工作流程》。制度有了，管理就得跟上。塔城地域辽阔，张宝东要经常去市县和兵团项目现场检查工作，有一次腰脱犯了，严重到屁股不敢落座，往返五六百公里车程，一直是抓着车门把手扛过来的。

援疆3年，前指在两个方面看得最紧，一个是援疆项目的安全管理，一个是援疆队员的廉洁自律。这两个方面都不能出事，出事就是大事。因为前者是干部的肉身生命，后者是干部的政治生命。

项目管理中心有6个处，分别是项目规划、工程管理、审计协调、招投标、产业援疆。资金拨付由工程管理处一门受理，手续齐全后由前指财务处负责。前指领导班子认为，分权的好处，就是分散风险，相互制约，必须经常提醒管项目的干部，让他们切记两条线：守住底线，不触红线。

前指在塔城，项目在基层。前指与"一地两师"、各工作队与各县市，还建立了一个联席会议制度，从2018年到现在，前指与"一地两师"共召开联席会议20多次。各市工作队、八师和九师分指与各受援地，共召开联席会议94次。召开这么多会议，只有一个目的，就是要管好项目，管好资金，加快建设，兼惠民生。援与受援，谁都不要出错。

在前指办公楼里，我曾采访项目管理中心两个干部，一位是项目规划处处长孙达德，一位是项目管理处处长王磊。两位处长的专业精神，其实是援疆队员整体风貌的缩影。

《林海雪原》里有个长腿孙达德，援疆队员里有个规划孙达德。他和后勤行政处处长崔耀允一样，都是二次援疆，也就是说，从2013年一直援到2019年。他是省发改委对口支援处二级调研员，在塔城地区兼任发改委副主任，主要负责规划和项目制定。他说，最近，前指请辽宁省社科院来受援地做调研，现在已经回去给编"十四五"规划了，2021年至2025年的援疆项目，辽宁更加重视顶层设计。

作为"老援疆"，孙达德说起规划滔滔不绝，信息量简直爆棚，从接受援疆任务到现在，辽宁每年的财政收入是多少，包括哪年增了多少，哪年降了多少，每年援疆给出去多少。虽然听得我一阵阵头大，但是给我的感觉就是，辽宁在援疆这个问题上，一是最讲政治，二是最顾大局。即使在经济下行的时候，哪怕自己勒紧裤带，也要做到：财政收入不增，援疆资金不减，财政收入增长，援疆资金增加。辽宁人的大气和豪迈，辽宁人的家国情怀和奉献精神，真可谓窥一斑可见全豹。

王磊是个忙人，在食堂餐桌上跟他约了好几次，每次他都推说晚上还有急活儿需要加班，吃完了就急匆匆撂下筷子走人。有一天晚上，好不容易抽出一个小时接受我的采访。他进疆前是省住建厅房地产监管处副处长，在受援地任塔城地区住建局副局长。

听他说，2016年以前，因为都是"交支票"，国家对援疆项目也没有考核。第六次全国援疆工作会议之后，要求对每一个项目进行考核，其中也包括"交支票"项目。2017年，前指让他负责"交钥匙"。因为是过渡期，2017年到2019年，第五批援疆建了178个项目，其中有31个大项目是"交钥匙"工程，项目资金约占1/3。大项目有几类：一是居民住房，二是基础设施，三是教育，四是医疗，都是民生领域。王磊这个处只有两个人，主要负责项目检查。"一地两师"，10万平方公里，31个项目，他得一个一个去跑，一个项目要跑三次。31个项目跑一圈，2900多公里，快跑跑15天，慢跑跑20天。一个项目有五方责任：设计、勘察、建设、施工、监理，每个责任方他都得跑到。春天跑一次，督促开工；夏天跑一次，看质量安全；秋天跑一次，收尾考核。去时干干净净，回来灰头土脸。有的工地，开车进不去，只能步行，夏天的大太阳，把他的脸晒成了黑瓜蛋。就这样周而复始，他头拱地跑了三年。

王磊说："吃点苦不算啥，对我的协调能力是个历练，各种人，各种关系，各种情况，以前在省机关从来没有遇到过，现在我基本能做到应对自如。但是，31个项目，6家企业，我没单独跟他们吃过饭，谁请也不去。前指领导要求我们，不准接受任何公司推荐的材料，凡是给你们送礼的，不知给多少人送过礼了。前指领导还常跟我们说，良田万顷，日食三升，广厦万间，夜眠三尺，你们可是一家之主，千万别毁了自己的前途。"

在我一再追问下，他说起了家庭。父母心脏不好，姐姐突然去世，母亲至今从悲伤中走不出来，他却不能回去陪伴。女儿从小学就始终第二，一直没落下前十。初一、初二，他每天接送60公里，初三时他来援疆，妻子租房子陪女儿住，房子太小，女儿考试不好就赖她妈，妻子怕女儿听见，拧开水龙头打电话向他哭诉。离中考20天的时候，妻子得了腰脱，上不了班做不了饭，女儿回来不敢吭声，只能叫外卖。后来是同学家长过来帮忙，因为妻子是家长委员会主任，生病的事在班级群里传开了，家长们就来轮流照顾。

我把这事说给前指领导听，他笑了笑说，王磊是个好干部，去年经前指领导推荐，得了辽宁省五一劳动奖章，连续五年优秀！

巴克图口岸

塔城在新疆版图的西北隅，边境与哈萨克斯坦共和国接壤，边境线总长546公里。塔城地区是新疆与俄罗斯等通商贸易、外事交往最早的地区，巴克图口岸是中国与独联体国家最便捷的陆路人货出入口岸，也是国家一类口岸。作为塔城行署所在地的塔城市，是"丝绸之路经济带"北通道的桥头堡，也是新疆距边境口岸最近的城市之一。

在前方指挥部，杨军生是负责全面工作的总指挥。在塔城地委，杨军生以副书记身份分管口岸开放。关于产业援疆的重点合作领域，前指在入疆之初就做出全盘规划：一是口岸经济。在产业援疆所有的项目中，巴克图口岸的进一步开放被列为重中之重，前指领导班子决定，要在巴克图口岸打个漂亮仗。二是商贸物流。在巴克图口岸扩大边民互市规模，而且既要大力吸引哈国客商，也要大力吸引辽宁客商。前指确定的目标，就是将五爱市场、西柳服装、南台箱包和佟二堡裘皮等引到巴克图口岸，让它们从这里走向中亚、东欧市场。三是旅游合作。在产业援疆里，前指设计了一个重要的旅游开发板块，决定在辽疆之间开通旅游专列，架起两地人民交流的友谊桥梁。四是矿产资源深加工。辽宁是煤业大省，煤炭资源却面临枯竭的窘况，正可以用辽宁过剩的生产技术力量支援新疆。五是农产品深加工。辽疆两地，物产丰富，各有特色，并有互补性，农产品贸易不但可以找到市场前景，也给产业援疆带来契机。前指的工作方向，就是让新疆的面粉、干果、牛羊肉走进辽宁，让辽宁的水果、蔬菜、大米走进新疆乃至中亚市场。巴克图口岸扩大开放是3年内最有可能取得突破的重点，也是产业援疆的重中之重。

2017年4月，一个月适应性训练刚结束，一身兼两职的杨军生就开始了考察调研之旅。首先去的是近处，他带着塔城地区的"一关两检"及塔城市的相关部门，去了新疆境内的阿拉山口和霍尔果斯。"五一"之后，他又带人开始远征，去了沈阳桃仙机场，丹东和满洲里口岸。考察调研的目标很明确，学习别人的口岸管理经验，回来写一份报告呈给地委。地委书记薛斌看过了报告，完全赞成报告所提意见，很快就调整了口岸工作多头管理、权责不清的体制机制，形成了建管结合、地市协同的体制。

类似的考察招商，后来又做过三次。一次是去广西东兴，一次是去哈萨克斯坦，一次是去辽宁的西柳、南台、佟二堡等轻工产业基地。每次出去，不只带上塔城当地的干部，还带上塔城当地的企业家。考察调研的主题，仍然是聚焦口岸经济，促进企业落地。

巴克图，哈萨克语意为"美丽的地方"。前指对巴克图口岸通商史做了梳理，发现这里自1764年就出现民间贸易，至今已有250多年的通商历程。早在18世纪中叶，沙俄商人就开始与伊犁、塔尔巴哈台的边境居民进行以物易物的贸易，只是贸易数额不大，而且是非正式的，原因是当时的清政府闭关锁国。这种民间的非正式通商，竟然延续了近百年。1851年8月6日，中俄《伊犁塔尔巴哈台通商章程》正式签订，中国西北重镇塔尔巴哈台绥靖城变成了一个重要商埠。

新中国成立后的巴克图口岸，起初也一直是正常通商状态。直到1962年，巴克图口岸暂时关闭，贸易和旅客出入也随之中止，只保留国际邮件交换业务。一直到1990年10月20日，巴克图口岸终于在关闭了28年之后重新开关。1994年3月14日，国务院正式批准巴克图为国家一类口岸。1995年7月1日，巴克图口岸正式对第三国开放，成为新疆三个向第三国开放的国家一类口岸之一（另外两个是霍尔果斯、阿拉山口）。1996年10月5日，自治区政府同意在巴克图口岸设立边民互市贸易点。2010 年 12 月 28 日，中国外交部同意以巴克图边民互市贸易区为试点，对哈国公民由"一日免签"延长为"三日免签"。

2013 年 4 月和 9 月，习近平主席曾两次访问哈萨克斯坦，并两次会见总统纳扎尔巴耶夫，明确将巴克图口岸打造成中哈农产品"绿色通道"。12 月 23 日，中哈巴克图口岸——巴克图口岸农产品快速通关"绿色通道"开始试运行。尽管有这些利好政策，但巴克图口岸已经错过了发展的几次重大政策机遇，和霍尔果斯、阿拉山口相比处于不利局面。霍尔果斯成立了中哈跨境合作中心，通了火车和天然气管道；阿拉山口则在 1995 年就通了火车，还通了中哈石油管道。所以要振兴口岸，就必须抢抓新的政策机遇。

经过向国家有关部委和自治区有关厅局多方咨询了解，最后在乌鲁木齐海关发现了一个新的政策亮点，那就是边民互市转型发展试点，学习的对象就是广西东兴。东兴边民互市做到四五百万吨，二三百亿元的交易额，带来的财政收入占当地 60%，带来的常住流动人口与当地户籍人口持平，还催生了当地的"地王"（一亩地拍出1700 万元的天价）。试点政策的核心是"一线放开，二线管住"，入市商品不再受额度限制，还成立边民互助组。这一政策点燃了辽宁援疆人和塔城人的希望和激情，经积极争取得到时任乌鲁木齐海关关长赵革的大力支持。海关经过研究，把试点政策分别给了两个口岸，南疆给了伊尔克斯坦，北疆给了巴克图。这可把杨军生乐坏了，不啻天助巴克图啊！经调研给巴克图口岸提出了边民互市转型试点"五个定位"，也叫"五个中心"，即批零中心、展示中心、洽谈中心、电商中心、金融中心。在巴克图口岸，"五个中心"就是变"通道"为"市场"。

变"通道"为"市场"，这是一个历史性的改变。所谓市场，切入点就是要在巴克图口岸建一个丝路文化商品城。丝路文化商品城项目既是一个"交钥匙"工程，也是一个边民互市的商贸平台。项目的顶层设计和统筹推进由地委、行署和前指负责，项目的具体实施交由塔城市、边合区和沈阳工作队来做。

记得那天，我去采访沈阳工作队队长束从杰的时候，他曾不断地说到地委和前指领导对这个项目的重视和支持。他甚至说，可以这么讲，如果没有地委和前指领导，就没有巴克图口岸今天的变化，也就没有丝路文化商品城。地委前指是决策者、推动者，塔城市、边合区和沈阳工作队是执行者。

与束从杰见面的地点就在塔城市创意产业园。后来才知道，在这里见面是束队长的故意安排，他是想叫我们多看沈阳工作队一个项目。沈阳工作队在对口的塔城市地面上做了许多项目，最让他有成就感的，一个是文化创意产业园，另一个就是丝路文化商品城。

文化创意产业园其实是一座重新改造过的老楼，此楼原为市公安局办公楼，本来已经废弃不用，却被沈阳工作队确定为老楼改造项目，而且也是"交钥匙"工程。与沈阳相比，塔城相对封闭，大学生等年轻人少，输入先进时尚理念，引进文化创意产业，也是援疆工作的重要内容。园区建成之后，在门口挂了好几个牌子，有众创空间，有双创孵化基地，等等，如今已有许多年轻人在这里建工作室，有30多个时尚品牌争先入驻，花花绿绿的标志，张挂在入门大厅的墙上，一个比一个有设计感，一个比一个新潮。

原来，沈阳援疆工作队和塔城市正在筹备"红动边疆第一季网络红人大赛"，入驻产业园的天狼传媒是制作单位之一，他们在走廊里竖起一张特别具有冲击力的巨大海报，给楼上楼下带来了年轻快乐时尚健康的气氛。束从杰说，产业园日常经营，已经交给当地一个合作社托管。经理是位年过半百的当地人士，束从杰在门口介绍我们与他见过。

说话的地方在二楼咖啡厅。见有访客，一个发型很酷的小伙子立刻精神起来。束从杰给我和金方主席各要了一杯卡布其诺咖啡，他自己只喝矿泉水。束从杰是70后，今年是本命年，发丝已经白了不少，脸色也有点憔悴，看上去显得比实际年龄稍大。可以想象，有那么多项目压在身上，又有前指领导的指挥棒在指引鞭策着，确实也很难轻松。

因为在喝咖啡，话题就先从家庭聊起来。他说："报名援疆的时候，因为是三选一的比例，爱人觉得我肯定选不上，也就没阻止我。可是，当我真的选上了，她就有点紧张了，因为女儿刚上初一，我要是援疆三年，就意味着整个初中我都不能帮她照顾女儿。爱人在沈河区商务局工作，这三年既要工作还要管家，一直都很累。女儿上的是重点学校，但她是个发散性思维的孩子，不爱学习，也不好管，成绩在班里的排名总是靠后。爱人实在管不了的时候，就让我跟她谈，可是塔城和沈阳有时差，我早上起床时，女儿已经上学了，我晚上忙完了工作，女儿已经睡下了。偶尔通上话，她也只跟我说一句，你永远在那援疆吧，别回来管我了！我经常会失眠，晚上睡不着觉的时候，我就追剧，追《少年派》《小欢喜》，这两个剧都有亲子关系的内容，我看它们就是想了解女儿，理解女儿……"说到这里，束从杰竟有些哽咽。我在采访中了解到，许多援疆队员或轻或重地患有睡眠障碍。有的是因为水土不服，更多的是因为要承受工作与家庭的双重压力。但是，他们说过之后，脸上立即就会绽出坦然淡定的笑容。束从杰也是，刚才还是一个为女儿挂怀的父亲，当话题一转到援疆项目，就变成了满脑袋都是工作的领队。

丝路文化商品城是单体建筑，由辽宁公司中标建设。从动迁征地，到边防边检海关，哪一步都走得不容易。一关一关闯过之后，2018年4月开建，8月自治区发文批准巴克图边民互市转型发展试点，工程进入加速推进期。为保证2019年5月30日试营业，前指领导定期调度塔城市、边合区、沈阳队和辽宁建工集团加快建设；调度海关、边检、税务、银行等单位解决通关、监管、税收抵扣、外汇结算；支持引导辽宁、塔城、哈萨克斯坦的客商交往洽谈，以保证满铺招商、满铺营业。前指主要领导和塔城市委主要领导，光有纪要的调度会就开了28次，小范围无纪要的会议、调度更是不计其数。10个月既要建成，还要招商，包括束从杰在内，没有一个人相信能如期完成。许多人的想法一是建不完，二是招不满。

束从杰以前是管人的，入疆之前曾是沈河区委组织部副部长。大学学的是医学，从没经过商，因为家住五爱市场附近，中学时曾去里面买过服装，还读过大作家李木青写的《五爱街》。彼时的他，只是商场的看客和消费者，现在的他，不但要建一座商品城，而且还要给它招满商户，所以他一直胆突突的，只是没敢在前指领导面前说熊话而已。

相比之下，建筑和装修还好，毕竟有建筑商和施工方在做。最难的就是招商。好在前指在总体规划里已经给出了目标对象，就是去招辽宁那几个著名轻工业产品生产基地的大商户，也是帮助辽宁商家和品牌走向新疆和中亚。束从杰总共带人回去招了三次。第一次是打招呼，人家说不知道塔城在哪儿，主要是新疆太远，不爱来。第二次又去招，商城已经建好一半，束从杰拿照片给他们看，人家说等着吧，建好了可以去看看。说是在观望，其实是推托。第三次是春节期间，人家说过完年再说吧。不给准话，就是一种拒绝。那是2019年春节过后，援疆队员还在辽宁休假，束从杰实在搬不动，只好向前指领导如实汇报。于是，前指领导亲自出马，带着哈萨克斯坦的十多位客商到辽宁招商，并去跟当地市长见面，因为政府出头支持，那些大商户才终于动了起来。

束从杰说："第一个来的是'五爱'。'五爱'是国企，老总叫陶震，他还是辽宁第二批援疆队员呢，我在党校曾跟他坐过对面桌，知道五爱市场有实力，做商城可以规划、运营、招商一体化。因此，我请陶总派人来做整个商场和商铺设计。3月底，陶总派来了4个人，商铺装修的框架和布局，直接就给定了，一楼给当地商户，二楼给辽宁商户。一楼卖当地、内地和哈萨克、俄罗斯的商品；二楼则叫佟二堡裘皮、南台箱包、西柳服装、五爱市场等给包了。口岸离市区稍远，试营业之前，开通了直达公汽。商户摊位，以抽签的方式获得，给的政策是包装修，三年免租金，一年水电税费全免，游客也不用交税。管理模式有两个：一是超市自提模式，二是边民互市大贸模式。商城透亮了，看来前指领导说得对，10个月真的能完成。"

于是，丝路文化商品城试营业进入了倒计时：

5月20日，建筑、装修等大活干完了，商户合同也签完了。之后就开始收拾工地卫生，擦窗户，清扫锯末子。商户则开始布置柜台，货品上架。

5月21日，巴克图中哈边民互市顺利通过了乌鲁木齐海关技术验收。

5月25日，正在建设中的克塔（克拉玛依—塔城）铁路终于把通车时间敲定，来自沈阳的旅游专列终于可以如期开到塔城，并确保600多名游客可以来到试营业现场。

5月29日，巴克图口岸通过了自治区商务厅、乌鲁木齐海关、自治区外办、公安厅、新疆出入境边防检查总站、中国人民银行乌鲁木齐中心支行联合验收。

这一天晚上，丝路文化商品城内灯火通明，沈阳工作队全体援疆队员都没睡，在试营业前夕忙了一夜。在现场打扫卫生的300人，商城管理者300人，也都在做最后的冲刺。前指领导更是一直在现场指挥检查，跟其他所有人一样通宵未睡。有人说，那天晚上，丝路文化商品城是巴克图口岸最亮的一颗星。

5月30日，丝路文化商品城试营业当天，从沈阳出发的旅游专列开来了。来自故乡的大妈们穿着花裙，挥着红纱巾，在丝路文化商品城的广场上跳起了欢快喜庆的新疆舞。

6月18日，浸透了无数人心血和汗水的丝路文化商品城正式营业。正式营业3个月，交易额突破3.5亿元，用3个月时间完成了直至下年的交易额任务。在历史悠久的丝绸之路上，一个商业神话，在巴克图口岸横空诞生。

旅游专列

在辽宁产业援疆的五个重点领域中，口岸经济排在第一，旅游合作也排在优先位置。事实也是如此，2019年5月，与巴克图口岸和丝路文化商品城关系最密切的事件，就是在试营业当天旅游专列第一次开到塔城。

近年来，辽宁援疆前方指挥部会同原辽宁省旅发委等后方部门，深度聚焦党中央的治疆方略，特别是社会稳定和长治久安的总目标，着力落实第六次全国对口支援新疆工作会议精神，围绕新疆维吾尔自治区党委重要工作部署，紧紧抓住社会稳定红利持续释放的机遇，积极携手辽宁旅游企业助推"旅游兴疆"战略实施，推动受援地旅游业又好又快发展，旅游援疆工作取得实质性进展。

2018年5月23日，在辽宁省委书记陈求发来塔考察调研援疆工作期间，辽宁援疆前指会同地区行署与沈阳铁路国际旅行社签署协议，共同约定由沈阳铁路国际旅行社负责组织开行辽宁援疆旅游专列。2018年下半年，因为克塔铁路尚未开通，有9趟次辽宁援疆旅游专列相继开进八师，主要在八师石河子军垦博物馆、乌沙大峡谷、鹿角湾等景区游览，累计输送进疆来塔游客近万人次。

2019年6月26日，辽宁省省长唐一军率队赴疆调研，又给前指提出要求：不但要送客入疆，还要送客入辽。于是，前指立即组织实施开行入辽的旅游专列项目，与新疆乌鲁木齐铁路旅游发展集团达成合作意向，由其所属的乌鲁木齐铁道国际旅行社承办专列开行的具体工作，到2019年9月，在11趟次旅游专列中，送客入辽有3趟次，总计2000多人，且大部分来自塔城地区和八师、九师。当然，开行旅游援疆专列，主要是要扩大辽宁来疆游客规模。2019年以来，前指已组织实施辽宁援疆旅游专列入塔9趟次，游客共计6000人。其中沈铁国旅6趟次5000人，乌铁国旅3趟次近1000人。

2019年5月30日，是克塔铁路开通之日，而第一趟进入塔城的正是援疆专列，它的到来结束了新疆最后一个地州不通火车的历史。辽宁首批专列游客进入塔城，引起极大的轰动效应，各个新闻媒体纷纷报道。唐一军对辽宁援疆旅游专列"辽疆号"给予了充分肯定，辽宁"辽疆号"也因此成为东北地区家喻户晓的旅游产品，每趟"辽疆号"开行前，前来报名的游客络绎不绝，每趟专列都最大编组开行，而且辽宁"辽疆号"抵达塔城地区后，当地政府非常重视，给予辽宁援疆专列贵宾待遇，辽宁游客回来后都表示不虚此行，反响空前。

那是9月9日晚上，我在前方指挥部党员活动室采访了具体负责旅游专列的雷传阅。在塔城，他是文化旅游局副局长，在前指，他是旅游援疆处处长。他原来的单位是鞍山市旅发委，省旅发委要出一个旅游援疆队员，他在鞍山主动报了名，入疆前关系被调到了省旅发委，一天班没上，直接就来塔城援疆。来的时候，单位叫省旅游发展委员会，现在已改叫省文化和旅游厅。

在雷传阅的记忆里，那是2018年年初，自治区领导希望各援疆省市加把劲，把旅游援疆做起来，给新疆聚聚人气。于是，前指领导与沈铁国旅进行洽谈，敲定了旅游援疆专列的合作框架，责成有关处室马上行动，而且马上就促成辽宁与塔城地区签订了《旅游专列进疆协议》，雷传阅是这个协议的起草者。2018年6月28日，辽客入疆旅游专列正式开通。2019年9月1日，疆客入辽正式运行。我对辽客入疆习以为常，对疆客入辽却甚感兴趣，就跟雷传阅要了专列入辽的日程表。其内容如下：

7月，疆客入辽工作启动。由乌鲁木奇铁道国际旅行社承接。

9月1日，开动第一趟专列，9月5日到达沈阳。送客520人，来自30多个民族。

9月10日，开动第二趟专列。送客500多人。

9月19日，开动第三趟专列。送客800多人。

据雷传阅说，因为第一趟专列已在我们来塔城采访之前出发，所以可以提供确凿的数字。后面两趟专列，目前游客招徕已结束，列车编组也已报批，由于时间未到，人数也许会出现变动。

他说，疆客入辽之后，主要看自然山水和历史人文，沈阳的故宫和帅府，本溪的水洞和五女山，大连的滨海路和海洋馆，盘锦的红海滩，等等，都在等着他们呢。辽疆旅游专列不仅是观光之旅，更是民族团结之旅、爱国主义教育之旅。新疆各民族游客不仅领略了祖国的大好河山，增进了与内地各民族的感情，在专列上也加深了民族团结。

采访中，我问到旅游专列与丝路文化商品城的配合，雷传阅嘴角一咧说，可以用惊心动魄形容。原来，在丝路文化商品城建成之前，旅游专列只能停在沙湾，因为克塔铁路沙湾至塔城段还没通车。沙湾是塔城地区的一个县，靠近石河子市，距塔城市区400多公里，克塔铁路分局原计划是10月通车。也是凑巧，正好沈阳铁路局局长刚刚调任乌鲁木齐铁路局局长。上次为给巴克图口岸要政策，前指领导以老乡的关系跟海关关长套近乎，这次为快点修通克塔铁路，按照塔城地委主要领导的要求，还得利用老乡关系去争取时间。果然不负有心人，经过对接，局长马上就答应，抓紧抢出工程进度，在塔城山花节时通车。所以，一切都在按前指年初的设想进行，即在5月30日商品城试营业当天，把辽宁援疆旅游专列直接开到塔城。

5月30日，这一天是双喜临门，既是丝路文化商品城试营业的日子，也是克塔铁路沙湾至塔城段通车的日子。早上7时，旅游专列如期开进塔城站。图定列车10时才到，比旅游专列晚到3小时。就是说，辽宁援疆旅游专列抢了头彩，不但是第一个进站的旅客列车，也是第一个入塔的旅游专列。前指和地区在站前广场举行欢迎仪式，当地群众都前来观看，许多人是第一次看到火车，也是第一次看到这么多人。

旅游专列的开通和到来，给丝路文化商品城试营业现场带来了一股春风，一片喜色，也带来了亲人般的支持和温暖。之后，入疆辽客跟着旅行社的日程，开始在塔城观光游览。在塔城一共待了两夜三天，去了小白杨哨所，去了库鲁斯台大草原，还在市内参观了红楼博物馆和手风琴展示馆。时间虽紧，却收获满满。

平静下来之后，雷传阅认真做了一个总结，他认为，旅游专列是产业援疆最活跃的部分，因为最接近百姓，带来的是叠加效应：一是通过旅游专列互动，可以给当地增加消费收入；二是通过便民惠民措施，可以让游客看到祖国的大好河山和社会面貌；三是通过辽疆两地的交叉流动，可以促进人与人相亲，增进民族之间的认同和团结。

采访时我问雷传阅，听说你刚做了一个手术，这是怎么回事？他说，哦，就是一个肠息肉，不过现在想起来还挺后怕的。

那是去年干部体检，雷传阅因为工作紧张没赶上。今年又体检，也是等别人都做了，雷传阅才最后一个去检查。即使去了，他也觉得自己肯定没事。可是一查，有一个很大的结肠息肉。医生说，最大径大于0.5cm就需要住院，他是3.5cm×25cm×1.5cm。医生还说，真该感谢你，提供了一个少见的大病例，学名叫"高级别上皮内瘤变"，位置在结肠靠近肝区的地方。肠壁有五层，他的息肉已经长到三层，再长就漏了，清除了没事，不清除就是大事了。雷传阅这才吓了一跳，当即就办理住院。因为属于特殊大型息肉，他住了7天院，掉了10斤肉，术后只休息10多天就正常工作了。手术的事，直到暑期家属来探亲，他才告诉妻子。

听雷传阅说话，觉得他情商也很高，有很强的组织和协调能力，什么都能应付得开。一问才知，他毕业后一直在旅游部门工作，市场管理、宣传促销、规划开发、办公室行政，方方面面都走到了。正因为看好他的工作能力，塔城地区成立旅游集团公司的时候，一致让他去当董事长。因为不想搞企业，雷传阅没有答应。

雷传阅说："我没干什么惊天地泣鬼神的大事，只是不推脱责任，用心去做，用思考去做，对得起塔城这三年，对得起援疆队员这个身份。"

大 商 户

2019年5月30日，丝路文化商品城试营业；2019年6月18日，丝路文化商品城正式营业。它以大型商城的姿态矗立在边境上，就成为巴克图口岸进一步开放的地标性建筑物。

为了这一天的到来，塔城市委、市政府按照地委、行署和口岸工作领导小组的要求，多次召开口岸及边民互市工作专题会议，研究制定各项工作实施方案，细化各项工作任务，举全市之力给予多方面的支持和配合。

为了这一天的到来，地委和前指领导主持有记录的调度会一共是28次，内容涉及海关监管、边检合作、银行汇兑、数据衔接等。这是一个系统工程，因为之前没有，一切都要从头开始。

为了这一天的到来，塔城地区先行在巴克图口岸、伊尔克斯坦口岸启动试点工作，试点政策为："互市贸易采取'一线放宽、二线管住'即'入区备案，出区管住'的管理模式。肩背手提的时代结束了，进入互市贸易区的商品不再受金额限制，在互市贸易区内进行查验，出互市贸易区时享受每人每日8000元人民币免税政策；边民在互市贸易区购买的商品，视同自产自销商品。"

总而言之，这是一个升级版的巴克图口岸，书写了它对外开放新的形象和历史。

巴克图口岸开放，丝路文化商品城开业，辽宁援疆旅游专列无疑起到了积极助推的作用，而与旅游专列最密切相关的就是被引进商城的商户。9月6日，在创意产业园采访束从杰之后，他派工作队的黎竹森和胡海峰带我和金方主席去了巴克图口岸，并在丝路文化商品城待了小半天。

采访期间，与沈阳工作队的沟通，一直是黎竹森在联络。他是沈阳广播电视台技术干部，塔城市电视台要扩建，需要他这样的专家。

因为是大连老乡，跟他说话就很随心。因为要了解塔城风情，也是他抽空带我们去市内转了俄罗斯商场，还去过塔塔尔族女老板开的面包店。胡海峰在沈阳工作队分管招商，他的工作要忙一些，沈阳工作队三次回辽宁招商，他都是陪着束从杰一起去的。

我们坐的车是沈阳工作队的班车。从市内到边境，是一条笔直的大路，开车只用20分钟就到了巴克图口岸。这里原来是个湿地，其实就是大草甸子，现在成了边民互市风景线。过第一道关卡之前，看到右手边有一幢白墙斑驳的瓦房，黎竹森说，那是一个民营老板建的边贸商场，体量太小了，丝路文化商品城一开业，它就变成文物了。

入关之后，远远就看到了丝路文化商品城。它独自坐落在国门与海关之间，沿袭了塔城的建筑风格，红色的砖墙立面，灰色的坡式屋顶，白色的腰线装饰，宛如一座神秘的欧式宫殿，安静而优雅地矗立在视野开阔的天空之下，草原之上。听说这里马上要建一座宾馆，中方给对方三日免签，总得有地方住。这里还要建一些大型库房，因为现在每天有2000吨价值40万元的大宗商品入关，还有价值60万元的自提式预包装商品入关，总得有地方存储。

走进丝路文化商品城大门，就是开敞明亮的大厅，大厅直通穹顶，围绕大厅的两层楼是开敞式卖场。一楼有63家商户，装修用的是玻璃隔断。商户都来自塔城本地，商品却是中外皆有。小商品摆放最多的，是哈萨克斯坦的蜂蜜、香皂，俄罗斯的糖果、饮料，还有格鲁吉亚的红酒。

二楼也是卖场，看装修格局与一楼明显不同。一楼商户多店铺小，卖场是方格式的；二楼商户少，只有7家，因为商品属于服装、箱包和百货类，每家都是好几百平方米的开放式大卖场。来自沈阳的五爱市场，在一楼和二楼各要了160平方米卖场。来自海城的富柳服装，来自佟二堡的薇黛儿皮草，在卖场占的面积最大，富柳800平方米，薇黛儿600平方米。来自鞍山南台的蓝鑫箱包，是230多平方米。来到二楼卖场，只见到卖东西的服务员和买家，没见到几个商户代表。黎竹森说，没事，他们晚上都住在前指，而且在前指食堂吃饭。于是，9月9日晚上，也是在前指党员活动室，黎竹森出面给约了一次集体采访。

商户代表不是老板，只能说说卖场的经营。富柳服装来的代表叫贺强，跟的老板叫四奶，他和四奶都是齐齐哈尔人，四奶还是海城的黑龙江商会会长，在海城西柳做服装生意的大部分是黑龙江人。我没去过海城，更没去过西柳，黑龙江商人是西柳主力也是第一次听说。贺强说，富柳服装20世纪90年代就来西柳了，已经在东北三省和蒙古国开了40家分店。2019年5月20日，第一批服装运到巴克图口岸，200公斤左右的大包，运来100多个，有上千种服装，卖场雇了16个人，不过现在是淡季，剩了9个人。我问卖得好不好，贺强说，开始两个月赚了不少，现在也不亏。

薇黛儿皮草来的代表叫闵晨。他家有自己的工厂，总部在辽阳灯塔市佟二堡镇。他说，薇黛儿以前做光面，后来改做貂皮，地店加批发。北到哈尔滨，南到海宁，都到他家拿货。

五爱市场来的代表叫陆弋。五爱跟那几家企业性质不同，那几家是民企，五爱是国企，全称叫"沈阳五爱产业发展集团有限公司"。五爱跟那几家卖的东西也不同，那几家都卖大件，或者让顾客花大钱，五爱卖的是小百货、床上用品、办公用品。陆弋说，据他观察，现在从哈国过来的还是背包客居多，且大部分是边境居民，只是背点东西回去赚个小钱而已，根本就不是他们的目标客户，下一步应该想办法向纵深发展，寻找高质量的人群。

陆弋还带了一个朋友，名叫魏滨，他是辽宁人，也是音乐制作人，手里有4万多首音乐版权，现在是天狼传媒（塔城）有限公司老总。我想起来了，这名字在创意产业园见过，"红动边疆第一季网络红人大赛"制作单位，就是天狼传媒啊。

最有意思的是蓝鑫箱包，既来了代表，也来了老板。老板夫妻下午刚刚飞过来，晚上就被邀到现场。老板叫王大维，老板娘叫汤小兰，商户代表是他们的外甥，我忘了问名字。

王大维说，蓝鑫走原创路线。现在的人离不开箱包，它是奢侈品，身份的象征。如今中国一共有三个箱包基地，一个是广州白云，做高端市场；一个是河北白沟，做低端市场；再一个就是鞍山南台，原来做中端市场，现在正向高端迈进。这三个基地，支撑全球70%的市场份额，每年2700亿美元，很厉害的呀。

我不但没去过西柳，也没去过南台。这次是从王大维嘴里知道，南台有8万人口，都在做箱包。他说，广州接的是大单，南台接的虽然是小单，却也是家家都有工厂。蓝鑫在南台的工厂是200平方米，库房是300平方米，展厅却有500平方米，出货以订单为主。蓝鑫箱包最近做了个品牌，叫"四次元"，这是受电影《机器猫》的启发，机器猫的口袋里什么都有，于是蓝鑫就在箱包里加了个电子机关，也像机器猫那个口袋似的，里面什么都有。2015年注册，2016年就被上海起诉，说蓝鑫抄袭侵权，最后却是蓝鑫赢了，因为他们先做了品牌专利保护。

老板娘汤小兰15岁就做箱包，后来成了设计师，"四次元"就是她的作品。说着，汤小兰就把身上背的"四次元"拿给我们看，包里那个机关如一个小电脑，居然还可以给手机随时充电。

说到招商，王大维在南台见过束从杰和胡海峰，刚开始不想来，后来是市长被前指领导说动心了，他又被市长说动心了，那就不能不来了。他说，每次来，都得飞5000多公里，真想马上写一篇散文，题目就叫《远方》。站在塔城，遥望中亚五国和俄罗斯，多豪迈的感觉呀。这家伙说话幽默，还有点文学细胞。

集体采访虽然话头散了一点，对于了解丝路文化商品城的业态与走向却有非常重要的参考价值。事实上，他们和援疆队员一样，也是一种抛家舍业，也是一种援疆。

塔城当地大商户，我曾去采访过永利公司的于总和众海公司的颜总。他们两个是"疆二代"，是70后，且都是被前指领导带出去考察的民营企业家。

永利公司的于总，叫于新立。他父亲出生在大连旅顺口，长大当兵去了抗美援朝前线，回国后在新疆生产建设兵团军垦戍边。他儿子是"疆三代"，现正在大连东北财经大学读书。他自己做的是农副产品出口生意，把塔城的蔬菜水果往外运，把哈萨克斯坦的葵花子往回拉。在巴克图口岸丝路文化商品城，永利一号和永利二号是他公司的两个柜台。

对这批辽宁援疆队员，于新立跟我说了三句话。第一句说，过去援疆是给钱，老百姓看不见，现在是做有形的项目，老百姓能看见实物。第二句说，以前是带干部出去考察，现在是带干活的出去调研，真是不一样。第三句他悄悄地跟我说，能不能想个办法，把这批援疆队员留在塔城别走啊？

众海公司的颜总，叫颜庭军。祖籍安徽，父亲也是抗美援朝后回来支边。他曾离开塔城十几年，在北上广干众联物流公司，从内地往中亚五国运货，每年最多干到30亿美元。跟杨书记去了内地和哈国考察之后，关了北上广的众联，回到塔城干众海，这次是物流、加工和商贸一块干。他说，众海做的是大宗商品，巴克图口岸进一步开放，他是最大的受益人。现在，他把哈国的葵花子拉进来，在自己的工厂加工，河北、河南、安徽都有人来订货。他家的货只卖给市场，现金交现货，特别爽。众海正在扩大厂区，因为仓储空间受限，完不成订货。新厂区在163工业园，比现有的大十几倍，以租代购，政府给划了几千亩地，明年的边贸互市，可以做到20万吨。在巴克图口岸，以前每人限重50公斤，现在每天可以进口30吨。以前一公斤葵花子利润只有3角，现在利润是1元。以前大宗商品15%关税，9%增值税，现在是免税。你算算，20万吨的利润是多少啊！

在丝路文化商品城，众海也有个柜台，专门进口哈萨克斯坦的湖鱼。颜庭军说："当年出走是因为不得已，现在回来是因为有援疆队员支持。前指的领导帮了我这么多，连一颗葡萄粒都没吃过的，他们在这儿，我不能动，他们要是走了，我要给他们立个碑。"

离开众海公司的时候，他跟我说："援疆队员给我们做了这么多，我现也要给辽宁做贡献。塔城地区的老百姓每家都有几百亩地，几千只羊，要不，我送羊肉给你们？"

辽宁的商户，塔城的商户，他们的内心活动，他们的外在表现，从另一个角度折射出援疆工作的深入和扎实，援疆事业前景的广阔和伟大。

飞来的天使

在辽宁援疆项目的盘子里，产业援疆、教育援疆和医疗援疆是并列关系。在前面的文字里，我主要写了对前指有关处室和沈阳工作队的采访，所涉内容，也侧重于产业援疆。现在，我要写的是对医疗工作队的采访。之所以跳过教育援疆，只写医疗援疆，一是因为医疗工作队的医疗专家全部来自中国医科大学，而他们医疗援疆的对象也只有一个，即原来的塔城地区人民医院；二是教育援疆具体工作分散在各个城市工作队，这部分内容将由采访城市工作队的作家去完成。

去中国医科大学塔城医院采访之前，我全面了解了一下辽宁医疗援疆的背景和过程，于是知道，在中国医科大学医疗队援疆之前，辽宁就已经从全省各家医院抽调医疗专家来援过疆，有的专家就曾被分配在塔城地区人民医院工作。正是在一批批援疆专家的努力下，塔城地区人民医院于2015年通过了三甲审核，升级为塔城地区唯一的三级甲等医院。

也是自2015年开始，中组部和原卫计委发出号召，医疗专家要"组团式"援疆。辽宁闻风而动，把"组团式"援疆任务交给中国医科大学独家承担，而医科大学立即制定了一个"以校包院+以院包科"援疆方案，并在2016年春天派出了第一批"组团式"援疆队伍，领队叫郭传骥，对口帮扶塔城地区人民医院，普通队友一年一轮换，领队三年一轮换。当年10月，塔城地区人民医院再次升级，正式挂牌"中国医科大学塔城医院"，成为中国医科大学非直属教学医院。

"组团式"医疗援疆，就是改变过去零星选派、单兵作战的打法，以组团选派、集体作战的方式，提升受援地医院的医疗和管理水平。既可以让受援地患者在家门口就能享受和内地一样的优质医疗服务，也能帮助受援地医生提高医技，为受援地留下一支"带不走的医疗队"。只是医疗队的建制还显太小，如今的中国医科大学塔城医院已然是个"带不走的医院"。其"以校包院+以院包科"方案，如今也已成为辽宁援疆工作的亮点。

那天，我跟前指管宣传的田大陆说，在采访之前，我想先去熟悉一下援疆医生的工作环境，大陆就叫车送我到了中国医科大学塔城医院。一进院门，司机就让我看一座小而低矮的旧楼，样子有点像20世纪70年代以前的乡镇卫生院。司机说，这就是原来的塔城医院。向大院里边走去，迎面看到两幢崭新漂亮的大楼，不用司机说就知道，这是用辽宁援疆资金建起的中国医科大学塔城医院。一新一旧，只能用"翻天覆地"这个词来形容。新的塔城医院，从室内到外观，从急诊部到住院部，从设施到环境，不比内地任何一家市级以上医院逊色，甚至还超过之。

接待我的是病理学博士林旭勇。2019年5月17日，他随医疗工作队来到中国医科大学塔城医院。从"以院包科"的角度，他包的是病理科，他也是病理科的首席专家。因此，我被引到了病理科实验室，以前任首席专家名字命名的工作室牌子，至今还挂在走廊上。与林旭勇合作的病理科主任叫古丽且热，一位美丽的哈萨克族女士。她告诉我，这个科已经离不开他们了。这个"他们"，指的是每年来到科里的援疆专家，当然也包括林旭勇。

委托林旭勇接受采访是院里的安排，因为院领导正在开一个重要会议。林旭勇博士也很负责任，不光是口头介绍，还有大量的材料提供。回来翻了一下，文字虽然太专业了，但是从中可以看出一个大学的道义担当，一个医院令人激动的改变。因为我无法把它们搓揉碎了，变成文学的表达，所以就选抄如下：

2016年至2019年，中国医科大学共选派了4批80名援疆医疗专家，他们全部是博士学历、副教授以上职称。4年之中，中国医科大学在塔城医院推行了首席专家制度，先后聘任12名援疆首席专家，建立了朱刚等3个"教授博导专家工作室"，此外还选派了短期援疆的39名"柔性专家"，有效弥补了地区医院学科发展的技术短板。

既然挂牌"中国医科大学塔城医院"，那就要不断提升它的品质，让它名副其实。为此，医院制定了多项具体的规划和目标。

其一，通过医疗援疆给当地培养医疗人才。四年来，援疆医疗专家帮带了20个专业130人次本地学员，培养了68名业务骨干，并已招收定向委培生59名，接收塔城医院及医联体单位医疗骨干进修40多人次，"学历提升工程"招收81人，将于2019年毕业。

其二，创新"治疗组"式带教模式，完善帮带机制。即每名专家带三名学员：一名高级职称、一名中级职称和一名初级职称，形成三级查房式的治疗组，有助于技术承接与开展。

其三，创建塔城首家自治区级住院医师规培基地。医院协调辽宁省卫健委科教处、中国医科大学各附属医院选派住院医师规范化培训基地管理与评审专家来塔城实地指导。已于2018年10月通过自治区评审，有8个基地获批并已招收第一批学员。

其四，加强科研创新，提升学术氛围。截至目前共举办各类继续教育学习班74期，成功立项自治区科技援疆重大项目1项，自治区自然科学联合基金4项，地区科研项目立项8项，发表学术论文153篇，其中发表3篇SCI文章，实现历史性突破。

在医疗援疆工作中，中国医科大学的重点学科建设，也在塔城医院落地。通过"以校包院＋以院包科"，塔城医院有了全新疆最知名的一个科室：精神心理门诊。它最大的贡献，就是填补了塔城地区精神卫生专业空白。

精神心理门诊成立的过程是这样的：2016年，在援疆医疗队副领队朱刚教授的带领下，塔城医院开始做精神心理门诊。

2017年，塔城医院就有了精神心理卫生中心开放式病房和封闭病房，并建立了医疗及护理团队和安全管理体系。2018年，塔城医院就挂牌"国家精神心理疾病临床医学研究中心新疆分中心""国家精神心理疾病临床医学研究中心自治区人民医院联盟单位"，等等。截至2019年9月，塔城医院已收治各类精神心理障碍住院患者1069人次，为周边县市筛查严重精神障碍患者1000余人。

继精神心理科之后，因为建成了负压结核实验室，还给塔城地区填补了结核病防治的空白。2018年8月，负压结核实验室在院内正式投入使用，"分枝杆菌培养及药敏试验""结核分枝杆菌基因快速检测"，结束了塔城地区没有专业负压结核病实验室的历史，为塔城地区结核病防治工作提供了可靠的检验数据，对全地区结核病防治工作具有重要意义。

在塔城医院，援疆专家不但帮助医院设计完成急诊部搬迁，成立急诊重症监护室，还建立了"卒中中心"急诊溶栓救治绿色通道，成功完成急性脑梗死静脉溶栓治疗13例，最高年龄为87岁；成立了"胸痛中心"，每年完成经皮冠状动脉腔内支架植入术200多例，急性心肌梗死急诊PCI手术100多例。经援疆医生诊疗，有94岁高龄多年卧床患者一周后下床走路了，有已被家长放弃治疗的重症小女孩被医疗专家从死亡线上抢救回来，有早产发育不全婴儿被医疗专家治疗出院的。

2018年4月，在医疗援疆的背景下，成立了以塔城医院为中心的地区医联体，与中国医科大学各附属医院建立了远程会诊平台。把各县市医院纳入塔城地区医联体协作单位，把优质医疗资源向各基层县市辐射。为此，中国医科大学组成专家团队，通过实地调研，科学制定了《中国医科大学塔城医院中长期发展战略规划2018—2025》《塔城康养基地概念规划设计方案》，明确了医院中长期发展定位，以及"区域化、国际化、医教研产一体化"的"三化"建设目标……

注意，以上文字是选抄，而不是全部照抄。我只想让读者从这里看到医疗援疆是以怎样的方式，怎样的态度，切入并帮扶这个欠发达地区医院的救死扶伤工作的。

9月7日下午，介入科专家钟红珊如约来到援疆公寓。她既是第四批医疗援疆工作队领队，也是中国医科大学塔城医院现任院长。见她之前，我看过她的简介，教授、博导、首席专家等，各种名头一大堆。原以为，我会看到一个目光冷厉、表情淡然的手术医生，想不到是个活泼可爱的美女。见面之前，这位女博士、女院长正蹲在院子里逗那只小泰迪，黑色的蕾丝裙边，被小泰迪咬在嘴里不放。援疆公寓院里有两只流浪狗，除了一大一小两只哈萨克细狗，还有这只小泰迪。她怎么也不嫌脏呢？看我走过来，她居然把小泰迪抱在怀里。所以一见面，钟红珊就给我留下非常好的印象。

中国医科大学是钟红珊的母校，立志学医是因为比她小两岁的妹妹，小学六年级得了紫癜，严重时得了尿毒症。因此，当年高考拿了650分，清华的分数线才620分，钟红珊却一定要学医，分数是那一届的全校第一。在医大本硕连读7年，本科学的是临床医学，硕士研究生学的是肾病学，也是为了妹妹。2003年，钟红珊在医大攻读博士学位，改放射介入学。2005年，钟红珊申请到日本文部省奖学金，去日本的博士生研究院，还是研究放射介入，一学就是整整四年。

在中国，手术是技术，在日本，手术是科研。钟红珊对自己的要求是，技术和科研都得好。入疆之前，她刚由医科大学科研处副处长，调任医大附属四院正处级副院长。她负责国家级研究项目三项，国家自然科学基金两项，还是科技部重点研发项目负责人，首席科学家，在医科大学，她还主持辽宁省影像诊断与介入治疗重点实验室。即使来到塔城，钟红珊的助手仍在她的指导下工作。

钟红珊说:"我带的是第四批医疗援疆工作队,但我是第二任领队。前任领队和专家为塔城医院做了许多工作,也给我们这一批创造了非常好的条件。我们一共来了19个专家,此外,上半年还来了10个柔性专家,下半年也将要来10个。柔性就是驻疆时间短,只有三个月,但都是有针对性的,也是受援地急需的。我这三年的任务,一是要做好医疗和新技术;二是要做好传帮带;三是要做好巡诊义诊。现在,已经来了三个多月,做了两台介入手术。一个是咯血,咯了很多血,用介入治好了。另一个是下肢动脉粥样硬化,管腔塞住坏死,走不了路,用介入将12厘米长血管通开,放入支架,第二天就可以下地走。每次做手术,会让普外科医生跟着学。医院硬件不错,但是医生水平有限,组团式医疗援疆,就是每个援疆专家都要带好当地医生。"

当天晚上,钟红珊约我去了塔城医院专家公寓。记得这个公寓在第五批援疆队员入疆时还没建好,前指领导第一件事就是验收这个项目。在钟红珊的招呼下,援疆医生陆陆续续聚到会议室,这又是一次集体采访。桌上摆了两盘切好的西瓜,还有一个成熟的向日葵扇。我一边抠着瓜子吃,一边听医疗专家说话。专家都很年轻,也许跟工作性质有关,个个都很稳重。只有巴根医生比较活跃,他是蒙古族,高高大大的80后。

钟红珊开了个场,然后就让大家讲讲自己的故事。专家开始还拘谨,后来都抢着说。年轻人说话语速快,我只好用手机录音。

一个专家讲起去夏牧场巡诊的经历,说哈萨克族牧民冬天钻冬窝子,夏天住夏牧场。我们去了发现,一个毡房跟另一个毡房相距500米,牧民都是骑着马陆续地过来看病。听不懂话,成年人都说哈萨克语,让二年级小女儿当翻译。当天晚上,为了感谢巡诊医生,主人一定要现给我们宰羊。这是当地的风俗,表示对客人的尊重。真逗,一直到半夜两点半才吃上肉,听他们弹冬不拉。

另一个专家讲起托里县发生的那场车祸。刚来一个月,有天半夜

12点就接到抢救伤员的任务，当时钟领队正过敏，身上起大包，带着救援队就出发。那地方真是太远了，直到第二天早上6点才赶到。

有两个女医生，之前在食堂吃饭见过，高个子是儿科专家，名叫刘思。胖乎乎的是妇科专家，名叫王颖。

刘思说，有一次是去托里县义诊，同一条河，穿了48次。两边都是大山，手机没有信号，来到塔城才知道，中国有多大！

王颖说，她是两个孩子的妈，小的刚断奶，她就来援疆了。也许跟饮食结构有关，这里的女性贫血较多，普遍是年轻时身体好，老了容易得心脑血管病。

最后是一位年长的护理专家，不知道名字，她没说自己，而是说她如何被队里这些年轻人的境界感动，说着说着把自己说哭了。

…………

这是一个特别的团队。上班的时候，手术的时候，戴上口罩，穿上白大褂，就是一丝不苟、技术专精的医生，下班的时候，聚会的时候，就是会吃会玩、可爱时尚的年轻人。那一晚的热闹，那一张张年轻的面孔，被林旭勇拍了下来。每看到照片，都是一种情景再现，历历如昨，楚楚生动。

医生的工作很累，听钟红珊说，队里给大家在公寓安排了三个活动：一是每周开一次例会，总结工作。二是每月过一个队日，因为入疆那天是5月17日，每月17日都在公寓一起过队日。三是给队员过生日。作为领队、院长，带大家一起来到万里之遥的异地他乡，想的事自然要比别人多。

记得那晚正热闹时，院里来了一个急诊患者，钟红珊立刻派她的助手韩医生先去接诊。第二天，我问钟红珊那个患者什么病，她说，上肢血栓，已经用介入解决了。我说，你说得真轻松啊。她说，手熟，技术已经长在基因里了。

医生被喻为白衣天使。钟红珊和她的队友，此刻就是一群飞越千山万水的援疆天使。

情感援疆

　　情感援疆。这是我在采访之后，给出的一个命名，因为在援疆项目里公开写出来的，只有产业援疆、教育援疆、医疗援疆几项，但是在我看来，在所有的援疆项目里，都闪烁着情感援疆的色彩，混合着情感援疆的成分，只不过有情感援疆之实、无情感援疆之名而已。此时此刻，我觉得也只有用这个名词，可以写出塔城之行的心中所感。

　　新疆是我国重要的能源资源战略基地，是西部地区经济增长的重要支点，是我国向西开放的重要门户，是西北边疆的战略屏障。以上这段话，是我在前指领导的报告里抄录的。这样的内容，在各种会议报告中都可以看到。我想，在报告里反复说这些话的目的，无非是想阐明援疆的意义，同时也是想告诉援疆队员，参与国家的援疆大业，也是在让自己的人生更有价值。

　　翻看这几天的采访笔记，情感援疆的故事，可分为两个层面，一个层面是舍小家为大家，另一个层面是融入当地。两个层面虽不见一个"情"字，却都关乎情感。

　　我在前面说过，前方指挥部不设一个专职干部，所有人都在受援地有任职，白天在受援单位工作，晚上和节假日在前方指挥部工作。尽管远离家人，我采访过的援疆队员，都跟我说过同一句话：离家最远的时候，也是离祖国最近的时候，和平年代能有三年援疆报国的机会，再苦也值得。刚开始，我认为这是一句现成的口号，接触多了，听得多了，始知说的人有多么由衷，多么真诚。援疆三年，他们每天在践行的，就是初来疆时所讨论的那三句话：来疆为什么，在疆干什么，离疆留什么。如今第五批援疆队员马上就要离疆了，令他们无比自豪的是，每个人都给前指、给辽宁，更是给塔城地区交上了满意的答卷。

　　在采访中，我听过了许多故事，其中有三个故事的主角，让我格外感动。

一个主角是林艾民。他是前指副总指挥，在石河子八师任分指指挥长，入疆之前，刚由本溪市政府秘书长调任阜新市委常委。2016年，妻子查出乳腺癌。组织选派进疆时，妻子正在北京治疗。听说他要援疆，双方老人都让他留下来。妻子深明大义，为了让林艾民放心，也为了让他安心工作，减少后顾之忧，她让林艾民给自己办了异地转诊，跟他到援疆前线到石河子做后期治疗。后来，她干脆也来石河子工作，业余时间，还跟援疆队员一起学习传统文化，一块儿背诵国学经典。

另一个主角是刘新铭。他是前指党组成员、八师分指副指挥长、大连市援疆工作队领队，另外还在八师任副师长。大学读的是复旦大学历史系，入疆之前，任大连市讲师团团长。2017年国庆节前，刘新铭回辽宁参加援疆工作汇报会议，儿子的婚礼10月5日将在北京举行，正好可以趁着假日出席仪式。可是，10月2日，接到自治区通知，节日期间所有干部都要在岗，他二话不说就赶回石河子。儿子婚礼开始时，他只能通过视频给儿子儿媳送上贺喜的条幅，一边说话，一边止不住流泪。

还有一个主角是张琳琳。她是援疆教师，而且带了两个女儿，大女儿13岁，今年读初二，小女儿8岁，读小学四年级。2018年，教育部有个"万名教师进疆"计划，她主动报名入疆。沈阳有25个援疆教师，她是之一。她的另一个身份，是援疆队员家属，爱人白鹏是上一批援疆队员，这一批仍援疆未回，不是他不想回，而是受援地不放，因为他既是辽宁省公安厅的中层干部，也是不可多得的专业技术人才。夫妻俩原是大学同学，读的是计算机专业。爱人援疆时间太长，两个女儿常跟她要爸爸。因为怕女儿有心理问题，她决定带女儿一起援疆。援疆学校是塔城第一高中，可是第二天就调到地委组织部，负责档案信息管理。给她住的房子，距小女儿的学校近。可是，她们三口来到塔城的时候与白鹏见过一面，第二次见却是在三周以后。两个女儿生气，决定一起找爸爸谈，白鹏解释了半个小时，两个女儿也听不明白。张琳琳说，女儿太小了，白鹏也不能深说，父女之间的误会，最后是她给解除的。

对丈夫的工作，张琳琳说她自己也不了解，更难以想象。第一次援疆走的时候，大女儿刚上小学，小女儿上幼儿园。三年后以为好日子来了，可是他说回不去了，问他为什么，白鹏却批了她一句：政治高度不够。在她的记忆里，2016年是爱人最累的时候，每次跟白鹏电话视频，他的头发总是乱乱的，说他每天晚上开会到凌晨三四点钟。2017年春节，白鹏也没有回家，张琳琳在休寒假，只好带女儿来塔城过年。可是，三十晚上，饺子包好了，一直等到10点，他才回来吃饭。

那是9月9日下午，我们从巴克图口岸回来，张琳琳下班后来到援疆公寓。她穿一身牛仔装，长发披肩，戴着眼镜，还像个大学生，想不出她有两个那么大的女儿，也想不出她每天仍要照顾孩子，给她们做饭，还要看她们的功课。与爱人同城，却一点也指望不上，可她像没事似的，说话眉眼都是笑。听说我们没见到白鹏，她就从手机里找到几张照片翻给我们看。白鹏是1978年生的，样子特别像香港演员吕良伟，但要比他年轻，胸很厚，看着也比他壮实。白鹏是无名英雄，我们甚至都不能近距离采访他，也不能正面去写他，只能通过他的妻子张琳琳，轻轻掀开冰山一角。

用前指领导的话说，辽宁援疆感人的故事还有许多。比如来自中科院大连化学物理研究所的专家李世英，连续五次九年援疆，这里的企业已经离不开他。比如鞍山工作队领队冯义，援疆时家里有父亲和妻子两个癌症病人。比如盘锦的援疆教师于军、魏芳夫妇，连续三次援疆，无怨无悔。比如中国医科大附属第一医院朱刚教授，创办精神心理门诊填补地区医院的空白，被评为中国好医生。再比如，有的援疆队员家中亲人病故，仍默默坚守在援疆岗位忘我工作；有的援疆队员回后方招商引资，多次路过家门而不入；许多80后援疆队员孩子才几岁甚至几个月大，抚养孩子的重任只能交给妻子一人。在援疆队员这边，属于"我伴寂寞守繁华"，在妻子家人那边，属于"你伴繁华守寂寞"。因此，前指领导说，援疆队员不是一个人在援疆，而是一个家庭都在援疆，大家都在用最深的大爱在援疆。

在前指，我听到援疆队员常说这样一段诗情画意的话：不是什么花都能在雪山盛开，雪莲做到了；不是什么树都能在沙漠生长，胡杨做到了；不是什么人都能舍小家为大家，援疆人做到了。我想，这段话如果音乐家听去了，一定立刻就给它谱成曲子。

无私奉献，无怨无悔，是援疆队员的作为和担当；经受考验，升华灵魂，是援疆队员的收获和成长。"不当先生当学生，不当客人当主人，不当他乡当故乡"，援疆队员真的做到了。273名援疆队员，个顶个优秀。在援疆工作结束之前，前指领导计划以适当的方式向他们的单位领导汇报每个援疆队员的表现。这或许是当领导的一种责任心，但又何尝不是普通人之间的日久深情呢？

写到这里，我想起作家张炜写过的一篇散文，题目叫《融入野地》。那篇散文很美，因为野地在这里不是能指，而是所指，成为一种意象，很空灵，很哲学，很形而上。当地和野地，一字之差，却是虚实之别。它是真实，是朴素，是接地气。融入当地不是口号，而是行动。

说到"交往、交流、交融"，沈阳工作队的黎竹森建议我们去采访塔城市业余体校校长张志强。约见的地点，在塔城市第五小学。

张家从爷爷奶奶那一辈就从北京来塔城援疆，父亲1955年生，1962年被爷爷奶奶带到新疆，后来做了音乐老师。张志强是"疆三代"，1983年出生的他，滑冰冬泳踢球什么都会，看他的体魄，典型一个体育男。由他担任校长的塔城市业余体校，得到沈阳工作队的支持，他连续两年组织塔城市青少年足球队参加"和平杯""哥德杯"世界青少年足球赛。他的足球队也很争气，2017年获U11男子组"和平杯""哥德杯"双料冠军；2018年分别获得U13男子组亚军和U16

女子组亚军的好成绩。

塔城第五小学在市中心，张志强让体育老师王超找来两个小队员到办公室，两个都是哈萨克族男孩，汉语说得非常好。小个子名叫阿山，今年8岁，在读三年级，参加10岁组比赛。大个子叫马得亚尔，今年11岁，在读六年级，参加11岁组比赛。马得亚尔打左后卫，他的偶像是马尔蒂尼。阿山是板凳队员，但是他告诉我，他在沈阳去过辽宁省博物馆和铁西区，在抚顺参观过雷锋纪念馆，还去大连看了大海！虽然没上场比赛，小家伙照样高兴。

张志强说，队员都是去各个学校选拔的，先在业余体校集训一个月，最后决定谁去沈阳比赛。赛事主办单位是沈阳市和平区，塔城队从第二届开始参加。前两届踢得很棒，2019年成绩不理想，10岁组得了第八，11岁组得了第六，12岁组得了第四。我问，成绩为什么差了？他说，当时就知道原因，前两次是到了沈阳先打比赛，体能正是最好的时候，这次时间紧，准备不充分，自然就踢不出成绩，这是个教训，下次一定吸取。阿山和马得亚尔也在旁边插话说，这次白俄罗斯队踢得好，我们一定加油，明年拿到奖杯！

黎竹森说，辽宁是体育大省，也是足球大省，沈阳工作队今年拿出66万元，支持塔城市的少年足球队参加比赛，前两次只去一个组，今年去了三个组，44个人的吃穿住用全管。"和平杯"是国际性赛事，我们不但要让哈萨克族的孩子融入沈阳，还要让他们融入世界。这些孩子太喜欢运动了，平时上学的时候，书包里总是装着一双球鞋，一副护腿板，只要有空，就去操场踢球，所以为他们做点事，真是值得。其实，交往、交流、交融，交的不只是钱，更是一份情感。

在援疆工作中，当地党委对援疆队员有个硬性规定，每两个月，要拿出五天时间，结亲住村，交朋友，手拉手。前指42个援疆队员，一人一户，厅级领导结了两三户。结亲户，对内叫亲戚，每个援疆队员都有亲戚。对外叫"访惠聚""民族团结一家亲"。

按照规定，每天要交给结亲户20元伙食费，多名队员每次去住村都交四五十元，还要买三四百元的水果、茶点等礼品，其实在那五天里，亲戚全家吃的东西，只要是买来的，也一定是他们掏腰包。

前指在托里县的一位亲戚，留给大家的印象很深。这家男主人叫哈地尔毛拉，夫妻俩，还有一儿一女，他的工作是给人看大门，妻子在饭店打工，儿子送啤酒，女儿是护士，全家月收入一万元，也算小康之家。有一天，援疆队员发现哈地尔毛拉总捂着胸口，问他怎么了，他一直吞吞吐吐。问他是不是病了，哈地尔毛拉这才说，骑摩托车摔了一下。问他为什么不去医院，他说怕把工作丢了。杨军生让他揭开衣服查看，他的胸部肿起了一大片，援疆队员不由分说就逼他立刻住院。一拍片子，两根肋骨骨折，已经扎到了肺，再晚来一会儿，就出大事了。哈地尔毛拉始终认为，是援疆队员救了他一命，所以在援疆队员离开他家前一天，他从医院跑出来，怕援疆队员不接受他的感谢，他没有回家，而是在邻居家悄悄宰了一只羊，烧好了一锅肉，再拿回家给队员们钱行。吃肉的时候，队员们感慨万千，只要真心为群众办实事、办好事，群众也一定会和他们以心换心。

身在边疆，与家人远隔。结亲住队的时候，援疆队员其实是把对亲人亏欠的关怀，转移到了这些没有血缘关系的亲戚身上。

结　尾

9月12日，是采访团离开塔城的时间。我们的采访只有一周时间，援疆队员的工作却是三年。我自知采访并不全面，比如还有张宝东、张克和李洪波等前指领导，或因为他们工作太忙而错过，或因为谦虚而婉拒；比如还有那么多在食堂一起吃饭的援疆队员，因为没有机会跟他们走近而失去了一次倾听和学习的机会。即使我在文中写到的人，也因为本人笔拙或采访不细，没有把他们的故事讲得生动完整。以上种种，现在都成为令我不安的遗憾。

写完这篇文字，已是国庆节后。但我知道，三年援疆的最后一个国庆节，援疆队员仍在遥远的塔城度过。坐在大连海滨的家里，我仿佛又听到他们唱的那首铿锵有力的《辽宁援疆之歌》：

在茫茫的人海里，我是哪一个？

在奔腾的浪花里，我是哪一朵？

在援疆路上的大军里，那默默奉献的就是我；

在辉煌事业的长河里，那永远奔腾的就是我。

不需要你认识我，不渴望你知道我。

我把青春融进，融进祖国山河。

山知道我，江河知道我，

祖国不会忘记我，不会忘记我……

2019年10月11日

写于大连星海湾

注：在前指采访一周，我与省作协金方主席同住援疆公寓，每次采访援疆队员，她不但一直在场，而且给我各种提示并帮我采访，每天晚上都工作到11点半之后回到房间，她旺盛的激情和精力，让我特受感动。当然，令我感动的还有被采访者，他们都是紧张地处理了工作之后，再坐下来给我讲故事。在此一并感谢。

天山做证

周建新

引　子

天山北麓中段，融化的雪水，千万年地流淌，割出了深深的峡谷，割开了山脉的本来面目——雅丹地貌，呈现一个层次分明而又色彩斑斓的世界。雪水在峡谷中汇成了玛纳斯河，清澈，碧绿，百折千回，野马一般，肆无忌惮地冲撞、奔腾。

直到转过将军山，挣脱山的怀抱，是一马平川，咆哮的河水像被将军突然驯服了，变得平静安稳，心甘情愿地沿着人工沟渠，浇灌望不到边际的棉花地、麦田和葡萄园。驯服野马一般玛纳斯河的，就是王震、张仲翰等第一批将军率领的新疆生产建设兵团。

1950年，王震将军就是站在将军山上，指挥中国人民解放军二十二兵团进驻天山北麓玛纳斯河畔，在人迹罕至的戈壁荒原扶犁、屯垦戍边，把一个馕都卖不出去的戈壁荒村，规划成街道整齐、绿树成荫的小上海。为了把心中的理想变成大地上的现实，从此，这支从井冈山到南泥湾三五九旅的钢铁队伍，出征天山，在石河子留下了垦荒第一犁，靠着住地窝子，穿百衲衣，凭人力犁地，一锹一镐地劳作，纺出了新疆第一缕纱，织出了新疆第一匹布，榨出了新疆第一块方块糖，硬是在荒芜的土地上竖立起一个"戈壁明珠"和"共和国军垦第一城"。20世纪50年代共和国的地图上，悄悄地增加了一个新的城市地名，新中国最年轻的城市——石河子。

近70年的艰苦奋斗，新疆生产建设兵团第八师石河子市从无到有，创造了戈壁建新城、荒原变绿洲的人间奇迹，赢得"戈壁明珠"的美誉。

望着士兵列队一般整齐划一的街道，望着屯垦出的阡陌纵横的庄稼地，王震将军挥毫写下一首《兵团的根》：

生在井冈山，长在南泥湾；
转战数万里，屯垦在天山。

张仲翰将军也为此赋诗一首《感怀》：

雄狮十万出天山，且守边关且屯田。
塞上风光无限好，何须争入玉门关。

正是因为第一代屯垦人付出的青春、汗水，甚至生命，才使戈壁荒滩上创造出了一个又一个奇迹。

石河子，不仅是座年轻的城市、英雄的城市，还是个浪漫的城市、艺术的城市，杨牧在这里定居，艾青在这里留下足迹，胡杨、红柳是他们浪漫的性格，头枕戈壁、仰望星空是他们的生活，吟诗作画、载歌载舞是他们的时尚，就连将军，都是诗人。

时光荏苒，一个甲子匆匆而过，2016年12月中旬，一场大雪覆盖了石河子。本来是滴水成冰的季节，这座城市却迎来了一批最暖人心的建设者，那就是辽宁第五批援疆工作队，八师石河子市的第三批援疆干部来到了这个"戈壁明珠"，他们分别来自于大连、阜新、铁岭的三支工作队。

和以往工作队不同，这批援疆干部，不再是先提拔后进疆，而是平职进疆。其实，这是对干部的最大考验。习近平总书记指出，我国是统一的多民族国家，一部中华民族史就是一部各民族团结凝聚、共同奋进的历史。面对国家需要，怎么办？进驻新疆生产建设兵团第八师石河子市的35名干部人才用行动做出答案，那就是义无反顾。

当然，援疆干部人才，都是按照新疆发展的实际情况，有针对性地选拔上来的，要有过硬的本领，还要有一种甘于奉献的牺牲精神，用组织部门的话来说，是"选硬人"和"硬选人"。

最先来到石河子领队的三位"硬人"分别是：辽宁援疆前方指挥部副总指挥、八师分指挥部指挥长、阜新援疆领队、八师石河子市委常委、八师副师长林艾民，辽宁援疆前方指挥部党组成员、八师分指挥部常务副指挥长、大连援疆领队、八师石河子市委常委、八师副师长刘新铭，辽宁援疆前方指挥部班子成员、八师分指挥部副指挥长、铁岭援疆领队、石河子市副市长苗宇。

三位"硬人"，一到新疆，面临最大的问题，是发展问题。怎么发展？当然是科学地发展。辽宁援疆八师石河子市分指挥部根据新形势下自治区和兵团对援疆工作的安排部署，按照产业援疆的具体要求，经过广泛调研，确立了"五个一"的工作思路，即打造一个园区、确立一个产业、探索一个模式、形成一个亮点、树立一个形象。三位"硬人"靠过硬的本事，证明了"发展才是硬道理"，用三年时间，全部实现了既定目标。

2019年9月6日笔者抵达新疆石河子市，采访生产建设兵团八师辽宁援疆干部人才，一周的时间，住在援疆公寓，日夜接触，每一天都在感动，虽然采访每一个人，都不说自己，都想让我表达别人，但我终于从中了解了这个集体，正像他们自己说的那样，1+1+1>3。也就是说，援疆的大连、阜新、铁岭3个队加在一起，支援边疆的力度和效果必须大于3。

采访期间，我参观了"天地人"大厦。大厦坐落在石河子国家高新产业园区，是辽宁的援建项目，这里到处可见知名高科技企业的身影，体现了人与自然和谐共生的理念。我奔赴将军山绿化园林现场，看到了寸草不生的荒山，硬是开辟出了城市的后花园。石河子机场，那是大连周水子机场管理模式的翻版，因为高管阶层大多是来自大连机场的援疆人才。还有千亩棉田，万顷林木，一家一户的维吾尔族家庭，到处都是援疆干部人才的身影，就连街上跑的公交车都是辽宁援疆号环保电动车。35名援疆干部人才，放下自己的孩子，与35个少数民族孩子结对认亲，帮助他们全部以优异成绩考上内地的重点高中。

在石河子，他们做的每一件事，都是"抓石有痕"，他们的每一天，都在体现我和我的祖国在一起。

上篇　踏"石"有痕

第一节　产业援疆

石河子，天山北麓中段，古尔班通古特沙漠南缘，"丝绸之路经济带"中西对接的节点，怎样把这个"戈壁明珠"变得更加闪耀？怎样落实习近平总书记在2017年全国两会期间到新疆代表团参加审议时的重要讲话中指出的"以推进供给侧结构性改革为主线，培育壮大特色优势产业，加强基础设施建设，加强生态环境保护，努力建设天蓝地绿水清的美丽新疆"落到实处？那就是高起点推进产业援疆。

在石河子老城南部，呈现一片新开发的高新产业园区，新区中"天地人"大厦独树一帜，造型新颖时尚，引人注目。远远望去，三座深蓝色的高楼，高中低相互牵连，比肩而立，既象征着人与自然的和谐共生，又象征着顶天立地的一种自信、开放与向上的气质。

这座建筑是2015年辽宁投入3000万元援疆资金支持建设的，旨在为石河子丝绸之路经济带创新驱动发展试验区建设"双创"孵化基地。2017年春节过后，新一轮援疆干部人才在石河子聚齐，望着上一轮援疆建设成果，怎么才能让大厦发挥更大的效果，不让它闲置？

辽宁援疆八师石河子分指挥部牢记援疆使命，着眼实践，坚持产业援疆为重、队伍建设为本、作用发挥为先、创新引领为要，对产业援疆和招商引资工作进行了深度谋划和精心布局，走出了一条"对口援疆、招商引资、园区产业集聚'三位一体'"发展的新路子。科技创业园成为这场实践创新的主战场。

既然来到了石河子，那就做踏"石"有痕的事情，他们立了誓言，用三年不长的时间，做一生无憾的事。

于是，他们调动一切资源，开始了"天地人"大厦的软件建设，分指挥部在前方指挥部和辽宁省发改委的支持下，在这里建设集创新、创业、产业、投资、服务五项功能于一体的辽疆新经济创业园，重点发展电子信息互联网产业、新材料大数据服务平台等。

思路清晰了，马上筑巢引凤。辽宁援疆前方指挥部整合了1100万元援疆资金，支援石河子的辽疆高新产业创业园的建设。有了资金支持，建"巢"就要建成国际一流的，让所有走过"一带一路"的客商流连忘返。为此，他们找了国内IT连锁一流的新经济实体投资运营商——浙江颐高集团，为创业园提供运营服务，探索一条"援疆搭建平台、平台服务企业、企业自主创新"的援疆模式，建立和完善"创业苗圃+孵化器+加速器+产业园"孵化产业链，加快拓展高新区科技创新平台。

浙江颐高集团不愧为"国家级科技企业孵化器"、中国电子商务百强企业，在科技创业园3800平方米的物理空间里，辽疆新经济创业园已基本成型，装修一新的工作环境简约流畅，尽显时尚现代感。一块块电子屏幕、一个个电脑桌，跃动的是数据，传递的是信息，收获的是效率。在这里，能真正体会到"互联网+"的巨大魔力。

平台确定了，谁来入驻园区？招商引资迫不及待，一场招商的大戏拉开大幕。

2017年5月17日至18日，正值"一带一路"国际合作高峰论坛闭幕之际，辽宁援疆前指与石河子市政府共同主办了产业援疆招商引资项目对接会，共建"辽疆兵团节能环保产业园"和"辽疆天富节能环保产业大厦"的签约仪式。签约仪式上，中天碳暖集团、华东有轨电车设计公司、江苏乔治海因茨飞机制造有限公司等6家企业介绍了项目。

2017年10月29日，杭州国际博览中心华灯璀璨，"新疆石河子一带一路好项目对接峰会"在这里举行，八师石河子市上演了一场"峰会式"招商大戏，政府领导主题演讲，企业好项目路演推介，圆桌会议面对面交流，招商项目精准对接……"峰会式"招商模式成功开启，收得事半功倍的效果。

这场大戏，杭州只是开幕，20天后在石河子市举办的"中国企业好项目走进石河子"活动才算达到高潮，通过杭州峰会结识的浙江、广东、北京、上海等地的100余位企业家再次聚首石河子市，成功签约12个项目，招商引资成果落地生根。

八师分指把产业援疆作为重中之重，把招商引资作为主攻方向，他们"五加二，白加黑"，争分夺秒，分析新形势下产业发展趋势，分析石河子的产业特点，大胆创新，对产业援疆和招商引资工作进行了精心谋划布局，确定了"绿色、环保、低碳"的发展理念，以"先进环保、高效节能、资源循环利用"为核心，大力发展节能环保产业。然后分头行动，把触角伸延到全国，只要能招来的商，绝不轻言放弃。

到了2017年年底，成效明显，亮点频现。他们首先与金融部门协商，共同发起设立总规模为2亿元的产业发展基金，100%用于辽疆产业园区入园企业或项目。其他引进落地并开工的项目有10个，投资额46.1亿元；签约项目7个，投资额8.36亿元；重点在谈项目及意向项目15个，投资额19.3亿元。

至此，产业布局总体定型，建设资金基本落实，项目运作确有保证。已有中天碳暖、越隆达总部、深圳赛瑞公司以及一批节能环保新材料企业入驻节能环保产业园。

2018年8月20日，虽已立秋，但石河子仍骄阳似火，热情不减。位于石河子国家高新技术产业开发区内的科技创业园热闹非凡，让人期待已久的辽疆新经济创业园运营启动仪式在这里举行。来自区内外的近百名企业家、专家学者、政府官员、商会代表、新闻媒体朋友齐聚创业园微巢学院——互联网电商培训中心，见证这一激动人心的时刻。

在运营启动仪式上，颐高集团副总裁孙力先生说："创业改变未来，创新转型实体，是颐高二次创业的使命。我们落户石河子高新区，就是要把新经济元素植入园区，通过新经济模式、新经济手段帮助传统产业寻找新的机会，创造新的未来。"

在二楼楼友会工作室，墙上数十位创业导师的图片格外引人注目。楼友会是一家以众创空间系统化运营为主、以创业项目投资为导向、以众创空间服务为核心的众创平台，致力于打造城市创新创业生态圈，构建全国创业高速公路网，连接顶级投资机构、优秀创业导师，整合地方政府、龙头企业和主流媒体资源，为优秀创客提供全方位的创业服务。

沧海横流显砥柱，万山磅礴看主峰。1+1+1>3的模式，在这里尽情地表现出来。林艾民说"失败的团队没有成功者"，他庄严地承诺："我们将整合援疆干部人才的智慧和力量，调动大连、阜新、铁岭乃至辽宁省、全国的资源，'组团式'援建石河子高新区，为八师石河子市城市和产业转型升级，为石河子高新技术发展，推动新旧动能转换，全力打造高新区科技创新城贡献辽宁援疆力量，努力把对口援疆工作推上一个新台阶，把美好愿景早日变成美丽现实。"

辽疆新经济创业园建成和正在建设的项目有：亿脉通——中小企业公共服务平台、微巢学院——互联网电商培训中心、颐居草堂——农村电子商务服务中心、众创空间——线上楼宇大数据线下颐高万创中心，以及节能环保工程技术咨询中心、新材料创新展示中心、"寻材问料"新材料大数据平台等。目前，70余家企业和科研服务机构签约入驻产业园，还有40多家企业等待入驻。

辽疆新经济创业园的成功启动运营，让我们看到了一个充满生机和活力的石河子，在新经济的浪潮中已扬帆起航、破浪前行。

第二节　智力援疆

实事求是地说，辽宁援疆的每一件事情，都是智力援疆。本文所写的智力援疆，落足点在高科技援疆，由于篇幅所限，只能举中科院大连化物所支持石河子天业集团科技创新的例子。

新疆天业集团是新疆生产建设兵团第八师所属的大型国有企业，拥有两家控股上市公司，下属产业涉及塑料制品、化工、热电、电石、水泥、矿业、建材、节水、物流等领域，是国内PVC产业的领军企业，连续多年进入中国企业500强。

2010年中科院大连化物所与天业集团签订了全面技术合作协议，此时，正是天业集团调整产业结构、谋求转变发展方式的关键时期。尤其是乙二醇项目，因相关技术不过关，企业生产的电石尾气只能当成燃料使用，而一吨乙二醇的价值是电石的好几倍，可我国却严重依赖进口。

都说科学技术是第一生产力，可是该项目的技术不仅在全国，在全世界也没有经验，天业集团把解决难题的目光投给了大连化物所，这里培养和造就了不少享誉国内外高素质研究和技术人才。2011年2月，大连化物所派来46岁的高级工程师李世英，主攻年产5万吨的乙二醇项目。

为了解决这个难题，李世英带领他的团队，不断与大连化物所领导、专家寻求技术上的帮助和指导，夜以继日地开展调研和论证，大胆尝试。他说："如果能将电石尾气充分利用，生产出高附加值的乙二醇，不但能为国家填补技术空白，还能为企业创造出更高的经济效益，更是天业集团走循环经济道路最好的说明。"

从中科院大连化物所，到辽宁和新疆的科研人员，李世英的身后有着强大的科研团队，他们有信心攻破这个世界性技术难题，摸索出符合我国国情和结合企业特色的一条创新之路。

从此之后，石河子市的援疆干部来了走，走了又来，但唯独天业集团的李世英像一颗钉子一样牢牢钉在了天业集团。2011年到2019年，9年来变化的是他的职务和年龄，不变的是他对新疆、对兵团、对天业集团的热爱，他被同事笑称为"援疆钉子户"。

辽宁省对口援疆八师石河子市的人才工作期限是一年半，2012年6月30日，李世英第一批援疆工作结束时，因为5万吨乙二醇项目还没有投产，他申请援疆延期，继续留在天业集团工作。当年7月1日，李世英光荣地加入中国共产党。

"李总，你不能回呀，天业集团需要你。"天业集团领导挽留李世英。

"李总，天业集团提出'奋起再次创业，打造千亿天业集团'的宏伟目标，要投资建设十户滩新材料工业园区，其中60万吨乙醇项目由你负责，你留下来吧。"

"李总，等新材料工业园区一期建成后，你再走吧……"

大连化物所第三批、第四批到第五批援疆结束，这期间李世英的职务变成了天业集团副总经理，主抓了二期乙二醇、1,4-丁二醇、60万吨乙二醇等多个项目。就这样，李世英因工作需要，在援疆期满后一次又一次被挽留在了天业集团。

每次选择留下，李世英知道身上的担子又重了，要干的工作更多了。"天业集团领导没有把我看作外来挂职干部，早已把我当作本企业的员工了，我现在无法离开天业集团，看不到回去的'曙光'了。"李世英开玩笑说。

与李世英共事9年的天业集团汇合新材料有限公司现场副总指挥邓建康说："李总干工作认真负责，考虑问题具有前瞻性，他从大连来天业集团援疆挂职，一干就是9年，帮助企业解决各类难题，非常了不起。"

"李总干起工作来全力以赴不要命，十足一个东北铁汉。"李世英的天业集团同事陈财来说，"李总为天业集团项目牵线搭桥，成功与大连化物所共同组建了'催化联合研发中心'，共建大连化物所新疆天业集团研究院攻关无汞催化剂项目，解决原料需求问题设备问题并开创煤化工论坛……"

李世英在天业集团9年不走，现已是第六批援疆了，同事们给他起了"援疆钉子户"的绰号，他对这个绰号欣然接受。李世英说："'钉子户'是贬义词，但'援疆钉子户'这个绰号我很喜欢，表明我对新疆、兵团和天业集团有着深厚的感情，不舍得离开，像钉子一样钉在最需要、最关键的工作岗位上。我感到无上光荣。"

"2013年天业集团乙二醇一期年生产能力是5万吨；二期20万吨早已投产，10万吨扩建工程基本完成；正在加紧建设的是60万吨。到明年年底，天业集团乙二醇年生产规模将达到百万吨，成为国内最大的乙二醇生产企业。"李世英说，乙二醇可加工生产出高档聚酯衣服面料，现在国家每年消耗乙二醇1300万至1400万吨，其中800万吨依赖进口，"天业集团走新材料之路，未来发展不可估量。"

天业集团党委副书记、组织部部长夏月星说："李世英连续9年援疆工作在天业，他的身上有着大公无私的奉献精神，他把自己的才华毫无保留地奉献给了企业，是兵团情、天业情的具体体现，他已经将新疆当作自己的第二故乡了。"

李世英忘我地工作，9年里干出了骄人的成绩，但在他内心，最对不住的是妻子和儿子。

按照援疆挂职干部休假规定，挂职干部每年有一个月的探亲假，可9年里李世英没休过一天援疆探亲假。李世英患有胆结石，在他生病时也静不下心来治疗。实在坚持不住了，他就随便吃点止痛药，然后又扑在工作上。在一次项目调研过程中，他病倒在床上，整个人疼得翻来覆去，豆大的汗珠从额头上滚落下来，整件衣服都已湿透，他愣是一声没吭。第二天，他便立即投入紧张的工作中。

李世英说："我被天业集团领导和其他援疆干部的工作热情所感染，我是一名党员，这里的工作需要我，我怎么能走？怎么能休息？"

"说实话，每次援疆期限到期，我也想过离开，想回到家中照看妻子和儿子，但是手上主抓的项目没完成，天业集团更需要我。"55岁的李世英惭愧地说，9年里家中无论发生大事还是小事，他永远像个外人帮不上忙。

"我生病需要他照顾，他不在；走时儿子上大三，现在儿子都留学回国工作了，他还没有回来。刚开始，我还催他回来，可每次催他都没用，他一心扑在干不完的工作上。现在我只有支持他，提醒他干工作也要多注意身体，不要累着了。"李世英的妻子王燕对视工作为重的丈夫，抱怨中包含着理解。儿子李笠对父亲的援疆工作也默默支持，将自己的QQ签名改为"我是新疆人"。

9年的时光太过漫长，想念家人时，李世英就给家人打电话和视频聊天；每年利用春节假期与家人短暂团聚时，他回到家中总是多干活，以弥补对家庭的亏欠和对妻子的愧疚。

工作中辛勤地付出，李世英得到了各级各部门的高度肯定，荣获对口援建八师石河子市工作成绩显著三等功4次和兵团优秀援疆干部人才、兵团60周年大庆"最美兵团人"等荣誉称号。2018年，李世英又荣获八师石河子市突出贡献奖、八师石河子市拔尖人才荣誉称号。

在获得的所有荣誉中，李世英最看重的是"最美兵团人"荣誉称号。他说："270多万兵团儿女长年累月在新疆开发建设、辛勤工作、幸福生活，我在这里只工作了8年就评为'最美兵团人'，内心有愧。兵团、八师石河子市给我这么高、这么多的荣誉，我更应该发扬老一代兵团人吃苦耐劳、勇于奉献的精神，将自己的工作干得更好。"

"2020年，国家15个省部委将推广煤制乙醇汽油，我还想借助大连化物所的先进技术，攻关煤制乙醇烯烃项目，更好地助力天业集团的发展。"李世英说，"我会尽自己最大的努力，配合好天业集团的各项工作，一直干到企业成功转型的那天为止。"

在全党深入开展"不忘初心、牢记使命"主题教育，以崭新面貌庆祝中华人民共和国成立70周年之际，2019年7月22日至23日，中央电视台播出了中宣部举办2019年"最美支边人物"发布仪式。仪式上，李世英获得"最美支边人物"荣誉称号。

年底，这一届的援疆时间已满，李世英再次递交申请，继续援疆，成了一位名副其实的"援疆钉子户"。

"兵团儿女屯垦戍边的精神时时刻刻感染着我，使我爱上了这片土地。"李世英说，"我已经把自己当成新疆人、兵团人、天业人，我要把一名援疆干部对祖国、对家人的爱延伸到对援疆事业、对援疆工作的贡献上。"

第三节　辽宁援疆号

早穿皮袄午穿纱，围着火炉吃西瓜。这句话说的是吐鲁番，拿它说石河子，也差不了多少。南邻天山、靠倚中国第二大沙漠的石河子，特殊的地理环境，决定了它特殊的气候。夏天高温到40℃已经是常态，而且还十分干燥，人热得承受不了。冬天呢，也不好过，常常零下30℃，冷得也让人受不了。由于天山山脉的阻隔，冬天，集聚在石河子市的雾霾散发不出去。

群众迫切需要解决的三大问题叠加在一起，辽宁援疆八师石河子市分指想出了个"一箭三雕"的做法，那就是取得后方——辽宁省政府的支持，为石河子市购置新能源公交车。石河子市的部分公交车已经到了服役年限，车况不佳四处漏风，尾气排放还不达标，更何况公交车上还没有空调，冬天冷夏天热，坐车也是耐寒抗暑。

正是考虑到市民的感受，八师分指向辽宁援疆前指提交了购置新能源公交车的方案，并且得到了后方的支持，投入援疆资金3374万元，为石河子市援助新能源公交车。

在石河子投入运营的是纯电动车型，是该品牌的"冠军车型"之一，行业同类产品中的佼佼者。经考察，这种公交车在耐高温、耐严寒等气候条件上下足了功夫，在黑龙江、吉林、海南、新疆等多省区都有大规模的成功运营案例，完全可适应石河子当地冬季长而严寒，夏季短而炎热的气候特征。为此，他们订下了52辆新能源公交车的合同。

交车的时候，分指领导验车，莫说车的性能和空调的质量，就连车把手、车垫等细节都一一检验过关。

2019年3月21日，新能源公交车首次亮相石河子市，绿色、新颖、时尚的公交车刚刚上线运营，许多石河子市的市民连私家车都不开了，排起长队等候上车，体验新公交车的舒适度，也体验一次绿色发展理念，来一次低碳环保出行。

这批新能源纯电动公交车配置很高，电瓶是宁德时代250瓦时电池，长续航，抗冻；该车有空调，冬天温暖，夏天舒服；还配置普利司通轮胎，侧电显示；全车乘客座位为软座位，每一辆车可以载客92人；车厢空间大，还有车载电视会播公益广告和宣传片；全铝合金扶手，全包围驾驶室；车大梁悬挂的是气囊悬挂，大大增强了车辆道路行驶颠簸的减震效果；电显和中控，空调是通盛空调，驾驶员座位是软座，座位带加热，行驶中全景倒车影像，是石河子目前公交车的高配；市民乘客在后门如果按一下STOP键，驾驶员在驾驶室就会被提示有人下车，减少了乘客拥挤时，乘客要下车，驾驶员不知道的问题；公交车内前面有三个侧向座椅旁边的杆子上有USB接口，可以随时为手机充电。

石河子市公交公司一分公司经理刘皋介绍："这些车体现了辽宁人民对我们的支持和帮助，也是目前石河子市配置最全、标准最高的新能源公交车，对打响'蓝天保卫战'、提升城市形象、改善居民的出行条件将起到积极的作用。"

有着14年驾龄的1路车公交司机李建新深有感触地说:"以前的公交车提速慢,噪声大,舒适性差,现在开上新能源公交车感觉很轻松。"石河子市一中袁末哲同学说:"我们几个同学坐1路,这纯电动车平稳得都可以在车上写作业了。"

这52辆新能源公交车运营时间为8时30分至21时30分,班次间隔5分钟至8分钟,全程票价仅1元,不仅缓解石河子市公交车紧张的局面,还大大改善了出行环境。

随着这批新能源纯电动公交车上线运营,石河子公共交通向低碳环保绿色节能发展迈出坚实一步,也为进一步完善石河子市公交线路,合理利用城区公共资源,满足群众出行需求做出了贡献。

第四节　戈壁花园

去将军山的过程,就是震撼的过程。

将军山坐落在城南,是颠连起伏群山的最东端,也是离石河子最近的山,距市区中心仅十几公里。十里路途是十里的果香、十里画廊。这里有和吐鲁番媲美的葡萄,有和天上鲜果媲美的蟠桃,有甜得起沙的西瓜,还有世界上最甜的苹果。

转过果区,玛纳斯河畔上面的山就是将军山。这里有山野的风,撩起你的头发,也撩起你的思绪,把新疆常见的黄褐色的戈壁碎石和新疆不常见的丹霞地貌送入你的眼帘;这里有清澈的玛纳斯河从遥远的天山深处流淌下来,玉带一般送进你的视线;然而,这些都不为奇,眼下还有更美的风景,600多亩色彩缤纷的花海等着你欣赏,美轮美奂得如同空中花园。

这一奇迹,当年的王震将军,怕是连想都不敢想,是高科技时代加上屯垦人的毅力,更有辽宁援疆的坚强后盾,创造了这一人间奇迹。

60年前,以玛纳斯河石头而得名的新疆石河子,四处沼泽、风沙肆虐、人迹罕至。第一代拓荒者以战天斗地的精神改造生存环境,拉开了屯垦戍边的序幕。

1958年，上海同济大学规划专家赵琛为石河子市设计了棋盘式的城市总体规划图。规划各区域之间有大型防护林相隔离，中心区四周被茂密的防护林环抱，整个城市掩映在绿树丛中。规划把道路断面控制在50米至80米之间，为后来的城市基础设施建设留下了充足的发展空间。

　　老一辈石河子人创造性地提出了"先栽树，后修路，以树定路，以树控制规划"的超前思路，从而为城市建设及城市后期的可持续发展奠定了坚实基础。

　　我们承认，石河子是绿色之城，园林之城，玛纳斯河浇灌出它的江南风韵。然而，石河子毕竟位于祖国的西北，城市的布局缺少西北应有的彪悍、豁达和大气磅礴。这些正是石河子人应有的性格，而地处平川之上的城市，局限了人们的视野。

　　把将军山开辟成城市的后花园，让石河子的城市之魂得到充分的释放。绿化将军山，这是石河子市历届领导都想做的事情，更是石河子老百姓梦寐以求的事情。

　　绿化将军山，不是没尝试过，每一次尝试，都是一个结果，失败。这里是黄胶泥土质，重度盐碱，pH值达到9.5%，板结得特别严重，挖掘机挖下去，像碰到石头上，直冒火星子。这里荒凉得几乎是寸草不生，除了840座老坟茔，几乎成了月亮土地。

　　连胡杨、红柳和苔藓都不能生存的地方，能造出花园吗？别说是石河子人，就连上海市政设计研究院都认为此地不适宜树木的生长，不愿做城市园林设计。

　　石河子虽然大，但有效的耕地和牧场还是寸土寸金，想拓展城市的发展空间，把搬迁的石河子机场和兵团最大的水利项目肯斯瓦特水库联结起来，将军山不绿化，那就是美丽少女头上的一块秃斑。

　　援疆八师石河子市分指指挥长、八师副师长林艾民有过丰富的城建工作经验，他咬定荒山不放松，把推动将军山绿化、建设苗木基地视为落实建设美丽中国的一次大胆实践。

林副师长说服了大家，走上了石河子人梦寐以求，却又从未走过的路——绿化将军山。

为了把这个项目具体做好，八师分指从高起点开始规划，说服上海市政设计研究院，编制设计了园林方案。连一般的植物都不容易成活，何况是花海和彩色苗木，面对上海市政设计研究院的为难情绪，他们提出没有条件创造条件，既然土不适合，那就换土，既然盐碱度高，那就引玛纳斯河水上山，用水浇掉盐碱，苗木缺水不怕，在石河子早已成熟的滴灌技术完全可以解决这个问题。

高科技时代只有想不到，没有做不到，办法总比困难多。

石河子园林研究所所长李先荣是这一项目的具体实施者，他是一位富有激情的园林科技工作者，对这片浸透着军垦战士血汗的红色土地充满感情。作为一名专业人员，他清楚地知道，这个项目的困难有多大。他也曾和林副师长争论过，草都不长，能长树吗？但林副师长态度非常坚决，当年军垦，谁都不会相信戈壁荒滩能建出城市，能开辟出沃野千里的良田，奇迹总是人创造出来的。

2018年9月，建设大军开进将军山东麓，郊野公园正式开工建设，总投资6500万元，其中4500万元为辽宁援疆资金。工程分为一期、二期，一期绿化面积250亩，种植银杏、夏橡、大叶白蜡、火炬树、山桃、李子树、王族海棠、紫丁香等68种乔灌木，与此同时，园路、围栏、供电系统、供水系统也配套完成。

这些苗木，大多来自辽宁，在八师133团进行了驯化，适应了石河子的气候，才栽种到将军山上的。为挖掘高规格的树坑，项目雇了几十辆挖掘机，土硬得把有的挖掘机钩都挖断了，可他们依旧没有停下来。从外地拉来的12万立方米种植土，堆积如山，600立方米生物有机肥分配到每一个树坑中。

经过40多天的努力，愿望变成现实，蓝图变成了美景。

2018年10月，八师石河子市党委书记、八师政委董沂峰检查项目进展。在将军山上，他看到原先的荒滩野地变成了生机勃勃的土地，一片片林木已经种上，按捺不住兴奋之情，连连表示："这个项目太好了，辽宁援疆工作队的科学谋划，实现了承载彩色苗木特色林果基地、荒山绿化基地、辽宁苗木在疆驯化基地、辽疆休闲郊野公园多个使命，创造了戈壁荒山变绿水青山的奇迹。"

没多久，八师又配套了2800万元，继续打造将军山郊野公园。

2019年9月初，笔者在《石河子日报》原总编芦永军先生的陪同下登上将军山，领略了祖国大西北的壮美河山，远处是五彩的丹霞地貌，眼前是五彩的花海，玛纳斯河像一条玉带，把色彩缤纷的地貌和色彩缤纷的彩色苗木与花海穿在一起。

在山上，笔者看到了李先荣所长。他脸色黝黑，完全是被戈壁的阳光晒出来的，越野车里放着一块馕和一瓶矿泉水，这就是他的午餐，他把时间都用在了将军山上。他对每一株苗木，都像对待自己的儿女，怕晒的树木，他给穿上衣裳，喜水的苗木，他怕滴灌有堵塞，时时都在查看。

笔者问到苗木的存活率，他自豪地说，最不好活的银杏树，成活率都是100%。他还要引进200亩芝樱花海，明年春天，中国人不必去日本，来到新疆，来到石河子，一切都看到了。还有荷兰的郁金香，母本就是来自天山，他还要让它们回归故土。

70年前，英勇的军垦战士怀着"建一座城市给后人"的革命理想，建设了一颗"戈壁明珠"。今天，充满家国情怀的辽宁援疆干部人才，怀着对老辈军垦人的敬重，为军垦石城再添一景。

第五节　花园机场

石河子花园机场位于市中心南侧15公里的八师143团，距离乌鲁木齐市150公里，是新疆第18个民用支线机场，新疆生产建设兵团首个民用机场，有3个民航停机位，40个通航停机位，可满足波音737和空客320/319全系列中型客机起降。项目总投资5.61亿元。机场的投入使用不仅满足新疆各地州、周边省份的航线需求，还作为距离乌鲁木齐最近的机场，为其提供备降服务，成为全新疆最大的航空物流中转站，最终打造成集货运通航客运三位一体、连通中东亚欧的"空中丝绸之路"。

2015年8月20日，石河子市花园机场，历经三年基础建设，终于完成。由于兵团缺乏民航专业人才、技术和经验，如何管理和运营好一个现代化民用运输机场成了难题。大连作为对口援建城市，将这项重任承接下来。

大连机场精心挑选了15名技术骨干，驰援花园机场。回忆起刚刚踏上援疆征程时的情景，大连援疆人才、挂职石河子市机场管理有限公司总经理贾福明记忆犹新："当时机场的环境可谓'办公无一桌，宿舍无一床，食堂无一碗，机场无一人'！"面对空前的难度，第一批来自大连的援建人员全面撑起了石河子花园机场运行管理的架构，建立了组团援疆的新模式，使运行前的筹备工作全面、快速、有效地推进。为了保证机场按期开航，援疆小队采用"五加二""白加黑"的工作方式连续工作了三个月。中秋节、国庆节等节假日他们没有休息一天，经常加班到深夜，甚至睡在办公室。

2015年12月17日，一场大雪将石河子花园机场覆盖成银色世界。停机坪上，清雪车穿梭不断，航站楼里，安检人员忙着调试设备，医疗救护培训正在进行，一切忙碌都是井然有序。短短几个月，在大家的共同努力下，机场圆满地完成了人员招聘、校飞、试飞、机场行业验收、培训等工作。按常规，这些基础性工作至少要两年才能完成，可大连援疆小队三个多月就完成了。工作量之大、效率之高、推进之快，刷新了中国民航机场发展史上的新纪录。

谈到这些时，贾福明格外兴奋。

12月26日，一架波音737客机徐徐降落在石河子机场，象征着石河子通向疆内外的"天路"从此开通。

石河子机场管理有限公司董事长祁新峰介绍，石河子花园机场通航后，将作为民用支线机场兼顾通用航空使用，满足民用运输及开辟至新疆各地州、周边省份航线。此外，还可作为乌鲁木齐国际机场的部分补充，比如航空物流方面，为乌鲁木齐机场提供备降服务。

"石河子的蟠桃园距离机场就3公里，直接上飞机运输绝对新鲜。"祁新峰说，未来该机场还有计划开通大连、上海的航线，届时可以空运沿海城市的其他生鲜来新疆销售或是中转到中亚。

根据市场调查，他们了解到，来石河子的客源，两方面人员比较多，一是商务出行，二是军垦人以河南籍的居多，所以在客运方面，北京和郑州两地兼顾了商贸物流客源与探亲访友客源。2016年2月22日，他们开通了喀什—石河子—郑州航线，7月21日开通了石河子—哈密—北京航线，随后他们又开通了伊宁—石河子—成都航线。

2017年7月召开的全国第六次对口支援新疆工作会议上，石河子机场援建工作得到时任中共中央政治局常委、全国政协主席俞正声的点名表扬。

花园机场的通航，对提升八师石河子市形象，进一步改善本地招商引资环境，完善立体化交通网络，拉动本地旅游业、物流业发展起到了推动作用。

2017年5月，为了进一步加强机场"组团式"援疆的力度，师市党委明确由辽宁援疆八师副师长林艾民分管机场和空港经济区工作，全面启动了保障能力提升，积极推进机场改扩建工作。

经过援疆干部人才的努力，石河子花园机场相继与海航集团、霍尼韦尔公司、顺丰公司、中航天信等企业签订合作协议，在民航人才培养、航空物流、旅店、旅游、金融等方面进行全方位合作。

时间走到了2019年年初，石河子花园机场正式通航3年多了，有这样一组数据见证了援疆干部的努力和付出：保障民航航班830余架次，旅客吞吐量6.5万人次，与5家航空公司签订备降协议。

春华秋实，石河子花园机场的大连人带着真情，带着大爱，无怨无悔地发光发热，让大连元素飘扬在石河子机场的上空！

第六节 万达广场

谁都知道，总部在大连的万达集团，是全球商业地产行业的龙头企业，已在国内多个城市成功打造283个集多种功能于一体的"万达广场"城市综合体，成为每个城市颇具影响力的城市地标和商业中心。万达广场不仅提升了城市的商业转型和升级，而且创造了稳定的就业岗位，方便了市民生活，快速促进了商贸、旅游等产业的发展，真正实现了多方共赢。

城市中拥有万达广场，已经成为城市繁荣的一个象征。把万达引进石河子，是辽宁援疆干部最大的心愿。2017年，辽宁援疆八师分指阜新市援疆工作队就开始与万达集团进行接触，把引进万达广场项目作为产业援疆、招商引资的重点工作，齐心协力、千方百计引进万达入驻石城。

万达集团综合考虑石河子经济发展、人口增长等因素，经过多次磋商、现场勘查，站在重点援疆项目的高度，终于下决心，投资石河子。

时任万达集团石河子项目总经理林浩骏说："万达投资石河子，是一种机缘，更是一种情怀。八师石河子市党委、市政府的真诚期待和石河子不平凡的军垦历史感动震撼了我们，让我们坚定了信心，决定投资石河子。"

对于石河子的万达广场，万达集团专门做了量身打造。项目以"城市中心"为方向，以现代时尚为主色，融入当地文化特色。打造品质一流的地标性建筑，使其成为一座城市的象征。

2018年2月7日，万达广场城市综合体商业广场项目和万达广场城市综合体文化小镇项目在师市成功签约，标志着双方合作进入实质性阶段。

2019年4月23日这个项目破土动工，上午11时，石河子市44小区万达广场项目工地，红旗招展，彩球高悬，师市党委常委、副师长、辽宁援疆八师分指挥部指挥长林艾民宣布：石河子万达广场综合体项目正式开工！

坐落在城南新区的万达广场，对完善石河子市新区城市功能，打造城市新地标，实现城市南北区块商业均衡发展，满足市民多元化消费需求等方面具有重要意义。

开工建设的石河子万达广场大商业项目，总建筑面积13万平方米，其中地上建筑面积8.3万平方米，地下4.7万平方米，地上4层，地下2层。项目建成后将成为涵盖精品超市、儿童娱乐体验、时尚品牌餐饮、潮流服饰、教育、影院等多业态的购物中心。

石河子万达广场建成后，将会给石河子市带来3000至5000人的直接就业岗位、约1万人的间接就业机会，每年创造约5000万元税收收入。

笔者上面书写的五节内容，只是八师石河子辽宁援疆的五朵浪花，这样的浪花在他们中间，比比皆是，笔者只是撷取了五朵而已。比如，在2018年9月举办的第十八届沈阳国际农业博览会上，出现了这样一幕：作为唯一参加农博会的兵团，八师石河子市展团在4天时间，所带来的46种2145件新疆特色产品销售一空，花园纯牛奶、西悦酸奶、军燕红酒、棉被芯、鲜食葡萄、神内胡萝卜汁等产品均成热销产品，师市展区成为该馆最火爆区域。比如，大连旅顺口区的农业专家帮助发展石河子地区的大樱桃、软枣、猕猴桃等种植，"大连水果"在新疆扎下了根。比如，辽宁援疆给石河子采购的越野车、防暴车、无人机、数字集群基站等价值3300万的警务装备，已超过辽宁所有市的警务装备，率先在"一地两师"完成了辽宁援疆"交钥匙"工程。比如，星海一号城市综合体项目落地石河子……

还有，1+1+1>3的工作模式中，柔性援疆方面，体现得最为显著，体现了"善谋大事，乐办小事，常办实事，多办好事"的工作特点。三个工作队从稳疆安疆的战略高度出发，紧紧围绕各族群众安居乐业，多搞一些改善生产生活条件的项目，多办一些惠民的实事，多解决一些各族群众牵肠挂肚的问题，让各族群众切身感受到党的关怀和祖国大家庭的温暖。

第七节　文化援疆

文化援疆是软援疆，但中华民族认同感却是从文化开始的。援疆的深层次意义是增进民族团结，促进和谐稳定，推动社会进步，而实现这一目标的核心是推动文化融合。在辽疆文化交流过程中，他们突出历史文化和民族文化的挖掘和传承，突出文化的交流和传播，打下了培根铸魂的基础。

3年来，八师分指十分注重发挥辽宁文化大省资源优势，把文化发展作为增进民族团结、维护边疆稳定、促进经济和社会发展的核心内容，不断加大资金投入，创设多种平台，在现代文化引领下，大力推进辽宁、新疆和兵团的文化交流，努力挖掘军垦文化内涵，擦亮军垦文化名片。

铁岭的国画创作在全国独树一帜，尤其是工笔画，涌现出张策等一批全国重量级的画家。2015年，在援疆干部的促动下，来自辽宁铁岭的画家开始深入石河子，以农垦题材为背景，创作了大量的雪山草地、大漠胡杨、万亩葡萄园等美术作品，从而也带动了八师石河子市的美术创作。

由此，拉开了石河子以美术创作为源头的辽疆文化交流的大幕，文化援疆从铁岭扩展到全辽宁省，近百位画家先后深入新疆石河子等地区采风创作，辅导当地各民族画家进行创作。已故著名画家宋雨桂，不顾年老体弱多病，明知来日不多，依然指导画家们创作。石河子画家吐尔逊右臂曾粉碎性骨折，胳膊都画肿了，辽宁画家马上给买药。两地一家亲的场景比比皆是。

2017年3月18日，北京国家博物馆，"大美新疆·军垦华章——铁岭工笔画新疆兵团题材美术作品展"隆重开幕，一张张反映军垦生活和兵团历史的作品生动地展现在观众面前，激起参观者强烈的共鸣。其中《一群老兵的故事》《风雪边境线》《天籁》《塔吉克新娘》等一幅幅饱蘸深情讲述兵团的故事、描绘援疆的场景、颂扬民族风情的作品受到广泛好评。一位曾经在兵团工作过的参观者激动地说："这些作品把我带回40多年前的兵团，那些激情燃烧的岁月是我人生弥足珍贵的重要一页。"

2017年7月，该展览又被中国美术家协会作为建军90周年系列展览的首展展出。展出期间，共有46万余人次观看展览；新华社、中央电视台、中央人民广播电台、新华网、人民网等30余家新闻媒体给予关注和宣传，成为辽宁文化援疆的第一品牌。9月26日，画展在石河子市"红山1958文旅小镇文化艺术中心"展出，社会反响强烈，形成一道亮丽的文化风景线，被誉为八师石河子市的一座"文化丰碑"。

2017年2月，石河子市一年一度的迎新春联欢会盛况空前，大连、阜新艺术家表演的《万马奔腾》《寂寞的天空》等节目赢得观众一阵阵热烈掌声。石河子市迎新春联欢会第一次迎来了东北艺术家的加盟，精彩的节目犹如一场文化盛宴，让石河子市民大饱眼福。

竞技性体育和群众性体育活动是阜新市的优势，先后荣获全国"竞走之乡"和"全国首批篮球城"称号。对口援建开展以来，阜新援疆工作队就把发挥自身优势、增进两地体育文化交流，特别是青少年体育后备人才培养、提升两地体育竞技水平作为援疆的重要内容优先布局。双方经过沟通协商，达成了把石河子市打造成"全国篮球城市"的合作意向，在加强教练员、运动员培训的同时，为石河子建设一座标准化、能承揽国际性比赛的篮球场。考虑到群众性体育活动的要求，最后形成了建设"石阜篮球公园"的升级版方案。

2018年10月20日，大连京剧院一行70人历经10多个小时的路途奔波，于凌晨4时抵达新疆石河子市，顾不上休息，即开始演出前的彩排。当日晚，石河子科技馆明珠剧院，一场由大连京剧院袁派领军者杨赤与余派名家凌珂主演的京剧《将相和》精彩上演，拉开了"中国梦·辽疆情"2018辽宁文化艺术周的序幕。

仅以2017年这一年为例，八师分指规划建设完成了14个文化援疆交往交流交融项目，投入资金440余万元，参与人数2000多人。通过实施这些项目，越来越多的石河子人走了出去，加强了对中华民族、中华文化的了解和认同；越来越多的大连、阜新、铁岭人走进了石河子，带来了新文化、新信息、新观念，搭建了多层次、多形式的交往、交流、合作平台。

2019年，文化援疆高潮迭起，全年活动不胜枚举，仅9月18日和19日就有两次重要的文化交流。18日那天，辽宁省文联书协、摄协一行36位艺术家到了石河子市。继辽宁铁岭与石河子的画家进行交流之后，辽疆之间的艺术交流一年强过一年，近两年拓展了书法、摄影，还有表演艺术。

交流现场，书法家现场创作书法，以管毫会友，用翰墨传情，共叙书法情缘，辽宁省书法家笔蘸浓墨，凝神静气，在笔案上挥毫泼墨，勾勒水光山色、春华秋实，用一幅幅书法作品表达着对祖国的热爱，对军垦文化和兵团精神的敬仰。参加活动的嘉宾围着书法家，一边欣赏，一边用手机拍下各种书法作品。不少书法爱好者表示，许多作品笔法独特、内涵丰富，值得好好学习领会。

当天晚上，举行了两地艺术家联谊会，师市党委书记、政委董沂峰代表师市党委、市人民政府对辽宁省文联党组成员、副主席，中国书协理事，辽宁省书协主席胡崇炜一行的到来表示热烈欢迎。董沂峰表示，此次活动也是两地贯彻第七次全国对口支援新疆工作会议精神，促进两地各民族文化交流互鉴，深入挖掘爱国爱疆文化资源的良好平台，希望前来交流的艺术家和石河子的艺术家通力合作，相互走动，相互学习，促进两地文化繁荣，构建共有的精神家园。

在石河子期间，师市党委常委、副师长林艾民、刘新铭陪同辽宁省代表团的书法家、摄影家参观了兵团军垦博物馆、世纪公园。

第二天，又一项重要文化交流活动启动，来自师市各行各业的300名劳动模范、先进工作者集聚在石河子市文化宫。"开往老工业基地，感受共和国70周年沧桑变化"辽宁专列游盛装出发。

这次活动是辽宁援疆前方指挥部为进一步贯彻落实第七次全国对口支援新疆工作会议精神，加大辽宁旅游援疆工作力度的又一创新举措，探索了辽疆两地交往交流交融的新办法。"文化旅游援疆"专列的再度出发，将这种文化援疆的方式固定下来，推动新疆各族人民群众到内地亲身感受伟大祖国繁荣发展的惠民项目，这在19个援疆省市中属首创之举。

登上"文化旅游援疆"专列，新疆如意纺织服装有限公司工会副主席赵芙蓉说："我非常珍惜这次机会，希望通过这次学习，把感受到的老工业基地改革创新、勇于拼搏的精神带回来，让辽疆两地的深厚友谊不断延续。"

师市党委常委、副政委刘林表示，此次活动，是辽宁援疆指挥部的一次用心援疆、真情援疆的尝试。他要求各相关单位选派的人员珍惜前往辽宁学习的机会，用心感受辽宁解放思想、更新观念的先进经验，并结合自己的岗位实际，交换能量，吸取精华，提升自我。

启动仪式结束后，劳动模范、先进工作者代表们赶赴石河子火车站踏上辽宁专列。此次活动历时16天，从祖国西北的塔城开往东北的漠河，沿途跨越新疆、甘肃、宁夏、内蒙古、辽宁、吉林、黑龙江7个省区，铁路运行总里程5000多公里，以参观学习东北老工业基地为主。

下篇　天山挡不住

第一节　辽疆连心桥

2017年5月22日，石河子第九中学，辽宁援疆干部人才与少数民族学生"民族团结一家亲"结对帮扶活动如火如荼地开展。辽宁援疆工作队全体35名干部人才逐一与35名少数民族孩子结成了对子，他们交换了认亲卡，互赠了礼物，正式结成了亲戚。援疆干部人才向第九中学赠送了足球、篮球和排球，为少数民族学生捐款6.3万元。

仪式，仅仅是开始，从此35名援疆干部人才把这35个孩子当成自己的孩子，把远离家乡，无法给予自己孩子的爱全部转移给了35名少数民族孩子，手把手地教他们学习，心贴心地和他们交流，无微不至地关心他们的生活与成长，日积月累，有的孩子干脆叫他们爸爸妈妈。

国庆节那天清晨，石河子世纪广场，人声鼎沸，师市机关、团场、企事业单位干部职工、援疆干部人才数千人齐聚，举行"迎国庆升国旗"仪式。在人群中，援疆干部董冀与石河子第九中学内初中班学生、柯尔克孜族姑娘阿依达娜意外相逢，分外激动，他们一起合影，喊出了"祖国，我爱你"的心声。

董冀和阿依达娜是在"民族团结一家亲"活动中结对认亲的。不由自主的喊声，他们已经把一对一的爱升华到对祖国的爱。

八师分指常务副指挥长，师市党委常委、副师长刘新铭的妻子马红是一名退休干部，为陪伴丈夫援疆也来到石河子。她像待自己的孩子一样将结亲学生阿迪莱·阿不都瓦力揽在怀里："我作为援疆干部的家属，一定会配合丈夫的工作，承担起妈妈的角色，给孩子一个温暖的家。"

维吾尔族姑娘古丽热娜说："结对子不只是为期3年的活动，而是相伴一生的亲情，不论身在何处，我们永远不会忘记他们。我们一定会好好学习，不辜负叔叔、阿姨和老师、家长对我们的期待，我们要像石榴籽一样紧紧抱在一起，让民族团结之花开遍各地。"

是的，八师分指在落实民族团结工作上，已经做到润物细无声，他们围绕"辽疆人民心手牵，携手共筑民族情"主题，开展了"谈一次心、推荐一本好书、解决一个问题、进行一次沟通、开展一次夏令营、开展一次家访、学习一次民语、共度一个节日"的"八个一"教育帮助活动，还利用援疆资金设立"辽疆石榴籽奖学金"，每年安排援疆资金10万元，用于奖励200名垦区中小学优秀少数民族学生。每名援疆干部人才每学期出资300元设立结对子基金，为特殊家庭学生提供帮助。在节假日，援疆干部人才会专门到学校看望结亲学生，为他们送去礼物。

2017年开始，每年6月，"辽疆一家亲"的35名少数民族学生便会组织夏令营，从石河子出发，乘飞机、坐高铁，到北京看升国旗，登长城，领略祖国大好河山。随后，他们前往沈阳、大连、阜新、铁岭、抚顺五个城市，与当地学生结对子、手拉手，参观爱国主义教育基地，走近青山绿水，孩子们不仅收获了友情、亲情，也收获了爱国情怀和远大志向。

照片中，一双双紧紧相握的手，一张张欢乐甜美的笑脸，一份份精致贴心的礼物；手牵手结对子，游览莲花湖湿地公园，参观铁岭博物馆及银冈书院，丰富多彩的活动给这些远道而来的孩子留下了美好又深刻的回忆，潜移默化中将友谊的种子种在了孩子们的心中。

在铁岭市实验学校，辽宁的学生已经早早地在校门口等候，他们手中拿着一个牌子，写着自己名字和与自己结对子的新疆同学的名字，迎接新朋友的到来。

实验学校的学生拉着新疆的同学参观了校园，欣赏美术、书法等作品。走进美术教室，大家共同制作水油画，轻轻晃动油墨瓶，小心翼翼地滴进水中，色彩慢慢晕染开来，再慢慢附着在纸上，把画纸从水中取出慢慢晾干，一幅简单的饱含民族情谊的画作就这样完成了。

"很开心认识了新的伙伴，现在两个人已经互相留下了联系方式，以后也将继续保持联系，互相交流学习，互相鼓励，共同成长。"来自新疆石河子第九中学八年级的学生木合迪斯·艾热提与辽宁省铁岭市实验学校八年级四班的学生吴林潞结成了对子，女生们牵着的手紧紧握着一直不曾松开，男生们有的搭起了肩膀，一路欢声笑语，加深了他们的友谊。

舞蹈《美丽中国走起来》、英语剧《白雪公主与七个小矮人》、非洲鼓《哇卡哇卡》，表达了铁岭学生对远道而来的客人的欢迎与浓浓的热情。新疆学生也换上了自己民族美丽的传统服装，跳起一支支极具民族特色的舞蹈。一张张绚烂的笑脸，一双双明亮的眼睛，用新疆特有的激情演绎了"辽疆一家亲"，体现出浓郁的新疆民族风情和艺术氛围，展示了他们善良朴实又热情奔放的性格。

舞蹈结束后，孩子们意犹未尽，市实验学校的学生来到台上，向新疆学生学习新疆舞蹈，小小的舞台成为一片欢乐友爱的海洋。来自石河子第九中学八年级的学生阿迪莱·阿不都瓦力说："铁岭给我留下了美好的印象，环境优美，空气清新，这里的同学们也非常热情，回去之后我会将这次的见闻告诉我周围的人，向他们介绍铁岭的美景和人文。"

孩子们是纯真无邪的，才认识不久的小伙伴就已经像亲人一般，走时他们都依依不舍，互相拥抱，约定好将来共同进步，还会有再见面的一天。正像学生发言代表莫丽德尔说的那样："这次活动我们更深刻体会到了民族团结的重要性，我们要让民族团结之花开遍全国。"

在银冈书院，孩子们看到了当初周总理读书的地方，备受启迪，纷纷表示要为伟大的祖国而学习，通过不断奋斗来实现自己的价值。在"为中华之崛起而读书"的座右铭墙下，大家一起喊出了"为中华崛起而读书"，留下了合照。莫丽德尔在纪念馆留言处写道："历史伟人周恩来，我会好好学习，像您一样，做一个对祖国有用的人。"

在阜新，孩子们参观了海州露天矿、孙家湾万人坑，了解到东北大地上矿产资源丰富，但这也曾让日本侵略者觊觎，在他们的残酷迫害与压榨之下，多少中国人民惨遭荼毒。同学们不仅了解了中国历史的发展历程，更深刻地认识到现在的美好生活来之不易，因为它是中国共产党用坚持不懈的斗争和鲜血换来的。

"只有国家强大了，人民才能站起来。民族团结是福，只有各族人民团结一心，祖国才能越来越强大，我们的生活才能更美好。一定要做新疆民族团结的宣传员，鼓励自己的亲人、朋友、同学及身边人都要像石榴籽一样紧紧抱在一起。"参观完万人坑纪念馆后，古丽乃再尔深有感触。

在抚顺市雷锋纪念馆，同学们看到雷锋在平凡的岗位上做出了不平凡的事，孩子们表示获益匪浅，将大力弘扬雷锋同志的爱岗敬业和无私奉献的精神，勤奋学习，严格要求自己，脚踏实地，认真践行社会主义核心价值观，长大了去建设美丽和谐新疆。

在沈阳，他们参观了"两陵一宫"，了解到历史上清朝的建立，皇太极在位期间，积极推行各民族团结政策，对民族大融合做出的杰出贡献。在北陵公园，孩子们碰到了热情的当地民间舞蹈队，能歌善舞的35名孩子立刻受到感染，与他们一起跳起了维吾尔族舞蹈。孩子们的舞姿矫健柔美，体现一种热烈奔放的柔和美感，给公园带来了一种节日般的快乐。市民们高兴地说，欢迎孩子们再到沈阳来。

参观沈阳世博园，孩子们被其中的美景所震撼陶醉，感叹道"金山银山不如绿水青山啊，我们以后一定要保护好自然环境，让更多的人能够见识到祖国的美丽与壮阔"。

在阜新海棠山风景区，孩子们在领略自然风光的同时，也感受到了古人的智慧。在大连，在旅顺口日俄监狱，在《七子之歌》的发生地，孩子们深深体验到中华民族的苦难史。随后孩子们又亲近大海，走进多彩的海洋世界，尽享浪漫之都的风采，更加感受到今天的幸福生活来之不易。

10天的夏令营结束了，但援疆干部和孩子们的情谊没有结束，孩子们总结道："感谢结对子爸爸为我们所做的一切，你们辛苦了，为了我们能够安全顺利参加活动，你们起早贪黑、不辞辛苦，我们只能通过努力学习，通过优异的学习成绩来报答你们的关心关爱，我们会用实际行动来表达我们的感恩之心。"

夏令营虽短，准备的时间却不短，辽宁的有关市县（区）很早就做了准备，进行周密细致的安排，将各地最有特色、最有意义的元素融入日程，既落实规定动作，又充分考虑青少年个性化需求，策划了很多东北招牌式活动。有的地区党政主要领导接见孩子们并参与活动，让孩子们有一种回家的感觉。

孩子们感念结亲干部的这份苦心，纷纷表示，用心维护民族团结，用自己的努力来回报这些亲人，回报辽疆两家乡，将来为祖国做出贡献。

3年的时间很快就过去了。35名援疆干部人才放下自己的孩子，为石河子35名结对子的孩子陪读辅导，2019年7月，35名孩子的中考成绩下来了，他们以骄人的成绩全部高分考入内地的重点高中。他们相约做一辈子的亲人。

林艾民与爱人一起帮助的孩子古丽乃再尔·艾沙以669分名列前茅，她在写给林艾民的信中说："亲爱的林艾民叔叔：3年的时光已极速逝去，在这3年里留下许多美好的回忆，在这些回忆中总有您的身影，每一次的节日都有您的陪伴和祝福，每隔一段时间您会给予我精神上和物质上的帮助和支持，就像父母一样关心我们……"

李世英与石河子第九中学初中生努尔曼古丽结成亲戚。他常常关心努尔曼古丽的生活和学习，对她进行资助，给她过生日，为她买新衣服和学习用品，给她讲民族团结的故事……被感动的努尔曼古丽一见到李世英，就亲切地叫他汉族爸爸，今年7月努尔曼古丽以全校第一名的成绩顺利毕业。

2019年1月期末考试结束，一年一度的"辽疆石榴籽奖学金"又要发放了。

这项奖学金是三年前设立的，旨在深化民族团结进步教育，铸牢中华民族共同体意识，加强各民族交往交流交融。每年10万元，专项用于奖励200名在促进民族团结中做出贡献的品学兼优的各族学生，每人每年500元。

这一天，从市区到团场，从中小学校到中职院校，各学校纷纷举行各种形式的发放仪式，不断掀起民族团结热潮，让各民族师生心手相牵，不忘初心，守望相助，像石榴籽一样紧紧抱在一起，共同守卫祖国边疆，共同创造美好生活。

主会场设在石河子第五小学，尽管窗外雪花纷纷，室内却温暖如春。辽宁援疆干部、第八师石河子市教育局副局长殷志钢，受邀登台为10名学生颁发奖学金。奖学金数额不高，但范围很广，意义不小，鼓励获得奖学金的学生坚定理想信念，树立远大抱负，永怀感恩之心，从我做起，从现在做起，从平凡小事做起，用自己的一束光、一滴水、一份力，共同浇灌民族团结的种子，让民族团结之花常开长盛。

石河子第五小学维吾尔族小姑娘苏热亚·依力哈木江高兴地说："感谢远在辽宁的叔叔、阿姨的关心，我一定会将今天的荣誉化作今后的动力，更加努力地学习知识，积极参与民族团结主题活动，以实际行动取得更加优异的成绩，开辟出属于自己的新天地。"

援疆期有限，爱意永流传。

提起辽疆的情谊，林艾民说："三年援疆路，一世新疆情。援疆让大家相聚在这里，援疆也必将在我们的工作和生活中留下浓墨重彩的一笔。亲戚越走越亲，朋友越走越近。维吾尔族有句谚语'事成于和睦，力生于团结'，通过开展结对子活动，援疆干部人才真正从感情上融入石河子，从内心深处把石河子当成第二故乡，把垦区人民当成亲人，切实增进与当地干部群众的感情，共同实现石河子社会稳定和长治久安。"

第二节　新疆的亲戚

在石河子，每一名援疆干部人才，都有属于自己的"亲戚"。由于笔者的采访时间有限，不能跟着35名援疆干部人才走每一户亲戚，只有缘和苗宇副市长去看他的亲戚——托乎提买明。说是亲戚，事实上，他们已经不是亲戚了，托乎提买明直接叫他大儿子。

苗宇说："第一次看老人家，当你是客人，第二次去老人家，还是把你当客人，第三次才成为无话不说的朋友，第四次才是不分彼此的亲戚，最后，才能成为骨血一般的亲人。"

老人有四个女儿，一个儿子，老人按年龄给孩子们排序，不是亲生的苗宇是大儿子，亲生的是小儿子，在这个维吾尔族家庭里，苗宇还有三个妹妹。老人家的楼上有一间装备得最好的房子，还配备了彩电，按照维吾尔族的习俗，最好的房子给老大。因此，出嫁的妹妹和结婚的弟弟回到家，都不许住进大哥的房间。

不管苗宇是否回来住，老人都把房间打扫得干干净净。每年冬天，苗宇都要在"亲戚家"住五天。苗宇到托乎提买明家住了四晚上，每个晚上，老人每两小时给炉子添一回煤，恐怕给住惯了暖气房的大儿子冻着。每一顿饭，老人家不重样地给苗宇做维吾尔族特色的饭，像面肺子、米肠子，做起来是最麻烦的，他们只有在招待贵宾的时候才会做。

当然，老人有什么烦心事、心里话，总会把苗宇喊回家，跟他唠叨几句。比如，大女儿没有工作，老人心里头惦记，苗宇当即打电话，给解决了一份适合的工作。比如老人患有糖尿病，苗宇总是安排照顾身体，购买降血糖的药。

当然，老人家遇到什么事情，最先想到的也是找大儿子。有一天晚上11点半左右，突然一个电话打给了苗宇，号码显示是托乎提买明，他一下子睡意全无。老人含混不清却又略显急促地说："儿子的手指伤了，疼得直打滚，需要马上动手术。"苗宇说："别急，你们马上到市里来。"接下来，苗宇发动全体援疆干部分头找医院、找医生。两个小时后，伤者来到医院时，准备工作已经全部到位，救治立即实施，非常成功。

这件事在当地传为佳话，更加深了苗宇和这一家人的感情，只要苗宇打电话说要回家，老人家就会把亲戚都找来，儿子、女儿、孙子、孙女，还有弟弟、妹妹家的所有人，家里热闹得过节一样。

这件事让苗宇对民族情深有了更多的理解，民族团结是社会稳定和长治久安总目标的重要基石。他说，我们热爱这里的安定团结，也深深知道我们是作为民族团结的建设者、捍卫者来到这里的。

这样的故事，多得不胜枚举，笔者从苗宇的亲戚家回来，正赶上副师长刘新铭从亲戚家回到援疆楼，他带回的那一大串葡萄，足有四五斤重，肯定是一个葡萄架上的葡萄王。朴素的维吾尔族人，总会把世间最好的东西送给他最敬重的人。

第三节　迪丽努尔的一封信

让我怎样感谢你呢？辽宁援疆！当我走近你的时候，我原想收获一缕春风，而你却给了我整个春天！党中央的温暖通过援疆沁入心田，我既坐了你们东北很多群众都没坐上的"辽宁援疆"最好的公交，又使我这个曾经"蜗居"于家中的维吾尔族妇女也成为新时代的追梦人。

——题记

我叫迪丽努尔·库尔班，1986年出生，是一名普通的维吾尔族群众，一个高三辍学的三个孩子的母亲，曾一直居住在石总场六十亩地片区，每天重复着家务劳动，在生活的琐碎和压力面前，我一直有着深藏心中多年的梦想：我想上学，学校是那么令人向往；我想创业，能够有些存款，更好地赡养父母，让孩子接受更好的教育，分担老公一人打零工赚钱养家的压力。但这两个梦想，感觉是那么遥不可及，直到辽宁援疆走进了我平静如水的生活。

——我要谢谢你，辽宁援疆，是你，让我的"大学梦想"即将照进现实。

2017年，辽宁大连保税区在石总场军垦社区开设了鼓励少数民族学习国家通用语言大讲堂和奖学金这个援疆项目，让我走进了久违的课堂，对于我来说，仿佛是久旱的禾苗喜逢甘霖，我如饥似渴地投入学习之中，努力利用一切可以利用的时间学习国家通用语言文字。因为我有一定基础，再加上刻苦学习，我获得了一等奖学金1000元，并作为优秀学员在颁奖仪式上进行了发言，之后，只要大讲堂有需要，我还主动协助社区的老师进行教学。由于我表现突出，我荣幸地被辽宁大连保税区临时聘为国家通用语言文字教学的"助理教师"。

其间，在一次与大连保税区陈玉石副主任的交流过程中，我不经意间说出了"我喜欢上学，要是有机会我还想上学"的小梦想。说后有些后悔和胆怯，陈主任鼓励我说："你好好学，一定有机会。"但没想到，将近两年过去了，这个"梦"竟然即将实现。

大连援疆工作队将圆我的"大学梦"作为"一对一"援疆项目，大连保税区、旅顺口区、大连大学等好多单位好多我都不认识的人给了我最大的鼓励和帮助，我将于近期与全家一道到大连去，我将走进大连大学的神圣殿堂，着重学习与国家通用语言教育相关的专业，学习文学、学习艺术……想想就有莫名的兴奋。而且，由于我的家庭负担较重，我的老公和三个孩子还将与我一同前往，大连旅顺口区更将给我"家"的温暖感觉，老公将在旅顺口区学习电焊技能并考取证书，三个孩子将在旅顺口暂时入学和入园，援疆为我想了太多、做了太多、付出太多。

——我要谢谢你，辽宁援疆，是你，让我的"创业梦想"已经照进现实。

当得知我生活压力大的情况之后，大连的企业家孟如宏大姐与我家大女儿结成了对子，王开亮大哥与我家儿子结成了对子，资助孩子上学，鼓励孩子成长，我都十分感动。但我内心想，我上过学，国家通用语言基础好，一定还是要靠自己的努力、靠"创业"让家里过上更好的生活，不能只靠好心人的帮助。这些年，我也挤时间去医院做过保洁等工作，但因为要带孩子、照顾老人，每项工作都很难坚持。直至辽宁援疆推出家庭工坊创业项目，这项目太适合我们这些离不开家、在家赋闲的妇女了，大连援疆工作队的同志带着王英、韩峰等创业领路人多次到家指导我如何选择创业之路，最终为我量身定制了"家庭工坊手缝棉被"这个项目，帮我联系了原料和进货渠道。我起早贪黑缝制棉被，虽然有些累，但内心很充实。听说了我的创业故事，铁岭援疆工作队领队、石河子市苗宇副市长直接订购了10床手缝棉被。辽宁江苏商会王开亮也订购了10床，还有好多辽宁陌生的朋友加我微信订购，有沈阳的，有大连的，有阜新的，有铁岭的……我懂得，这份信任来自辽宁援疆对维吾尔族群众自主创业的鼓励，源自中华民族大家庭的天然情感，更激励了那些与我有着同样梦想的维吾尔族群众"敢于有梦、勤于追梦、善于圆梦"，让我们知道幸福是奋斗出来的。这些爱，直抵人心，让我感动。

我感到和辽宁每一个人因援疆相遇，都让我在这个世界上又多了一个亲人，我永远记住一句话："要做个懂得感恩的人!"我更深知，这些爱，源于党中央对我们新疆少数民族的关心厚爱，源于辽宁人民真情援疆的全情投入。

今年5月，我非常荣幸受邀参加援疆干部人才在军垦博物馆举办的"我和我的祖国"快闪活动，与大连援疆工作队领队刘新铭副师长同唱《我和我的祖国》，正如歌词中所唱："我和我的祖国，一刻也不能分割，无论我走到哪里，都流出一首赞歌。"我一定珍惜现在所拥有的一切机会，全力学习，踏实创业，用实际行动带动更多的维吾尔族群众学好国家通用语言，有条件了带动和帮助更多维吾尔族群众自主创业，把党的恩情记在心中，把辽宁援疆的爱传递下去；我一定向库尔班、吐鲁木一样，做热爱党、热爱祖国、热爱中华民族大家庭的模范，促进各民族像石榴籽一样紧紧抱在一起。

再说一次，谢谢你，辽宁援疆！我一定感党恩、听党话、跟党走，做一个新时代的追梦人！

美丽的大连，我要来了。

第四节　救助阿娜尔古丽

2019年暑假结束，开学了。34名考入内地重点高中的孩子，纷纷给辽宁援疆石河子分指的亲人写信，也把内地重点高中的地点告诉了他们。唯有大连援疆的吴满华老师"一对一"帮扶的柯尔克孜族姑娘阿娜尔古丽（化名）同学没有任何反馈。吴老师了解到，阿娜尔古丽以649分的高分考入了广东一所高中。

阿娜尔古丽家庭特别困难，她没有手机，而且她的家远在南疆。联系阿娜尔古丽成了一件困难的事情，吴老师急得坐卧不安，万般打听，最后从阿娜尔古丽表姐那儿得到消息。刚刚放假，阿娜尔古丽就病了，病情比较严重，转诊到北京一所医院。

吴满华早就把阿娜尔古丽当成自己的孩子了，孩子有病，母亲哪能不管。她安排好手中的工作，即刻买了去北京的车票，昼夜兼程，赶到北京。

吴满华见到了阿娜尔古丽。医院以高超的医术已经成功进行了手术。可是，医疗费用对于这个贫困的家庭来说，却是一笔巨款。吴满华老师转发了她家人在"水滴筹"上的信息。

一石激起千层浪，最先从微信朋友圈里看到消息的辽宁援疆大连副领队苏志来，立刻打电话了解情况，并迅速将消息报告给了石河子分指领导，将消息发在援疆工作群。一场无须动员的救助活动就这样开始了，不仅仅分指的35人捐了款，就连结束援疆回到辽宁的人们，也纷纷解囊相助。

林艾民、刘新铭、苗宇三个领队一商量，除了他们自己捐款，三个工作队各自压减经费1万元，通过慈善总会，捐给阿娜尔古丽。就这样，短短四天，阿娜尔古丽将近4万元的手术费及后期部分康复费用全部得到解决。

康复期间，受辽宁援疆八师分指委托，刘新铭、苗宇、师宇祥、苏志来四名援疆干部利用出差机会专程来到医院看望阿娜尔古丽，与主治医生交流病情，向广东录取高中学校请假，联系民政部门做好后续工作，并勉励孩子：战胜病魔，好好学习，感恩祖国。

吴满华老师天天陪护，即使她自己患有严重的湿疹，脖子上溃烂成片，三伏天，她的脖子也得戴上纱巾，她也片刻不肯离开，像护理自己的孩子一样，护理着阿娜尔古丽。

阿娜尔古丽，一个普通的柯尔克孜族女孩，就这样被爱包围着，生命洒满阳光。

第五节 家国情怀

来了新疆才真正地体会到了什么是家国情怀。每一名援疆干部人才都这么说。

辽宁到新疆，将近万里之遥，能来援疆，本身就是舍小家，为国家。每逢周一升国旗的时候，他们眼里常含泪水，因为他们知道，他们是带着使命来到这里，他们是辽疆之间的桥梁和纽带，是中华民族伟大复兴的实践者。

他们集体留下一段誓言：用三年不长不短的时间，做一生无怨无悔的事情。

因为气候和环境的原因，35人不同程度地患上了严重的哮喘、胆结石、肾结石、胃溃疡、湿疹等病症，还有的人不明来由地掉头发，掉牙。可这些并没有难住他们，他们用乐观面对困难与疾病，他们用诗一般的语言回答："不是什么花都能在天山上开放，雪莲做到了；不是什么树都能在沙漠瀚海里生长，胡杨做到了；不是什么人都能舍小家为大家无私奉献，援疆干部做到了。"

提起舍小家顾大家，来到石河子的35个人，就是35个精彩的故事。

尽管林艾民拒绝笔者写他，可援疆干部都知道他家的事情。省委决定让他出任辽宁援疆前指副总指挥、八师分指挥长时，正是他妻子生病的时候，是留在家照料住院的妻子，还是来疆赴任？他完全有理由回绝，可这是省委对他的信任，也是对他的期待。党培养他多年，在最需要他的时候，他怎能退却下来？他征得妻子的同意，放下正在治疗的妻子，来到了祖国最需要的地方。

没过多久，为了让林艾民放心，也为了让他安心工作，减少后顾之忧，林艾民的妻子办了异地转诊。后来，干脆也借调到了石河子。

面对妻子的理解，林艾民全身心投入到援疆工作中去。多危难险重的事情，他都敢承担，多么棘手的问题，他也能果断处理，没人敢碰的违建拆迁，他第一个冲到现场，坚定不移地按章执法。为此，他被评为"狮子型"干部。

"一群人，怀着同样的家国情怀，来到这里，三年援疆，对每一名干部都是一次政治上的锤炼，精神上的洗礼，综合素质的培养。三个工作队拧成一股绳，多大的压力大家扛，多大的困难大家想办法解决，聚起来是一盆火，散开去是满天星，每一个人都成了一杆旗帜。

什么是家国情怀？什么是人间大爱？以前对于我们来说只是一个概念。现在我们肩负使命远赴塞外，才对家国情怀感同身受。在这里，我们才明白家和国的关系这么紧密，个人和民族有这么大的关系。援疆，提升了我们；人生，因援疆而精彩，而升华，而美丽绽放。"林艾民这样诠释家国情怀和他的团队。

师市援疆办副主任董冀是第二次援疆，他已在新疆度过了六个中秋节。他说，"我们一家三口，妻子在东北，儿子在华北，我在西北，构成一个'三北防护林'。虽然我们一家人没在一起，但我们的心在一起。这印证了古人说的'海上生明月，天涯共此时'。当然这个'海'，不是大海，而是'戈壁瀚海'。"

石河子机场管理有限公司航务管理科科长刘尚沅援疆两年了，却从未到新疆各地的风景名胜游览一番。除了正常的休息，他的时间和精力都倾注到了石河子花园机场上。去年，与刘尚沅同在大连机场工作的妻子高文博也加入了援疆团队，现在在石河子机场负责气象预报工作。后来，他们把孩子也接到了新疆。"我在而立之年选择了援疆，转眼两年过去了，尽管吃了很多苦，但我从没后悔过。"刘尚沅说，他最大的愿望就是能多带出几名成熟的技术人员，"等我完成援疆任务时，可以放心地把空管业务移交给他们。"

同样援疆夫妻档的还有第二次援疆的王敬泽。军转干部出身的王敬泽，身上流淌着四海为家的军人作风，他不但让爱人与他一起来援疆，还把7岁的孩子从大连接来，在石河子上小学。现在，他不再是提出延长援疆的时间了，而是扎根新疆，不再回大连。笔者在周日趁着早餐的时间采访他，他却忙得匆匆而去，原来哈密的一名客商来了，准备洽谈棉花秸秆转化炭的技术。身为八师121团副团长的他，却主持团里的全面工作，管辖着望不到边际的棉田，每年荒废大量的秸秆，这既是资源的浪费，也是每个屯垦家庭的烦心事，这样有利于环保、有利于屯垦家庭的招商机会，他不会放过。把石河子当成一辈子家的他，没能接受笔者的采访，理所当然。

来自大连第八中学的王超，离开家出任石河子二中英语教师的时候女儿才3岁，挥着小手跟他告别："爸爸再见！"并奶声奶气地问："爸爸，你什么时候回来啊？"妻子说既然选择了，就在那边好好工作，家里的事不用他惦念，家人的支持是他的动力。一次妻子陪女儿做手工，做了一只毛毛虫妈妈，女儿却要一只毛毛虫爸爸，女儿用女儿的方式，想念她的父亲。王超最大的遗憾是奶奶去世时，教学任务令他无法脱身，等到放假回家，他扑在奶奶坟上号啕大哭，他是奶奶带大的，对奶奶有特殊的情感，他只能期待来生，还做奶奶的孙子。

来自阜新的郭飞刚来援疆时，出任八师144团副团长，由于工作出色，回到了老本行，被任命为八师统计局党组书记、局长，援疆干部安排的都是副职，提拔为正职的，他还是第一个。

来自大连的党青松，也是名军转干部，笔者体验生活时，与他同住一室，本想与他同吃同住，可以尽情地采访他，可是我们每天见一次面都很难，他由八师134团副团长调任石河子市民政局副局长，每天处理大量涉及民生的事情，回到公寓都是后半夜。那时，笔者已经入睡了。

在这支队伍里，特别能吃苦，特别能战斗，特别能奉献，特别能忍耐的故事比比皆是。

2018年10月1日深夜，本应该是国庆假期，新疆生产建设兵团一声令下，停止休假，全部返疆，大家二话没说，立刻买机票，第二天全部从辽宁返回工作岗位。高广凡的母亲正在医院抢救，上飞机时听到母亲去世的消息，一个大男人哭得稀里哗啦；赵瑞的妻子刚刚手术，还在重症监护室，赵瑞接到通知，马上返回。

还有很多这样感人的故事，在辽宁援疆干部人才眼里已习以为常。譬如：来自铁岭的援疆干部杨屹，担任石河子公安局副局长，工作压力大，常年休息不好，内分泌出现了问题，人突然消瘦，心率也异常快，视力越来越不好，即使被强制休息，他也没离开石河子。阜新市财政援疆人才丘峰，已定好婚期，但接到援疆出发通知按时随队出征，新娘不仅给予理解，还表示要来新疆举办婚礼。阜新市财政援疆人才陶冶，孩子幼小，回家怕惊吓了孩子，窝在床头轻轻握着孩子的小脚丫和衣而卧，流下幸福眼泪。大连市财政援疆人才李忠静，告别83岁老父亲时父亲喃喃自语，似乎预感再难见面，结果返疆20天父亲就去世了。还有不忍年迈的父母牵挂，瞒住父亲来援疆的阜新市援疆干部张宏；因病返回辽宁，却在飞机上病情发作晕倒，幸好遇到同机上有医生乘客而获救，病情好转即刻返疆的铁岭市财政援疆人才曹大志……每一个援疆人的身上都有几个小故事，虽然都很平凡，但是其中有情、有义、有大爱，有国、有家、有情怀。

和平年代，很难产生惊天动地的大英雄；平凡岁月，也不容易创造石破天惊的大功业。但只要把人生汇入时代洪流，就能中流击水，浪花飞溅，让生命体验一次闪光和惊艳。援疆干部人才就是这样定义自己的人生。

《2018年石河子市政府工作报告》有这么一段：援疆干部把石城当家乡，以艰苦奋斗之志、锲而不舍之力、脚踏实地之风、卓有成效之事，彰显了援疆干部的赤子情怀。援疆省市、援疆干部的无私援助和深情厚谊，石城各族人民感恩于心、始终铭记！

第六节　不立丰碑立口碑

"3年援疆行，一生新疆情，援疆就是援自己。即使我们走了，我们也要把一部分灵魂留在这儿，不是我们高尚，是石河子第一代农垦人的精神刻骨铭心地感染了我们，我们是被反哺了，比起那么多把生命都留在了这里的人，我们这点牺牲算什么。"这是八师所有援疆干部人才发自肺腑的话。

3年援疆，离期满的日子越来越近，他们越想越怕，怕什么呢？来的第一年，当然不怕，那是情感的融入；第二年，是难以割舍的责任；第三年，除了怕还是怕，怕该干的事情没有干完，怕有的事情没有做得尽善尽美，更怕的是他们做的事情没有留给未来。

为了不给援疆事业留下遗憾，所有人只能将属于自己的遗憾留给家庭，留给自己。他们就像天山的雪水，融化下来，润物细无声地流淌，直至默默无闻地消失到大漠之中。

大连援疆工作队副领队苏志来，来到石河子时，腿上刚做完手术，打着钢板，拖着病腿上班，4月的天，还穿着棉裤，那是伤口怕冻。正常情况下，这种手术，起码要休息20天。但担任八师石河子总场副场长的他特别忙，膝关节上手术的刀口磨出了3厘米的大洞，只是隔三岔五地去医院上点药。

八师石河子分指领导看到苏志来瘸得越来越严重，强硬让他脱下棉裤，一看刀口溃烂得这么严重，不由分说，硬是把他送到上海，再次做手术。医生说，如果再晚来一个星期，只能截肢。

病好之后，为了弥补损失的时间，苏志来加倍努力工作。他最感谢后方的大连旅顺口区，他说，刚来的时候很不适应，经过一段时间才渐渐进入状态。在这边工作，要想做出一些创造性的成绩，必须紧紧依靠强大的后方。进疆一个月后，他就在旅顺口区委、区政府的支持和帮助下，策划组织了一次石河子总场所在的北泉镇在大连地区的招商推介会，两地签订了战略合作协议。

王雁盛，八师133团副团长，现在负责"辽疆环保产业园"招商工作。2017年，王雁盛来援疆时，女儿优优7岁了，临走那天，做了很长时间的工作，还是没有给孩子做通。凌晨4时，趁着孩子还在熟睡，他毅然决然地走了，提前4小时到机场，就是怕孩子不让走。

从此，优优每天睡觉前都要在爸爸的床上划一道杠。上小学二年级时，她还在床上画了个小人儿，意思这就是爸爸。可是，当爸爸与她视频时，她时常扭过头去。

2018年夏天，王雁盛招商回到大连，回到家时，优优已经睡着了，早晨爸爸起床时，优优还在睡。是妈妈带着优优去了招商的宾馆，父亲才有机会抱抱孩子。他在争分夺秒地给石河子的产业园做一些事情，对孩子的愧疚感，恐怕这辈子也抛不开。

然而，优优并不狭隘，她写了一首诗，参加了朗诵比赛，还获了奖。后来，又被选送到中央人民广播电台，到北京参加直播朗诵。那一刻，王雁盛就在北京，可惜他在火车上，去另一个地方，不能下车看女儿，只能在广播中听女儿的声音。女儿的那首诗叫《援疆的爸爸，我想你》：

　　　　我的爸爸援疆去了，
　　　　去了一个地图上那么近，
　　　　实际上那么远的地方，
　　　　我很想念他，
　　　　放学时找不到他那熟悉的身影，
　　　　家里也没有了他藏给我的巧克力，
　　　　晚上吃饭，只剩下我和妈妈。
　　　　妈妈也想爸爸，
　　　　只是从来不说，
　　　　直到有一天她生病了，
　　　　晕倒在厨房里，
　　　　我哭着要给爸爸打电话，
　　　　让他马上回家，
　　　　但到最后，这个电话，
　　　　妈妈也没让打出去。

　　　　爸爸给我邮了一片树叶，
　　　　那是他工作团场路边胡杨树的叶子。
　　　　我想爸爸了，
　　　　就拿出来，闻一闻，
　　　　这是新疆的味道，

也是爸爸的味道！

我把爸爸让给了新疆，

仿佛我也在新疆。

小小的我心里已经有了一个决定，

长大后，我也要去援疆。

沿着爸爸的足迹，前行！

　　这是一个8岁的小女孩写给援疆的爸爸的诗，听哭了多少听众，字里行间透露出了对爸爸的思念，也让我们注意到一个词——援疆！

　　下面一段文字，是辽宁援疆铁岭领队、石河子市副市长苗宇的一篇文章，笔者全文抄录如下：

天堂的双亲一定知道

苗　宇

　　清明时节雨纷纷，身在石城忆双亲。父亲去世已近一个月了，每天静下来时，我都在脑海里与他对话。每天躺在床上，脑海里都是与父亲最后一次相见的情节。

　　我不敢提笔写下这一段心声，每次笔尖划过纸面都像戳在心上。心中有结，轻碰一下就出血；心中有结，硬硬的硌得心疼；心中有结，重得总是心里沉沉的。

　　我刚进疆的时候，没敢告诉父亲，当时怕他担心。为此，我安排了亲友每周去看他，并备好生活用品，并交代他们，当父亲问起我的时候，一定告诉老人家我因公出差了。当时父亲有些怀疑，但又在电话里被我一次次说通，于是在日后的电话交流中，他便总是嘱咐我"工作别太忙了，事不是一天就能干完的"。直到进疆半年左右，我的朋友偶然一次说出了实情，老人家急忙打电话给我，我轻描淡写地说解，他也就不再打电话了。

当我再次见到父亲时，老人家说："你一个人在外不易，不能让你分心了……"我借口洗脸躲到洗手间，冲掉了脸上和眼里的泪水，又与他说笑。

今年2月27日，将要返疆的前一天，我去看望父亲，他非常高兴，我们一起谈起了我小时候，回忆了他对我的教育；谈起他一生中几个阶段的趣事；谈起他养的八哥让人羡慕。我们全家一起吃了我最爱吃的酸菜馅饺子，又看了他训练八哥的表演，他又批评我们对子女管得太严。我们还谈起最近这次检查，医生说他的各项指标都向好的方向发展……这一幕幕总在我的眼前一遍遍地重演。

谁知道仅仅5天的时间，3月4日凌晨，我就接到了噩耗。接到电话时，我的第一反应就是肯定搞错了，我一遍遍执着地说着"再抢救，再抢救，不能停"，直到医生接过电话告诉我老父亲已经走了，我的心也随着医生的那一句话沉到了底，泪水涌出了眼眶。

赶到机场，我眼前始终是对父亲的回忆，我躲在大衣里痛哭。飞机上，空乘人员也不断地安慰着我，他们看到的是一个哭得像孩子的40多岁的中年人。在返回老家的12个小时路程中，我从来没有感觉像这样的漫长过，每一分钟都像一天一样。回到家中，跪在灵前，望着老父亲的遗像，我无法原谅自己，不能原谅自己没有送老人最后一程，不能原谅自己误判了病情，不能原谅自己的愚钝……

17岁时，我在外参加决定命运的考试，母亲突发疾病逝去，我一直心痛。当时我发誓，我一定要照顾好父亲，一定要让他老人家开开心心地过八十大寿，一定要陪他走完人生。结果，我没能做到。

清明节马上就到了，我拿起笔，力刻于心，笔落于纸。

当我坐上回疆的飞机时，父亲仅仅去世6天。心堵得难受，在兰州经停时，我甚至一度想放弃登机，找个没有人的地方大哭一场，可理智告诉我，从我迈出家门走向机场的那一刻起，我就不仅仅是一个失去父亲的儿子，我不是只属于这个小家。我愧对家庭、愧对父亲。在石河子，我办公室对面就是遥遥的天山。面对天山，我与父亲说："对您，我应尽的孝没做好，我还在尽孝，尽一份更大的孝，希望您能理解儿子。"忠孝不能两全，当新疆呼唤我时，我按组织要求来到了新疆，我会尽最大努力践行援疆使命。我时刻想着不能让援疆干部这个光荣称号丢脸。作为领队，作为副市长，我把努力工作当成人生价值的体现。

选择入疆时，家中年迈的老人、幼小的孩子是我最牵挂的。我最怕老父亲在这种情况下逝去，也算是有一点准备，可事情真正发生时，一切的准备都不起任何作用。失去至亲的痛，让我心力交瘁。

我想，还有援疆人有着与我一样的遗憾、一样的不愿失去，又都一样把泪水洒在夜深人静时，把汗水洒在援疆大业上。兵团传承的奉献精神，如胡杨似红柳，只为大漠送去一丝绿，让我们不敢也不能因为小家的失去，放弃承诺、放弃誓言。身在边疆非异客，志随左公立承诺：无怨无悔，报效祖国。在茫茫人海，援疆大军中，我们把青春融入祖国的山河。

天山知道，江河知道，祖国知道！天堂的父母，你们一定也知道！

苗宇和女儿的故事，一直以来，被援疆干部所传颂。在接受援疆任务刚刚来石河子之时，面临女儿出生才4个月、儿子即将高考、父亲年迈病重的重重困难，在情与爱、忠与孝之间，他做出了镰刀锤头的选择，表现了大爱与胸怀的担当。

等到再次与父亲见面时，女儿已经一岁了，母亲告诉她，爸爸回来了，这是爸爸。孩子没有扑向爸爸，而是去抢妈妈的手机，在她的概念中，爸爸就在手机里，每天和爸爸见面，妈妈都在用手机视频。晚上睡觉，女儿不让爸爸抱着睡，而是抱着手机。

苗宇一阵心酸，他在写给女儿的信中说："爸爸的小公主，爸爸现在离你万里，在你刚出生时，我握着你的小脚丫，心里想，一定要好好地陪在你身边，陪你长大，可当你4个月大的时候，援疆工作要求我入疆，我知道面对家庭，我只能做一个自私者，可爸爸是一个共产党员、是干部，这两个身份，让我必须选择援疆，这是不可推卸的责任。"

静静聆听这封援疆干部写给女儿的信，就会真切地感受到援疆干部对事业的挚爱和对亲人的思念，眼前就会浮现出他们背起行装，含泪告别父母妻儿的情景，心中总会想起一个个发生在援疆干部身上的真实而感人的故事。祖国的日渐强盛是因为有这样一群人，用责任和担当挥洒青春和汗水。十年或者数十年，回忆过往，他们在边疆充实地书写着每一天，人生因此而丰富和精彩。

面对采访，苗宇说得最多的话是："我已经深爱上这个第二故乡了。"

是啊，石河子这座传奇的英雄之城，每一片绿色都是一代代军垦人对祖国、对新疆、对石河子市无私奉献、无限忠诚、无比热爱的见证。当苗宇看到军博展出的军垦战士为了节省下补贴用于发展新疆第一批工业，将一件棉衣穿成了"百衲衣"时，写下了一段小诗：

百衲衣似弹穿旗，寒暑雨雪欺甲衣。
赤腔融化天山雪，染碧大漠国可依。

苗宇说，援疆的另外一个收获是"它让你快速地成长"，"作为铁岭援疆工作队的领队，我必须知道如何团结全队、引领全队，发出好声音，带出正能量。作为一名援疆干部，我知道如何俯下身子认真学习、融入当地、踏实工作。作为兵团一员，你会知道如何传承军垦之魂：奉献、开拓、创业、忠诚……"

有一次，苗宇带着石河子的同事去外地考察，每天睡前我会看一会儿电视，有一天他突然发现，关电视时，频道总是定格在新疆卫视的，回想一下原来每天如此。他恍然大悟，这里广袤的戈壁，屹立在沙漠之中的胡杨，夏天金黄的麦浪，深秋雪白的棉花，经霜经雪依然鲜绿的葡萄，还有这里的大漠孤烟、草原万顷、雪山巍峨、戈壁悲壮、石河磅礴……无处不魂牵梦绕。他已融入了这片神奇的土地。

苗宇说："如果有一天当我离开她的时候，我一定会泪满双眼，因为我对这片土地爱得深沉。"

刘新铭的故事，笔者早就在前方指挥部听到了。

一直生活在海滨城市大连的刘新铭，虽然有哮喘的毛病，但并不很严重，可是，到了石河子，由于干燥、炎热、寒冷、雾霾等原因，他的哮喘病发作得更加严重，有时即使喷上了药，哮喘还要延续，假若身边没人，就会有生命危险。即使如此，他也不肯离开石河子，更不肯放下手中的工作。大连是辽宁援疆的重头戏，作为大连援疆领队，他丝毫不敢懈怠。因此，爱人提前退休，来石河子全程陪护他。

那么多工作需要他做，哮喘病可不能成了拦路虎，他得知减轻体重就可以减轻病情后，便以顽强的毅力，每天早晨快走万余步，还要到公园做器械运动，终于将自己从大胖子减为中等偏瘦的体形。

哮喘病离他越来越远了，发病的次数也越来越少，偶尔发病，也很容易控制了，工作效率也大幅度提升。

笔者见到刘新铭时，他精神饱满，满面红光。听说笔者来自辽宁省作家协会，他充满激情地背诵起了艾青写给石河子的诗《年轻的城》：

我到过许多地方
数这个城市年轻
它是这样漂亮
令人一见倾心
不是瀚海蜃楼
不是蓬莱仙境
它的一草一木
都由血汗凝成

你说它是城市
却有田园风光
你说它是乡村
却有许多工厂
苍郁的树林里面
是一排排的厂房
百鸟的鼓噪声中
传来马达的声响

空气是这样清新
闻到田园的芳香
微风轻轻吹拂
掀起绿色的波浪

它像一个拓荒者
全身都浴着阳光
面对着千里戈壁

两眼闪耀着希望
更像一个战士
革命的热情汹涌
只要一声号令
就向前猛打猛冲

到处都是建设工地
劳动的声音在沸腾
我的心随着手推车
在碎石公路上飞滚

艳阳天，风雪天
在黎明，在黄昏
一年三百六十天
看它三万六千遍

因为它永远在前进
时时刻刻改变模样
因为我透过这个城市
看见了新中国的成长

对诗歌有着浓厚兴趣的刘新铭，以前只是知道艾青有这么一首诗，只有到了石河子，他才对这首诗有了更深厚的感情，似乎艾青所抒写的不是过去的石河子，半个世纪过去了，还像是为今天抒写。为什么刘新铭背诵这首诗的时候泪流满面，就像艾青另一首诗中写的那样：为什么我的眼里常含泪水，因为我对这土地爱得深沉。

刘新铭最精彩的故事发生在2017年10月3日晚上。

这年的国庆节应该是刘新铭一生最难忘的日子，他将儿子刘润东和儿媳任宇婧的婚礼安排在10月5日，地点是北京。这个日子是他刻意安排的，因为一年之中，除了国庆长假，他没有属于自己的时间。

可是，新疆生产建设兵团一声令下，所有干部取消休假，刘新铭毅然决定，放弃参加儿子的婚礼，于10月2日返回石河子。

为了弥补这一缺憾，八师石河子分指别开生面地搞了一个时空连线，把集体过中秋节和举办刘润东和任宇婧的婚礼同时进行。

月朗星稀，秋意渐浓。兵团第八师援疆干部之家，布置得温馨浪漫。葡萄、红枣、瓜子、月饼……洋溢着浓厚的节日氛围。在喜迎十九大、共庆国庆中秋援疆干部人才茶话会上，八师石河子市有关领导与来自辽宁省大连市、阜新市、铁岭市的援疆干部人才欢聚一堂，大家一起吃月饼唠家常，共叙家国情怀，感受别样的温情。

海上生明月，天涯共此时。茶话会上，辽宁援疆八师分指挥部指挥长林艾民、副指挥长苗宇和援疆干部人才饱含激情地为刘新铭的孩子送上了婚礼祝福。

林艾民说："10月5日，刘润东和任宇婧将在北京举行婚礼。八师石河子市35名援疆干部人才虽然在远隔万里的祖国边疆，但我们的心已经飞到北京婚礼现场，由衷地向这对新人祝福。润东，你的父亲刘新铭不能出席你的婚礼，他本人有许多的内疚和遗憾。我们作为你父亲的援疆战友和朋友想替他表达此时此刻的感受。不是什么花都能在天山绽放，雪莲做到了；不是什么树都能在戈壁滩上生长，胡杨做到了；不是什么人都能在祖国需要时，舍小家顾大家，我们的援疆人——你的父亲刘新铭做到了。你们应该为有这样的父亲感到骄傲和自豪。我们邀请石河子书法家协会副会长丁建国亲笔写下一副对联送给你们。上联是：金风润物天山星海贺佳期。下联是：朗月澄宇玉凤碧桐庆良缘。横批：永结同心。祝福你们：新婚大喜，幸福美满，白头偕老！"

苗宇拿起一对羊绒围巾，展示着援疆战友们送给一对新人的礼物。"这是产在八师石河子的羊绒围巾，让这条围巾带去你父亲及援疆战友们送给你们的温暖，祝福你们婚姻美满！"

每逢佳节倍思亲。对儿子新婚的这样一份别样祝福，让刘新铭感受到了别样的温暖和感动。泪流满面的刘新铭动情地说："作为父亲不能参加儿子的婚礼会是一生的遗憾，但家是最小国，国是千万家，你们的新婚标志着祖国的大地上，又多了一个新的家庭，祝福孩子们新婚快乐，永结同心！再次感谢大家！"

这么动情难忘的一份祝福，随着手机拍摄的视频，定格在每个人的脑海里，传递至北京的婚礼现场。一份别样的祝福将遗憾演绎成为一种浪漫。

天渐渐黑下来，大家不愿离去，纷纷举起一面面小五星红旗齐声高唱《五星红旗》《我和我的祖国》等歌曲，表达他们对祖国的美好祝福。

注：笔者能够顺利地进行采访与资料收集，特别感谢《石河子日报》原总编辑芦永军先生，因为他借调到八师石河子辽宁援疆工作队，不仅熟悉每一名援疆干部人才的事迹，还积累了大量的文字资料与新闻稿件。此次采访，他不仅全程陪同笔者，还把他积攒的所有资料都赠送给笔者。文章的最后，特致谢忱。

天山九歌

邸玉超

> 九歌，古代乐曲，《左传·文公七年》："九功之德，皆可歌也，谓之《九歌》。"亦泛指各种乐章。屈原作《九歌》，为《楚辞》名篇。
>
> ——题记

第一乐章　出塞

公元前139年（西汉建元二年），张骞奉汉武帝之命出使西域，打通了汉朝通往西域的南北道路，开辟了举世闻名的丝绸之路。

西域一词，最早见于《汉书·西域传》。公元前60年，为了管理统一后的西域，西汉在乌垒城建立西域都护府，开始正式行使国家主权。公元1759年，也就是乾隆二十四年，西域这片土地上出现了一个新的名字——新疆。新疆，意为"故土新归"。

新疆，这方古代被统称为西域的遥远而神秘之地，千百年来，留下无数胡杨林与骆驼刺的传奇，写就多少戈壁古城与金戈铁马的传说。行走在漫漫古丝绸之路上的商旅，驼铃依然悠扬；纵横疆场、黄沙百战的将士们，热血化作水滴润泽着天高地阔的草原、长河落日、饮马流泉的关塞；那些流放徙边的迁客骚人，一颗颗不羁的心，有感于雄浑壮丽、苍凉浩瀚的风光，喟叹于杂糅交融的地域民族文化，诗情随着如花的马蹄一路飞驰，平平仄仄的足音与歌诗穿越时空，一直响彻至今。

唐朝边塞诗人王昌龄慷慨而诗《出塞》：秦时明月汉时关，万里长征人未还，但使龙城飞将在，不教胡马度阴山。出生于西域（广义的西域）的李白则豪放而歌：明月出天山，苍茫云海间，长风几万里，吹度玉门关。

公元1130年，辽国贵族耶律大石自立为王，率部西征，于1132年来到西域额敏河流域，建都也迷里城，在天山南北及中亚一带建立西辽王朝，称哈喇契丹。

公元1218年，成吉思汗出塞灭西辽，继而率20万大军远征。读家藏《新元史》方知，公元1225年，西征凯旋，"太祖东归，定四子分地"，以也迷里河滨之地封三子窝阔台，称窝阔台汗国，领有额尔齐思河上游和巴尔喀什湖以东的牧地山川，并在也迷里河南岸（今额敏县也木勒牧场的格生村）建都，在西辽废弃城池之上再建"也迷里城"，又称"都鲁布津"。

公元1764年，受清乾隆帝谕旨，4000多名骁勇善战的锡伯族人从奉天（今沈阳）、抚顺、辽阳等地出发，历经一年多艰辛跋涉，到达新疆伊犁察布查尔，从此扎根新疆，屯垦戍边，繁衍生息。

公元1876年，晚清重臣左宗棠率领6万湖南子弟抬棺西征，经过一年多鏖战，收复新疆。左宗棠出塞，他的朋友以诗相赠：大将筹边尚未还，湖湘子弟满天山。新栽杨柳三千里，引得春风度玉门。

1949年，王震将军率领10万人民解放军进军新疆，国民党驻军司令陶峙岳率部起义，新疆得以和平解放。陶峙岳诗赠王震：将军谈笑指天山，便引春风度玉关。绝漠红旗招展处，壶浆相迓尽开颜。

半个世纪后的2010年3月，全国对口支援新疆工作会议在北京召开，确定北京、天津、上海、广东、辽宁等19个省市承担新一轮对口支援新疆的任务，确保新疆实现社会稳定和长治久安总目标。辽沈援疆将士迅速挺进新疆。

6年后的2016年12月25日，总指挥杨军生率领辽宁援疆前方指挥部及八师、九师分指挥部成员，作为第五批援疆工作先行官，从沈阳启程，奔赴新疆，踏上辽宁援疆的新征程。

2017年春节的烟花刚刚划过辽西夜空，朝阳市援疆干部人才奉命集结。在朝阳援疆队员登上赴省城的客车之时，同属于辽西的葫芦岛援疆队员与抚顺、丹东的援疆队伍也吹响了集结号，于2月17日会师沈阳，接受短期培训。2月18日，31名援疆干部人才意气风发地向天山北麓的新疆生产建设兵团第九师进发，开始他们的援疆之旅。

关山万里，山高水长。新疆生产建设兵团第九师，对于辽宁人来说，既遥远又亲切。遥远，是因为辽宁、九师两地相距万里；亲切，是因为援疆工作10年来，援疆之情如同一条无形丝带，将辽宁与九师紧紧相连。

新疆生产建设兵团前身是中国人民解放军新疆军区生产建设兵团，组建于1954年，源于王震将军率领的驻疆部队第二、第六军大部，三区民族军改编的第五军大部，新疆起义部队改编的第二十二兵团全部，当时总员额17万。

新疆生产建设兵团第九师是在中苏边境硝烟中诞生成长起来的戍边师，1969年正式取得番号，前身是农七师塔额总场第三管理处。兵团第九师地处塔额盆地中心，西部与哈萨克斯坦共和国接壤。全师10个团场、8.2万人嵌入式分布在塔城地区三县一市（额敏、裕民、托里、塔城）境内，其中7个团场、35个连队驻守着近300公里的中哈边境线。

兵团第九师军垦戍边人，献出青春献终身，一代代忠诚履行屯垦戍边使命，固守疆土，锁定国界，为实现边疆和谐稳定做出了巨大贡献。

援疆，是新时代的国家方略。

"甘于奉献，团结奋进，求真务实，争创一流。"辽宁援疆精神激励着一批批辽海援疆人。

"责任建疆，智力助疆，文化润疆，忠诚稳疆。"辽宁援疆第九师分指挥部工作"四重奏"在塔额盆地奏响。

新一轮援疆工作开展以来，辽宁省援疆前方总指挥部按照辽宁省与自治区、兵团部署，整合抚顺、丹东、朝阳、葫芦岛4市援疆力量，于2016年12月组建辽宁援疆第九师分指挥部，通过"4+1"方式，联合对口支援新疆生产建设兵团第九师。

2017年2月18日晚8时，辽宁援疆第九师工作队不顾旅途疲劳，立即投入工作，组织召开第一次全体会议。辽宁援疆九师分指挥部指挥长，兵团第九师党委常委、副师长杜鑫做战前动员；分指常务副指挥长，兵团第九师党委常委、副师长柴力君主持会议；分指副指挥长、兵团第九师党委组织部副部长刘力宣布分组名单。辽宁援疆第九师工作队，由中组部计划内干部人才31人组成，其中党政干部17名，技术人才14名。统一编入"组织管理、项目综合、招商引资、安全保障、宣传文体"5个工作组，承接各项援疆职能，形成一支队伍，打出一面旗帜，服从一个号令，在九师分指"一根指挥棒"的引领下，奏响援疆进行曲。

第二天凌晨，大雪弥漫，暴风雪突然袭击新疆。飞往塔城的航班被迫取消，援疆干部人才滞留乌鲁木齐。

此时，新疆生产建设兵团第九师通往下属团场170团的玛依塔斯风区，正经历一场生死大营救。在风区，暴风雪肆虐，瞬间风速达10级以上，几十辆车、数百人被困，"风吹雪"正危及被困人员的生命。救援人员连夜紧急救援，打开一条生命通道，道路两侧的雪墙达三四米高。

大雪停息，滞留乌鲁木齐的援疆人员全部走上街头，义务清理道路积雪。辽宁援疆九师分指挥部副指挥长周亮率领援疆队员奋战在乌鲁木齐大街小巷，大家顾不得西服革履，争抢着铲雪扫雪运雪，一个个头上冒汗，裤腿、皮鞋里都湿透了。刚刚入疆，雷锋精神便在乌市传扬。

胡风吹朔雪，千里度天山。2月21日下午，乌鲁木齐通往塔城的航班恢复。经过一个多小时的飞行，航班顺利抵达塔城机场，援疆将士踏上了天山北麓这片广袤苍茫的土地，踏上了风雪援疆路，开始了他们3年充满考验的援疆生活。

第二乐章　蝶恋花

今古河山无定据。画角声中，牧马频来去。满目荒凉谁可语？西风吹老丹枫树。　从前幽怨应无数。铁马金戈，青冢黄昏路。一往情深深几许？深山夕照深秋雨。

——清·纳兰性德《蝶恋花·出塞》

到牧场去

援疆的第三天，丁小鹏就开始下团场，去兵团第九师最偏远的团场170团牧场，给牛做采样监测。司机开车100多公里，把他们送到牧场就要返回，说："你们在这忙吧，过几天等你们工作结束了我再来接你们。"丁小鹏很疑惑，让司机等一等，就问畜科所管防疫的年轻人："这牧场有多少头牛？"年轻人说有40头。丁小鹏笑了，说："这还用几天吗？我用不上半天就搞定。你们是怎么采血的？"年轻人以为丁小鹏吹牛。他们找来绳子，把牛捆上放倒，取来针管，用最原始的方法采血样。丁小鹏当时就惊呆了，说："你帮我牵着牛，看我怎么采血样。"丁小鹏采用最先进的尾静脉采血法，一边给牛采血，一边给大家讲解。两个小时，40头牛全部采样完毕。跟随丁小鹏一起采样的人非常惊讶，第一时间打电话向畜科所领导汇报。领导有些不相信，在电话里一连串追问："这么快就完了？40头牛都采了？没有落下的？"这边的同志满脸兴奋地回答："都采了，我眼盯着采的，一个都没少！"

这里是牧区，所以是布鲁菌病高发区。布鲁菌病也称波状热，是布鲁菌引起的急性或慢性传染病，属于自然疫源性疾病，国际上分羊、牛、猪、沙林鼠等19个生物型。此病人畜之间传染概率非常大，防疫工作非常重要。通过丁小鹏一遍遍地做示范，手把手地教，畜科所工作人员很快掌握了给动物采样的先进方法，大大提高了工作效率。由于采血样速度快，时间短，既一定程度地降低了工作人员被传染的风险，又保证了样品的质量，确保了准确快速地对动物疫病定性和治疗。

援疆人才丁小鹏在兵团第九师畜牧科研所工作，主要负责疫病防控、动物检验检疫、畜牧技术推广、草原监察工作。工作性质决定了他要经常下到基层去，下到团场去，下到牧场去，跟牛羊等牲畜打交道。

到了冬季，牛羊都回到冬牧场，要搞集中冷配，进行人工授精。丁小鹏跟所里同志早上天不亮就出发，到现场去操作指导。冬牧场离团场都比较远，比较偏僻，往返要四五百公里。当天回不来，就得跟牧民住在冬窝子里，一个屋里挤七八个人，直到干完工作。

有一次，由于修路征占草场，丁小鹏他们要到草场现场定点勘测。这时是6月份，若是在辽宁，正是草绿花红艳阳高照的夏季，而牧场附近的山上却突降大雪。丁小鹏衣服和鞋都湿了。由于上山时穿得比较薄，丁小鹏他们都穿着单衣坚持进行勘测。晚上气温骤降，夜里住的地方没有取暖设施，冻得丁小鹏无法入睡，只能把闲置的被子都盖上，才凑合到天亮。

有时团场牲畜发生突然病死的情况，不管是节假日还是星期天，丁小鹏他们都随叫随到，立即到现场对死亡牲畜进行解剖，分析病情。今年古尔邦节放假期间，丁小鹏突然接到168团电话，有羊不明原因突然死亡，丁小鹏和所里领导立即组织人，拿上器材到现场解剖、定性，拿出治疗患病牲畜的方案，避免了更多牲畜死亡。

长期下团场，去夏牧场、冬窝子，一个来回几百公里，牧场里根本就没有路，都是牧民转场的小路，车非常颠簸，日积月累，使丁小鹏患上了坐骨神经痛、梨状肌劳损，还患有高血压。丁小鹏下团回来，晚上疼得睡不着，吃完止疼药，不能仰着，只能趴在床上睡。第二天吃上止疼药、降压药，继续下团场工作。

一年半的援疆时间非常短暂，丁小鹏时刻提醒自己，要使这一年半发挥出两年或者更长时间的作用，把自己所学的一切毫无保留地留在新疆。

高级畜牧师张林广和丁小鹏是辽宁北票市动检站的同事。张林广是2017年随31名援疆干部人才大部队来到兵团九师的。张林广作为九师畜牧科研所的专业技术人员，一心扑在牛羊良种普及工作上。他常年奔波在各团场基层连队，推广夏洛莱肉牛、西门塔尔牛、安格斯肉牛与当地牛杂交技术，宣传普及畜牧业发展的新理念、新品种、新模式，提高当地畜牧业经济效益。为抢出肉牛预产期，张林广利用休息时间，深入167团，为该团340头安格斯母牛人工授精，顺利完成改良任务，为团场节省饲料费8万多元，创造经济效益100余万元。

受援单位畜牧科研所所长景亚平在接受笔者采访时，对丁小鹏和张林广赞不绝口。

他援疆上瘾了

2018年5月，辽宁省朝阳市援疆人才李国东再次来到新疆，这已经是他第三次援疆。500多个日夜，李国东用智慧和汗水书写着自己的爱疆情怀。

他在兵团九师161团林业站分管生态建设规划、山楂林改造项目、退耕还林工程、苏云河1700亩造林设计以及施工等工作。

在进行绿化工作时，李国东提倡多品种引进，小范围试验，合理密植，确保保苗率。他还完成了《161团退耕还林工程和经济林树种更新的建议》，为该团从公益林转向经济林提供智力支持。

其实，为了实现团场林业育苗品种多样化，李国东2014年首次援疆来到161团时，就先后引进了樟子松、云杉、海棠、榆树、白蜡等树种，并在161团六连建设苗圃基地50亩，逐步解决了该团造林苗木靠外购的局面，为团里节省了大量资金。截至2018年年底，该苗圃基地已能够提供白蜡、云杉、榆树、樟子松等各种合格大径苗木上万株，且苗木长势喜人。

2015年，在161团玫瑰园工程项目建设中，李国东参与了从玫瑰园规划设计、整地、苗木选购到购苗、栽植的全过程。购苗期间，他蹲守起苗现场，一住就是7天。选购的6万多株玫瑰苗，虽然栽植过程中没有浇水，但成活率依然达到95%以上。现在，一到春季，在161团玫瑰园里，郁郁葱葱的玫瑰枝头鲜花盛开，吸引着山南海北的游客。

161团有退耕还林地6万亩，是兵团退耕还林面积最大的团场之一。由于树种比较少，且全年气候温差较大，过去常常出现春季发枝、冬季冻死的现象。年年植树，却始终是造林不见林。李国东通过实地考察、调查研究、翻阅资料，并和辽宁省干旱造林研究所林业专家探讨、咨询，最后确定在退耕还林地试种文冠果树种。文冠果耐旱、耐寒、耐盐碱，在零下35℃的环境中也能生存。文冠果也是很好的经济林树种，其油是高级润滑油，也可作为食用油；出油剩下的果渣医药公司还能收购入药；叶子可以生产文冠果茶。李国东认为，此树种还可作为县城、景区的风景树、观赏树，能够达到经济效益和生态效益并存。

2018年7月，李国东到河北承德市专题调研，进一步了解了文冠果树种景区管理及生长情况、种子产量等。之后到辽宁省建平县实地走访文冠果科技开发有限公司（这里是北京林业大学试验示范基地）。9月，李国东从朝阳市带回文冠果种子，并在161团林业站的试验田里种下此树种。李国东说，十年树木，百年福荫。林业建设不是一朝一夕的事，而是功在当代，造福子孙后代的事业。

常常向他学技术的林业站干事渠震洋说："李国东老师是一位耐

得住寂寞，守得住清贫，受得住艰苦的好老师。他技术过硬，工作务实高效。我和他在一起工作，学到了很多书本上学不到的知识。"

有人说李国东援疆上瘾了，他说："我爱上了新疆，没办法。"

是啊，像蝶恋花。

在希望的田野上

2019 年 7 月，兵团第九师 167 团的一片面积约 270 亩的田地里，冬小麦长势良好，微风吹过，麦浪起伏，遍地金黄。在地头，这片冬小麦的种植者、四连职工赵明荣一边查看冬小麦的生长情况，一边在心里打着丰收的算盘。

辽宁葫芦岛农业科技援疆服务基地用绿色有机肥对赵明荣家这块地进行了改良，使这片田地生长的冬小麦根系发达、麦秆粗壮，还具有抗倒伏的特点。这让赵明荣喜出望外："这麦穗颗粒饱满，颜色纯正，品质称得上是'高富帅'了，是同品种冬小麦中最好的，这些都将在冬小麦的等级和价格上占优势。"

与麦田相邻的是 140 亩玉米地，也是赵明荣利用农业科技援疆服务基地提供的新技术种植的。绿油油的玉米田，玉米棵已经结棒，且平均每株结棒 1.7 个，秋收的产量将有所保证。这块地用的是富硒肥，提高了玉米的抗虫害特性，因此不用再打杀虫剂，降低了种植成本。

位于 166 团五连的 200 亩甜菜地也是辽宁葫芦岛农业科技援疆服务基地的试验推广田。与传统种植的甜菜相比，用富硒肥种植的甜菜株高、叶宽，更有利于进行光合作用，因此长出的根茎更加粗壮。负责打理这片甜菜地的 166 团五连职工耿建军对增产增收充满信心。

富硒肥料让广大职工尝到了甜头，那么，硒对农作物生长到底起到怎样的作用？硒对人体健康又有何益处？

辽宁葫芦岛农业科技援疆服务基地负责人费洋介绍，富硒肥料能够提高农作物的吸收率，有效促进农作物生长，抗病虫害，提高农作物抗氧化能力，促进农作物提早成熟，不但有增产的效果，同时还能降解农药残留，使产品富含锌硒，成为绿色无公害的功能性食品。

费洋说，塔额盆地耕地面积大，多年来，由于农药、化肥的大量使用，造成土壤有机污染严重，职工种植效益不高。对此，辽宁葫芦岛农业科技援疆服务基地将利用3年至5年时间，调节土壤酸碱度，增加氮磷钾含量，解决土壤板结日益严重的问题，提高绿色有机肥料使用率，帮助职工增产增收。

目前，辽宁葫芦岛农业科技援疆服务基地技术推广富硒小麦示范田1500亩、苜蓿1500亩，玉米、食葵等总面积已达5000多亩。

冬天里的春天

雪压冬云白絮飞，万花纷谢一时稀。2018年冬月，在兵团九师164团软枣猕猴桃栽植基地，援疆干部踩着没膝的积雪，顶着刺骨的寒风，逐个大棚查看软枣猕猴桃是否受到前一天大雪的影响。大棚之间的甬路满是积雪，大棚的门也被雪堵住了。好在大棚无损，软枣猕猴桃树在温暖如春的大棚里没受伤害。兵团九师164团林业站副站长赵春建的喜悦之情溢于言表："这个大棚内的软枣猕猴桃是援疆干部帮我们引进的。我们先期做了栽培试验，现在已经推广。新疆的气候条件有利于水果提高糖分，在这个大棚里，树上结软枣猕猴桃，树下种植一些中草药或菌类，效益成倍提升。"

在九师团结农场的一座大棚里，颜色各异的小柿子长势喜人，已经到了采摘期。这些新品种果蔬，是丹东市的援疆干部吕正栋引进的。援疆干部还把丹东的技术专家专程请到塔城，指导农户实地操作，手把手地把实用技术传授给种植户。新品种果蔬越来越多，保护地面积越来越大，塔城从此有了大棚采摘等经营模式，提高了当地居民经营蔬菜大棚的积极性，增加了职工群众的收入。

兵团九师167团党委常委、副团长、援疆干部韩任章2017年年初到团里后，有一种"鲸向海、鸟投林"的感觉。一米八大个儿的他，迈起大长腿就往基层跑，深入9个连队、8个团直单位进行调研，详细了解各单位的情况，并就工作思路、未来的发展方向和存在的困难与问题进行深入探讨。六连想养驴，韩任章就带领他们到山东、内蒙古、山西等地考察；九连想养鹅，韩任章就建议他们自己建一个孵化场……在他的大力支持和协调下，167团调整设施大棚作物结构，引进了百香果项目在该团创业示范基地试验、示范种植。

百香果学名西番莲，因其果汁营养丰富、气味芬芳，具有石榴、杧果、香蕉等多种水果的香气，而被誉为百香果，又称"果汁之王"。百香果原产巴西，我国新近引入试种，广东还将百香果列为名优稀水果品种。167团西番莲的示范种植，获得了很好的示范作用和经济收益。

援疆农技人才、丹东市农科院研究员苗相伟，结束上一批技术支援任务后返回辽宁，在九师分指的召唤下，为了完成在疆试验项目，告别了正在孕期的妻子，再次扛起第二批农技援疆的重任。

在两年多里，苗相伟协助九师农业局成功申请兵团设施农业"互联网+"项目，争取补贴资金360万元；从辽宁省引进滑盖式日光温室科技示范项目，协助九师农业局争取补贴资金50万元。此外，苗相伟还申请17万元农业科技专项资金，以"作物高产高效栽培模式与优良品种筛选试验研究"为课题，带领援疆农技人才成功试种番茄品种20个、糯玉米品种6个、花生品种2个，为优化当地种植业结构发挥了重要的引领作用。

采访札记

食为人天，农为正本。农，天下之大业也。

农业技术是农业发展的第一推动力。从刀耕火种到"连理枝"的嫁接术，再到无土种植、航天育种；从靠天吃饭到设施农业、生态农业，农业的每一次进步发展，都离不开科技力量的推动。

辽宁省援疆第九师分指挥部充分发挥抚顺、丹东、朝阳、葫芦岛4个城市农业、畜牧业人才作用，在受援地农技岗位上宣传新理念、引进新品种、传授新技术，填补了诸多技术空白，将智力援疆工作提高到新水平。

立足九师"大农业"发展实际，坚持"由大向强转变""由多向精转变"的产业援疆思路，以辽宁农技援疆示范项目带动职工调整种养业结构。其中，大力实施农业良种选育项目，成功筛选果味番茄、糯玉米等优良作物品种16个；面向职工群众无偿提供畜牧技术服务，推广夏洛莱肉牛、西门塔尔牛、安格斯肉牛与当地"土牛"杂交技术；在162团通过招商渠道引进辽宁"不老莓"项目；在164团启动软枣猕猴桃和抚顺单片木耳试种项目；在166团以市场化方式建设辽宁农技援疆示范园，推广中华野生猕猴桃项目。通过这些附加值高、经济效益好的示范项目，带动九师特色产业发展，促进职工增收。通过实施"科技人才引领计划"，提升九师农牧领域技术水平。

智力援疆，科技兴农，强边富民，面对这样的援疆，老百姓怎能不心生欢喜。

第三乐章　咏叹调

莫叹落荒沟，无意攀高处。春雨秋风常来顾，飞雪更呵护。　痴迷阻尘沙，蒲拥河堤固。梅染花开艳山丘，恪守初心谱。

——玉奎《卜算子·沙棘咏叹调》

在准噶尔盆地西部、古尔班通古特沙漠边缘，屹立着一座美丽的小镇，每当金秋来临，这里沙棘遍野，犹如一座黄金之城，因此被誉为"黄金小镇"。它就是兵团第九师170团驻地。

从2010年开始，援疆干部帮助170团连续三年从辽宁建平县引进沙棘苗，每年20万至30万株，在"风吹沙砾跑，地上不长草"的戈壁荒滩上试种成功了沙棘树。经过团场干部职工和援疆干部多年的艰苦努力，目前沙棘种植面积已达4.2万亩，其中成果林3万亩，年产沙棘果4500多吨，每年繁育沙棘苗300万株，成为新疆乃至全国面积最大的人工滴灌沙棘林种植基地和沙棘苗繁育基地，也是集生态效益、经济效益、社会效益于一体的阳光产业。

沙棘是一种落叶灌木，具有耐旱、耐寒、耐贫瘠、抗风沙特点，可以在盐碱化土地上生存，因此被广泛用于防风固沙、保持水土、改良土壤。沙棘为药食同源植物，其根、茎、叶、花、果，特别是沙棘果实含有丰富的营养物质和生物活性物质，可以广泛应用于食品、医药、轻工、航天、农牧渔业等国民经济领域。古人很早就认识到了沙棘的药用价值，中国最早的医书《黄帝内经》和中国现存最早的药学著作《神农百草经》，藏医古典名著《月王药诊》《四部医典》等都有沙棘的记载。1977年，沙棘作为中药被列入《中华人民共和国药典》，成为法定的医疗药材并确立为药食同源珍贵资源。

援疆干部围绕做大做强沙棘产业下功夫，积极申报争取援疆项目。2017年，沙棘产业基地项目列入援疆"交钥匙"工程，投入援疆资金2000万元。为确保项目早日投入使用，造福一方百姓，170团党委常委、副团长李立新等援疆干部紧盯工程招投标、施工管理、竣工验收等环节，经常深入项目建设工地督导检查，严把工程质量关，"交钥匙"工程全部按期交工，项目开工率、资金拨付率、竣工验收率均达到100%，得到国家验收组认可。

围绕沙棘资源，积极宣传推介，大力招商引资。援疆干部先后到广东广州、深圳，内蒙古鄂尔多斯，青海西宁，辽宁朝阳等地广泛联系客商，推介重点项目；与广东新疆商会、广东辽宁商会等商会组织建立联系，搭建招商平台，邀请客商来兵团170团考察。2017年年底，利用援疆项目——沙棘产业基地研发楼，通过招商引资成功引进了第九师圣果生物科技有限公司。公司投资1300多万元购入先进的生产线，生产沙棘全果冻干粉。2018年该公司创产值5000多万元，实现了沙棘就地加工，接长了沙棘产业链条，提高了沙棘产品附加值。

援疆干部积极参与沙棘种植、采收，与团机关干部职工一道，参加春季沙棘苗种植，不断扩大沙棘种植面积；秋季与干部职工一起采收沙棘果，确保颗粒归仓，增加沙棘果产量。同时，帮助沙棘专业合作社销售沙棘果30多吨。

3年来，从辽宁朝阳引进3名柔性援疆专业技术人才，加强沙棘林田间管理和病虫害防护，整理了相关资料，确保沙棘产业可持续发展。

2018年，根据团场综合配套改革的要求，沙棘地确权给了职工，职工拥有了属于自己的身份地，吃了定心丸，增收致富的热情异常高涨。通过积极引导，职工开展沙棘林下养殖、沙棘蘑菇种植，沙棘干果、沙棘茶、沙棘原浆加工，拓宽了多元增收渠道。在沙棘采摘园路边的摊位上，就有销售沙棘产品的，有沙棘果汁、沙棘原汁、沙棘茶等，包装都很精美。

马克苏提·胡佰督拉是170团七连一名哈萨克族职工，过去在团林业工作站工作，每年2万余元的工资收入，仅能维持一家4口人的简单生活。去年通过团场沙棘地划分，他拥有了自己的沙棘林，经过一年的辛苦劳作，换来了丰硕的成果，年收入5万元左右。这让他信心倍增，今年又繁育了10多万株沙棘苗。

沙棘被人们形象地称为改善环境的"生态树"，产业项目的"效益树"，职工群众致富的"摇钱树"，沙棘果成为当地老百姓心中的"圣果"。沙棘系列产品已经进入各大超市，逐渐被人们熟知和认可。

2017年170团举办首届沙棘采摘节，吸引了新疆内外大量游客前来观光采摘。2018年9月，170团取得沙棘国家地理标志认证。金色的沙棘、不倒的胡杨，将成为当地发展旅游业的优势。2019年7月17日至19日，全国沙棘学术交流会在170团召开。会议以"加快新时代沙棘绿色产业可持续发展步伐"为主题，由水利部沙棘开发管理中心主办。与会代表参观考察了170团沙棘种植基地、育苗大棚、品种示范园、沙棘采摘园等，并就沙棘良种选育、采收机械、病虫害防治等方面展开交流讨论。

金秋9月，流丹溢彩。笔者走进九师170团沙棘采摘园，放眼望去，即将成熟的沙棘果如流火、如彩霞，红红火火，耳畔仿佛传来歌曲《好日子》：阳光的油彩涂红了今天的日子哟，生活的花朵是我们的笑容……

采访札记

巍巍克孜尔山，金色沙棘海，千年胡杨林，阵阵达卜声，兵团人与援疆人精诚团结，不忘初心、牢记使命，共唱兴边富民之歌，让荒漠变绿洲，让戈壁变乐园。

产业兴则园区兴，项目强则经济强。

细雨渐沥，秋意渐浓。2019年9月9日，笔者在兵团第九师163团副团长、援疆干部周晓牧的陪同下冒雨参观巴克图工业园区（兵团级工业园区）。和沙棘产业园一样，巴克图工业园称得上援疆项目的样板工程。巴克图工业园区就业设施及园区配套基础设施项目以"筑巢引凤"为宗旨，一期工程建设15栋标准化厂房和6栋筒仓，一期工程总投资9945万元，其中援疆资金为8735万元。杜鑫指挥长担任巴克图工业园区第一书记，柴力君常务副指挥长担任园区第一主任，按照"4+1"模式，以援疆干部为骨干，成立巴克图工业园区项目专班，抓好园区管理、服务和建设。目前已经引进13家入园企业，协议投资总额达8.5亿元。

招商引资是辽宁援疆干部的第一要务。九师分指指挥长杜鑫、常务副指挥长柴力君挂帅出征；抚顺副领队、援疆干部康壮作为九师分指招商引资组组长，更是义不容辞，夙夜在公，长年奔波在招商引资第一线。康壮是东北大学全日制博士，他发挥自己的优势，深入研究九师产业发展情况和相关产业政策，起草了《辽宁援疆九师分指招商引资工作思路方案》和《招商引资工作计划》，为引进项目、壮大产业倾注心力。

九师援疆分指的将士东进中原，南征巴蜀，几上京津辽，远赴珠三角，掀起"大招商、招大商"热潮。

第四乐章　徵调曲

落其实者思其树，饮其流者思其源。

——南北朝·庾信《徵调曲》

塔斯提河

塔斯提河是一条边陲河。承担屯垦戍边职责的新疆生产建设兵团第九师161团六连（原十一连）就驻守在塔斯提河畔。

塔斯提河是一条英雄河。1969年6月10日，塔斯提河畔，苏军公然侵入我边界地带，绑架了正在放牧的161团牧一队职工张成山。161团六连民兵二班女战士孙龙珍闻讯后，不顾身怀六甲，随战友赶往出事地点营救，苏军悍然开枪，年仅29岁的孙龙珍献出了宝贵的生命。同月，兵团党委追认孙龙珍同志为中国共产党党员；8月25日，新疆维吾尔自治区革命委员会授予孙龙珍同志"革命烈士"称号。

1992年6月，新疆维吾尔自治区和新疆军区正式将女子民兵班命名为"孙龙珍民兵班"，这是目前全国唯一履行屯垦戍边使命、实行军事化管理、成建制的女子民兵班，也是全国唯一的清一色由80后女大学生组建的全训民兵队伍。她们10个女孩子和军人一样，在营房里度过两个春秋，只有周末才能给家人打一通电话。营房宿舍内物品整齐划一，军绿色被子叠得豆腐块一样整齐。

孙龙珍民兵班驻地就在161团六连，与孙龙珍屯垦戍边陈列馆在一个院子。笔者2019年9月6日到161团六连采访援疆河道治理与饮水工程时，在女子民兵班的营房品尝了源自援疆饮水工程的自来水；在女子民兵班班长潘韩雪的解说中，参观了孙龙珍屯垦戍边陈列馆。

161团六连还有个特飒爽的别名——"英姿村"，因为六连不仅有成立于1962年的女子民兵班，出了孙龙珍这位女英雄，而且还有一个不被人知的群体——女子护边队。队中36个"花木兰"每天巡逻在9公里的边防线上。孙龙珍民兵班的3名女战士也与女子护边队一起上勤，一同英姿飒爽地执行护边巡逻任务。

在塔斯提河畔兵团第九师161团第10号护边员执勤点，笔者了解到，女子护边员每次每班住勤10天，得备好10天的米面油等生活物资，饮用水也是从六连运上执勤点的。现任班长王继莲说："过去吃的水是雪山上的水，遇到下暴雨和开春融雪，水都是浑浊的。现在好了，我们吃上了援疆饮水工程的水，很干净。"

塔斯提河位于裕民县西南，全长45公里。河水穿过美丽的河谷，最后流入哈萨克斯坦共和国的阿拉湖。近几年，随着塔斯提风景区的建成，专程到小白杨哨所和孙龙珍屯垦戍边陈列馆参观的游客也逐年增多。困扰六连职工群众和景区发展的饮水工程、河道整治和景观提升工程被提上援疆工作日程。

塔尔烈河

2017年11月23日，隆冬时节的塔尔烈河谷银装素裹，分外妖娆。辽宁省水资源管理集团六连饮水工程项目经理朱兴广与援疆干部一起顶风冒雪挨家挨户为161团六连253户职工群众送上供水"钥匙"。退休职工陈桂荣拧开家里的水龙头，只见一股清澈的水哗哗流出，老人脸上露出了满意的笑容，他拉着援疆干部的手说："感谢辽宁省的无私援助，我们终于吃上放心水了，再也不用为吃水发愁了！"

六连所在地有三条河，分别是塔斯提河、塔尔烈河、布尔干河，距离最近的是塔尔烈河。这里山谷河道有丰富的水资源，六连曾先后几次利用管道引水的办法解决居民吃水问题，但每年山洪来袭总是把上游的蓄水池冲毁，泥沙也常常堵塞主管道，守着塔尔烈河，却喝不上放心水。

新疆生产建设兵团第九师161团六连饮水工程，是2017年辽宁省援疆工作的"交钥匙"工程，总投资2500万元。整个工程分为饮水工程、河道整治、景观提升工程三部分。

饮水工程包括引水渠首、输水管线、高位水池、给水管网、净水厂等，由辽宁水资源管理集团——白石水利水电建筑工程有限公司承建。在辽宁援疆前方指挥部、第九师分指挥部和第九师有关部门的指挥协调下，该项目在施工过程中，克服运输距离远、机械作业使用难、建设成本高、施工时间短等多项难题，严格控制作业质量及材料标准，始终把工程质量和职工群众利益放在首位。为避免在工程施工中出现质量隐患，161团党委常委、副团长、援疆干部张兴友多次向辽宁援建专家请教工程有关问题，会同设计、监理和施工单位，协调解决施工中出现的问题，确保工程严格按照规范标准施工。

援疆工作纪律要求严，一年到头只有春节可以返辽休假20天。腊月二十八张兴友陪妻子在沈阳的中国医科大学附属医院做了手术，正月十六，虽然妻子的身体还极度虚弱，但张兴友仍然如期回到了新疆。行前他给妻子包了许多饺子冻在冰箱，让妻子自己煮着吃。张兴友有腰椎间盘突出症，仍然一次次跋山涉水，检查工程质量，协调与工程相关的各方关系，解决工程中出现的各种问题。

经过5个月的奋战，塔尔烈河的水通过层层过滤缓缓涌入引水管道，进入六连各家各户的饮水系统。随后，净水厂建设完成，饮用水净化消毒设备安装完毕，经过水质检测，饮用水各项指标均达标，自此，六连253户800余人用上了干净卫生的饮用水，同时解决了8万头（只）牲畜的饮水问题。

在六连，笔者入户采访了周连长家和职工王立元家，水龙头流出的水都非常清澈，他们都说，这水干净卫生，好得很！

布尔干河

"一棵呀小白杨，长在哨所旁，根儿深，干儿壮，守望着北疆……"著名歌唱家阎维文演唱的《小白杨》中的哨所，就在布尔干河畔。1982年春天，塔斯提哨所一名来自伊犁的锡伯族战士程富胜回家探亲，将哨所周围的环境及官兵卫国戍边的故事讲给母亲听。母亲听后十分感动，临行时让儿子带了10株白杨树苗回哨所栽种，叮嘱他要像白杨树一样扎根边疆，为祖国守好边防。程富胜把树苗带回哨所后，战友们轮流从10多公里外的地方背来黑土，把树苗小心翼翼地栽在哨所房前屋后。从那时起，原本吃水都要到一公里外的布尔干河去挑的战士们，每天用洗脸刷牙节省下来的水精心浇灌，并为树苗垒起了防风墙。但是小白杨难以忍受干旱、风沙、严寒的肆虐，相继枯死，10棵小白杨中唯有一棵顽强地活了下来。这棵小白杨在战士们的精心呵护下茁壮成长，日夜陪伴守卫边疆的战士们。1983年，原总政歌舞团创作人员来新疆塔斯提边防连采风，著名诗人、词作家梁上泉听了程富胜的感人故事，满怀深情地写出了《小白杨》歌词，著名作曲家士心连夜谱曲。1984年阎维文在中央电视台举办的庆"八一"文艺晚会上首唱《小白杨》，并在1985年春节联欢晚会上再次倾情演唱这首歌，《小白杨》从此传遍大江南北。塔斯提哨所也改名为小白杨哨所。

布尔干河，又名布尔根河，为乌伦古河上源。《清一统志·科布多》记载，乌陇古河"在布尔多城南。河二源，东曰布尔干河……出新和硕特旗，北合喀喇图泊水，南流经扎哈沁旗，东南流……合（青吉斯河）为乌陇古河"。蒙古语柳树为布尔根，沿河柳树丛生，故以名河。

援疆项目布尔干河河道整治、景观提升工程，包括防洪堤、拦水坝、拉索式吊桥、停车场和绿化景观工程等。

工程于2018年5月开工，经过辽宁人7个月的奋战，修建了长达2.2公里的两岸浆砌石护坡，1.5万平方米的停车场，种植了1800余棵绿化树苗，修建拦水坝3座、拉索式吊桥一座。河道整治、景观提升工程的完成，不仅提高了布尔干河的防洪标准，还彻底解决了河水改道冲刷河岸、泥土流失等破坏性生态难题，同时也保护着小白杨哨所下"孙龙珍故居"的完好。该工程竣工，标志着著名的小白杨哨所景区又多了一道亮丽的生态河道景观，为161团创建国家旅游示范区奠定了良好的景观基础。

我们行走在布尔干河岸美丽的景观路，登上吊桥，目送清澈的河水静静地流向远方，流向另一个国度。

喀英德河

喀英德河蓄水池饮水工程，建设地点在兵团第九师161团八连附近。工程总投资2000万元，全部为援疆资金。新建16.46万立方米蓄水池1座，水厂1座。解决161团七连、八连、九连、十连、十二连等5个连队的饮水安全问题和九连1560亩耕地灌溉用水问题。5个连队均为集中供水，受益人口2000多人。

工程于2017年启动。作为援疆干部，张兴友坚持把工程质量放在第一位，经常深入工程一线检查指导施工工作。蓄水池大坝浇筑开工不久，就发现一些问题。由于这个施工队技术不专业，出现了基坑清理不干净、浇筑混凝土带水作业、分仓浇筑刨毛不到位、仓面斜坡处理不规范等影响大坝质量安全的问题。由于缺乏专业技术人员，张兴友找到正在六连饮水工程施工的两位辽宁专家朱兴广和姜志文，到喀英德蓄水池大坝施工现场指导，手把手教他们怎样施工。针对施工管理方式粗放、设备不足、档案资料不健全等问题，多次召开建设单位、施工企业、设计和监理单位等联席会议，协调解决具体问题，印发会议纪要，督促他们落实整改。经过半年多的努力，喀英德蓄水池工程顺利完工，而且成为一项信得过工程，让边疆人民喝上了健康水、放心水。

采访札记

水是生命之源，水是农业的命脉，水是工业的血液，水更是人民生活之必需。援疆项目以惠民生、聚民心为出发点，助力建设幸福九师、美丽九师。近三年来，辽宁省在九师实施援疆项目35个，投入援疆资金3.77亿元，主要涉及教育、医疗、养老、饮用水等民生领域。

老子曰：上善若水。为民生计，功莫大焉，善莫大焉。

第五乐章　清平乐

千年菊井，一抹红弦影。风雨仁心情未冷，不信人间多病。　杏林雪煮寒梅，兰房字掸陈灰。捣碎白中红药，白衣檀手春回。

——东篱雨菊《清平乐·妙手回春》

期待的眼神

2019年初秋的一天，"学习强国"新疆兵团学习平台播出一则新闻："兵团九师医院医护人员用精湛的技术、细心的护理，将一名地方村民年仅一岁零十个月的孩子从死亡线上拉了回来，用白衣天使的大爱谱写了民族团结的动人乐章。"视频中的医生就是辽宁援疆医生，儿科主任孙少勇。

2019年5月16日，额敏县杰拉阿尕什镇哈萨克族村民加孜依拉抱着只有一岁十个月的女儿巴合江·唐达别克，急匆匆来到九师医院急诊科就诊。因病情严重，急诊科把孩子转到儿科病房。儿科主任、援疆医生孙少勇看到患儿呼吸困难明显，颜面青紫，周身皮肤多汗，听诊双肺可听到许多水泡音，肺部CT检查提示重度肺炎改变，诊断为重症肺炎伴呼吸衰竭，生命垂危，需要呼吸机支持治疗。

抢救耽误一分钟，缺氧就增加一分钟，这对孩子大脑影响非常大。病情就是命令，小巴合江被送到重症医学科后，孙少勇会同相关科室主任进行会诊，紧急制定了治疗方案，采取抗炎、补液、呼吸机支持治疗和营养支持治疗。在重症监护室治疗9天后，巴合江·唐达别克撤掉了呼吸机，转到儿科继续治疗。患儿病情主要是由感染引起的，在治疗中，关键是控制感染，避免出现危及生命的并发症，看她的肺功能能不能恢复，如果肺的功能不能恢复，就撤不了呼吸机。由于孩子肠道恢复功能不是特别好，孙少勇决定进行静脉营养和肠内小量营养相结合的营养治疗。在治疗过程中，因为患者家庭困难，九师医院在医院内发动募捐，包括九师医院的儿科及重症医学科及大部分职工都进行了捐款。经过精心治疗，小巴合江的病情有所好转。因为还有肺坏死、脓胸等症状，这里的外科做不了这种手术，经医生建议后，转到乌鲁木齐继续治疗。

杏林春暖

2017年4月26日，来自丹东东港市中心医院的援疆医生王兴鹏在新疆生产建设兵团九师医院，成功地为13岁的哈萨克族女孩阿依克丽木实施了脑血管畸形切除术。

阿依克丽木入院前出现头痛、头晕、双眼视物不清，伴恶心、喷射状呕吐等症状。九师医院外三科对阿依克丽木进行CT检查后发现其脑血管畸形。王兴鹏对血管畸形情况严格评估风险综合考虑后，决定实施脑血管畸形切除术。经过3个小时紧张的手术，阿依克丽木的畸形血管被成功切除。术后，女孩阿依克丽木恢复良好，现在已经正常生活和上学。

在援疆一年半里，神经外科主任王兴鹏成功完成3例复杂高难度颅内血管畸形手术，开九师医院该项技术先河。

2017年10月30日晚，哈萨克族母亲阿依拉抱着自己6岁的儿子赶到离家100多公里的九师医院求医。"孩子玩耍的时候耳朵进了小石子，已经流脓淌水了。快救救我儿子！"阿依拉用哈萨克语急切地对耳鼻喉科主任李舒说。

如果九师医院不能治疗，她就要抱着儿子赶到乌鲁木齐，路程超过500公里。

援疆医生李舒找来一位其他病人家属给当翻译，为孩子详细检查病情，并决定马上做手术。在病人家属急切地等待中，李舒很快做完了手术，把石子从孩子耳朵里取了出来。孩子母亲阿依拉不会说汉语，也不知道李舒的名字，拿过李舒的工牌写了一行歪歪扭扭的汉字："我们儿子看病特别高兴了。"一句不通顺的汉语，却表达了一位哈萨克族母亲发自内心的感激之情。

2017年，辽宁省第五批援疆医生在塔城地区共填补当地医疗空白68项，李舒在九师医院开设的耳鼻喉专科就是其中之一。

2018年11月8日16时，正在给病人做手术的眼科主任李雪突然接到门诊医生通知，61岁的患者张里辉，于6小时前在工地干活时，被飞出的钢丝扎进右眼，当地未进行处理，急送患者到九师医院眼科，门诊医生进行了对症处理，让李雪前去诊断治疗。

利用手术歇台时间，李雪立即仔细检查患者病情，诊断为"右眼球内金属异物、右眼角膜穿通伤、前房积血、右眼继发青光眼、右眼内炎"，急诊收病人入院。凭着扎实的理论知识和丰富的急救经验，李雪制定出一整套复杂眼外伤联合手术治疗方案与流程，并经患者及其同事同意后，确定急诊下行"右眼球内异物取出术、前房成形术、前房灌洗术、角膜裂伤清创缝合术"。李雪通过高难度的手术，成功取出了患者眼中的钢丝，钢丝竟然长约20毫米。因操作精细、手术方案详尽，术中无眼内组织副损伤，未发生手术并发症。术后经过抗炎、对症治疗，患者幸运地保住了右眼。

援疆医生黄玉坤来自辽宁兴城。2018年11月11日，患者任振江推开中医科主任黄玉坤诊室的门说："我的病已经10多年了，去过乌鲁木齐、北京等地大医院，结肠镜也做过10多次了，什么问题也没有，医生说是肠易激综合征，你能治吗？"看着患者怀疑的目光，黄玉坤笑笑说："试试看吧。"

黄玉坤为任振江看诊后，给痛泻药方，加疏肝理气、健脾止痛。5天后，任振江二诊，他面带笑容地说："黄医生，有些效果了，我排便次数少了，腹痛也减轻了。"黄玉坤查看任振江舌质脉象和一诊一样，就让他继续口服一诊的药物。11月23日，任振江来三诊，黄玉坤检查病情后，给予半夏泻心汤加参苓白术散合方。12月6日，任振江第四次就诊，高兴地说："黄医生，我基本好了，这病困扰我10多年了，早遇见你就好了，我也不用做10多次肠镜了。"

麻醉学硕士

2018年12月17日，九师医院成功实行了首例无痛分娩，填补了塔额地区该技术的空白，为本区域广大产妇带来了福音。这项新技术的运用，正是辽宁援疆医生、九师医院麻醉科主任勾宝晶主持开展的。

勾宝晶来自丹东，毕业于北部战区总医院麻醉学专业，获麻醉学硕士学位，曾工作于上海复旦大学附属儿科医院，对麻醉疑难危重患者手术的管理有多年的临床经验，擅长小儿麻醉和超声引导下神经阻滞麻醉以及无痛分娩等技术，并拥有无痛分娩穿刺针技术国家专利一项。

运用无痛分娩技术后，九师周边额敏、托里、裕民等地的许多孕妇闻讯来九师医院就诊，截至目前，已经实施无痛分娩120多例。妇产科护士张晓乐呵呵地说："运用这项技术后，我们医生护士也轻松了不少。以前，产妇临产时疼痛难忍，都会情不自禁地大声喊叫，医生护士指导产妇分娩或者彼此沟通时，也不得不提高嗓门说话，搞得产房外的人以为我们态度不好呢。现在产妇不觉得疼痛，大家说话都轻声细语的，产房里一片温馨呢。"

2019年4月19日，九师医院外一科团队在勾宝晶的协助下，完成了首例无痛ERCP技术，顺利为患者疏通胆管，开拓了胆胰管微创无痛诊治新领域。

患者帕尔扎来自塔城市，患梗阻性黄疸，如果不经手术治疗疏通胆管，患者黄疸退不下去，就会引起肝功能衰竭。外一科团队决定采用更加微创的治疗方法——ERCP技术（内镜下逆行胰腺胆管造影术），为患者施行内镜下胆总管支架植入术，将胆管疏通。此次ERCP

技术是在患者全麻无插管的情况下完成的。如果实施局部麻醉，患者会有疼痛、恶心、呕吐、痉挛等症状，不利于手术正常开展，容易引起出血、穿孔等手术风险。而且在气管插管的情况下，插管会占据患者口腔的空间，不利于内窥镜的操作，术后患者拔管困难，苏醒时间也会延长。勾宝晶利用镇静镇痛药物，保留患者自主呼吸，在BIS麻醉深度监护仪下实施麻醉时的动态监测，不用气管插管就很平稳地完成了麻醉，确保了手术顺利完成。

授之以鱼不如授之以渔。为了给九师医院培养一支带不走的医疗队伍，勾宝晶用理论与实践相结合的方式，毫无保留地把自己掌握的先进科学麻醉方法传授给九师医院的医生。

采访札记

1. 援疆医生孙少勇以及九师的医生们尽职尽责尽心医治，承担了白衣天使神圣的职责，而小巴合江的故事，让我进入深层思考：从内心更加感到援疆的重要与紧迫，文化教育援疆、思想意识援疆与经济援疆同等重要。让我明白国家援疆战略的现实意义与历史意义。我们只有从根本上让边疆经济富起来，思想进步起来，社会和谐起来，我们各族人民走上共同的文明、民主、富裕之路，我们的后代才能更幸福。

2. 从2018年开始，在中央计划的7名援疆医生之外，应九师方面请求，九师援疆分指挥部协调丹东、抚顺、朝阳、葫芦岛4市每年增派10名副高级以上职称医疗专家入疆。这些医疗专家分布在九师医院各科室，迅速成为各领域领军人物，形成集聚效应。

九师分指探索"医疗微组团"援疆模式，组织援疆医疗专家定期开展"送医入乡 看病入户"义诊活动。医疗专家深入各基层团场、连队，为各族群众送医送药，有效解决"就医难"问题，促进了兵地融合，巩固了民族团结。此外，4市还捐赠九师医院价值300多万元的医疗器材，极大地提升了九师医院诊治水平。人力物力与技术的援助，助力九师医院成功晋升为三甲医院。

2018年以来，辽宁援疆医生累计诊治患者3万多例，完成手术3000多例，抢救急危重患者700多例，取得创新成果21项，有10项填补九师及兵团、自治区医疗领域空白，以丰硕成果、一流业绩、良好形象，成为辽宁援疆工作的一面旗帜。

第六乐章　教育乐

学宫岿峣压胜概，百泉曲折流方池。英才涵濡教育乐，风雩慨想莫春时。

——宋·赵汝鐩《湘西行》

一棵树

额敏县城，华灯初上。谢落老师有些疲惫地匆匆走在下班的路上，在十字路口遇见一个10岁左右的孩子，孩子满面愁容地看了她一眼，想说话却又不敢说。作为两个孩子的母亲，谢落的第一直觉是这个孩子遇到了困难。于是她很友好地招呼："小同学你好。我是老师，你需要帮助吗？"

原来，孩子因为某些原因没有赶上最后一班回家的公交车。身上只有两元钱的他，不知道该怎么办才好，急得默默地站在路口流眼泪。谢落了解情况之后，一瞬间所有的思乡之情涌上心头，这个孩子和她的大儿子差不多大，他的妈妈得多着急啊！于是谢落立刻与孩子的家长取得了联系，在寒意阵阵的路口和孩子手牵着手一直等到他的家长到来。看到他们如释重负开心的笑容，谢落才放心地回援疆公寓。

谢落是辽宁省凌源市第二高级中学的一名普通英语教师，也是两个孩子的妈妈。2018年8月，她带着一份深沉的责任，告别了家乡的亲人和一双儿女，来到第九师龙珍高中援疆任教。

总有人问她，孩子那么小，咋舍得来这么远呢。谢落说，人这一生不长，能真正做几件有意义的事的机会就更少了。"我父亲曾经在新疆工作过，我对新疆有很大的情结。"

　　鲁迅说，教育，根植于爱。谢落把爱无私奉献给了边疆的孩子们。刚到龙珍高中开始上课的时候，因为地区差异，她和孩子们都不太适应，比如发音和字体。每一节课她都会领着学生读单词纠正发音。因为小学和初中的基础薄弱，大部分孩子到了高中之后字体依然很差，字体差已经成为高考英语卷面减分最主要原因。于是谢落就自己花钱买了本英文字帖，印成卷子发给学生，让他们照着写。每天写一篇，坚持了两个月之后终于有所好转。在课堂上，她发现学生不愿意用英语表达，于是她利用早读的时间教学生大声朗读，有时候早读课结束时，她的嗓子都哑了。她还提出每节课前三分钟用英语演讲的要求，让每一位同学走上讲台，讲一个英文故事、朗诵一首英文诗歌或是唱一首英文歌曲，使学生们能够更加自信。课堂上，有的同学犯困，谢落就用朝阳话、锦州话讲课，活跃气氛，在欢乐中调动学生的学习积极性。在谢落的循循善诱下，学生的英语成绩提高很快。

　　作为母亲，谢落当然思念自己一双年幼的儿女。有一次家里打电话告诉她，8岁的儿子要做手术，谢落焦急万分。当时正值期末，课业紧，为了不影响新疆孩子们的学业，谢落毅然决定不请假。无奈，8岁的儿子只能忍着病痛等待妈妈回来再做手术。终于放假了，谢落到达凌源客运站时，远远望见接她的母亲领着两个孩子站在夜幕中，眼泪不由自主地流下来……

　　儿子顺利做完手术后，谢落紧绷的神经终于得以放松，自己一下子病倒了。学校即将开学，谢落又启程赶赴新疆。4岁的小女儿拉着谢落的手，哭着喊着不让妈妈走，车站离别时，更是哭得一塌糊涂。谢落回到新疆，儿子在视频中说："妈妈，我想你想得每天晚上都偷着哭，万一我哭瞎了，戴眼镜能治好吗？"谢落听后心都碎了。食堂大师傅和她说："你看到对面修自行车那个人了吗？他家孩子在你们班呢，说你课讲得好，人也好，对你评价很高啊！"听到这句话，谢落流下了激动的泪。她觉得自己做的一切值了！

谢落曾写过一首小诗：一棵安静的树，枝繁叶茂，四季不败！一棵清新的树，郁郁葱葱，笑语嫣然！一棵坚挺的树，根强干壮，无畏无惧！一名忠诚的战士，驻守着祖国的边疆。

一束光

2018年9月1日，兵团九师龙珍高中和以往学期一样如期开学了。当黄文凯老师走进教室时，学生围着他欢呼雀跃，兴高采烈。那一刻，他深切感受到了只有援疆老师才能体会到的欣慰。

2017年2月，黄文凯与辽宁第五批援疆干部同时入疆，作为专业人才，按组织规定援疆期限是一年半，到2018年7月份已完成全部任务。作为援疆教师，他付出了一年半的心血，逐渐唤醒了边疆孩子的求知欲望，与他们建立起深厚友谊。就在他即将完成支教任务的时候，学生不止一次询问："黄老师，您下学期还能给我们上课吗？"面对学生真诚而期待的目光，黄文凯内心深处泛起波澜。他自己父母年迈需要照顾，孩子面临中考需要陪伴，家庭重担全交了妻子一个人。就在他犹豫不决之时，他的爱人再一次支持了他。他爱人是一名优秀的小学教师，她非常理解丈夫对学生这份难以割舍的情感。亲人的理解与支持，成为他再次援疆的动力。

于是，他向组织申请了二次援疆。

为什么又一次选择援疆？每当有人问起，他都难以回答。不在边疆，怎能感同身受？兵团九师由于地处边陲，学识学业水平相对偏低。面对令人担忧的教育现状与兵团发展壮大的时代要求，黄文凯说："我必须留下来，别无选择。"

在日常教学中，黄文凯注重培养学生的学习兴趣，普及知识点，提升综合素养，重点解决学生想学、会学、学好的问题。同时，通过运用新课程理念，引导学生积极参与，构建良好的师生互动关系，很快就取得了令人满意的教学效果。他每周义务为学生上三天早读课，每周六义务为学生补课，学生成绩大幅提高。他通过为全校教师上观摩课、示范课，开展主题教研，传授全新教学理念，引导教师更新观念，改进教法；通过与青年教师结成帮扶对子，帮助青年教师进步，逐步提升龙珍高中的教学质量。

在龙珍高中的每一个日夜，黄文凯都全身心地投入到教书、育人之中，以真诚、耐心和业绩赢得了广大师生的高度认可。他像一束光，照亮了身边的世界。

采访札记

陶行知说，我们深信教育是国家万年根本之大计。

辽宁省持续加大资金投入力度，加强兵团九师学校内涵建设，发挥辽宁省教育资源优势，实现教育援疆向纵深扩展。3年来，辽宁省投入援疆资金2580万元，改善九师龙珍高级中学、九师职业技术学校、3个团场中学等学校的教学环境。还创新"一对一"结对支援模式，抚顺市、丹东市、朝阳市、葫芦岛市的12所学校与九师12所学校结为对口联谊学校，在教师培训、学科建设等方面进行交流合作。

"善歌者，使人继其声；善教者，使人继其志。"（《礼记·学记》）九师分指24名援疆教师从责任和爱出发，以专题讲座、论坛、沙龙等形式传输新的教育教学理念，仅2019年就领讲示范课200余堂，受益师生5000多人次；参与"青蓝工程"，结对子、带徒弟，促进教学理念互融、教学方法互鉴、教学信息互通、教学成果共享；围绕民族团结，走访少数民族学生家庭，定期开展学习辅导、心理疏导、生活救助等帮扶活动，打造辽宁援疆教师品牌。

十年树木，百年树人。教育援疆、智力助疆、文化润疆……这是更持久的援疆战略，更深远的国家经略。

第七乐章　爱之花

锦峰有使星，光芒夜烛天。闻道绣衣来，上应此星躔。
儿童争迎拜，不敢持一钱。一钱不足云，爱心重留连。辄持
一盂水，滴滴钓台前。

——宋·何梦桂《上夹古书隐先生六首·其一》

爱心礼物

2019年1月22日，援疆干部马占国带着"爱心邮包"，匆匆赶到
九师162团北辰中学，看望自己的9个少数民族女儿，为她们送来跨
越4500公里的新年礼物。在北辰中学的会议室里，马占国将台灯和爱
心衣物一一分发给孩子们，并将习近平总书记的新年寄语一句句地念
给孩子们听。

给孩子们赠送礼物是马占国自2017年年初援疆到162团任职后就
一直坚持下来的习惯。每逢六一儿童节、新学期开学和新年，马占国
都会第一时间到学校给孩子们送上爱心礼物——学习用品和运动鞋、
新棉衣等生活用品，鼓励孩子们好好学习。马占国说，看见他们就像
看见了自己的女儿。

与以往不同的是，今年除了马占国自己送的礼物之外，他还带来
了辽宁同事们沉甸甸的爱心。原来，工作在辽宁抚顺的同事得知马占
国资助10个少数民族孩子的故事后，深受感动，自发地捐赠一些生活
用品，将这份爱心礼包经过遥遥路途邮寄了过来。

温暖的阳光洒在校舍、操场，带给校园一片安宁与和谐。

从东北到西北，从奔腾不息的辽河河畔，到北疆喀浪古尔河畔，
从繁华的东北都市，到多民族聚居的西北边陲团场，马占国走过了难
忘的三年援疆路。

2017年2月，马占国从辽宁抚顺来到兵团第九师162团开始为期

三年的援疆工作。

谈起援疆的初衷，马占国说："我打小就对新疆很向往，看过许多介绍新疆的书，我报名参加援疆，就是感觉新疆需要支持和援助，感觉新疆需要我们来奉献，我渴望有在新疆工作的经历，圆自己儿时向往新疆的梦想。"

2017年4月，马占国在162团北辰中学调研时了解到，学校里部分少数民族学生家庭生活比较困难。这让他想起了自己上学时受人资助的往事，便决心尽自己所能，帮助这些家庭困难的孩子。马占国随即与学校领导沟通，提出愿意资助10名少数民族家庭困难的孩子。很快，学校给马占国提供了10个孩子的名单，他们当中有哈萨克族、回族和柯尔克孜族，包括5个家住地方乡场的孩子。

马占国利用下班和周末时间，挨个对这些孩子进行家访，了解孩子们的学习、生活和家庭情况。有的孩子家住地方牧场，距离162团部10多公里，马占国依然坚持一户不落地家访。这些孩子的家庭，有的大人患病，因病致贫；有的孩子父母离异，长期寄宿在亲戚家；还有的家中人口多，收入单一……马占国把每一个孩子的家庭情况都详细记录在笔记本上，做到了然于胸。

经过深入的走访和思考，"扶贫+扶志+扶智"的帮扶思路在马占国脑海里闪现、成型。马占国说通过走访接触，发现这些贫困家庭的孩子性格比较自卑和内向，决心绵绵用力、久久为功，不仅要给孩子们物质上的帮助，还要给予他们心智和志向上的引导鼓励，让他们树立正确的人生观，健康快乐地成长成才。为此，马占国挤出时间，给予孩子们亲情陪护、课业辅导，精心组织每一次帮扶和集体学习实践活动，为孩子们送精神、送思想，努力给予孩子们更多的关爱和快乐。

2017年，六一儿童节当天，马占国为10个孩子送去新书包、笔、本和跳绳等文体用品，同孩子们沟通交流，做游戏；八一建军节，他带领孩子们到全国道德模范魏德友家和塔城某边防连走访慰问，让孩子们接受兵团精神和国防知识教育；秋季新学期开学之际，他与前来探亲的妻子一同给每个孩子赠送了一套精装版的中国文学四大名著；同时远在辽宁抚顺的爱人李爱华还动员亲属和同事，为孩子和他们的家人捐衣捐物；十一国庆节，他带着来团场探亲的大女儿，同孩子们一起上课、做游戏、唱歌，共同结下了深厚友谊……

2018年春节前，马占国为孩子们量身高、称体重，让妻子在辽宁给10个孩子和自己的大女儿购买了样式新、质量好的同款式羽绒服，作为孩子们的新年礼物，并给每个孩子发了压岁钱；五一劳动节，他带领孩子们到自治区劳动模范魏金兰和兵团劳动模范汪再秀家，倾听劳模自述往日的劳动风采，从小培养孩子们正确的人生观、价值观；秋季开学时，他给孩子们每人赠送一套《成语词典》《多功能英汉大词典》和《论语》，并一起阅读经典……

2019年1月22日，新春来临之际，马占国又一次带着爱心大礼包和新年压岁钱，看望孩子们，一同读书、游戏，一起诵读《习主席寄语》；3月学雷锋月，他带领孩子们到养老院收拾卫生，给老人们慰问演出，给小朋友读雷锋书籍讲雷锋故事，给他们佩戴雷锋像章；5月科技周到来之际，他带领孩子们到玻璃温室大棚参观，感受周围科技创新成果，激发他们的科技意识和科学素养，增强他们对科技进步和科技创新的获得感和体验感，希望孩子们从小感受到科技的力量，从而热爱科学；5月31日，六一儿童节到来之际，他给所资助的孩子送去牛仔裙，并带领所帮扶的孩子们到塔城红楼博物馆参观，让孩子学习塔城的历史文化，在她们的人生观、价值观形成时期不断丰富视野。9月秋季开学，马占国资助的10名孩子中有个孩子转学了，但马占国这次带来的礼物仍然有她的，她依然会感受到温暖的关爱。

马占国经常到学生家走访，并一丝不苟地践行"民族团结一家亲"。在北辰中学马欣茹同学家中，马占国和这位回族小朋友一起读名著，向家长询问孩子的学习情况，一家人其乐融融。

一直支持马占国资助学生的妻子李爱华今年也来援疆了，她带着小女儿马语聪来到北辰中学看望被资助的孩子们。马语聪将自己喜欢的糖果分享给姐姐们，少数民族学生亲热地和马语聪拉手，害羞地回答李爱华的关爱。马占国看着这一切，感到很欣慰。

3年来，马占国共为10个受资助的孩子和他们的家人捐助钱物累计近3万元。在马占国的带动下，他在抚顺的同事、亲戚多次为孩子和他们的家人捐衣捐物，仅邮费就花了上千元。

笔者在马占国办公室的橱柜里发现数十封孩子们送给马占国的新年贺卡和感谢信。贺卡都是同学亲手制作的，有图画，有文字，虽然有的精美，有的稚嫩，但能看出，做得都那么精心，传达的是纯真的童心，是对爱与善良的理解与回馈。

北辰中学学生杨小燕在自制的贺卡上写了一首小诗：

我是小小的幼苗，您是辛苦培育我的农民。
您浇水、施肥，培养我这棵苹果树幼苗，
让我一点点地长大。
我结出的又大又红的那一个，给您吃，
且祝福您平平安安。
您是蜡烛，牵着我走向光明。
——这首诗献给我最感恩的马伯伯

马欣茹同学在画得非常漂亮的贺卡上写道："感谢马伯伯对我们的资助，我们无以回报，只能用更好的学习成绩回报您……祝马伯伯新年快乐！"

马占国的爱心善举得到了九师职工群众的赞誉，2018年7月，他高票当选九师第六届道德模范，2019年2月获得自治区民族团结一家亲先进个人称号。

马占国作为九师162团党委常委、副团长，不但"业务精，关键问题上敢较真，遇事有解决的办法，愿意帮助人"，而且热爱生活，情趣高雅，是个篮球迷，是辽篮的"铁粉"。除了值班，他每天晚上9点多钟准时回到办公室，读书学习。他利用工作闲暇自办了"马五说篮球"微信公众号和微博，所写的评论观点新颖，充满正能量，浏览量达到2万余人次。他养花也有自己的思路，冬天屋子暖气太热，他用雪覆盖在花下，模拟春天，他养的杜鹃和山茶花在冬天里依然开得鲜艳夺目。

为了母亲的微笑

"各民族要像石榴籽那样紧紧抱在一起"——这是援疆干部刘秀君刚一踏上新疆大地，在乌鲁木齐地窝堡国际机场看到的一条标语。大道至简。正是这句质朴而深邃的话语，引领刘秀君投入"民族团结一家亲"活动中，与哈萨克族牧工吐苏甫汗·萨德合结为兄弟，他的母亲也成了刘秀君的母亲。

吐苏甫汗·萨德合50多岁，是刘秀君所任职的166团牧二连民族村的一名普通牧工。他像所有的哈萨克族兄弟一样，勤劳、善良、淳朴。

2017年3月16日上午，春寒料峭。刘秀君刚送走北京客商，便和牧二连副连长居玛江·阿扎特一起，带着米、面、油、牛奶，来到吐苏甫汗·萨德合家中。

吐苏甫汗·萨德合的妻子已经给他们备好了馕饼、奶疙瘩、油馃子等一桌子丰盛的美食，一时间，屋子里热闹起来。

就在大家谈笑风生的时候，吐苏甫汗·萨德合的母亲闻讯赶来。她住在大儿子家，听说辽宁来的援疆干部在小儿子家做客，便拄着拐杖蹒跚而至。

刘秀君赶忙起身，搀扶着这位90岁高龄的老妈妈落座。借助居玛江·阿扎特的翻译，刘秀君与老人攀谈起来，引得她笑逐颜开，端起奶茶，与刘秀君开怀畅饮。

离开前，刘秀君把随身带的200元钱塞给了老人，她一再推让。

刘秀君说，按照东北的习俗，见到长辈要献上一份见面礼。老人家见刘秀君一再向她打躬作揖，希望她接受这份心意，就不再推让了，像孩子一样，羞涩地笑着。

让刘秀君没想到的是，这微不足道的200元钱，竟成为老人的一桩心事；抑或真诚的交流，让刘秀君这个来自远方的"儿子"走进了她心里。此后的日子里，吐苏甫汗·萨德合的母亲经常向村干部打听刘秀君的情况，多次通过她熟悉的村干部邀请刘秀君去她家做客，要给刘秀君"煮肉"吃。每当收到老人的口信，刘秀君都会想起远在东北老家的母亲。

儿行千里母担忧。刘秀君听弟弟说，自他跪别患病多年的母亲，踏上援疆之路，母亲就一直惦记着，总是念叨："新疆有多远啊，你二哥能习惯吗？"每次与母亲通话，尽管她话语不多，总是重复那几句，刘秀君还是感到很惬意——有母亲的惦念，这种感觉真好。

为了回应吐苏甫汗·萨德合的母亲的诚挚邀请，刘秀君在端午节那天，精心准备了哈萨克族老人最喜欢的砖茶、方糖、罐头、水果等，准备拜访老人，然而在登门前，却听说老人到团结农场的大女儿家串门去了，只好取消了行程。

第二天，刘秀君赴广州、北京等地招商。在外出期间，居玛江·阿扎特副连长打电话告诉刘秀君，老人听说刘秀君要去看望她，早早就从女儿家赶回来了，一直在家等着呢。老妈妈真诚、无声的期盼，令刘秀君感到愧疚，觉得亏欠老人太多了。

6月14日，妻子带着儿子来新疆与刘秀君团聚，刘秀君准备带着妻儿去看望吐苏甫汗·萨德合的母亲，却听到老人生病住院的消息。刘秀君连夜准备慰问品，计划第二天上午带着妻儿一起去探视老人。

6月15日清晨，就在刘秀君准备前往医院探望老人时，从家乡传来噩耗，他母亲因突发脑出血，昏迷不醒，被120送往抚顺市中医院抢救，生命危在旦夕。刘秀君心如刀绞，一边与家中亲属联系，给母亲安排开颅手术，一边向领导请假。

时间紧迫。而此刻，刘秀君正面临一场情感抉择。刘秀君已和吐苏甫汗·萨德合约好，去团场医院探望他的母亲。怎么办？一边是生养自己的母亲，在家乡的手术台上生死未卜；一边是哈萨克族母亲，在团场医院的病床上接受救治。就在返程车即将到来时，刘秀君不顾妻儿的催促，急忙拎起慰问品，快速赶往医院，探望了病床上的哈萨克族老妈妈。

刘秀君紧握着老人枯瘦的手掌，看着她欣慰的笑容，脑海中却满是自己母亲的形象，泪水不禁渗出眼角，心头愈加沉痛。

随后，刘秀君和妻子、孩子一路辗转，赶到乌鲁木齐，终于乘坐了当天最早的一班飞机，但命运没有给他与母亲说上一句话的机会。就在母亲以她顽强的生命力与死神抗争之际，她是多么渴望能与爱子依依惜别，哪怕是再看上最后一眼，可是，刘秀君这个做儿子的，却无法实现母亲的心愿……

刘秀君是个才子，九师分指的主要文字材料都是由他起草，他业余时间写了160多首诗。他用诗抒发对母亲的怀念之情：

清明祭母

胡天紫日犹飞雪，故里清明已暮晖。

去年寄语寒食节，今夜无言叹子规。

轻折杞柳思慈母，泪洒香蒲望翠微。

自恨平生多忤逆，孤灯冷月戍边陲。

采访札记

马占国与刘秀君是援疆干部践行"民族团结一家亲"的突出代表，马占国资助10名少数民族孩子的事迹，让我想起荷兰印象派绘画大师文森特·凡·高的一句话："爱之花开放的地方，生命便能欣欣向荣。"

刘秀君与两位老母亲的故事，让我理解了古人所云"忠孝难以两全"。

第八乐章　大风歌

大风起兮云飞扬，威加海内兮归故乡，安得猛士兮守四方。

——汉·刘邦《大风歌》

我的团长我的团

新疆塔城、额敏、托里在全国的名气不仅来自大西北的美丽风光，更主要的是因为这个地区的风而出名。

新疆老风口、玛依塔斯风口是世界级风区，每年出现8级以上大风的日子在150天以上。这里的风暴不是一般的险恶。据《托里县志》记载，1966年1月31日，塔城、额敏两县发生强风暴，许多人被大雪所困，其中冻死26人。1994年，全国优秀援藏干部孔繁森赴新疆塔城考察边贸工作，途经老风口，不幸发生车祸，以身殉职。为了阻止暴风雪肆虐，塔城地区先后出动53万人次，利用植树造林等措施综合治理风灾。曾经参加义务植树的兵团九师文联原副主席李志俊对笔者讲："那风大到什么程度，你想象不出来。当年我们植树，树坑挖好了，等我们去卡车上把树苗拿下来，回来就找不到刚挖的树坑了，那么短的时间，树坑就被大风刮平了。"经过多年治理，老风口的风比原来小了很多。

冷空气从西北进入准噶尔盆地的通道在巴尔鲁克山与乌日哈夏依山之间，风总要寻找自己行走的路径。玛依塔斯风口（主要在省道201线26公里至70公里）便超越老风口，成为新的"风暴眼"。2014年2月7日，一场风雪将玛依塔斯风口封堵，100余辆汽车和数百名群众被困。新疆塔城军分区某边防团官兵紧急出动，经过四个多小时的连续奋战，安全转移群众200余人。2015年11月20日晚，省道201线玛依塔斯路段受到9级大风侵袭，312名旅客和45辆车被困其中。玛依塔斯抢险队员用了四个半小时，终于将人员全部解救。据中央电视台报道，2017年2月18日，省道201线玛依塔斯路段受到9级大风袭击，积雪达一米多深。"风吹雪"肆虐，能见度几乎为零。数十辆轿车、客车和货车被困，670多人陷入险境。经过专业救援队和爱心人士连夜紧急救援，19日凌晨3点，所有被困人员被安全转移。其中乌鲁木齐城内出动私家越野车达100多辆。

2019年9月7日上午，笔者在兵团第九师170团党委常委、副团长、援疆干部李立新的陪同下，从额敏县九师师部出发，驱车前往九师170团采访。途中路过玛依塔斯风口，好在这个季节无雪，天气晴好，风和日丽，没有遭遇风雪。只见公路两旁树立着厚厚的挡风墙，有一处还建有防风隧道，公路路基的标识像路灯一样高高地在路两旁密集树立。可见这里冬季风雪的凶险。

170团部距离额敏县100多公里，是九师最偏远的团。全团6个连队不连片分布在托里、额敏两县，最远的一连距离团部180多公里。团部2003年从庙尔沟搬迁到莫合台，这里自然环境十分恶劣，周边是一望无际的荒漠戈壁，气候干燥，紫外线强，夏季酷热，冬季寒冷，冬春两季风沙特别大，经常刮10级以上大风。

李立新还清晰地记得，2017年12月27日那个夜晚，他睡梦中被一阵地震似的声响惊醒，天地一片漆黑，大风仿佛要把窗外的一切刮走。天亮后，只见机关办公室的门被刮掉，窗玻璃刮碎满地，一片狼藉。他与其他团领导走访灾情得知，这场12级大风仅仅大棚棚膜就吹飞200多座，损失惨重。而2018年11月24日的14级大风把输电铁塔拧成了麻花，直径一米多的擎天柱广告牌被吹断。

李立新每次从团部往返师部都要经过玛依塔斯风口，特别是冬季，经常发生"风吹雪"，交通事故频发，每次回师部都要经受风与雪的考验。遇到极端天气，道路实行交通管制，170团就成了一座孤岛，进不来，出不去。因此，李立新也成为九师10个团场援疆干部中回师部次数最少的一个。团场人口稀少，服务业落后，团部只有几家小商店，没有浴池，也没有理发店，理一次发要坐车去25公里外的铁厂沟镇。因为偏远，遇到极端天气，运钞车送钱不及时，银行柜员机经常取不出钱。

在团领导班子分工中，李立新最多时分管对口援疆、工业和信息化、招商引资、商贸流通、发改、统计、扶贫、双创、旅游、园区管理等10多项工作。九师环保工作基础较差，环保设施落后。机构改革前，九师没有单独成立环保局，只有一名兼职干部负责环保工作。污染防治作为"三大攻坚战"之一，任务繁重，责任重大。2018年7月，师党委抽调李立新到师部牵头负责环保专班工作，主要是建章立制，落实中央生态环保督察整改任务，推进九师环保基础设施建设。全师先后投资1.6亿元实施了团场城镇污水处理厂提标改造，城镇生活垃圾无害化处理、锅炉污染物提标改造、饮用水水源地规范建设等13项环保重点工程。在李立新的带领下，大家齐心协力，共同努力，使九师环保工作逐步实现了规范化，环保基础设施明显改善。

李立新曾赋诗一首：男儿有志走四方，背起行囊赴北疆。亲人嘱托记心上，保家卫国守边疆。

李立新指了指和我们同行的刘星宇说："在各个团场工作的援疆干部的生活都挺艰苦，你问问他。"

援疆干部刘星宇是九师164团党委常委、副团长。一天深夜，他在去团部维稳指挥中心值班时一不小心，左脚踩空，整个人直接从台阶上滚落下来。一起值班的同事听到声音赶忙跑出来，把刘星宇扶进了值班室。看到刘星宇左脚踝迅速肿胀后，同事让他去医院检查，他却谢绝了，继续参与值班。第二天，医生诊断刘星宇为韧带撕裂，对他的左脚进行了石膏固定，叮嘱他在家卧床休息3个月，不能活动。刘星宇在九师援疆宿舍楼内休息了3周后，再也躺不住了。在脚部瘀血和肿胀依旧的情况下，他挂着双拐重返工作岗位。至今，阴天下雨，他的脚还隐隐作痛。

刘星宇说："我们援疆干部在团部一个人生活，洗衣、做饭都得自己来。媳妇儿高兴了，说援疆给我们家培养出来一个厨师。"

遥远的牧场偏远的连

李立新望着车窗外长着零星芨芨草和骆驼刺的荒漠说："我们吃这点苦算不了什么，170团边远连队的干部职工一生都在这里生产戍边，那才叫艰苦。"

9月7日下午，经过两个多小时的行程，我们驱车来到170团最偏远的连队——一连。李立新每次从团部到一连和二连工作，正常天气条件下往返都要4个多小时。我们路途中间经过沙漠戈壁、喀斯特山谷和山地草原。笔者真正见识了风景区以外的新疆，大漠旷野中的新疆——给人的感觉，行进了几个小时，车窗外只有两个颜色，蔚蓝的天空，苍黄的大地。一路上唯一让我们兴奋的一次，是看见40多峰骆驼在一处草原浅水滩喝水，我们下车好一番拍照。李立新说，新疆最美的季节是五六月份，那时候草原上绿草茵茵、野花盛开，牛羊遍地。八九月份，草原的牧草都枯黄了，都打下给牛羊贮备过冬，所以看哪儿都是荒漠。他对这种环境已经习以为常。

170团一连地处托里县庙尔沟镇以北15公里处，距离团部180多公里。全连户籍人口114户281人，非户籍人口25户59人，其中汉族61户124人，少数民族78户216人。常住人口52户163人。在册职工79人。连队在山区主要以牧业为主，草场面积134456.92亩（三调），全连有羊12340只，牛1029头，马422匹。

9月份，牧民陆续开始转场，他们赶着牛羊马，由夏牧场向冬牧场而去，不慌不忙，不急不躁，跟随大自然的脚步随性而行，随遇而安。

连队"两委"班子成员领着我们在村子里了解情况。

作为170团最偏远的连队，一连的工作条件十分艰苦，生活环境特别差。一连是九师唯一未通自来水、未通电的连队。职工群众用光伏太阳能板发电，一到晚上太阳落山后连队就断电了，正看得如痴如醉的电视剧，突然就断了，让人好不气恼。生活用水都是靠人工摇辘轳从水井里打水，然后人挑、车拉。通信设施落后，手机信号特别弱，打个电话要跑到山顶找方向。道路坑坑洼洼，下雨天进出连队的道路泥泞不堪。职工群众居住的大多是20世纪70年代建造的石头和土坯房屋，低矮的牛羊圈舍破旧不堪，到处是残垣断壁。由于自然环境和生活条件差，职工陆续搬迁，人口越来越少，连队干部也无心工作。

为了改变这一现状，2018年，170团利用自筹资金和援疆资金，共投入627万元，对连队人居环境进行了综合整治。其中，投资104万元，重新选地址建设了新的连队办公室，建筑面积330.8平方米；建设文化活动广场一处，铺设花砖1200平方米，配备健身器材13套，植树2000棵，设置围栏1140米。投资183万元，硬化水泥路面800延长米，设路灯22基杆；对沿街10套职工住房进行了"穿衣戴帽"改造。

另外，投资340万元，为连队职工群众打了一口井，铺设自来水管道，将自来水通到了各家各户。从庙尔沟镇架设15公里的电线杆，将电拉到连队，家家户户不再为突然断电停电发愁。就此，这个草原深处的小村，结束了上百年来不通水、不通电的历史。

2019年，朝阳援疆工作队再次投入援疆资金50万元，修建一连、二连连队干部周转房，改善连队干部生活，还对二连饮用水进行改造。一连党支部成员3人，连队管理委员会成员4人，党支部成员3人全部进入连队管理委员会，交叉任职。

我们先参观了连队原来的办公室。这是一座二十世纪六七十年代建的破旧老屋，屋内光线昏暗，一张简易床，一张掉漆的办公桌，进门靠墙立一个铸铁取暖炉子，一台老式电视机落满灰尘，似乎在回忆陈年旧事。笔者怎么也想象不到，这就是几个月前连队干部办公和生活的场所。为了留下历史的记忆，这座简陋破败的房子被保留下来，对房子外观进行了"穿衣戴帽"修缮。在新建的连队办公室一侧，职工群众新改造的住房连排成行，室内干净敞亮。在另一侧一户人家的院墙上，摞着一趟晒干的牛粪饼。生活的变化，时代的发展，没有完全侵蚀掉地域特色、民族特点，令人欣慰。

整治后的一连连队面貌焕然一新，发生了翻天覆地的变化，极大地改善了职工群众的生活环境，也更加坚定了连队干部服务职工群众、扎根边疆屯垦戍边的信心和决心。

刘星宇行走在宽敞平坦的水泥路上，羡慕地赞叹："这水泥路修的，够奢侈。"

临走，我们特意到村边的老井去看了看。老井在一条土路旁的荒坡上，井壁是用毛石垒的，井台是用条石砌的，水深六七米。一架辘轳架在井口之上。一位哈萨克族老人说："过去一到冬天，打水很危险，井台上冻了厚厚的冰，非常滑，一不小心就要摔跟头。夏天若是下暴雨，井就被洪水淹了，井水变成黄泥汤，就得去更远的井打水。"老人家对我们竖起大拇指，乐呵呵地说："现在通电了，有了自来水，好得很，好得很！"

采访札记

此行本没有采访目标，笔者对一直陪同采访的170团副团长李立新说，我就想到九师最偏远的连队去，感受九师百姓的日子，体验援疆干部的生活。于是有了这一难忘之旅。9月初的新疆，秋意已经很浓了，沿途的山地草原已经枯黄，戈壁滩更是黄沙漫漫，走上百里，不见人影，在这里，对辽阔与苍凉有了切身感受。在草原深处，有幸遇见两只野生黄羊，在我们的目光追逐中，它们欢快地也或许是惊恐地奔向无尽的天边。

在经过漫长而枯燥的长途跋涉后，车子停在一个小镇。本以为到了目的地，下车才得知，这是二连，距离一连还有一段路程。又行驶15公里后，我们终于抵达戈壁与草原深处的一连所在地。司机王师傅告诉笔者，一连距离团部190公里，而我们从额敏县师部到团部已经行驶 100 公里。笔者不禁想起一句话：不到新疆不知道中国有多大。这样的行程，是一些援疆干部的常态。援疆干部的辛苦，援疆干部的付出，援疆干部的奉献与担当，怎是这短短几天采访所能体会到的啊？

全面小康路上一个不能少，脱贫致富一个不能落下。

想起一首小诗：距离不是距离，距离不是问题。关键在于你的心在没在那里，你心里有它，即使是沙漠，也会变绿洲，即使是戈壁，也会变绿地。

第九乐章 尾声

援疆是国家经略，援疆是中央治疆方略。

"同志赴新疆，勿忘左宗棠，栽下几行柳，后人好乘凉。"援疆是一种责任，是一种担当，更是一种使命。

辽宁省作协采访团 2019 年 9 月 4 日晚到达塔城，9 月 5 日上午参观辽宁援疆事迹展览。面对一幅幅感人的图片，读着一行行催人泪下的文字，不能不让我们肃然起敬。带着感动与期待，我们分赴塔城地区和兵团八师、九师，开始对援疆干部进行采访。笔者的任务是采访工作在新疆生产建设兵团第九师的援疆干部。第九师与额敏县同城。笔者由塔城市前往 60 公里外的额敏县，未作休息，马上去九师援疆分指挥部，与来自抚顺、丹东、朝阳、葫芦岛 4 市的援疆干部人才座谈，在一次次被感动中，结束第一天的采访。6 日至 9 日，连续 4 天奔赴九师 161 团、162 团、163 团、170 团采访，走团场下连队，进职工群众户，访哈萨克族牧民家，深入援疆项目工业园区、口岸互市、万亩沙棘林、饮水工程……行走塔城、额敏、裕民、托里四地，四进塔城，可谓车行千里，马不停蹄，总行程达 1500 公里。由此，笔者对辽宁援疆工作有了初步了解。

三军高奏出塞曲，关山明月凯歌还。2010 年至今，辽宁援疆已经走过10年难忘历程。

10年来，辽宁为新疆生产建设兵团第九师建设教育、医疗、养老、饮用水等民生领域项目。这是一份实实在在的投入，一份真心实意的支援，这是辽疆同心、民族团结最具说服力的明证。

10年来，计划内选派援疆干部人才数百人次。援疆将士不惧艰、不畏难，以乐观向上的精神风貌，唱响新世纪援疆出塞曲，奏响新时代援疆主旋律。

这10年，是新疆生产建设兵团第九师经济文化社会各项事业发展最快的10年，是九师面貌发生变化最大的10年，是九师职工群众和边疆百姓获得感、幸福感明显提升的10年。

在九师小白杨宾馆，笔者遇见兵团第九师师长朱志甘。他说："辽宁支援九师已经10年了，特别是近3年，抚顺、丹东、朝阳、葫芦岛4个市联合支援兵团九师，投入大量人力、物力、财力，给九师以无私援助，师、团、连队的基础设施、民生环境大为改观，教育、医疗等软硬件水平显著提升，全师面貌发生巨变。可以说，在兵团九师到处都能看到援疆的成就和业绩，人人都能感受到辽宁给予新疆的支持和帮助。新疆人不能忘记，兵团九师的干部职工更不会忘记！"

短短的采访时间与行程，我们只能把写作的焦点聚焦在近3年的援疆工作，把笔墨重点落在第五批援疆干部人才身上。

在召开两次援疆干部人才座谈会、采访了几十位援疆干部人才后，笔者深切感受到，辽宁援疆第九师分指挥部班子是年轻有为、团结向上的班子，是坚强有力、特别能战斗的集体。

辽宁援疆第九师分指挥部指挥长杜鑫性格沉稳坚毅，一双长而浓黑的眉毛，单眼皮，说话不紧不慢，幽默而睿智，真有点军事指挥家的风度。20世纪70年代出生的他，两鬓染霜，加上一张略显疲惫的脸，明显与他的年龄不符，常常遭到同事们的调侃。入疆之初，因饮食习惯变化较大，杜鑫痔病复发，无法行走，为了稳定军心，他没有返回辽宁，连续两次手术，都是在团农场医院极其简陋的条件下进行的。即便躺在病床上，他依然指挥若定。

作为分指指挥长，杜鑫既总揽全局，运筹帷幄，又身先士卒，亲力亲为。他围绕项目建设统筹抓总，建章立制，强化督导，将援疆项目纳入规范管理，坚持周调度、日通报，及时协调解决项目建设中遇到的困难和问题。通过明确责任、强化落实，九师3年来援建项目开工率、资金到位率、竣工率均达到100%，得到国家验收组高度认可。他坚持把招商引资作为"第一要事"，充分利用4个市对口支援九师"4+1"模式，促成九师与4个对口支援市建立招商联合体，开展"捆绑式""抱团式"招商。他东奔西走、南征北战，带头抓招商引资工作，每年都赴优势地区，就特色旅游、物流运输、来料加工、边民互市等项目进行实地考察、洽谈和对接，把援疆招商引资工作做得风生水起。

笔者在九师援疆驻地采访近一周时间，杜鑫一直在外地忙招商引资，笔者离开的前一天夜里，他才回到援疆公寓。本以为遗憾地与他擦肩而过了，想不到的是，第二天早上，我们却在塔城机场意外相遇。他在援疆公寓仅仅睡了几小时，就又去南疆执行辽宁援疆前方总指挥部交给他的新任务。谈起招商引资和巴克图工业园项目，他告诉笔者，今年以来九师分指累计洽谈、推进重点项目30余个，落地项目5个，引进疆外资金10.5亿元；巴克图工业园项目引入13家企业，都在排号等着入驻呢。平静的语气中，透出不易察觉的喜悦。

柴力君1973年出生，人热情开朗，创新意识强，工作招法多。作为辽宁援疆第九师分指挥部常务副指挥长，他主要负责协助杜鑫做好全面工作，还分管招商引资、安全保卫和后勤服务等工作。他在谋大事、抓要事、干实事，做好招商引资等工作的同时，也不忘抓小事、做细事。有人说，想留住一个人，先要留住他的胃。柴力君花了很大心思抓食堂管理，通过各种办法改善食堂伙食，使得食堂的早中晚主食菜品花样翻新，不但有东北大菜、新疆菜品，还有西式甜点，俘虏了大家的胃，也留住了大家的心。

周亮作为辽宁援疆第九师分指挥部副指挥长，主要负责项目援建综合协调等工作。他学习意识强，政治站位高，工作作风扎实。周亮说，援疆苦，援疆累，援疆压力山大，但援疆也有温馨，也有快乐。我们集体给援疆干部人才过生日，举办迎新春联欢晚会，举办拔河、乒乓球、台球、象棋、羽毛球和扑克比赛，组织援疆干部人才赴沙湾县、石河子、克拉玛依开展集体考察学习活动，激发九师分指团队活力，丰富援疆干部人才生活。

在九师援疆分指，笔者第一个见到的班子成员是刘力。他主持了笔者参加的第一个部分援疆干部人才座谈会。刘力是辽宁援疆第九师分指挥部副指挥长，负责干部人事管理等工作。他作风严谨、低调谦逊，人个子不高，但胸怀开阔，大局意识强。刘力不但坚持"一岗双责"，而且做到"一岗多责"。他在抓好所负责的工作的同时，惦记着每一个人的心事，主动帮助大家解决工作和生活中遇到的困难。一位刚进疆的柔性技术人才对环境不适应，情绪低落，刘力给他煮茶，与他谈心，督促他早晚跑步锻炼身体。另一位同志由于气候干燥脚裂口子，走路困难，刘力跑药店买药送给他，而刘力自己有病却并不在意。由于他工作担子重，压力大，牙痛几个月了，都没时间治疗。我们在一起吃早餐时，他像吃羊肉泡馍那样把馒头揪成小块儿，泡到热水里吃，午餐也吃得很少。刘力心中念念不忘的是援疆干部人才的生活、工作、安全，关心的是他们的成长。目前，分指有8人次荣获兵团级荣誉，有18人次获得辽宁省援疆前方指挥部表彰，20人次获得九师党委表彰，31名干部人才年度考核优秀率100%。

兄弟同心，其利断金。在辽宁援疆分指这个大家庭里，大家团结互助，同舟共济，努力拼搏，充分展现了辽宁援疆精神，践行了为祖国分忧，为新疆奉献，为辽宁争光，为人生添彩的铮铮誓言。

3年援疆，收获的是九师职工群众和边疆百姓，又何尝不是援疆干部人才本身。援疆，使大家开阔了视野，增长了见识，锻造了品格，锤炼了意志，增加了生活的宽度，增长了生命的深度，对人生与世界有了新的感悟与独特体验。援疆干部人才伴着寂寞与繁华、辛苦与幸福，用自己脚踏实地的行动、无私奉献的大爱、卓尔不群的作为告诉世界：民族团结，固边富民，让祖国的每一寸土地都和平富饶，让各民族人民都富裕幸福，是每个中国人的心愿，为之付出的一切——值！倾情援疆，不辱使命，报效祖国，无怨无悔！

"远在他乡，才能体会到家乡的宝贵；身处异地，方可感悟到祖国的伟大。我们有幸能够来到新疆，身处新疆生产建设第一线，身处民族团结进步的第一线，我们真正体验到了什么是家国情怀。家是最小国，国是千万家。只有把个人理想与祖国需要结合起来，才是人生最大价值所在。"

"在新疆经历的一切，无论得与失、喜与忧、感与悟，对于我来说是一生受用的。援疆对我来说是一段历史，是人生的一段经历，也是一种财富；援疆对我来说也是一份骄傲。感与悟最深的就是责任和使命，就是把新疆建设好。"

"990个日夜，点点滴滴都历历在目。很荣幸留下一段援疆经历，九师的一草一木，身边的每个人，都是未来不能抹去的记忆。"

这是援疆干部人才的心声。

是啊，3年援疆路，一生兵团情。3年的援疆经历，注定会成为每个援疆人一生中最宝贵的精神财富，一辈子最美好的记忆。

"英雄骑马壮，骑马荣归故乡，请为我唱一首出塞曲，用那遗忘了的古老言语，请用美丽的颤音轻轻呼唤，我心中的大好河山……"聆听优美深情的《出塞曲》，笔者的心又一次回到北疆，回到兵团第九师。这里是欧亚大陆的中心，这里不但有幽深曲折的河谷，广袤神秘的原始森林，辽阔无际的草原，还有雪豹、黄羊、马鹿等野生动物出没徜徉，有金雕苍鹰划过蔚蓝的天空；这里不但生长着红柳、娑罗、驴茸草，还有灿若云霞的野巴旦杏、野蔷薇、野芍药，十里花海迷人眼；这里不但有也迷里古城、古老岩画让人思古流连，更有哈萨克民族风情的毡房，水草丰美的牧场上风吹草低见牛羊……这里不但有新疆人、兵团人的汗水与泪水，也有援疆人留下的或深或浅的足迹，让人念念不忘。

天山下，终将成为每个援疆人魂牵梦萦的地方！

2019年9月28日二稿，10月9日定稿

在沙湾的日子

韩文鑫

飞机从沈阳起飞，风和日丽，蓝天白云，能见度非常好。座位正好靠窗，我回看了一下这座城市，楼群、厂区、立交桥，热闹的马路、静静的河流、行人如蚁的闹市街区、迷宫一样的绿地公园，比楼还高的烟囱和凉水塔，瞬间缩成巨大的沙盘模型，现代都市的喧嚣掩饰不住。

我拉下遮光板，靠在椅背上，乌鲁木齐就在远方。

辽宁省作家协会组织 10 名报告文学作家赴新疆塔城地区采访援疆工作队，我有幸位列其中。行前已经知道，我负责采访的地方叫沙湾，是塔城地区的一个县。上网简单查阅一下沙湾的信息，收获不小，写散文的刘亮程是沙湾人，餐桌上常见的大盘鸡，出自沙湾。

对新疆的了解，最感性的是一首歌：我们新疆好地方啊，天山南北好牧场，戈壁沙滩变良田，积雪融化灌农庄……

飞越茫茫戈壁的时候，我企望看见一片水面或是点点绿色，云雾飘忽之中，这点想法全部落空。飞行在祖国西北的版图上，这是我对戈壁滩和沙漠最近的体味。

远　方

正午已过，按照时间推算，已飞临乌鲁木齐上空。打开舷窗望下去，在土黄色的漫漫起伏中，画出几条长长的黑色曲线，这应该是柏油公路了。广播告诉系好安全带，飞机即将下降的时候，终于看见"戈壁沙滩变良田"了，只是条条块块的耕地，在戈壁沙滩的包裹中，瘦弱而单薄。

忽然，邻座有人惊呼：雪山！

向左看去，天山数座雪峰摇撼在舷窗里，轰然撞心。

新疆是个好地方，更是个神奇的地方！新中国成立70周年了，人类对这里的开拓已然见出成效，吐鲁番的葡萄、石河子的红枣、甜脆多汁的哈密瓜、库尔勒的香梨、天山的雪莲、和田的美玉、克拉玛依的石油……都已贡献给我们的生活，新疆的发展和建设是史上最好的时候。但是，舷窗外面的现实告诉我们，人类的能量与大自然的容量之间，不堪作比。疆域辽阔的西北，发展建设还大有文章可作。

下午6点多，我们由乌鲁木齐地窝堡机场转机再飞，一小时多一点，落地塔城。塔城地区文联陈冰书记接机。一行人乘坐一辆中巴，驶进塔城。进城不远，驶上"有史数十年"的长街，马路两侧，树干已不能环抱，冠盖相接，掩映出一条长长的树荫走廊。陈冰书记说，这些树是援疆人植下的，前些年，街路拓宽，有人想动这些大树。终因其中凝聚了几代援疆人的心血奉献和数十年的民族情感，树荫得以保全。

援疆史沉淀下来的诸多情愫，已是塔城一地乃至全新疆的文化积累，落地新疆的那一刻起，随处都能见到带有这种文化符号的物事。可以说，没有几代人的援疆，新疆就不是这样的新疆。

塔城一宿，第二天上午，参观几处文化单位，中午吃完饭，各自出发。直到第二天上午，才到沙湾。这一路，让人深刻领会了新疆的地之大。塔城地处祖国版图的左上角，城市距中哈边界仅12公里。距西南方向的乌鲁木齐，则有600余公里。长路、荒漠，满眼是红棕色的荒野，树很少，草也薄，间或有牛群、羊群，散落在巨大的牧场里，星星点点，在一处山角看见十数峰散放的骆驼，让我感到新奇不已。在丘陵深处，居然看见了"大炼钢铁"时留下的高炉和烟囱，上面的巨幅标语依稀可见。路过一个叫作"阿合别离斗"的检查站，司机师傅说，每到冬天，这里遍地大雪，雪塞公路，直到第二年春天才能通车。

此行走了一条"非旅游"线路，让我远离了它的惊艳之美，领略了它的粗犷和荒野。

我直接住进了鞍山市援疆工作队驻地。这是一个宽敞的院落，大院的东北角，横一幢援疆干部公寓，竖一幢办公接待公寓。负责配合我的是宣传委员周慧欣，一位80后小伙。

因为路上多用了一天，我很着急，要求马上采访。小周说，有点不巧，领队冯义，兼任县委副书记，明天率队出外招商，得9天后回来。现在正在开会，下午3点钟还有个会。晚上，队员李百慧过生日，全队无特殊情况都参加。冯书记可能没时间接受采访。

吓我一跳！这可不成，从东北飞西北，上了两次天，行了4000公里，好不容易到了目的地，如果主要领导采访不上，我的任务可就打了一半的折扣。我说，不中，想啥法我得跟冯义书记见一见，不能长谈，就短谈，短谈不成，就见见。

小周不敢保证，连说："我看看，我看看。"

我一边整理要用的材料、电脑和录音笔，一边惦记着这件事，出来进去的当儿，小周望着楼外操场，说："哎？书记来了！"

一个夹着手包的人正往这边走来，个儿不算高，无人跟随，更没有县委副书记的架子。我心里还是有点不落地，不知道能谈多少东西。

我们在会议室坐下来，先商量时间。冯书记说："40分钟后，我有个会，晚上，一个队员过生日，我不能缺席。抓紧唠吧！"

40分钟很快过去，我说："实在是不够，晚饭前可以吗？"

冯书记说："一会儿看。"

也只能这样了。

到达沙湾这天是星期六，队里有几位同志在家，小周把在图书馆援疆的房光宏找来，开始第一个采访。送走房光宏，冯书记意外地赶了回来，我们接着又聊，直到连续几个电话催促下楼，才结束。

冯书记特别邀请我参加生日聚餐，"请你感受一下！"

援疆队食堂餐厅，一张能坐20多个人的大桌，在家的所有同志都到了。寿星李百慧的妻子正好来探亲，夫妇俩坐在首席，几位领导主陪。

生日蜡烛，生日蛋糕，同唱生日歌，祝福许愿，感谢，祝贺，游戏，平常生日聚会的所有节目，一一上演。当然，有几个不寻常的节目。

李百慧的生日感言别有意味："我生于（农历）七月三十日，每逢七月，常常只有29天。于是，久而久之，我就习惯了不过生日。去年来援疆，我开始过生日了，不仅过生日，而且有这么多的援疆兄弟一起为我过生日，这辈子，也许是仅有的一次，它将是我一生中最美好的回忆，我很珍惜。感谢援疆队领导，感谢在座的各位兄弟！"

百慧嫂子接着讲话，作为家属的感谢，自然在每一位援疆兄弟的心中，有融融的温情升起。在座的所有人，平时或许很少如此柔情蜜意，这样的氛围，唤起许多内心的感喟和表达的欲望。

于是，王和壮敬酒时，朗读了一首从别处看来的诗：

不是每一朵花都能盛开在雪山之上

雪莲做到了；

不是每一棵树都能屹立在戈壁

胡杨做到了；

不是每一个人都能来援疆

你们做到了！

情绪最高涨的时刻，冯义提议："我们唱一下《援疆之歌》吧。"

后来我想，这首歌可能是生日宴的规定动作，因为接下来的一幕，20多个人全体起立，每个人都很熟练，每个表情都很庄重，每份情感都很真实，欢快的庆生宴变成了严肃的演唱会。

在茫茫的人海里，我是哪一个？

在奔腾的浪花里，我是哪一朵？

在援疆路上的大军里，那默默奉献的就是我；

在辉煌事业的长河里，那永远奔腾的就是我。

不需要你认识我，不渴望知道我，

我把青春融进，融进祖国的江河。

山知道我，江河知道我，

祖国不会忘记，不会忘记我！

从这天下午开始，我正式进入采访。很紧张，很有趣，还有点小神秘。可惜的是，时间有限，我只采访到以下几位同志：

冯义，中共海城市委副书记，沙湾县委副书记，辽宁援疆前方指挥部班子成员，鞍山市援疆工作队领队；

孙会海，鞍山市直机关工委委员，沙湾县委组织部副部长；

周慧欣，鞍山海城市望台镇副镇长，沙湾县商务和经济信息化委员会副主任；

房光宏，鞍山市图书馆地方文献数据库建设部研究员，沙湾县文化体育广播影视局专业技术人员；

李宁，鞍钢总医院心脏科副主任医师，沙湾县医院心脏科援疆专家；

罗浩，鞍山市住建局秘书处干部，沙湾县住建局局长助理；

杨文凯，鞍山海城市中心医院神经外科主任，柔性援疆专业技术人员，沙湾县医院急诊室专家；

王新军，鞍山市城乡规划设计院总工程师，沙湾县国土自然资源保护局；

顾湘，鞍山市千山区唐家房镇畜牧生产办主任、中级兽医师，沙湾县兽医站专业技术人员。

要说明一下，我是在有限的时间里，采访了有限的几个人，了解到有限的一些事。写下这些名字，不是为了树立典型。支援新疆有史经年，我的这点工作，远不足以表现其万一。如果说援疆故事是本书，我很荣幸打开了其中的一节，读到了其中的几页。

我最想说的是，来和不来新疆，内心的感受是不一样的！无论是我们，还是这些援疆人！

应　征

参加援疆工作队，去还是不去？

这个问题，几乎是在没什么准备的情况下，摆在面前的。

孙会海、周慧欣和顾湘听到通知，主动报了名。其他几位，都没啥想法。

孙会海在鞍山市委组织部党员教育中心工作已经15年了，他想换个岗位，所以报了名。

领导说："这次是平职进疆，和以往不一样，不一定提拔呀。"

孙会海说："不提拔也去，换个环境，改变一下状态，增加些阅历，我很需要！"

在鞍山，孙会海是正科级职务，到任沙湾县委组织部副部长，还是正科级。

周慧欣收到通知，合计合计，就确定了进疆的想法，甚至有点心情迫切。进疆前，他已经是海城市西柳市场管委会副主任。1984年出生，在第三批援疆队里，他最年轻。年纪轻轻就当上了副科级实职领导，而且是经济工作一线，小伙子干得不错。有啥不满足的？

有！周慧欣的父亲是西柳镇的一位干部，爷儿俩在一个地方。周慧欣很努力，很尽职，但是任凭小周做出多大的成绩，群众总把一半功劳划归老周，百口莫辩，不认不行。出来进去，家里家外，小周总在老周的影子里，小周不服：我就想试试，看看没了老周儿子的称号，我能不能干点事！

周慧欣连通知都没细看就报了名。开始以为是一年半，办完手续才知道，这一去，要在新疆工作三个整年。没有犹豫，周慧欣来了。

顾湘在千山区唐家房镇畜牧生产办当主任，1980年出生，动物医学专业毕业，现在的主要工作是防疫管理，离专业渐行渐远。听说去援疆，新疆是畜牧大省份，自己的专业应该更有用武之地。和妻子商量一下，成了，机会难得，去锻炼锻炼。但是有点小顾虑，母亲不在了，父亲已70岁，身体很好，自己住着，但仍需照顾。这个任务交给了妻子。专业技术干部援疆，时间是一年半。说话间，一年半过去了，顾湘没干够，就跟领导商量，再干一年半，在家没这个机会，这边有很多菌种，好多听都没听说过，羊的包虫病、牛的气肿病，在家里就没见过。再锻炼锻炼！

顾湘留了下来。

李宁和杨文凯是援疆医生。李宁是援疆专业技术人员，杨文凯是柔性援疆的专业技术人员。两字之差，差在时间上。前者一年半，后者三个月。

收到援疆通知，两人的共同感觉是，没感觉。

援疆队刚组建，全体队员见了面，有的老大哥说，援疆是种情怀；年轻同志则谈到了对大西北策马扬鞭的向往。李宁有点不好意思："我咋一点情怀都没有呢！如果不是领导点名，我是不会主动报名的。"想法虽然如此，但李宁有条原则，领导交办的任务，不仅要做好，还得干漂亮。参加工作的那一天起，李宁身上就摽着这股劲。

杨文凯的想法简单了些："领导找我了，当然是对我的重用。去援疆，离家远点，干的还是这个活，我就是个技术人，别的也不会，才三个月，好好工作吧！"

援疆动员时，领导把房光宏请到办公室。领导问："有啥想法？"

房光宏说："没有太多的想法。……有人报名吗？"

领导说："没有。"

房光宏说："没人报，我就把任务担起来。"

名字报上去了，接下来，体检，政审，都合格了。年底，接到援疆工作队电话：正式通知你，经组织考察，你已经是援疆队员了。请你向单位领导反馈一下。

房光宏开始准备西行援疆。这是个非常低调且心里有数的人，事情能不能做，很快就有盘算。彼时，儿子刚上大一，父母都已过世，岳母还在，已82岁。总体看，家里算是没什么负担，组织需要，自当义无反顾。房光宏不光是心里有数，还很有分寸。这次援疆是平职进疆，领导关心这事："有啥要求？"

房光宏说："请领导放心，我不会提任何要求。"

和房光宏相比，王新军则有点随性。在单位是正经的老资格，跟领导很熟，谈援疆的时候，领导也推心置腹："这期政策小有变化，不好派。"

王新军说："我去！"

领导担心了："好使啊？和家里咋商量？"

王新军不屑："你瞧着，我这就打电话！"

当着领导的面，王新军打电话告诉妻子："单位派我去援疆，一年半，定了，告诉你一下。"

收起电话，反倒是领导有点不好意思。

回家一说，妻子有点后悔。王新军说："电话里不跟你商量了吗？领导有难处，得支持工作呀！"

接受采访的几位同志，负担相对比较轻的是罗浩。坐在我的对面，罗浩就像一名好学生，说话板板正正，态度认认真真，举止稳稳当当。罗浩是70后，有两个儿子。双方老人身体精力都好，小夫妻要进步，老人自然是乐不得的事情，鼓励、支援不在话下。罗浩满怀对家人的感激，走上了援疆之路。

相比之下，领队冯义应征进疆，不仅在鞍山工作队，即便在辽宁这批援疆同志中，也是最难的。

2016年年末，冯义父亲91岁，母亲87岁，如此高龄，还都是癌症患者，正需要人照顾。老父亲是黄埔军官生，当年为解放东北招募人才，周恩来指派李杜将军在东北流亡学生中间，发展新生力量，投身东北解放。冯父和另外三名黄埔同学应李杜将军召唤，回到东北，到东北军区政治部工作。在黄埔学的是炮兵，第一份工作是东陵炮校教员。因为身体原因，再加上1952年举国支援鞍钢建设，冯父回到老家，就此从教一生。父辈的经历，让这个家庭具备红色背景。

自己父母是这个情势，妻子家里也不乐观。岳父岳母都年事已高，而且岳母患有严重的心脏病，已经抢救两次。全家上下都在忙活几位老人，冯义和妻子身体又都遇到了问题。冯义上颌骨囊肿，有乒乓球大小，刚刚做完手术。妻子的病比他要重，不仅不能照顾老人，自己还需要陪护。妻子这样，儿子这年高考，而且是艺考，需要父母的协助和支援。

冯义有兄姊7人，他最小。合计来合计去，膝前尽孝，有哥姐挡在前边，再怎么难，还不至于完全依赖他。想不到，预定2016年12月进疆，11月份，一直照顾父母起居的姐姐故去。

冯义的生活彻底乱了套！

市委组织部部长找冯义谈话的时候，冯义难在这儿了。他说："既然组织决定了，我就应该马上出发。但是，不知是否允许和家里商量?"

部长说:"这是允许商量的,可是……这样的决定,对组织来说,也不是很容易,领队不同于一般援疆干部。希望你和家里商量的时候,以'能商量成'为方向和角度。"

冯义明白了。但是,怎么和家人张这个口呢?

最没办法的办法,是先向父母"交代"!

听到消息,母亲当即就"翻儿"了。老人身患乳腺癌,又有小脑萎缩、抑郁症和老年痴呆症候。最心疼的老儿子,居然想撇下二老,远去新疆抒发情怀策马扬鞭,她的情绪一下愤激到极点,怨恼的话一句比一句让人难受。冯义窝着脑袋受着,他不知道怎么办好了。

父亲不动声色。冯义不知道说什么好。父亲看着他,说:"孩子,这样的事情你可能没经历过。我跟你说,国家的事再小,也是大事!家里的事再大,也是小事!你去吧,你妈的工作,我来做!"

91岁高龄的父亲说出这番话,冯义的眼泪在眼眶里转,他咬紧牙关,硬是不让它掉下来。

出发那天,冯义早上5时出鞍山,赴沈阳,飞乌鲁木齐,再飞塔城。因为处理家事,紧赶慢赶,还是晚了一天。行李来不及拿,下车就培训。参加完自治区培训,辽宁援疆前方指挥部连夜开会,直开到次日0时。0时30分,冯义取来行李,找到房间,睡下已是后半夜了。日行4000多公里,落地就培训开会,工作节奏瞬间加快。

冯义明白,这就是新疆工作的节奏了。我们走上了战场,我们就是践行国家治疆方略的突击队,我们的岗位,就是最前线!

突破(1)

援疆为什么?在疆干什么?离疆留什么?

这是辽宁援疆工作队向全队同志提出的问题。从接触援疆干部开始,就不难发现,每一个援疆人都有想法。

房光宏说没有想法，李宁笑自己没有情怀，这样的话，与其说是内心想法，不如说是做人低调。生活常常要开这样的玩笑，有意栽花花不发，无心插柳柳成荫。表面看是这样，他们真实的内心，则万分警醒，进入时低调平和，发现目标果断出手，推进中环环相扣，落实中一丝不苟。于是，并不惹人注意的两个领域，"突破"实现了！

房光宏负责的2017年新疆地区第六次县级以上公共图书馆评估定级工作，由确保"国家二级馆"的初始目标，一跃晋为"国家一级馆"，这件事，不仅在塔城地区引起轰动，在新疆地区也令人惊愕。

李宁主持的沙湾县人民医院胸痛中心创建工作，在前期几经波折后，终于通过国家验收。2019年8月16日，第十三届西部长城心脏病学会议在乌鲁木齐召开。会议对新疆地区12家在胸痛中心建设中做出突出贡献的单位颁奖。沙湾县人民医院荣获"2019上半年新疆胸痛中心数据质控银奖"。

上面两段话有点绕口，说白了就是，图书馆的国家评估是件大活儿，沙湾县保住二级就不错了，房光宏上手，整成个国家一级馆。医院要建胸痛中心，是很难的事，从前沙湾学别人，往外跑。李宁上手搞了一年多，不仅成了，还得了奖。

鞍山市援疆队，这哥儿俩露了一小脸儿。

在沙湾，房光宏任县图书馆业务副馆长。

从鞍山市图书馆来到沙湾县图书馆，房光宏嘴上不说，心里清楚，差距非常明显。这个图书馆是股级单位，12个事业编制，和县教育局同一座楼，各据一半，面积2200平方米。藏书将近20万册。

沙湾县图书馆成立于2002年，前身是县文化馆图书室。建馆后，面向社会征集图书，有了几万册。再后来，各种渠道投入，图书总量超过了18万册。实行数据规范化管理后，全部书目录入数据库，管理上升一个台阶。接下来，系统更新，前后换三次，数据丢了三次。数据丢失，造成大批图书失于管理，堆弃在仓库。一部台账，辗转几回，有头无尾了。

管理跟不上，是因为基础设施差和业务素质低。

到任不久，评估任务下来了。馆领导说，正缺这样的专家，房老师你就专门负责吧。

没啥说的，尽力做呗。

拿来评估标准，仔细梳理一遍，全部项目102项，涉及档案整理、软件设计、基础设施建设、人员培训等。科目都熟悉，但是，在鞍山，房光宏要做的只是其中若干项，沙湾呢？

工作的第一步，是让评估标准和大家见面。

沟通工作的第一个障碍，是语言。员工中少数民族占70%，互相聊起来，听不懂对方的话。平时交流，得请个翻译。幸亏另一位副馆长刘淑亚是汉族人，成了他和馆里同志交流的"拐棍"。有时来电话，房光宏直接把电话交给"翻译"。

大家尊重房馆长是位专家，房光宏自己也努力适应，一年多下来，大多数同志的普通话能听懂了，只有一位口音重的，每次交流，还是听不懂。

语言问题，只要用心，就不是问题。

其实房光宏想好了，自己得先把所有环节弄通了。

102项中，许多科目没做过，得参加培训。原文化部为此举办数个培训班。房光宏最想参加的是辽宁这个班。由于两地时差，再加上老有事情岔，辽宁班没报上。最后，报上了苏州班，学习一周。这个系统培训帮助太大了。房光宏的专业背景加上工作阅历，培训让他如虎添翼，用自己的话说就是，"很快就把专家的讲述和工作融到一起了。"

回到沙湾，正想撸起袖子加油干，人又抽走了。全馆12名同志，专项工作需要临时抽走8人，满打满算就剩4位。而这次评估，和以往又不一样。评估材料既要纸质版，又要电子版。不仅线下呈报，还要网上上报。上报国家图书馆评估网上平台，要有专门账号，标准化操作。材料是这样的走向，和实际工作还要准确对接，文字图片视频，种种技术手段并用。比如，上盲文阅读室，图片、视频、无障碍设施都得有，甚至读者身份也要具体核实。

因此，评估不光是整材料，也是图书馆设施和管理的一次提升。说白了，后边跟着一大堆活儿呢。

这么多的活儿，就剩4个人，去了领导，就剩房光宏和刘淑亚了。更要命的是，前期足足拖延了一个月。咋办呢？

房光宏只能见招拆招了。他和馆长梁志彬说："我和刘馆长做吧？"

梁馆长同意了。

房光宏和刘馆长商量："我管技术，你提供馆内情况，分工做材料，咱俩正好互补，一起干吧？"

这俩人胆儿挺大，这么大一件事就担起来了。5月初到6月底，实实在在干了两个整月。早上10时上班，干到晚上10时，有时甚至12时才回。每天都干10多个小时。

大量的工作都在办公室，材料、材料、还是材料。这个季节，新疆热个没法，出去买点饮料都得小跑着去。材料多，心里急，越急越不走道，每天不点不点地干，抬眼看不见头。两人满头大汗，刘馆长急得血压升高，动不动就吃上小药片。最烦躁时，摔下手里的材料："脑袋疼，不干了，再干可就要了命了！"

房光宏做她的工作："别着急，别上火，咱这活儿，没有大抬大举，就得不愠不火。"

两人无奈地笑笑，坐下来，接着再干。

材料整理出来，后边的项目就跟上来了，馆内慢慢就有了变化。上马移动图书馆，有专业队伍干；安装电子阅览室，也有专人干；新开地方文件阅览室，图书归类请人干，如此等等。项目好几个，边边角角的活儿一大堆。房光宏哪有事哪到，装机房，他跟着；书目文件审读，他领着；无障碍设施改造，他看着；没人干的活儿，他兜着——在大约4个月里，近20万册馆藏书，他"基本上都摸到了"，全馆所有不亮的灯，都让他修好了。援疆一年多，房光宏来了个文武兼备，连踢带打，这知识啊，都学杂了！

最后成绩，沙湾县图书馆得分1298分。其中基础分满分1000分，实得980分，加分项满分500分，实得300多分。总成绩在塔城地区最高。写自评报告的时候，沙湾申报了国家二级图书馆。塔城地区图书馆刘馆长问：成绩这么好，为啥不报一级馆？

房光宏和同事们眼睛亮了。刘馆长直接向上推荐，2018年5月，国家图书馆网站公布成绩，沙湾县图书馆正式晋为国家一级馆。

成绩出来，喜出望外。

房光宏成了塔城地区图书界的名人。地区开会，要"请房老师讲座"；工作中遇到问题，要提出来，"让房老师说说"。会余，大家都和房老师加微信。微信方便啊，有问题，就微一下房老师。这几天，额敏县图书馆馆长发了好几条微信：什么时候上额敏来指导指导啊？

房光宏想去，只是时间不方便。

其实，大家对房光宏的关注早开始了。县级馆材料报上来，地区刘馆长第一要看沙湾的材料，上一份看一份。评估也从沙湾开始。过去沙湾县没这待遇，今天则不然，因为"沙湾有房老师"。房老师果然不负众望，材料一份比一份过硬。有的县整不明白，刘馆长直接把沙湾的样板发给他，照房老师这个学！

2018年7、8月间，房老师援疆到期了。图书馆的业务刚升级，许多事离不开。文旅局局长来找房光宏："房老师，再留一年吧？"

房光宏笑了："没有一年的，要留，就又是一年半。我跟领队冯书记说一下。"

冯义书记听了房光宏的话，也笑了："那，得看房大哥的了。"

说实话，干过一年半，房光宏还真舍不得走，很多工作刚开个头，作为专业人员，"还能发挥点作用"。

房光宏和顾湘续了一年半。鞍山援疆队里的专业技术人员又迎来一批新面孔。其中就有李宁，鞍钢总医院心脏科副主任医师。

突破（2）

在辽宁鞍山，做心脏支架手术的李宁医生很有名气。

医学的发展，让分工越来越细。李宁是心脏科大夫，心脏科又分心外科与心内科，李宁专攻的是心脏支架，属于心内科手术。术业有专攻，擅长啥来啥，到沙湾援疆，李宁首先想的是，在心脏支架手术上，做点传帮带工作，以不枉此行。

到这一看，来着了。因为饮食习惯，这里还真是心脑血管病多发区。出过几次专家门诊，李宁发现，在鞍山，心梗发病率能占急症50%，而这里，这个比率达到了80%。心脏支架正有用武之地。

可是，沙湾县人民医院没有心脏支架的设备。医院也想开辟这项业务，但设备加装修，总计下来需要1500万元的投资，以沙湾县的财力，心有余力不足。一年半过去了，这笔投资依然没有着落。心脏支架一例也没做成。

李宁心里想着心脏支架，院长陈伟则惦记着另一件事。2018年9月份，李宁报到那天，陈伟就问他，我们正在创建胸痛中心，怎么样，能不能做些工作呀？

陈伟的提问正撞到枪口上了，鞍钢总医院胸痛中心刚刚做成没几年，李宁是胸痛中心创建的核心技术协调人。这点事都在他心里装着，三甲医院的胸痛中心做成了，二甲医院的胸痛中心，自当不在话下。

心脏支架做不了，做成个胸痛中心，这可是比做几例手术还要有意义的大事。

在这儿，得多说几句胸痛中心。

现在，国家正在大力推进医疗"五大中心"建设，包括胸痛中心、卒中中心、创伤中心、高危孕产妇中心、急危重症抢救中心。有兴趣了解这"五大中心"的，可以上网去搜。这里只说我的理解。"五大中心"的实质，李宁说，是"把急危重病的治疗规范化，提高治疗效率"。通俗地说，就是急病快治。所谓急病，就是要人命的病。急病当然得快治，但要做到快，可没那么简单。它需要以有效的组织、科学的制度、专业的队伍把一所医院的资源在短时间内整合起来，从发展趋势看，建成五大中心，是医学水平历史性的提升。李宁要创建的胸痛中心，针对的是心肌梗死，沙湾县目前正在创建的另一个卒中中心，针对的是脑血栓。可以说，好医院的标准，就看有没有"五大中心"。其中，胸痛中心要由国家部委审核批准，其余4个则由各省（市）自治区审核。由此可见胸痛中心的分量。再过几年，一所医院要是一个中心都没有，能给的评价就是三个字：不入流！

在李宁和杨文凯的讲述中，沙湾县人民医院院长陈伟是个不错的人。正是因为他的支持，他们的工作才得以顺利推进。

确立了工作方向，干吧！

创建胸痛中心，总共分几步？

分三步：第一步，制定胸痛中心工作流程；第二步，开展业务培训；第三步，干。

看起来很简单，制定流程，鞍钢总医院现成的，照着扒过来就能用；业务培训，把大伙叫一块，李宁给讲讲，说明白咋干；然后，大伙照你说的，干呗！

上手就知道，没那么简单。

鞍钢总医院是三甲医院，沙湾县人民医院是二甲医院，硬件差很多，流程抄不得。比如，李宁擅长的心脏支架，在鞍钢总医院，就可以纳入院内流程，而在沙湾，得把这个环节设计到邻市石河子。反复几稿，几经修改，院里通过了，接下来就是培训。

业务培训，是让大家学习业务。学习这事，总是有爱学和不爱学的，效果好坏，教是一方面，学是更重要的一方面。院长陈伟知道轻重，第一堂业务课，他先坐下："先给我培训。"院领导班子听懂了，培训科主任，接下来是医生、护士、检验科、超声科，辅助科室连同门卫保安，一个都不能少。培训做了30场，在乡镇卫生院做了15场。总共完成45场。讲稿够一本书了。

有院领导支持，培训很顺利。接下来，开干。

上手一干，和过去不一样了。来个病人，说是胸口疼。

门卫保安见到了。

过去，保安告诉家属，快去挂号，挂急诊科。

现在，保安告诉家属，可能是心梗，送急诊，确诊病情。

家属问："挂号呢？"

保安说："可以不挂！"

急诊室初步诊断，疑似心梗，需要溶栓治疗。

过去，先去交费，然后，做心电图，抽血，等检验结果吧。

现在，可以先不交费，各有关科室马上集中，心电图、验血等检验结果在规定时间内完成，交医生会诊，确诊后，做家属工作，开始溶栓。

患者没带钱？

生命更重要！

手里都有活儿呢，这患者是谁呀？就加塞儿？

不是要命的活儿，都放下，这里最需要！

明白了吗？所谓胸痛中心，就是在原有基础上，建立一种新机制，在一个生命危急的时候，最快地集中整个医院的力量，拦住他，用行动告诉他，阎王那边儿啥待遇都没有，你快回来！病人还是那个病人，医院还是那个医院，而今有了胸痛中心，治病救人的活儿要换个方法来干。

问题在于，转变工作习惯，说着容易，做起来难。

对李宁来说，制定流程、业务培训，这是力气活。而转变习惯，则是做人的工作。任何一个集体，都有先进的，落后的；有性子快的，行动慢的；有想进步的，图安逸的……总而言之，工作中总有不配合的。

事先想到了，院里建立奖惩机制。然而，制度是死的，人是活的，最难的是面对具体人的具体态度。

怎么办？李宁有三招，面上讲，焦点吵，个别谈。

各种会上，李宁有机会就讲："我是援疆医生，我什么都不怕，我只想做成这件事，我怎么想就怎么说，不怕得罪人。我是直性子，喜欢实话实说，你做不好，就要挨批评，你要磨洋工，我也不留情。面子是面子，但是，工作面前，谁都不惯着！"

话是这样说了，照样有顶着不做的。怎么办？顶回去就是。

推进工作有一项叫"时间统一"。它要求，中心所有人员的手表、手机、电脑、挂钟、CT、磁共振、核磁共振等，时间必须是统一的。这项工作需要放射科主任登记，调整。体现在记录上，一周要写十几个字。工作安排了，人家就是不统计。在一次调度会上，李宁直接点出这个问题："为什么不做？"

这个主任说："我是主任，让我调电脑上的时间，还要电脑工程师干吗？"

李宁说："全院上千台电脑，怎么可能由一个人去调整？上网打字、写文稿、打麻将、斗地主、看股票、关心海内外国际形势你都会，怎么就不会调整一下时间？你啥意思？"

有来有往，两人在会上干起来了。主持会议的副院长都插不上话。末了，这个主任摔门而去。李宁直接去找陈伟院长，怎么办？

陈伟说："我找他。"

陈伟院长找到这个主任："你不干，这个岗位有的是人干，你想想吧！"

第二天，中心时间统一了。

吵得挺凶，但不是唯一的一次。跟急诊科主任也吵过一次。胸痛中心由心脏科牵头，急诊科配合。流程中，要求心电图在10分钟之内完成。主任说："我一个配合的科室，那么认真干吗？"

李宁知道了，直接去找他："10分钟内一定要完成！"

一个讲出种种借口，一个必须完成，大吵一通。李宁凭着这种执着，顶住了压力。

讲也讲了，吵也吵了，极个别的，还得耐心地谈谈。业务能力差的，要谈业务，学习没态度的，要做动员，李宁成了婆婆嘴，会上会下，各种场合，谈流程、谈习惯、谈效率、谈业务，还谈医生的境界和前途。

转变慢慢实现了。

今年春，120送来一位胸痛患者，从到医院开始，至急诊科溶栓治疗，用时13分钟。外行看热闹，内行看门道，在胸痛中心审核中，这是最有说服力的一个病例。

在这个病例中，李宁"被动员"了。患者进入急诊科，李宁没在，电话打进来，他马上赶到现场。在场的几个医生立即会诊，确定溶栓。溶栓有风险，家属有疑虑。李宁说：请家属放心，我就在患者身边，一分钟都不离开，我不能保证百分之百安全，但敢保证你风险降到最低。听了李宁的话，家属同意了。

治疗很成功，一周后，患者转院石河子，做心脏支架手术。这是一个汉族老年农民，在沙湾，他是胸痛中心惠及的幸运者。

2019年6月21日，沙湾县人民医院胸痛中心接受审核，"现场效果很好"。7月14日，国家部委审核通过，正式授牌。专家投票结果不公开。能知道的消息是，这批正式申报286家，最后通过审核103家。新疆申报12家，有4家通过审核。

援疆一年多，李宁办成一件大事，挨了不少累，对沙湾也有了感情。李宁说，目前看，新疆地区县级医院中，他们走在了前边，短期内还没有追得上的。

我问："这项工作的关键是你，你走了以后呢？"

李宁说："我现在的主要工作是培训，心脏科的副主任，左红大姐，非常有业务精神的女同志，比我大10岁。创建工作中，她对我帮助非常大。我目前最重要的是把掌握的东西都传授给她。另外，下批援疆医生也应该是心脏科的，沙湾正准备上介入疗法的设备，接任我的同行得是位心内科的专家。按规定，3年后，国家要复查胸痛中心，我相信，继任者会交出满意的答卷。"

状 态

我相信，所有的援疆干部，都对"来疆干什么"有个心理期待，都希望交上一份自己满意、让各方面认可的答卷。但是，不是所有人都能做到。说到鞍山援疆队的两个"突破"，最关键的，当然是房光宏与李宁的努力与素质——机遇总是留给有准备的人。准备很关键，也需要机缘。合适的机会，遇到了合适的人，这应该是两个"突破"的全部。

对于更多的援疆人来说，则注定了援疆要在平凡中度过。平凡的背后，是内心的挣扎。"来疆干什么？"是所有援疆人心中的焦灼。

照计划，罗浩在沙湾县应该就任规划办主任。由于机构改革，规划业务整体划出，于是，罗浩改任县住建局局长助理。自打当上局长助理，罗浩就和"施工许可证"干上了。罗浩负责的业务是工程管理，开始工作，就觉得这里有点"落后"。建筑法规定，施工许可证必须是前置的，任何一个项目开工前，都要办好施工许可证。但在这里，许可证有时后补，工程又有很多超期。罗浩是个爱琢磨事的人，仔细研究一下，就整明白了：工程超期，多由分包造成。按规定，分包是允许的，但分包单位也要有一定的资质。罗浩负责管理的援疆工程，因为流程设计的原因，资金有保障，但有一定的滞后性，这就需要分包商有一定的垫付能力，而很多分包商都在等米下锅，钱不到位就不干活。

工作时间长了，罗浩明白，与内地的时差决定了这里的工作节奏。自己投入到工作中来，几乎是在孤军奋战。每天面对的材料，不是规划，就是环评、发改委批文，除了材料，就是工地、现场，调来车辆，起步就几十公里，检查物料准备，看施工日志、监理日志。经常着急，看不到进度着急，看见不规整的材料着急，看见不紧不慢的态度着急。年深日久，罗浩有了自己的分析，和东南沿海地区相比，这里的经济内生动力不足，这是根本问题。

罗浩明白，这不是一己之力能够解决的。但是，要发挥自己的作用。2018年年底，中组部、财政部对19个援疆单位进行考核，要准备的大量材料，只因为施工许可证滞后，进展非常缓慢。一个多月里，罗浩天天跑推动，带着施工方，找住建局，找建管办，求得各方支持，开通绿色通道，总算补齐了证件，完成了材料。

我问罗浩："你给自己打多少分？"

罗浩说："从自身努力上看，我做到了90分。从工作效果上看，不好打分。"

对工作他是不满意的："我的大量业务是援疆项目管理。职教城是前几年开工的项目，最大的单体项目，手续都不完整。去年和前年开的一些社区服务项目，单体规模不大，一两千平方米，两三个月就应该完成，可是，有的前年开工，还没有交工。去年年底督促的时候，不知咋回事，推不动，都很着急。原因很简单，就是等钱……"

"和当地同志发生过冲突吗？"

"没有，这里的人很尊重援疆干部，他们有直观感受，大剧院、县人民医院都是援疆队建的，人人受益。咱们也要注意工作方法，不能高高在上，钱不是自己拿的，你做多大贡献，要别人评说。来援疆，这里的人们也有很多东西值得学习。他们做事很认真，冯义书记说过，这地方，对人真诚，平时交流，直来直去，工作中没顾虑。"

结束了采访，罗浩居然很抱歉："不好意思，没提供对您有用的东西。"

我告诉他，不是这样的，在他身上，我发现了一个"东西"，非要有个称谓，我想，应该叫它"精神状态"。

罗浩想提供些东西，孙会海和周慧欣则只想给我帮助，没想提供啥东西。

说起来，孙会海的工作太过琐碎，不成形。在县委组织部，孙会海分管干部工作，在援疆队，孙会海负责管队伍。冯义要求他："会海呀，部里工作很重要，队里边，更不能大意。"

21口人住着一个大院，吃住行思都是事。我一住下，周慧欣专陪，此外还有几位，让我经常能感受到关照。孙会海是其中之一。简单归纳一下，我的生活和工作，都在他的掌握之中。每到关键点，他就及时恰当地出现在该出现的地方。我想，在所有队员的眼中，孙会海也是这样的。李宁的孩子该上学了，想去的学校进不去，李宁犯愁了。孙会海发现了："兄弟，愁啥？"李宁说了。孙会海想，这是援疆干部的后顾之忧，说："我试试。"

想是这么想，办却不能这么办。现而今，拿个概念去压人，办不成事。孙会海找同事，问朋友，公话要说，私嗑也唠，热热乎乎，事办成了。

平时呢，开个会，就是各种提醒：值班别睡觉，接电话要及时；重点工作的具体要求，要逐条记住；咱们是援疆工作队，是前线，走上岗位就不能大意。

有成型的工作吗？

迎接中央绩效考核，组织大家整材料算是吧。

2017年开始，中央对援疆工作按年度考核。年末汇总材料，孙会海负责组织协调。上级发下三张表，孙会海和同志们商量，对照内容，逐条细化。一个月不到，大家集中到二楼阅览室，分头按系统做材料。文本格式由房光宏统一设计，装订也由他负责。文本、表格、批件等等按项目分装。一年多工作，形成的材料得装一大箱。完成那天已是晚上11点钟。

头一年完成了，这才开了个头，孙会海又提要求，平时就准备着，别把工作都攒到年底去。

和孙会海一样，周慧欣的工作也淹没在大量的日常事务中。

到沙湾那天是周六，我的头两个工作日是全队的休息日。周慧欣边帮我安排采访对象，边组织大伙去赛球，羽毛球、篮球，打打球，看个电影，到展览馆参观。最后一天，下雨了，慧欣领我去石河子参观兵团团史展览馆。我看得津津有味，他已兴味索然。我问他："来过几次了？"他笑了："不知道多少次了。"

本来不想来，因为这两天他的腰扭了，陪我坐车，上楼下楼，撅着屁股歪着腰，疼得龇牙咧嘴。我说，算了吧，咱不去了。他说，没事的。

那天晚上，回到驻地已是11点了，他歪着腰下车，告诉我："您先上楼休息吧，我还要去单位一趟，有个材料，今晚必须看完，明天上报。"

我进了大门，他歪着腰坐进车里。我一个人走在空旷的操场上。援疆公寓楼许多房间亮着灯，大多没休息。周慧欣在去单位的路上，冯义书记在另外一个城市招商，还有几个我没见过的同志，正在值班室守岗。我忽然想到，在这一刻，天山南北，有多少援疆人，或在路上，或在灯下，或在值班室里，他们在休息，也在工作，这是一种平凡的状态。正是因为这样的状态，才构成了这个时空的安宁和祥和，辽宁、新疆，鞍山、沙湾，辽河上下，天山南北，彼此相望，默然相守，让人心生感动，莫名的、难以抑制的感动！

融　入

新疆与辽宁有两小时时差。这两小时，一直到离开新疆，我都没有适应。

早上6点半，我醒了，看着窗外，像是凌晨4点钟的样子。7点半下楼吃饭，赵师傅正在揉面，还得等一会儿，大家都没起来呢。这里的作息，早上班10点，晚下班8点。时间是北京时间，对应的内容则完全不对。我的记忆力不好，写在墙上的时间记不住，一周多的工作生活，基本是打听着过的。融入新疆，看着简单，光是这时差，就得适应一阵。

　　对援疆工作来说，没有适应期。人员一批接一批，工作上茬接下茬，不容你适应。这是对援疆人的考验。

　　冯义接手的第一项工作，是职教城项目。

　　这几年，按上级要求，援疆工作有数项转变，体现在项目建设上，就是"交支票"向"交钥匙"的转变。过去援疆，把钱交给当地就不操后边的心了，现在则要带钱来，项目建设完成，交了钥匙才算完成。职教城就是"交钥匙"的一个项目。职教城，全称职业教育城，建成后，做沙湾县的创业培训基地，类似内地的企业孵化器。投资1.5亿元，是近年辽宁援疆最大的单体项目。

　　项目是第二批援疆队启动的。接手的时候，冯义知道，土地动迁已经基本完成，项目投资准备就绪，就等着开工了。冯义以为到任就得剪彩呢，一了解，吃了一惊，还有两户没走。做事都讲究前三脚，这第一脚就碰上个硬事，冯义不敢大意。于是，他悄悄地做了些功课，弄清了基本情况，然后，把负责动迁的当地干部找来。一谈，话茬儿不大顺溜。

　　问："这是我们工作的第一脚，踢不开不行啊！"

　　答："那，我们去谈呗。"

　　问："此前没谈吗？"

　　答："谈了，人家不同意。"

　　问："这次谈，有新内容吗？"

　　答："没有。"

　　问："没有新内容，这次就能同意？"

答："我们可都是按国家标准谈的，不按标准，我们不谈。"

冯义笑了："你说得对，但你换个思路，假如说，你谈不下来，我把你这个官换个地方，或者免了，你会怎么谈呢？"

答："哎呀，您这么说，我会谈了，没事，我一定把您的意思转达到。"

冯义听出来了，话里有话。他摆摆手："不着急，你这么想，跟上思路了。但我还有几层意思，希望转达到。第一，你谈到的国家标准，绝不可以动。但是，动迁户的困难要解决，没地方住是头一件，让他自己选地方，县里帮他谈价。第二，动迁后，草场没有了，牛羊怎么办？政策有置换，草场看好哪儿，由他自己定，县里帮他谈。动迁后的生产、生活，我们都要帮助解决。再有一条，把我的原话转达给他，我叫冯义，是援疆干部，在他合理诉求依法满足的情况下，他仍然非法不迁，告诉他，我将依法强迁。"

当天，动迁谈成，这两户搬走了。

工程开工了，用电又出了问题，沙湾供电归奎屯市管，奎屯又不隶属塔城地区，沙湾县委副书记，不一定好使。

电力公司上门讨账，一共2000多万元，不还就不供电了。

冯义问："沙湾归奎屯供电多久了？"

答："一直是奎屯管。"

问："近10年，援疆项目用电支出4亿元左右，不会只欠2000多万元。过去欠钱的时候，电就停供了？"

答："当然不是。"

冯义说："这样不好吧，别人干，欠钱还供着电，到我这，欠一分也不行，叫我感情上不好接受。这样的，我们在能力范围内，先拿300万，以后，我们调整资金，就一个目的，加快项目建设进度，让沙湾经济发展受益。好吧？"

协议达成了，工程进展很顺利。这个茬就这么顺下来了。随着工作的铺开，鞍山援疆队的开工率、进度、资金拨付等数项工程指标在塔城地区名列前茅。

工作推进、项目建设是一茬接一茬，扶贫帮困、捐资助学则一棒传一棒。

扶危济困是鞍山援疆队的传统。冯义这批援疆人，仅从面上看，目前捐助协调资金总额已达40万元，由其做中介，鞍山市学校、师生向博尔通古中心校捐赠1000多套棉衣棉服，周慧欣从西柳镇，动员征集了500套新衣裤。逢年过节，结亲交友，送米面油、赠书包文具、捐助学费已成经常的事情。了解到的故事中，美娜·合孜尔、朱勒德孜、沙雅·艾德克、多斯别尔几个少数民族孩子的名字给我留下深刻印象。

到沙湾的第一天，我就在办公楼门厅里，看见了一封红纸书写的感谢信。这是就读中南大学的沙雅·艾德克写给鞍山援疆队的。沙雅·艾德克幼年父母离异，高考前，母亲故去，学费没有来源。冯义他们知道后，每年捐助8000元学费。朱勒德孜也曾是因贫面临失学的大学生，他每年1.5万元学费也是由援疆队全体同志负担的。两个大学生，两颗少数民族孩子的心，两颗爱党爱国、见证了民族团结的种子。

美娜·合孜尔是鞍山第二批援疆队发现的孩子，幼年失聪，第二批援疆队为她协调国家聋哑儿计划，免费安装价值22.5万元的人工耳蜗。第三批援疆队把她从乌鲁木齐接到沙湾，租房子，帮日子，每年捐助2万元。孩子小，活泼好动，有一次把助听器摔坏了，大家商量商量，又花了1万元，为她准备了一个备用的。如果没有这一切，美娜不仅一生失聪，而且必然彻底失语。人工耳蜗安装几年后，美娜慢慢发声了。每次探望，美娜都会给大家一个惊喜。

那个下午，冯义去看望美娜一家，开门那一刻，美娜站在冯义面前，一字一句地说："冯、爸、爸、好！"

冯义怔住了，他一把抱住美娜："美娜，能再说一遍吗？"

美娜看着眼含热泪的冯义："冯、爸、爸、好！"

冯义把美娜紧紧抱在怀里："美娜好！美娜好！"

冯义有了一个女儿，美娜也成了援疆队这个大家庭中的特殊一员。

多斯别尔也是一个残疾孩子，先天失去了左脚，下肢端头是两个肉揪揪。如果得不到医治，这个孩子将一生跪在地上。多斯别尔引起了援疆工作队的注意，后面的故事也最为曲折。

多斯别尔这样的情况，是有出路的。中国有一个"明天计划"，计划规定，先天性心脏病、先天性眼疾、先天性四肢残疾，可免费手术治疗。

多斯别尔所在的村，有两个孩子有先天性疾病，另一个是先天性心脏病。据说一回只能做一个，那个孩子免费做了手术，多斯别尔没轮上。

事是这么个事，听起来别扭。冯义和援疆队的同志一起去多斯别尔家走访，看见的情景触目惊心。多斯别尔的父亲叫对山别克，母亲叫古丽，有个姐姐叫加德拉。父母都比冯义小10岁，但是，长年劳作使两口子显得特别老。四口之家，房子旧得不成样，顶上漏个大窟窿，屋里还筑着个燕子窝。多斯别尔残疾，加德拉上学没钱，瞅哪哪糟心，心窄得不行。

头次见面，加德拉的学费好办些，大家捐款，一学期1200元，一年2400元。多斯别尔的病就颇费周折了，同一个"明天计划"，怎么别的孩子能"计划"，多斯别尔就不行呢？

回到县里，冯义到处打听，"咱家一个亲戚，叫多斯别尔，先天性两腿残疾，能不能治？"

费老劲了，很长时间没问明白。有一天，到自治区办事，见到了自治区民政厅的一位厅长，冯义又把"咱家一个亲戚"抬出来。厅长乐了："冯书记，你是来援疆的，这边哪有亲戚。"

冯义听明白了，这是找到正主儿了，他赶紧求上去："领导啊，你我这样的干部，研究这事还这么难，他一个普通农牧民，办得了吗？更主要的，我是援疆工作队，面对的是贫困牧民家庭，为自己的孩子，我不会去求谁。在这个家庭面前，我不是我，我是鞍山，是辽宁，是国家，是党，咱们再努努力，给他创造点条件。"

厅长无语了，事情办成了。鞍山援疆队又多了一个特殊的家庭成员。

援疆工作队有一项任务，叫"三交"，即与当地干部群众"交往、交流、交融"。像冯义这个层级干部，要和普通农牧民结亲。前后算起来，冯义结过的亲戚有 10 户了。工作要求，每两个月，要在亲戚家住 5 天。去的时候都不空手，送些米面油，每天交给亲戚 30 元伙食费。住下的这几天，要真正和亲戚"四同"：同吃、同住、同劳动、同学习。

真的当作亲戚吗？

心里就要把他们当亲戚，万事开头难。冯义至今记得那碗马肉汤。第一次住进亲戚家，主人捧上一碗马肉汤。冯义没吃过马肉，味道也不习惯，主人诚恳地捧上来，不知可不可以不喝。思前想后，担心失礼，让主人难以接受。冯义接过汤，喝了下去，酸、涩、咸，一辈子也忘不了这味道。回去问了一下，别人告诉他，这个汤，可以不喝。

真正当成亲戚相处了，感情的融合也就开始了。朱勒德孜、沙雅·艾德克都是在结亲的过程中发现的扶助对象，现在，从这两个孩子开始，鞍山援疆工作队和这几个家庭，建立起了深厚的感情，信赖自然生成。有一次，沙雅·艾德克求冯义帮他办件事。

"办什么事？"

"派个公安，把我的两个舅舅抓起来。"

"为什么？"

"他们两个，经常把家里的东西偷出去换酒喝。"

抓项目，结亲，扶贫帮困，捐资助学，3 年的时间已经过去一多半了。从适应时差开始，到结下那么多的亲戚，交出那么多的"钥匙"，一段经历，留在了沙湾，一段人生，长在了沙湾。这样的多重融合，就像编织一块锦缎，每一个日子，都抛出一条丝线，系在辽宁与塔城，内地和新疆之间。

秘　密

看得出来，顾湘很享受援疆的工作与生活。刚到沙湾，特爱下乡，这地方好啊，到处都是美景。拿着手机，到处照，兴致勃勃，没完没了。现在差些了，坐上车就睡觉。司机师傅说："你现在行了，适应了。"

新鲜，什么都新鲜！

防疫员来取疫苗，聊一会儿，辽宁都有啥疫苗啊？防疫员工资多少？什么？才900？沙湾1500呢！

头一回接触牛的气肿疫苗，一头牛按多大的量计算呢？顾湘琢磨琢磨，2毫升咋的也够了。按这个计划报了，站长说："这哪够啊？"顾湘不解。站长说："一头牛要注射5毫升！"

顾湘告诉自己，这是一个收获。

坐上单位的皮卡，下乡去，走到一片草原边上，没路了。一马平川，照直走吧。

同行的防疫员说："不行，听我的！"

司机有经验，按防疫员指挥的路线走，车到了养殖户家。

顾湘明白，这叫经验。

下车，户主早就迎出来，掀开毡房的门帘："您请进！毡房里，小桌上早摆好了喷香的馕、热腾腾的奶茶、各种干果，吃着吃着！"

顾湘说："哪有这样的，先干活呀！"

户主坚决拦住他："先吃上，吃完了再干。"

对方是哈萨克族兄弟，顾湘担心违反纪律，户主坚持："先吃上，喝上，不喝，不给你抓羊！"

学到了知识，受到了尊重，性格温和稳重的顾湘很有成就感。

和顾湘相比，王新军也很享受这里的工作与生活。每天坐公汽，往返于单位与"家"之间，标准的上班族。走在沙湾的街上，几乎看不出王新军是援疆干部。夏天的晚上，王新军去走金沟河。那条河修得可好了，可以走很远。沙湾县城不大，有一两个小时，差不多走完了。能见度好的时候，可以看见雪山，蓝天下的天山雪峰真好看！

看山、看水、看城市，王新军是城市规划师，工作在沙湾，整个县城就成了他的沙盘，这是职业习惯。

王新军的谈话很有色彩。他谈新疆："这个'疆'字，过去没有左半部，这个字，写的就是新疆的地形，最北是阿尔泰山，中间是天山，南边是昆仑山，三座山系之间，分别是塔里木盆地、准噶尔盆地，南疆、北疆。"

我没听说过，深感学习不够。

他谈资源："这地方，老重要了，是战略基地，盆地下面全是油。塔城两红、一黑、一白，沙湾的红辣椒，不光是吃，吃能吃多少啊，那是用来做化妆品的……"

他谈业余生活："我喜欢音乐，来时，带了两个巴乌，吉他、笛子，我都会鼓捣，吹个《军港之夜》，弹个理查德的《春天圆舞曲》，我收藏了好多乐器……咱队的家属和孩子来探亲，我教那些孩子，都高兴。"

本来是采访，他给我唱了一首歌：

我们相约不远万里满怀豪情到这里，汉哈回维蒙塔乌满各族兄弟在一起；大美新疆冰川湖泊森林牧场如画里，为锦绣边疆和谐昌盛，大家齐心共努力，四十七个勤劳民族，万众一心团结紧，为壮丽边疆繁荣富强，大家齐心共努力。

用的曲调是《欢乐颂》。他的乐感很好，节奏也好，更主要的是，音乐已成为他表达内心的一种方式。

城市规划师，音乐爱好者，在王新军身上，很有意味地统一了。

隐隐地觉得，他的内心有些失落——没做什么工作，来到这儿，干了一些评审的活，审读方案，提出建议。援疆队里呢，参加援疆项目审核组，看规划，看合同，是把关性质的。

在鞍山，王新军的规划作品有"人民公园设计方案""鞍山市风貌规划""城市色彩规划""历史街区保护规划""滨水景区保护规划"……一个鞍山市，在他眼里就是一个盆景。

两个月前，援疆干部体检，王新军和顾湘查出点问题。队里决定，回辽宁复查，需要治疗就马上落实。这就比别的同志多回了一趟家。王新军过意不去，没干啥工作，还让组织操了这么多的心。

聊过几位援疆人，直觉告诉我，每个人心里，可能都有些情感上的纠结，不便言说。

心里有啥过不去的吗？

我把问题提给周慧欣。这位最年轻的援疆人居然叹口气："就是……我儿子！"

儿子11岁，因为性格矛盾，周慧欣离了婚，儿子归了他。感情的事，谁也说不出什么。面对儿子，周慧欣总想多做点啥。援疆第一年，爷爷奶奶领着孙子来探亲，偏偏赶上冯义书记领队去辽宁招商，招商地有西柳镇，说破大天也得回去。一去一回，20多天，三口人在沙湾等了他20多天。招商结束，探亲假也满了，周慧欣一天没陪上。

第二年，奶奶带孙子来探亲，娘儿俩头天晚上到，第二天家里来电话，周慧欣爷爷去世了。咋办？援疆队正赶上中期轮换，援疆前方指挥部正在沙湾拍摄纪录片，一个萝卜一个坑，周慧欣实在脱不开身。没办法，奶奶把孙子扔下，只身回了辽宁。周慧欣把儿子扔在驻地大院，谁在谁领着了。

夜深人静，周慧欣回到公寓，儿子睡了，家里不知什么样，搞得心里七荤八素的。

2018年7月，冯义岳父去世。冯义在外出差，没有见到最后一面。2018年11月，父亲去世，冯义还是在外出差。接到消息，和上次一样，把手头工作安排妥当，回到鞍山。站在父亲的墓前，一个儿子的感受大致可以想象。今生今世，父亲对儿子说过很多话，彼时，冯义耳边响起的，应该是这句话：国家的事，再小也是大事！家里的

174

事，再大也是小事！

这是父亲处理家事时讲出的话。了解了老人的经历，就会明白，这是叮嘱儿子的实在话！

冯义回到新疆，没人看出他的情绪有什么变化，更没人知道，那些日子，他内心的五味杂陈。

中秋节前，采访团一行返回辽宁。中秋第二天，王新军发给我一首词：

西江月

己亥中秋，沙湾赏月，酗醉远怀！

今夜繁星璀璨，寒暑几度清凉，塞外秋风琵琶响，低头遥思故乡！

抚琴又恨弦少，月来伴奏何妨，中秋与君共时光，举杯含泪东望！

这首词写在纸上，拍成照片发过来的。字漂亮，词也不错。中秋时节，想家了！

接下来的几天里，他发来好几张自拍的风景，有新疆的，也有外地的，非常好看。

9月20日，他忽然发来一堆字，读罢，我停下手，面对桌上摊开的材料，好一会儿没动。

微信说："韩老师，有件事，我当时也没考虑和您说。今年3月13日，我父亲在四川老家去世。队里领导到现在也都不知道。我不想给集体添麻烦，就上街买纸烧了，以表达做儿子的心情。明年，我就回鞍山了，到3月13日，我就可以请假回四川祭奠了。"

一个藏在心里6个月的秘密，在分手一周以后，才发送给我。

我忽然想到，或许，还有很多秘密，被我遗失在沙湾了……

筑梦托里 责任之重与岁月之轻

冯金彦

一个孩子的名字牵动两座城市。

一个孩子的喜悦成为两座城的喜事，甚至成为所有托里人的喜事。当8月的风吹过托里21300平方公里土地的时候，一个叫燕雯的孩子，一个普通的托里孩子，一个普通托里工人的女儿，一个在本溪一中读了3年高中的托里二中的学生，成为托里有史以来第一个考上清华大学的考生，成为托里的传奇，成为本溪教育援疆的骄傲与佳话。

燕雯的故事，只是本溪援疆大剧的一个小小片段，是巴尔鲁克山峰上的小小石块。9年来，200多名本溪援疆干部情系托里，汗洒边疆，和托里人民一起，镌刻了托里发展与振兴的不朽传奇。

> **走下飞机的那一刻，他们的名字叫托里人，**
> **从托里这本书的一个读者成为一个作者。从此之后，**
> **他们不仅是美好托里的见证者，更是一个建设者，**
> **即便春天尚且未暖，他们也要让托里花开**

使命在肩，责任在肩。

在托里，本溪援疆工作队贯彻辽宁省委书记陈求发赴新疆调研时的部署，以项目建设、产业援疆、教育医疗援疆作为重点工作与支撑。3年来，实施33个脱贫攻坚项目。1700名内地普通高校新疆籍学生得到资助。130名干部人才走进托里。本溪援疆工作队先后获得本溪市先进基层党组织、托里县先进基层党组织和托里县民族团结一家亲民族团结联谊活动先进集体称号。

当我们用数字描述援疆工作的时候，数字一定是枯燥的，但是，这些枯燥的数字却记录了一座城的美好，一群人的忠诚。在托里4天，采访有整整两天，我是穿行在乡镇的项目工地上，零距离地感受援疆干部的工作，只有剩下的两天，我才能坐下来倾听本溪援疆人的讲述，感受他们在美丽托里的福与乐、苦与痛。时光匆匆，他们留给我的也只是一个个匆匆的背影，是他们3年援疆生活的瞬间与片段。

辛耕的工作照

作为第三批援疆工作队领队，辛耕始终牢记嘱托，克服困难，敢于担当，在本溪6年援疆工作的良好基础上，平稳有序地提升推进援疆工作质量，打造本溪援疆品牌。

他理清"出"与"进"的援助托里工作思路。

出，就是学生走出托里，产品销售出托里。

于是，他始终把托里百姓关注的教育放在工作的第一位，为启动停办的托里优秀学生到本溪借读项目，他多次奔走托里与本溪，四方求援，最后找到市长面陈，使得项目不但延续下来而且实现了飞跃。2018年，托里的学生从原本只在市一中借读，延伸到市一中、市高中、桓仁一中、本溪县高中4所重点学校，到本溪学习的托里孩子人数也从当初的每年3人增加到了16人。

对于托里的孩子而言，这是他们的诗与远方。

为了托里的教育梦，他开创性地提出并组织辽宁科技学院的大学生到托里支教。为了能够吸引大学生，2018年6月11日，他专门到辽科院给大学生做演讲，向他们介绍托里，介绍托里这片深情的土地，介绍校园里渴盼知识的孩子，讲述托里人民追求美好生活的故事。他的演讲感动了许多大学生，打动了许多大学生，辽科院29名不同专业的大学生走进托里。

围绕让托里县土特产品销售出去的理念，辛耕与托里相关部门三次往返托里与本溪，看地点、谈价格，在本溪市明山区明东路77号开起一家托里土特产品超市。来自万里之外的托里风干肉、黑枸杞、奶啤等原汁原味的托里特色产品吸引本溪市民纷至沓来，超市品牌影响力迅速提高，5个月完成销售额20多万元。托里的产品在本溪有了渠道，有了市场。仅仅羊肉，超市在托里就收购200多吨，不但带动了托里县养殖户增收，还带动50余人就业。

在辽宁援疆各市当中，本溪市开设第一家特产超市。

超市成功的经验启发了辛耕，他再接再厉联系相关部门，在本溪举办了第一届新疆美食节，为期一周的活动，参与人数万余人，日最高销售额1万多元。

托里要发展，人才要进去，项目要进去。

于是，辛耕提出托里7个乡镇与本溪7个县区对接，乡镇与村对接的具体工作思路与方案，夯实托里发展的基础。市政府每年的100万元资金与县区每年的210万元资金，成为点燃托里的7个乡镇项目的火种。

他策划并实施了柔性援助计划，按照托里的需要定制人才，除援疆人才之外，针对托里各行业对人才的实际需求，实行为期3个月的短期人才援助计划。来自本溪中心医院、本溪中医院、本钢总院、桓仁县医院的医生，在托里工作的3个月里，发挥各自的专业优势，帮助托里医院建立新科系，提升医疗质量。

在托里工作队，他精心营造团队的温暖，构建家的氛围。

哪个援疆队员过生日，队里一定为他准备生日蛋糕，大家一起为他唱上一首生日祝福歌。有队员生病住院，队里的人都轮流去医院陪护。谁下班回来晚了，他都要提醒食堂留饭。每周的菜谱，他一定把关，哪个菜大家不爱吃，哪个菜剩下得多，都做到心中有数。

蔡玉生的侧影

蔡玉生是托里分管旅游和卫生工作的副县长，旅游系发展之重，卫生系民生之重，压在他肩上的是一副沉重担子。

从事过宣传与文化工作的他，做起旅游工作从容而淡定。

托里旅游发展，一定规划先行，磨刀不误砍柴工。托里镇哈萨克族文化旅游特色小镇，白杨河湿地生态人文风景区的规划编制完成。全县旅游扶贫技能培训班，66名贫困农牧民学会旅游致富就地生财。旅游宣传推介片亮相乌鲁木齐时代广场大屏、人民电影院环岛大屏，边疆、乌市机场7屏，地州机场全网13块大屏。依托北疆黄金旅游线路，推进以巴尔鲁克山、白杨河湿地生态人文风景区为重点的自然景区，以塔玛牧道、老风口生态区为重点的人文景区（线）建设。结合省道318线、221线沿线乌雪特、铁厂沟、庙尔沟等乡（镇）哈萨克族民俗风情园项目建设，鼓励农牧民发展民族特色的"农牧家乐"。白杨河湿地风景区52套45平方米二层钢结构板房，果子沟脱贫攻坚旅游基地建设如期竣工。7套52平方米旅游扶贫工业厂房发放给贫困牧民作为旅游客栈。庙尔沟镇14户贫困户经营的牧家旅馆进行高标准配套家用设施，哈萨克族民俗文化风情旅馆留住游客体验哈萨克族饮食风俗文化。

一套组合拳打出去，旅游产业的星星之火开始在托里燎原。

解决百姓就医难是重中之重，他组织相关部门推行"先诊疗后付费"和"一站式结算"。举办服务培训班，制作悬挂工作流程图，让百姓不但能够看懂而且会用。托里县域面积大，乡镇医院的条件与技术差，就通过远程医疗服务组建以县级医院为龙头的医共体，实现全覆盖。全民健康体检率实现91.27%。引柔性援疆医疗专家的活水，弥补托里医疗力量的不足。

李文攀的背影

李文攀来自本溪高新区党工委组织部，在托里，他既是县委组织部副部长又是援疆办办公室主任，工作千头万绪，但是无论是哪一丝哪一毫都不许出任何差错。虽然参加工作已有18个年头，有历经多个科室和岗位的组织工作经验，但是，来到托里，他强烈地感受到组工同事肩负的压力和责任。他多学多看多琢磨，融入工作，奉献其中，拧紧工作的每一个螺钉。

把自己当作一名托里人，不做语言的巨人，做行动的伟人，这是李文攀到托里的工作理念，也是他的行为准则。

他协调本溪托里两地互派7名干部到乡镇、街道挂职乡镇、街道党委（党工委）副书记6个月，就东西部扶贫协作工作、党建及扶贫等方面开展专项工作，提供了一种党建援疆的新模式。他为全县51名通讯员举办培训班，以"办文办会办事的那些事"为主题讲授写作技巧，提高通讯员的写作水平。他牵头组织15名托里县社区（村）干部到本溪进行为期45天的挂职培训。"本托青年手拉手·文化交流融真情"青年文化交流活动，他是组织者是领队，也是具体实施者。三次活动，每一个细节，他都精心琢磨，从吃到住，从听到看，把活动的影响力体现在每一个具体内容的设计上，把活动的穿透力注入每一个现场体验的冲击中。3年的活动加深了两地青年的责任与使命，珍惜兄弟感情，建立水乳交融的民族关系。两地青年的文化交流活动成为援疆的一个品牌，成为托里青年关注的焦点与仰望的目标，能够参加交流活动成为他们的一种骄傲和自豪。甚至，去本溪文化交流的托里青年回来的时候，全村人都到村口迎接，把青年人去本溪参观当作全村的大事好事。

打开眼界，才能发现世界。

3年援疆，李文攀起草整理完成讲话稿、汇报材料、文件、信息的字数达到30万，每年处理各级来文来电300多份。参与接待各类代表团、考察团到托里考察学习30批次近100人次，筹办各类会议30场次。他共上报各类宣传稿件100余篇，编发《本溪援疆工作动态》58期，编发援疆微信公众号41期；被上级媒体采用317篇，中国组织人事报新闻网等国家级媒体采用89篇，辽宁党建、天山网等省级媒体采用111篇，《本溪日报》《塔城党建》等市级媒体采用117篇。2017年至2018年，他连续两年获得辽宁前指宣传考核满分并记优秀等次。

孙明鹏的剪影

孙明鹏是托里住建局的副局长，3年援疆工作，一生托里情结。走在托里大街上，来自本溪市建委的他一一给我指点，哪个民生工程是辽宁援建的，哪所学校是辽宁援建的，他加入了哪些工程的建设与监督。

他最难忘的是在托里的两次突击任务。

第一次，为环卫工人建设务工房。从一张图纸到房子完工使用，只给10天时间。10天很长，但10天又很短。他倒排工期，同步施工，购买建筑材料，购买生活用品，化压力为动力。那个时候，时间不能按小时计算，只能按分钟甚至按秒计算使用。10天之后奇迹出现，新房完美亮相，100名环卫工人如期入驻。

这是他工作经历中的第一个快球，也让他领悟了，没有不能，万事皆有可能。

第二次，是铁厂口火车站的建设施工。为了保证车站的使用，他负责修建安检房、停车场，道路硬化，时间恰恰也是10天。

有了上次的经验，临危他也不惧，更从容也更自信。

工人三班倒，他一个人挺着。

出现问题马上现场调度处理，发现毛病立即当场改正。解决问题不是不过夜，是不过小时。工程如期完工，他却瘦了黑了。那天采访路过车站，他特意停车带我到车站去走走，一个个指点着给我介绍，欣慰中有一丝职业的自豪感。

在托里工作时间长了，孩子想爸爸，打电话问他什么时候回去。

他说："过年就回去。"

孩子问："什么时候过年？"

他说："下雪了，就过年了。"

于是，本溪飘下第一场雪的时候，女儿打来电话让他践行诺言："下雪了，爸爸回来过年吧。"

孙明鹏负责本溪援建工程所有的联络与监督，经常在托里县城的大街小巷，在托里的7个乡镇的村村落落跑来跑去。托里风大，雪经常在路面上堆积成一道雪墙。每次出去，他都要带上一把铁锹，以便铲开雪墙打通一条道路。那次去冬窝子住5天亲戚，手机没有信号，怕长时间不联系，家里人担心，他就和伙伴爬到很远的山顶上，点着一堆火取暖，然后围着火堆给家里人打电话报平安。

妻子生病照顾不了孩子，孙明鹏带着孩子回到托里。那天，他早早出去开会，离开宿舍的时候给孩子打开电视让她看动画片，怕孩子小不懂事，一个人走出去，就把孩子锁在了家里。他开了一上午的会，孩子一个人待久了害怕了，就拼命地哭。

是辛耕听到孩子哭声，派人到会场把他找回来的。

刘立伟的速写

刘立伟是托里县公安局副局长，用一个字形容他的工作就是"忙"。在托里的4天采访时间，我与来自本溪市公安局交通分局的他只匆匆碰过两面，只谈了半个小时，印象中，他的手台一直在呼叫。

他甚至都不愿意谈自己。

他到托里的时候，孩子正上初中，生活的压力只能让妻子一个人扛着，带孩子复习、补课，陪伴老人，万事不但开头难，中间亦难。特别是读初中的孩子，成绩的每一次升降，情绪的每一丝变化都是妻子的苦与痛。援疆3年，妻子是唯一没有到托里探亲的家属，刘立伟说，她确实没有时间。

今年中考，孩子顺利考上本溪高中。此时，他真正松了一口气，如果中考有什么差错，他发自内心地无法面对妻子，面对孩子。

只能从别人的描述中去还原，甚至去想象，他怎样把一个平凡的日子铸造成剑，知道他24个小时不休息是经常的事情。托里21300平方公里的面积，差不多是本溪8418平方公里的三倍，最远的派出所离县城200公里，作为负责刑警工作的副局长，他不是在案件侦破的现场，就是在去现场的路上。援疆的第一年，他就侦破了200多起案件。

他曾经一个人，不远万里到吉林抓捕罪犯。

他曾经一个人，不远几千里到重庆抓捕罪犯。

在托里，盗窃牛羊的案件比较多，由于牧民的牛羊数量多，许多牧民并不是当时就发现牲畜被盗，冬宰的时候才发现牛羊少了。这个时候，距离发案常常是几十天了，线索少，难度大，他就充分发挥熟悉牧民生活的当地民警作用，确保案件侦破，嫌疑人落网。

彩色谢东奇

谢东奇是本溪广播电视台生活频道的编导，到托里广播电视台任副台长。"既然来到这片土地上，就一定要把工作干好，体现自己的价值。"媒体人谢东奇在工作笔记上写下的第一句话就具有媒体人的特点。

托里广播电视台有员工31人，其中少数民族员工有24人，文字功底相对薄弱。谢东奇上班的第一天正好是教师节，作为副台长，何不利用这个新闻宣传的节点给同事们做个新闻策划，让他们知道新闻稿件还可以这样写？想法一定，他把所有记者叫到自己的办公室，把他的策划思路一步一步地告诉记者，然后带着记者采访，新闻稿件他写一份，让每位记者也写一份相互借鉴，用实战代替理论讲解。当晚，《辽宁新闻》《新疆新闻联播》都采用了他们策划的新闻。中秋节，为了巩固成果，他提前策划提前部署，"本溪顶岗实习大学生新疆托里过中秋"等新闻，一个星期内两次登上辽宁卫视和新疆卫视的新闻联播节目。新闻引起新华社的重视，派出记者深入采访，使托里的外宣更上一层楼。一个多星期的共同采访和朝夕相处，他与所有采编人员都成为好朋友，结成师徒对子。他把工作制度化常态化，每周共同采访一次，每月上一次新闻采访课，记者们有了学习的目标与方向，进步很快。现在，托里广播电视台有完善的编前会、采访制度，采编人员业务技能大幅提升，并且即将建成托里县融媒体中心。他自己采写的86篇稿件在新华网、人民网、辽宁卫视、新疆卫视等各级媒体上发表。

他相继推出一个又一个专栏，托里广播电视台的吸引力与影响力不断提升。2019年3月，他临时受命主持全台工作，从3月份至今，他不知道什么叫正点下班，电台、电视台、播出部门的行政事情要全面掌握，稿件的审看、新闻的终审必须把关，在办公室一待就是十几小时。

一年半快过去了，年底他可以回到本溪。但是，托里广播电视台的许多工作需要他。县领导找到他，征求他的意见，希望他留下来，信任是一种力量也是一种幸福。征求妻子同意之后，他决定继续留在托里，留在电视台，把融媒体中心建设好，把新闻宣传的质量提高。

李铁的远景

本溪电视台的文艺部主任李铁兼任托里广播电视台副台长、文联副主席、社科联副主席、外宣办副主任。作为副台长，他深入编采一线，走入新闻编辑间、制作机房。与编辑记者共同找选题，研究镜头。在沙漠拍片时，他坐在地上给年轻同志传授摄像经验，让他们了解"摄像如何表达编导意图，如何以成片艺术效果来设计拍摄手法"的创作理念。

作为文联副主席，李铁撰写的5000字长篇纪实散文《放歌天地间》在《塔城文艺》上刊载，以饱蘸激情的文字，对冬不拉的起源、阿肯阿依特斯的流派、曲调、风格以及托里县境内民间文艺的流传和传承，进行全方位的介绍和解析。他深入大漠胡杨深处，撰写电视片《大地精魂》解说词，并求助本溪广播电视台的播音录音同事录制解说词，该片在地区评奖中斩获一等奖。他还在《本溪日报》上开辟《北疆行》专栏，连续撰写8篇散文，从历史、地理、人文、音乐、民俗、两地文化差异等方面向本溪读者介绍托里。

托里辽阔，让李铁的文字飞翔。

郑继兵的近景

谈起在托里的感受，郑继兵说得最多的是孩子。他援疆的时候，孩子还小，担心孩子不能理解爸爸为什么离开自己去援疆，他设计了一种沟通方式，把工作的场面用图片发给孩子，让孩子知道自己在做什么。去年，铁厂沟火车站通车，孩子看到他在现场忙碌的图片，高兴地在日记上写道，最开心的是能看到爸爸，最高兴的是爸爸干了一件有意义的事情。

爸爸不在身边，孩子少了一份父爱，但是多了一份对责任的理解，这也许是他即便在孩子身边也给不了的。孩子到托里来看他，他带孩子走了新疆最美的独库公路，也去陵园祭奠为修建公路而牺牲的烈士。孩子问他为什么这些人睡在了这里，他就给孩子讲了烈士的故事与生命的意义。一年级的孩子，无法读懂这一切，也无法理解更多的价值与牺牲，只是担心地问他，爸爸你会不会永远地睡在这里。

在托里，来自本溪市发改委的郑继兵更多的时候是在项目工地，提起本溪7个县区与托里县7个乡镇结对帮扶的项目，他如数家珍。对每个有投资意向的企业，他都主动对接上门服务，确保第一时间发现问题，第一时间帮助解决问题。一年来，他陆续为县区筛选包装渔业养殖、活畜交易、红花加工、牧家旅馆等五大类重点项目，开展招商引资活动10多次。

他支持托里县建立就业服务平台，组织本溪市相关职业院校及专业技术人员到托里县开展职业技能培训，举办培训班13期，其中劳务输出培训班7期，培训待就业贫困人口120人，培训贫困村创业致富带头人30人。

他说，在托里，才能深刻体会到什么叫家国情怀，对于他，此刻的家国情怀是具体的、细小的。

一个人是需要一点精神的，一个团队更需要一种精神的支撑。3年来，本溪援疆工作队始终用辽宁援疆精神、本溪援疆精神支撑自己的理想与奋斗，始终用孔繁森精神、小白杨精神锻造自己锻造队伍。

孔繁森精神，对于工作队员来说是他们灵魂的坐标。在孔繁森纪念碑，他们仰望一种伟大的精神，仰望一种伟大的人格，并且用孔繁森的精神照亮自己。

小白杨精神是他们思想的坐标。

塔城巴尔鲁克山的塔斯提哨所常年飞沙走石，但哨楼旁却有棵枝繁叶茂的白杨树。20世纪80年代初，哨所一名伊犁籍锡伯族战士程富胜回家探亲，将哨所官兵卫国戍边的故事讲给母亲听，母亲让他带10株白杨树苗回哨所种上，叮嘱他要像白杨树一样扎根边疆。程富胜就把树苗栽在营房边。哨所干旱缺水，尽管战士们每天用洗脸刷牙节省下来的水精心浇灌，但是小白杨难以忍受干旱、风沙、严寒的肆虐，只有一棵顽强活了下来。原总政歌舞团创作组的同志到新疆采风，听说小白杨的故事，创作了歌曲《小白杨》，歌唱家阎维文在春节晚会上把它唱响大江南北。

塔斯提哨所于是被称为"小白杨哨所"。

在小白杨哨所，本溪援疆工作队一行20人面向小白杨，面对党旗庄严宣誓，像小白杨一样扎根托里，建设托里。

在托里援疆干部食堂2楼走廊楼梯边的墙上，有一面图片墙，十几幅照片都是本溪最美的景色，水洞、关门山、平顶山，图片最前面是一句话："三年援疆、心系家乡。"

队员们说，想家了，就看看家乡的风景照片，解解思念故乡之苦，来客人了，就把家乡的美丽景色推荐给他们看看。

一墙图片，两种情感的表达。

7个县区的党政领导走进托里，走进乡镇，一个个项目把希望安装在托里的土地上

对口帮扶托里县，本溪在全省率先实行县包乡、乡包村，市县乡村四级联动，"输血"与"造血"相结合的本溪经验与本溪模式。本溪市—托里县2018年东西部对口扶贫协作会召开之后，本溪市7个县区与托里县7个乡镇迅速签订援受双方市县乡三级扶贫协作框架协议，66个村与11个社区结对帮扶实现100%。

在托里的乡镇行走，你时时被感动，刻刻被打动。

多拉特乡阿克塞村，一座总投资180万元、建筑面积550平方米的卫星工厂简洁而整齐，80台机器分成4排，机器的轰鸣声刚刚停止，红色的校服依旧摆放在操作台上。这样一座服装加工厂，从图上到地上，从动工到投入生产，仅仅用了12天。

托里速度，人们这样形容它。

为了托里速度，桓仁县委书记孙雨考察调度，桓仁县委副书记、驻乡副书记赫帅吃住在阿克塞村，组织施工，监督质量。每天，他都用微信用图片与文字，把施工速度详细地报告给在万里之外的县委书记孙雨。从一片荒地到一座厂房，12天之后，新疆九尾狐服饰有限公司阿克塞卫星扶贫工厂建成，80名经过培训的哈萨克族妇女走上机台。从此，不用离开村子，她们就有自己的一份工作，自己的一份收入，自己的一份希望，每个月有1500～2500元的收入。岁月从她们脸上读出的不再是苦涩与沧桑，而是内心泛起的幸福涟漪。

在69岁的哈萨克族老人努尔加玛勒·海依勒别克家，老人正在学习汉语，作业本上笨拙但是有力量的笔画表达出她对新生活的感激。她从小就四处游牧奔走，在阿克塞村定居之后，终于有了家，有了宽敞明亮的房子、现代化的电器和舒适的生活。

孩子们打工去了，孙子们上学去了，午后的阳光在老人布满皱纹的脸上写下了一份幸福与慈祥，写下了一份祥和与宁静。屋地上，放着刚刚采摘下来的香菇。老人说，已经采摘几次，采摘之后的香菇很快就卖掉了。香菇种植是桓仁县在多拉特乡开展的扶贫项目，在实地考察与调研，邀请专家论证的基础上，2019年，桓仁县选择5户人家作为香菇培育试点，5户平菇培育试点，5户鸡腿菇培育试点，3户木耳培育试点。为保证培育成功，桓仁的两个技术员一直留在乡里，一家一家地走，手把手地教，从温度到湿度，从采摘到晾晒。今年，老人在闲置不用的暖圈培育3000个菌棒，从香菇种菌、香菇出芽、香菇采摘到香菇销售，她每一天生活都是新的，每一天都充满了变化与惊喜。

这么好的生活，有什么理由不去好好学习，不去感恩。老人说："只要我一天不闭眼，我就学习一天汉语。"

本溪县对口支援的是库甫乡，着力增强受援地"造血"功能，通过援建、结对等方式，积极与域内重点企业沟通，鼓励并引导企业出资出力，投入资金63万元，用于人才、项目、医疗卫生和脱贫攻坚。2018年，在"本托青年手拉手·文化交流融真情"民族交往交流交融活动中，托里县的42名优秀青年专门到本溪县参观东北抗联史实陈列馆、本溪县大学生返乡创业示范项目——溪味道、县文化创意产业园铁刹山农民画展、小市镇谢家崴子村党支部以及极具满族村寨特色的民宿项目小市一庄。

本溪市平山区委书记姜广齐赴铁厂沟镇调研。援建铁厂沟镇哈图村特色禽类养殖基地项目10万元，援建农家乐项目10万元，援助续建项目铁厂沟镇采摘园5万元，援建冷水鱼养殖场。

采访的时候，新建的采摘园粗具规模，喷灌设备和果园里的甬道都铺设完备。平整的地面上，来自万里之外的本溪的大榛子枝繁叶绿，在异乡的土地上展示着生命的活力与魅力。陪同的乡干部介绍说，采摘园一旦开始使用，会给乡里的旅游发展带来示范与引领的作用。

明山区结对托里镇。在托里镇的城郊村，明山区援建的四个大棚在荒凉的土地上格外显眼。四个大棚中的两个大棚已经培育木耳，走进大棚，农户正在采摘木耳，菌棒上挂满的木耳，无论是质量还是产量都得到了保证。为了丰富第一手资料，两个大棚采用两种不同的培育方式，一个大棚菌棒悬挂在大棚之中，从高到低悬挂了四层菌棒，最大限度地增加产量，另一个大棚把菌棒摆放在地上，通过试验找到最适合托里的木耳培育方法。剩下的两个大棚，准备用于蔬菜生产。在城郊村，明山区著名的铁皮柿子也试种成功，两户种植户家里，铁皮柿子不但保持原本的品质与口感，而且长得特别大，产量是在明山区种植的几倍。尽管目前市场的认同感还差，同普通柿子的价格还没有拉开，但是一个好的开始是成功的一大半。

本溪市溪湖区委书记王世平到庙儿沟镇对接，实地查看庙儿沟镇学校、卫生院、养牛场，落实30万元援建资金和2019年重点援建。本溪矿业有限公司、大北山铁矿有限公司、辽宁恒通、本溪市刚强选矿等企业与庙儿沟镇签订结对帮扶协议。溪湖区将在项目建设、产业合作、企业结对、劳务协作、致富带头、职业培训等方面精准发力，切实解决庙儿沟镇当地群众最关心的实际问题。

在乌雪特乡，本溪市高新区拨付30万元资金，为三个村里的100户贫困户发放了1万只鸡苗。

"我是一个残疾人，出去打工不方便，家里的重活也没有办法干，村委会根据我的实际情况发了100只鸡苗，让我也能做一点事，也能有自己的收入。"家住井什克苏村的加沙尔马合买提对挂职乡党委副书记王华军说。

高新区还结合托里县少数民族擅长刺绣的特点，了解白杨河片区有一少数民族手工刺绣专业合作社后，沟通高新区所辖企业完成5万元手工羊毛毡坐垫的订单。

把一幅文明的画，挂在托里的客厅之上，
需要一枚钉子的力量与支撑，钉子的高度决定了画的高度。
在托里，这枚钉子的名字叫教育

点亮托里，必须从点亮托里的教育开始，一座城对教育的渴望，就是一座城的希望。为了托里的期望，为了一座城深情关注的目光，从2011年开始，本溪陆续援建托里19个教育项目，投入援建资金1.15亿元。76名援疆教师走进托里，开展示范讲座、大课堂450次，帮带当地教师600人，21名优秀初中毕业生到本溪就读，托里高考升学率逐年提升，连续多年本科录取率超过30%。3年来，不远万里奔赴托里的教育工作者是责任的传递者，也是希望的传递者，他们不辱使命，用成熟的教学手段，让本溪成功的教育经验花开托里，香飘托里。

英语老师王辉的托里情结

王辉是本溪三十六中党委书记，托里二中副校长，也是第二次援疆的教师。过去的3年，对王辉来说，是漫长的也是沉重的。漫长的是对孩子们学习成果的期待，对自己辛勤努力的期待，沉重的是责任。

2017年第一次援疆，王辉作为一名普通教师来到托里二中。当时，作为本溪市十中的支部书记，他报名援疆没有被批准。后来，一名报名援疆老师因为家庭出现困难不能去托里，局领导给他打电话征求意见，不能以领队的身份，只能以一名普通老师的身份援疆，去不去，他毫不犹豫就答应了。从本溪到托里，从一个学校的领导到一名

普通的老师，在托里，他要适应环境，还要适应新身份。

他是一个有思想的教育人，在托里，他用不断的思考缝补着托里与先进教育理念的裂痕，缝补二中与名校的距离。他将本溪成熟的教育理念与托里二中的实际相结合，为托里二中量身定做规章制度58项，培训一批教学教研方面的中层干部，更新托里二中的观念，为二中长远发展提供一种思想与观念的支撑，提供人才的力量。

在王辉的倡导下，2019年2月，托里二中组建艺体培训班，这是二中历史上的第一个特长班，鹰击长空，鱼翔浅底，喜欢艺术和有体育特长的二中学生，终于能在二中找到发挥特长的舞台。

第一批援疆的15名人才中，他是唯一留下来两次援疆的。

今年2月体检，王辉的甲状腺发现有结节，医生建议马上手术。王辉考虑到自己高三的课程，想到面临高考的学生，没有对任何人提起自己的病情，一直坚持到高考结束放假，他才回到沈阳的医大做了手术。深深体会到托里教育需要老师，第二次援疆的时候，王辉动员爱人，本溪二十七中英语教师高俊英报名教育部万名教师援疆。目前，他爱人在托里一中是教学主力，担任两个毕业班的英语课教学。夫妻双双援疆的温暖故事，是相隔万里之遥的本溪与托里的美好童话。在托里二中采访的时候，王辉已经提出第三次援疆申请，孩子们不愿意他走，学校领导不舍得他走，他也舍不得走。如果他的申请能够得到批准，他将是本溪三次援疆的第一人，也是唯一的人。

化学老师李强的化学反应

问起李强老师的援疆感受，他读出诗人艾青的诗句："为什么我的眼里常含泪水？因为我对这土地爱得深沉。"

2017年2月来到托里二中后，作为理化生教研组副组长，李强从宏观入手，帮助学校制订《理化生教研组教研活动方案》，从教学理念的贯彻到教学常规的具体落实，倾尽全力提升教研组的战斗力。他带领全校的理化生教师参加听评课活动，探讨优点与不足，以课促讲，以评促学。他把自己的教学班作为全组的教学实验班和示范班，精心设计每一节课，托里二中化学组的整体水平有了质的飞跃，化学成绩整体提升20多分。

师带徒活动中，他担任三位青年教师的指导工作。徒弟张琪好学上进，担任高二和高三的教学工作，为了把徒弟培养好，李强也跨年级授课，虽然工作量大一些，可是对徒弟的指导更具体更全面。徒弟张艺老师参加工作有六七年，一轮高三的课程都没上过，对教材吃不透，重难点和考点把握不好。李强专门对她进行教材解读和考纲培训，张艺也是几乎每节课都去听他的课。期末考试，她所教的班级平均成绩由原来的20多分提升到40多分，2017年10月，在县级教学比赛中，她获得第一名。

他热爱尊重每个学生。阿亚·特列克是一个性格偏内向的哈萨克族学生，初中化学基础不好，上高一感觉学习非常吃力，考试成绩一直在二三十分。他主动和她谈心，帮助她分析原因，制订计划，建立自信。他利用休息日为阿亚辅导，一次次讲解练习，阿亚逐渐对化学产生了兴趣，期末化学成绩达到70多分。虽然李强在本溪有10多年班主任工作经验，可面对少数民族班级，困难还是不小。哈萨克族学生名字较长，很难一下子记住，他就反复抄写，用一个晚上记住所有学生的名字，第二天到班级，不用点名册点名，拉近了与学生的距离。每天，他总是第一个到教室，没有课他就在教室陪伴学生，学校放学时间是晚上7点半，为了让学生能多学一会儿，他一直陪伴学生自习到8点半。放学晚了没有车，他就步行回到驻地，队友早已吃过晚饭，他把饭菜拿回屋里热一热。学生给他发信息说："老师，其实您不用每天晚上陪着我们，看到您每天坐不上车，吃不上饭，我们都很心疼。虽然以前我们都不爱学习，需要让老师看着，但这段时间，您的一言一行深深感染了我们每一个人，我们会自律的，不会让您操心的。"

2018年高考，他任班主任的"本溪班"本科升学率为79%（理综合平均成绩由88分提高到116分）。

这是托里二中历史上一个新的里程碑。

数学教师鄂钢的自选动作

鄂钢在托里面对的第一个困难是时差。托里、本溪近两个半小时的时差，让初到托里的他苦不堪言。多年养成的习惯，他每天早6点起床，晚10点入睡。在托里一切都需要重新适应，每天10点上班，中午2点午休，下午4点上班，晚上8点才下班，生物钟一下子调整不过来，整个人的感觉就是困。

他负责高三两个毕业班的数学教学工作，担任数学教研组组长，每周正课14节，早读2节，晚补课2节，晚自习2节。作为数学教研组组长，他为学校探索导学案教学提供切实可行的方案，完善优化组内集体备课模式。教学中，完成规定的内容之后，他善于结合学生的实际，设计自选动作，自制80分小卷，推广高考微专题，开设课下答题解疑。托里风大，新疆四大风口托里就占了两个。一个周日，彻夜的大风雪使得托里全范围停电。外面还漆黑一片，他就上班了，没有出租车，路灯昏暗，手机在极低的温度下死机。从驻地到学校原本20分钟的路程，他走了整整一小时。整个高三年组，他是唯一到达学校的老师，学校没有电，他就在漆黑的办公室内拼了两把椅子休息。进到办公室的学生，看到他和衣而卧的样子，心疼地问："老师，您一直没回去吗？"

在托里，除了教学工作，他还拍摄5000余张照片，真实记录工作队援疆的点点滴滴。

2019年7月6日，他放假刚刚回到本溪，父母却在7月9日遭遇车祸入院，整整40天他在父母的病床前护理，归疆的前一天才把父母接出医院，把后续的治疗拜托给姑姑……听到下一批援疆专业技术人才报名的消息，他犹豫了很久，他深知托里二中的孩子需要他，托里二中需要他。但是，他也知道家里需要他，父母年迈有病，儿女尚小，两难的选择中他不知道何去何从，托里与本溪都是他生命的一部分、事业的一部分，无法割舍，理想与现实的撞击让他无法平静。他私下与妻子交流，妻子却说："如果想去，你就去吧，家里有我，我会照顾好他们的！"

那一刻，他无语凝噎，因为亲人的理解与支持，也因为亲人的爱。最终，他遵循了内心的召唤，报名二次援疆。

马爽老师的九千里风与月

马爽是本溪县高中老师，她来托里的唯一原因就是喜欢新疆。大学毕业之后，曾经有机会，她和爱人在新疆待了三个月，行走了三个月，走遍新疆的山山水水，新疆的大美深深吸引了她，融入她的生活之中、生命之中。

报名援疆，尽管孩子还小，尽管她有许多的不舍，她却没有丝毫犹豫。在托里二中，她以蓬勃的青春力量很快融入学生之中，孩子喜欢这位来自远方的老师与朋友。在托里，她也时常牵挂留在本溪县的孩子。女儿大了之后，懂得了思念，每一次在幼儿园画画，无论画什么都要画上一颗心，并且在心上写两个字"妈妈"。可是，回到县里，回到孩子的身边，她又牵挂托里的孩子，托里的孩子也是她的孩子。

两地相思，两地乡愁。

今年暑假回托里前，她怀了第二个孩子，医生明确表示，月份太少不能够坐飞机。开学在即，远方孩子的目光是她的牵挂，她决定坐火车回托里。从沈阳到北京，从北京到陕西，从陕西到托里，她一边走一边休息。即使这样，每到一个停车站，她都必须下车吐一次，吐完了继续上车，一边吐一边走，整整走了7天才回到托里二中。

爸爸妈妈实在心疼女儿。在沈阳市公安局工作的父亲喜爱自己的工作，前几年心脏支架手术，家里人让他提前退休，他都没同意。但是，看到怀孕的女儿一个人在托里生活，爸爸毫不犹豫地提前办理退休，和马爽的妈妈一起来到托里陪伴女儿，照顾女儿生活。

马爽说，那一刻她深深体会到父爱的伟大与厚重。在托里的日子里，她感谢丈夫、孩子、公公和婆婆，亲人的爱与理解永远是她的支撑。

援疆教师爱的合唱

3年时间，托里二中学的教室里两次响起同一首歌曲《父亲》。歌曲是孩子们唱给同一个人的，援疆教师陈雷。

第一次是在援教结束，陈雷要离开托里，孩子们眼中噙满泪水，唱着《父亲》为他送行。无论多么不舍，他们也只能看着老师的背影消失在他们的校园和目光之外。

回到家乡之后，无论是平淡的日子，还是欢乐的日子，陈雷的内心一刻也没有办法放下托里，一刻也无法割舍对托里孩子的牵挂，托里是他的乡愁，是他的思念。于是，他毅然第二次援疆，重返托里二中。他回到托里二中校园，还是这首歌，还是这些孩子，他们依旧唱着《父亲》，迎接敬爱的老师归来。

这次，陈雷带领班级学生，取得了托里二中高考历史上最好的成绩。

赵雪飞的班有57名同学，哈萨克族学生最多。开学第一天，一个姓魏的学生被宿管老师通报，要求班主任立即把学生带到政教处接受批评处分。在政教处，宿管老师和政教主任的批评，让学生羞愧难当、情绪激动。赵雪飞马上走近他，拥紧他的肩头，向主任和宿管老师承诺不会再发生类似的事，希望给孩子一次机会。赵雪飞与孩子一起在校园里散步谈心，交谈中孩子心中的冰封融化了，向老师道出委屈、困惑和纠结。

赵雪飞经过调查，发现班上很多孩子的家庭情况比较特殊。有的学生父母不在身边，有的学生与奶奶一起生活，还有的孩子家人在山上放牧，自己一个人住或者在校住宿。长期不能与父母交流，导致情感缺失，缺乏集体认同感。赵雪飞就根据他们各自的情况"对症下药"，帮助他们融入集体。

马爽说过，一个人援疆，其实是全家在援疆。

在托里援疆的每一个教师的身后，都有一个坚强的后盾，有一座珠穆朗玛峰。

李远敬80岁的母亲手术，老人只有一个儿子，他想请假回去。可是孩子没有人上课。家里的姐姐支持他工作，把老人的事情安排得非常细致，不让他分心。

本溪中等职业学校的王天举和孙旗夫妻一起报名援教托里二中，两个人一起走了，孩子没有人管，双方父母年龄都大了，没有能力帮助他们照顾孩子。夫妻俩一商量，把孩子也带到了托里，三口人一起援疆。夫妻俩在托里二中教物理课，孩子在二中小学部上学。采访的时候，孩子就静静地坐在父母身边，一句话也不说。离开家乡万里，离开少时的伙伴，孩子有一点点孤独与寂寞。父母似乎并没有领会到这些，他们一直牵挂的是女儿的舞蹈课、钢琴课在托里上不了，内心有一丝丝歉疚。

谈起援疆教师，托里第二中学党支部书记李彩丽说，本溪援疆教师对托里二中教师的冲击是非常大的，从教育理念的冲击到教育方法的冲击。从本溪同行的教学实践中，托里教师感悟到，原来课还可以这样上，教材还可以这样讲。

远方并不远，走出多远也走不出老师关爱的目光

本溪教师走进托里，托里孩子走进本溪。

教育援助托里，本溪探索多种有效的方式与途径。2011年开始，托里县选派品学兼优的学生到本溪一中插班学习，每批次3名托里县学生来到市一中学习，其中燕雯考上清华大学，李志遥考入中南大

学，汪婧考入新疆石河子大学，其他人也考入本科院校。

燕雯考上清华大学，仿佛丢入托里二中平静水面的一块石子，它留下的涟漪至今在托里人的心头荡漾。

燕雯出身托里一个普通家庭，父亲在公路部门工作，母亲做一点小生意。能够考上清华大学，她真心感谢本溪一中的老师与同学。燕雯说，在本溪一中学习的3年是她生命中最难忘的3年，老师与同学的爱让来自万里之外的她并没有孤独与寂寞。高三的一段时间，她心理压力大，班主任老师常常陪她散步，陪她聊天，化解她内心的矛盾与困惑。本溪一中，不但给了她飞翔的天空，还给了她一双有力的翅膀。

幸福的是，2018年起，每年能有16个托里的孩子走进本溪的校园，5名在市一中就读，5名在市高中就读，3名在本溪县高中就读，3名在桓仁县一中就读。到本溪读书，对于托里二中的孩子来说，是一种向往，一种美好。

29个大学生与托里的情缘

托里县多拉特乡牧业定居学校位于新疆著名的老风口附近，离老风口只有4公里。这里的风非常大，怕上学的孩子被风吹走了，上学时，家长要在孩子的书包里装满石头。

辽宁科技学院的14名大学生在这里度过了4个月的支教生活。2018年，为了满足托里县教育的实际需求，辽宁科技学院面向专业对应的各个学院，定员定岗择优推荐选派汉语言文学、音乐、美术、英语等专业的29名大学生走进托里。

刘爽是29名大学生之一，她就读于辽宁科技学院小学教育专业。援疆工作队领队辛耕赴学院演讲动员，号召大学生为新疆的教育事业贡献青春才智，刘爽被辛耕的演讲感染了，支教来到多拉特乡。在多拉特乡牧业定居学校，她直接被分配到德育处工作，是德育处副处长。

赛力克·胡尔班校长说，大学生是教学主力，如果没有他们，单靠学校原有的师资力量，教学就成问题。对实习支教的14名大学生，他充满信任与感情，他把自己的宿舍倒出来给大学生住，自己和学生们一起挤在8个人的学生宿舍。

实习结束的时候，他没有按规定比例发放优秀实习证书，他给14个孩子都发了优秀证书，他说，14个孩子都优秀。至今，他依旧对14个孩子充满不舍。他说："附近的学校有3个实习大学生留下了，可惜我没有这个福分。"语气中充满遗憾。他认实习大学生马加楠为干儿子，儿子工作了，他非常高兴，儿子结婚的时候，无论有什么困难，他也一定要去参加婚礼。

14名大学生离开的那天，学生和家长早早地赶到学校，恋恋不舍地围住老师。那一刻，14名大学生哭了，孩子们哭了，家长哭了，校长也哭了，眼泪是牵挂是感激是不舍是眷恋，4个月的相伴，此乡亦是故乡。采访的时候，在学校操场与刘爽视频，一看到校园一看到校长，刘爽的眼睛就红了。谈起托里，谈起学校，她充满了眷恋，她说，14名在学校实习的同学已经约好了，一定一起回学校看看，看看老师，看看孩子。

本溪班、学生代培、送教进疆、万名教师进疆支教计划，3年来，本溪援疆工作队不断创新，不断丰富教育援疆的内涵，教育援疆本溪模式在辽宁省和塔城地区进行推广。

短短4天采访时间，没有机会采访到每一位援疆老师，甚至有好几位老师都没有机会认识。但是，仅仅短暂的采访过程，已足以让我感动，让我敬佩，我在心中一一写下这些名字，这些温暖的名字，亲切的名字，这些依旧坚守在托里老师的名字，刘海波、张士琴、徐鑫、赵明铂、苗星奇、祝凤娟、赵金刚、姜晓峰、陈丽英、文光岩、孙华、李广霞——

灿烂星空，他们亦是真的英雄。

飞不动的雪花，落在了巴尔鲁克山峰上，走不动的云也是，山峰洁白，山峰宁静。世事沧桑，托里辽阔，在托里，云有多干净，远道而来的白衣天使的灵魂就有多干净

蔡浩年是乌苏市民，乌苏市离托里几百里地，他却隔三岔五跑到托里县人民医院来看病。原来，蔡浩年患有长达7年的顽固性头痛病，去过很多医院都没有效果。听说托里县有一名医术高明的援疆医生，就慕名而来。"这是我第三次来了，效果真的挺好，太感谢卢医生了！"蔡浩年所说的卢医生就是本溪援疆人才卢国军。

36岁的卢国军，是本溪市中医药肾内科主治医师。作为本溪市第三批援疆人才，他辞妻别子，不远万里来到托里县。在有限的时间里，培养一支带不走的医疗人才队伍，是他工作的最大心愿。

从无到有的口腔科，一个援疆医生接力的故事，一份情系托里的感动

整个托里口腔科医生缺乏，托里最好的人民医院甚至连一个口腔科都没有。帮助托里人民医院建立一个口腔科是工作的重中之重，是当务之急，于是本溪的口腔科医生肩负使命接力而来。

白手起家的贾鹏

贾鹏到托里县人民医院的时候，口腔科除了一个名字，就是刚刚砸完墙的空荡荡房间。从设计装修到器械招标，一系列似乎与口腔科医生没有任何关系的事情，此刻成为她全部的工作，成为她每天必须面对的事情，一张白纸上，贾鹏开始画最新最美的口腔科，制定各项制度、采购卫材，一件不能忽视的事情是硬件，培训年轻医生专业知识，进行健康教育内容的制定是软件……事无巨细，都要一丝不

苟。消毒间设立的时候，传递窗放在哪里，消毒的流程怎么走，方案改变了好几次。诊室中椅位的摆放，对面积是有一定要求的，椅子要用气泵，诊室在二楼，气泵要放在一楼，还不能影响一楼超声科的工作，楼板不好打眼，方案也反复设计。空房子一点一点被填满，治疗椅、X光机等设备一件件摆放安装到位，消毒流程一天天被完善，制度挂上墙，科室人员配备整齐，各司其职……

贾鹏的孩子在中国医科大上大一，在本溪工作的时候离家近，她总去看孩子。援疆时，她只能在电话里嘱咐孩子好好学习。一次，孩子突然发高烧，半夜坚持不住给她打电话。孩子学校在沈北，离医院很远，她电话遥控孩子打车去医院，挂号、化验、打点滴，孩子一晚上没有睡，她也一晚上没有睡。第二天又担心孩子自己又累，怕别人看见，早饭后借口在楼下偷偷哭了一场，然后继续去上班了。也不能把工作放下跑回家呀。

功成之后，她并没有名就，就悄悄离开托里。三个月，她像一朵云从托里飘过，却给托里医院一场知时节的好雨。

谈起她，医院的医生感激地说，无论她离开了10年、20年，大家都会想起她。

雪中送炭的徐酥静

设备有了，口腔科建立起来，人却走了，在托里医院口腔科，这些寂寞的设备仿佛宝马在呼唤英雄。

徐酥静来了，在托里医院与患者的期待中，本钢总医院口腔科副主任医师徐酥静来到托里医院。此时，刚成立3个月的口腔科，医护人员的专业水平和理论基础还很不扎实，口腔修复没有任何临床经验。针对口腔科的实际情况，她制订了一套帮扶计划，对科里3名年轻医师进行口腔专业临床操作指导，通过接诊各类患者进行临床示教。3个月的诊疗带教，科里3名医师基本上掌握了根管治疗及镍钛机用根管器械的使用，复杂牙和阻生智齿的拔除，简单的口腔颌面外科手术，颌面外伤的缝合，局部可摘义齿和固定桥体的修复，贴面和嵌体的制作能够独立操作。

随着诊疗水平提高，越来越多的患者涌入口腔科，怕挂不上号，有人半夜赶到医院排队。她只能早到晚走，吃不上饭，晚上很晚下班成为她的标配。即使这样忙，每周她也坚持两至三次科室理论小讲课，让托里医生的理论知识系统更扎实。

2018年6月8日深夜，她被电话铃声惊醒，院里接诊了一位从马背上坠落的哈萨克族重伤者，她和科里两名年轻医师10分钟内赶到医院。患者伤势十分严重，面部80%擦伤，其中有多处不规则且污染极其严重的创口。她利用患者的复杂伤势示教各类创口外伤缝合的要领，3个人共同缝合4个小时，才将伤情处理完毕。

锦上添花的王宏娟

王宏娟在口腔科为一名慢性牙周病患者进行龈下刮治术，取得良好治疗效果，这是患者的第四次治疗。一个月前，患者来诊时牙龈出血，牙齿疼痛、松动，不敢咀嚼。王宏娟为他进行了第一次龈下刮治术，一周的恢复之后，患者的不适症状明显改善。龈下刮治术是治疗牙周病的基础治疗方式，轻、中度的牙周病患者可通过龈下刮治术治疗取得良好的治疗效果，最大限度地保留患牙。

俗话说，三个女人一台戏，在她们三个女人的努力下，口腔科成为一部精彩的大剧。

2018年8月，本钢总医院的援疆医生朴鹏继续她们的足迹，又接着上演口腔科精彩大戏……

从装修的风格到中医文化符号的确定，
从原先两个科室的合并，到影响力的提升，
托里医院的中医科实现了"本溪制造"

杨玉刚是本溪中医院心病科病房主任，作为第一批柔性援疆医生来到托里县人民医院。他负责中医病房的组建，将原本两个科室合并成一个，重新设计文化元素。他把本溪中医院成熟的文化理念、文化符号运用到科室的建设上，帮助设计改造病房。

他原本擅长用中医中药治疗冠心病、心绞痛、心律失常、高血压、失眠、眩晕、脑梗死、脑出血等心脑血管疾病。但是，入乡随俗，针对当地风湿类疾病、颈肩腰腿痛患者居多的实际，他开展了中药混渍疗法。

他加强中医文化课学习，每周定期教学查房，授课，并且定期考核，使科室医生中医基本功大大加强。通过不懈努力，使得中医科粗具规模。

哈萨克族人相信中医，朱海彬到医院之后，总有患者来找他治疗。托里患者风湿病多，有的患病多年，手脚都变形了，吃止痛药不好使了，就专门来看中医。他清楚记得有一个患者，第一次来医院是家里人扶着挪进来的，疼得说话都费劲。他针对病情开了两周的药之后，患者的疼痛缓解，第二次来不用人搀扶了，一个半月之后，患者自己拄着拐杖能够行走。

量体裁衣，根据托里患者的情况，他制定治疗腰疼与腿痛的治疗方案，并且推出了特色外用药。

医者仁心，仁心是靠医术支撑的，没有过硬的本领，仁心也会落满灰尘

如果说，口腔科的从无到有，中医科的合二为一是局的调整，那么来自妇科、放射科的医生以自己的专长帮助托里人民医院实现了技术的突破。

张冬焱业有专攻，作为本溪中心医院主任医师，她认真了解当地的医疗就诊环境及特点，仅仅一周就写出工作计划书，对未来3个月的工作提出有针对性的方案。她从系好第一颗纽扣开始，从细节入手，规范病历书写，深读18项临床医疗核心制度，规避临床医疗风险，细化妇产科常见病、多发病的病因、症状、体征、治疗方案，强调无菌操作。她以一级手术，即腹腔穿刺术、后穹隆穿刺术、宫颈活检术、诊断性刮宫、产后清宫术、异位妊娠输卵管切除术等做基础，指导住院医师完成剖宫产术并参加二级手术，高年资主治医师在完成二级手术基础上，参与三级手术。

张冬焱不辞辛苦，不论休息日节假日，有会诊有手术，随叫随到。规范查房，每一到两周进行专业知识讲课。医院地处偏远，医生人手少，外出学习机会少，她在科内建立微信群，通过微信平台关注新知识、新动向，上传国内最新妇产科诊疗指南及医学新进展。援疆3个月，她共接会诊患者200余人次，完成手术24台，难度较大的盆腔广泛粘连性子宫切除4例，宫腔镜镜检后诊刮4例，腹腔镜下附件切除术1例，其中腹腔镜下附件切除术为托里县人民医院首例手术，填补该项手术在托里县人民医院的空白。

李丹的长项是妇科微创手术及妇科恶性肿瘤手术及治疗，她以妇科微创手术亮相托里，亮剑托里。

一位孕14周合并巨大卵巢囊肿的21岁孕妇，14周产前检查时发现卵巢巨大囊肿。查体囊肿上界位于剑突下三横指，两侧达腋中线，相当于足月妊娠大小。若不进行手术，患者继续妊娠会有危险，若做手术也可能导致流产。托里县医院从没做过这样的手术，所有的人都心中没有底气。李丹查看了患者的身体，决定施行卵巢囊肿剥除，同时努力保证胎儿安全。经过周密计划，李丹施行小切口手术，通过5厘米长的切口将囊肿内液体放出之后剥除肿瘤，放出囊液约6000毫升，手术顺利完成，母子平安。

高伟民曾是援助青海原玉树藏族自治县的医生，从雪山走回，他又向托里走去。来托里之前，他的腰就发酸，在飞机上长时间一个姿势坐着，腰脱犯了，被同事用轮椅推下飞机。在地区党校培训的时候，腰疼睡不着，他就扶着窗台站着，即使这样，培训的课程他一节也没有落下。

他的徒弟是一个哈萨克族小伙子，汉语的基础不好，影像的水平也不够。看他哪个方面不足，高伟民就细心帮助讲解，但是，小伙子学习并不用心。一次，一个牧民从马背上摔了下来，脑颅骨出血，小伙子看片子却什么也没有看出来。他看片之后，发现患者脑颅骨有出血，马上赶到病房，提醒医生改变治疗方案。

有了这次深刻的教训之后，小伙子特别认真学习，进步也很快。

3年来，25名医生远赴托里，诊疗患者12150人，开展知识讲座80多场次，规范化指导培训医务人员200多人次，填补托里县医疗技术空白15项，成功帮助托里县筹建口腔科、完善中医科、强化妇科和妇幼保健科室技术能力提升。参加医院组织的"走基层巡回义诊"活动，义诊接诊患者6500多人次，发放免费药品、减免各项检查费用5万余元。

"找本溪专家看病"成为托里人的首选。

一人援疆，一家牵挂
一人援疆，一城牵挂

万里之外，一种关怀始终伴随着他们，万里之外，一种爱始终照耀着他们。每一个走出山城的援疆干部，都是一座城的相思，一座城的牵挂。

本溪市委、市政府主要领导情系援疆干部。2017年，第三批援疆干部人才离开本溪之前，市委召开援疆工作座谈会，时任市委书记崔枫林关怀与嘱托他们，在事关国家利益和各族人民根本利益的大是大非问题上，要保持清醒头脑；要切实强化学习，掌握党的民族宗教政策，熟悉人文风俗习惯，不断增进民族团结。尽职尽责，积极奉献边疆。

2017年8月22日，市委专门召开对口支援新疆工作会议，时任市委书记谭成旭充分肯定援疆工作队的工作成绩，要求继承和发扬好创新实干、无私奉献的作风，以高度的责任感扎实推进各项支援工作顺利开展。2017年8月28日，谭成旭赴托里调研，在托里二中、公安局、全民健康中心，他慰问每一位援疆干部，表达市委、市政府对援疆干部的关怀。

2019年8月23日、24日，市委书记姜小林率队到托里县考察调研并慰问援疆干部人才。在托里，姜小林先后调研托里县第二中学，桓仁满族自治县对口援建的多拉特乡阿克塞村，实地考察卫星工厂和食用菌产业项目，看望贫困户努尔加玛勒·海依勒别克。在援疆工作队驻地，姜小林详细询问援疆队员的工作和生活情况。姜小林表示，教育是本溪的名片，欢迎更多的托里县优秀学子到本溪读书，也鼓励本溪学生赴托里县参观游学，增进两地青年间交流，让学生们从小就树立民族团结的意识。

2018年5月23日，市委副书记、市长田树槐率团赴托里县，推进2018年本溪市与托里县扶贫协作重点工作，并慰问援疆工作队全体成员。田树槐考察托里县镜泉社区、第二中学、人民医院等扶贫合作项目，来到援疆干部公寓，看望援疆工作队全体成员。他鼓励援疆工作队把托里县当成自己的第二故乡，以无私的情怀和奉献的精神全身心投身援疆工作，在托里这片热土上挥洒汗水、建功立业。

2017年8月9日，市政协主席孙旭东一行赴塔城地区托里县调研考察援疆工作。孙旭东考察了托里县第二中学、公安局民警巡逻防控综合楼、铁列克提战役烈士纪念馆、生态花房、托里县人民医院、托里县儿童嘉年华等项目，就深入贯彻落实第六次全国对口支援新疆工作会议精神与塔城地区、辽宁援疆前方指挥部及托里县相关方面深入交换意见。他鼓励援疆干部人才要继续发扬辽宁援疆精神和优良作风，不辜负党和人民的期望与重托。

2018年5月17日，市委副书记王庆东出席本溪市—托里县2018年东西部对口扶贫协作工作会议。王庆东指出，要始终把支援托里发展摆在本溪全市工作的重要位置，带着更多感情、更大责任、更实举措，坚决完成对口支援任务。王庆东还到托里县公安局指挥中心、托里县二中、阿克塞村考察，对接推进援疆项目，并到援疆公寓看望本溪援疆队员。

市委常委、时任市委组织部部长吴世民，市委常委、市纪委书记白英，市委常委、秘书长孟广华，市委常委、组织部部长邓荔，市人大常委会副主任姜华，市政协副主席王佳才、张文辉，都曾经远赴托里，带去故乡的问候，

关爱之风，从万里之外的山城徐徐吹来，带着叮咛与嘱托，带着天女木兰的洁白，带着枫叶的火红。

风继续吹。

风继续以2011年的姿势吹，努力地吹着。

从老北口吹过的风，吹过托里，不是要把托里吹瘦，不是要把援疆干部的名字吹瘦，而是要把他们的故事从草丛里吹出来，从岁月深处吹出来，擦掉落在每一个名字上的岁月碎片，把他们挂在洁白的云朵之上。

让我们仰望。

让我们，在这里重新出发。

巴尔鲁克山下的友谊

黄　瑞

一首《小白杨》唱响军营内外，大江南北。人们只知道，小白杨伴着边疆哨所，守卫着祖国的安宁，祝福着千家万户，但很少有人知道，小白杨哨所在巴尔鲁克山上，在哈拉布拉河畔，如一株雪莲花，迎风绽放，如一朵芍药花，尽显芳华。

可是如今，在巴尔鲁克山下，在察汗托海的故里，在西北边陲的裕民，又一个响亮的名字，如同小白杨哨所那样亲切，这里的人们争相传颂着锦州援疆工作队的故事。

一张张亲切和蔼的面容，一件件感人至深的故事，一个个落地有声的项目，一回回手术台前的生死抢救，一次次教室里苦口婆心的讲解，一幕幕说唱弹拉的精彩演出……融入了雪山，融入了草原，融入了裕民人民的心中。

公正的天平

晚霞把西方的天空映衬得一片红色。夏季的夜晚，在这里迟迟拉不上大幕。但裕民县财政局一间办公室里的灯光早已亮了起来。援疆干部孟德全正聚精会神地看着手中的评审材料。

孟德全是锦州市审计局的一名援疆干部，2015年第一次援疆后，似乎他与裕民有着不解之缘，如今他已是第三次援疆了。刚来不久，有着丰富工作经验的他，就发现一个致命的问题，裕民县没有财政评审中心，所有招投标项目和各类工程预算、结算及控制价的审核都要拿到塔城地区财政局评审中心评审。这样，一是及时性无法保证；二是路途过远很难对项目进行现场评审。在对其中一个960多万元的城区道路工程审核中，他发现这个工程施工方有报价过高、高套定额子目、多计工程量等问题，而建设方又疏于管理，造成造价过高，经过审核，共核减了120余万元。其他几个工程也存在类似现象，他研究后发现，主要是裕民县对工程项目无法事前事中事后实施监管，对发现问题却已既成事实的工程项目，由于签订的是固定单价合同，明知过高也无法调整。

孟德全也明白，如何能改变这种现状，唯一的办法就是成立县财政评审中心。他把想法与裕民县审计局的主要领导做了详细汇报，并得到了认可。在裕民县委、县政府的重视和领导下，县财政评审中心很快就成立了。而孟德全也成了评审中心一名骨干成员，他带领大家对前期的控制价和预算、结算进行审核，从源头上就把好关，事中进行跟踪，事后结算把控，杜绝了工程价款过高的现象再度发生。由此，他的工作负荷也成倍地增加了。

评审中心一成立，孟德全一个人当成两个人来忙。首先建章立制，他要把评审工作做到公开透明，要求评审人员去工地现场，必须两人以上。这样的好处是，既可方便现场录像视频取证，形成影音证据，又能帮忙在现场取证记录上，记取相关实测实量的数据，同时又起到了相互监督的作用。其次建全审核会议制度，要求每个项目在审核人员审核完后，在与被审施工方核对之前，必须开评审会议，评审人员对审核后的金额逐一说明，例如审核中发现疑点、问题、核减的原因等，参会人员要对审核人员在审核过程中存有疑问处进行提问，审核人员必须一一解答，现场情况陪审人员可以补充回答，这样既保证了公开透明，让权力在阳光下运行，又锻炼了队伍，在探讨中增长了知识，提高了业务水平。

实践出真知。孟德全把培养评审人员严谨细致的精神，在工作中加以体现。有一次，孟德全带中心两名工作人员去新地乡的惠民工程的水渠工地，时值隆冬，需要实测的水渠共4条，其中一条4800米在巴尔鲁克山脚下，海拔1000米左右，地上全是积雪。评审中心的工作人员、建设方、施工方和监理方，一上班共同驱车80多公里到达了已完工的现场，施工方提供民用GPS定位手持机，审核人员拿着GPS定位手持机在水渠内行走到终点，发现只有4250米。施工方不认同，然后施工方拿着GPS定位机，他们共同又走了一遍，数据仍然接近上次量的结果。施工方仍然不认同，因为那个水渠是他们一米米用混凝土打出来的，清楚得很，认为不可能差。结果孟德全又陪他们走了4趟，最后连施工方也走不动了。为了准确，有说服力，孟德全提议再走一遍，用手中现有的50米尺子实际丈量，结果一趟下来最后是4648米，这个结果四方都认可了，都在取证单上签了字。

回到单位，已是晚上9点多钟了，一天中，他们几乎没吃什么东西，只是啃了几口带去的馕和咸菜，衣服和鞋子都湿了，寒风刺骨，都冻得够呛，可每个人的心里都是暖暖的。评审工作，不是必须挑出毛病，不是必须核减多少资金，而是公平公正，孟德全这样的工作精神，感动了多方人员，他们都说，援疆干部真是好样的。

仲夏时节，阳光格外耀眼，此时也正是农民给庄稼浇地的时候。裕民县江格斯乡的一条水渠结算评审正在进行中，审核人员会同几方人员已去过现场，取过证，开过评审会议，在与施工方核对过程中，施工方对核减金额不认可，对实测事实也不认同，态度强硬拒不签字。僵持不是办法，对哪个方面都不是好事。这时孟德全叫来中心的评审员小庞，请施工方前来说明情况，并邀请几方再次去了施工现场进行复测。重新实测实量后发现数据没有问题，但在实量过程中发现，有几段水渠的边缘，农民为了放水，新开凿了几个口子，正是这几个口子，让孟德全他们发现了问题，这几处按图显示的10厘米的沙垫层均未做，依此推断整个水渠都没做沙垫层。面对评审人员的质疑，施工方哑口无言。据此不但核减下来十几万元资金，还上报追究甲方现场代表和监理的责任，并在报告中提出工程质量存在的隐患，各方对这个结果都无异议。

事情过后，施工方一名负责人问孟德全："你是援疆干部，将来还想到裕民长期工作吗？"孟德全说："我是锦州来的，完成援疆工作任务，就回锦州。"对方说："那你这么认真图什么呀！好像省下钱能到你口袋里。"孟德全认真地回答："我的本职工作就是审计，来到这里，我仍是做审核工作的，公平公正这是我的职责。不这么做，对不起党，对不起裕民县的人民，更对不起我自己的良心！"

一丝不苟，这是孟德全对审计工作的态度，不论压力来自哪方，他对工作从不走样。

阿勒腾也木勒乡自来水供水管线的土方审核过程中，中心人员经验不足，不知如何看现场，心里没底。看到这种情况，孟德全就带着评审中心人员实地讲解，手把手地教。如何现场实测土方，区别是否与图纸相一致。孟德全告诉他们，管线是从农家大地穿过的，有明显塌陷痕迹，就是土方开挖的宽度。审核人员小陈问："长度可以实测实量，深度怎么确定啊？"孟德全说："你打开检查井，就能看到管底的高度，这样一段一段地算立方，就出来了。"

就这样，中心的工作人员在孟德全的指导和带领下，不但业务技能不断提高，而且工作态度和敬业精神更是与日俱增。

在裕民县财政局领导的领导和支持下，孟德全和中心的工作人员，当年就核减各项工程款2600多万元。

眼看孟德全一年半的援疆工作就要结束了，裕民县财政局的领导着急了，中心工作刚刚有眉目，年轻的工作人员也刚刚得到要领，许多审核项目还等着评审，这个时候如果孟德全走了，中心工作肯定损失很大。于是，向辽宁援疆前方指挥部请求支援，向锦州市委组织部发函，请求孟德全再次援疆。组织批准了，可孟德全本人呢？本人不同意，组织也不能强留。

当组织部门征求孟德全意见时，孟德全当时也犹豫了。他走时，孩子刚上四年级，现在孩子上小学六年级了，更是需要父母照顾的时期，爱人也希望他回来一块照顾孩子。可是，当他一想到裕民评审中心的工作，心里矛盾极了。如果他回锦州了，孩子是得到照顾了，可中心那边工作就不好开展了。他知道，有许多评审项目都等着他去做呢，指导的几个工作人员，虽然工作热情高，但对具体业务还是不精通的。他走了，裕民县的评审工作肯定会受到影响。想到这，他再次与爱人商量，说明评审工作的重要性。爱人十分通情达理，听完孟德全的解释，默默地同意了。

当孟德全第二次援疆工作即将结束时，有资料统计显示，他工作的县评审中心，核减资金已达4000多万元，这一数字叫财政局领导十分高兴，高兴的同时，领导又犯难了。因为孟德全的二次援疆时间又要到期了。面对中心工作，看着踏踏实实工作的孟德全，局长这次连报告都没先打，而是直接给锦州市审计局领导打电话，恳请让孟德全再次援疆，如果家里有什么难处，请组织部门帮助解决。

援疆干部都知道，家里的事再大也是小，援疆的事再小也是大。孟德全明白，组织需要，裕民县的事业需要、人民需要，这就是最大的事，个人有再大的困难，也一定要克服。

孟德全再一次留下来了，与评审中心的同事们全力进行手中的评审项目。

天有不测风云，2019年2月，孟德全的孩子突然得了气胸，必须手术治疗。孩子的哭声、爱人的期盼、领导们的催促，他日夜兼程赶回锦州，陪孩子做了手术。走前，队领导嘱咐他一定多陪陪孩子，陪陪爱人。4年多了，每年与爱人和孩子在一起的时间是屈指可数的，让他借这个机会，在家多待几天。他理解领导的用心，可他更知道评审工作的重要，还有许多项目都等待评审，孩子手术一周后，他就匆匆赶回了裕民。临走，他对爱人和孩子说："等我完成援疆任务，我一定好好地陪你们。"

4年多来，孟德全参与评审预结算项目786件，送审金额25217万元，核减金额6816万元，评审内容涉及建筑工程、市政工程、城市绿化、民生工程、水利工程等领域。这样的评审工作，有效提高了县财政资金的使用效率，受到当地领导的好评，他为推动和提升裕民财政评审工作、促进裕民发展做出了卓越的贡献。

在锦州援疆简报上，有这样赞美孟德全的话："他就是这样一位能力强、业务精、有理想的援疆干部，他爱岗敬业，情系边疆，将锦州审计人良好的精神风貌和精湛的业务素质带到了裕民这个第二故乡，纵情挥洒着雪莲花般朴素而热情的美。他只是无数名援疆干部中的一员，他不是最辉煌的一个，但他用自己的执着和平凡演绎着一个援疆干部对党和国家的赤胆忠诚。"

"沧海一滴水，责任重如山。复兴民族业，我辈当勇先。"这是审计长对全体审计人员寄予的厚望，而孟德全就是这种厚望的践行者，他用自己的辛劳和汗水，用自己的智慧和奋斗，在边疆大地谱写着赤诚。

平凡的力量

夜很深了，可援疆干部的公寓里，一个房间的灯光还在亮着。灯下的邰玉宝正在聚精会神地为他的学生批改习题卷子。

这几天邰玉宝十分高兴，虽然同学们的"二模"不十分理想，但与"一模"比，进步还是很大的。高三全班42名学生，"一模"时，平均物理分数只有三四十分，他的压力很大，校领导对自己寄予很大希望，可学生们的成绩实在是不理想。离高考只有一个多月了，再不想办法提高，肯定没有理想成绩了。以他的教学经验，此时除调整学生们的心态外，最重要的就是题海战术，几套题不行，几十套也不行，一定要达到100套试卷！他网上找，书店里淘，还动员大学同学帮助他找，有了试卷，他还要起早贪黑，拼命地给学生们批改。他想要通过"三模"，把学生们的成绩提升起来，把学生们的信心树起来。

邰玉宝来自辽宁黑山县第四高级中学，是一名物理老师，毕业于哈尔滨师范大学。2006年毕业时，学校发了一个文件，动员大学生们去西北边疆，那时邰玉宝就跃跃欲试，想到边疆去，为祖国的边疆教育事业，贡献一份力量。只可惜，他当时身体状况不允许，而且也没做通父母的工作，但去支援边疆这个愿望，深深地埋在了心里。

2018年7月，他所在的学校动员教师援疆，把他埋在心里的愿望也动员起来了，但他最担心的是爱人不同意，因为孩子还小，正在读小学六年级，小升初在即，孩子也需要他。可叫他感到意外的是，爱人对他的想法十分支持，同意他去新疆支教。

爱人的支持，叫邰玉宝十分激动，而岳父岳母对他的支持，更叫他高兴。岳父岳母对邰玉宝说："玉宝，去吧，锻炼锻炼也好，家里我们会帮你照顾好的。"有了岳父岳母的支持，他就放心了许多。孩子体质弱，几乎每年都要感冒一两次，一感冒就要到医院打吊瓶。临行时，懂事的女儿对他说："爸爸你放心吧，我一定好好学习。"

邰玉宝来到裕民后，被分配到裕民县第二中学，任高三物理老师，并担任高二、高三年级的物理教研组组长。刚开始他很担心，刚来就任高三的课程，怕耽误孩子们，班里的少数民族孩子占一半，他也怕语言沟通方面受到影响。可摆在面前的现实是，他来前，高三没有正式物理老师，偶尔请人代堂课，这种情况说什么都没用了，只有面对。

一个月后，他适应了，学生也适应了，教学走向了正常轨道。

邰玉宝来到裕民县第二中学，就进入了忙碌状态。他除了教学外，还要带徒弟，每周要听一次徒弟的课，听课后他要纠正、要指导；每周要召开教研组研讨会，组织业务学习，还要上一次教学公开课，给老师做示范；他还要做一些学生的思想工作，鼓励他们好好学习，通过学习改变自己的人生命运，将来做一个对祖国有用的人。

班里有一名叫古丽达娜的学生，父母是农民，母亲常年有病，家中有个弟弟上初中，还有个妹妹上小学，靠父亲一个人种点地，生活很困难。有一天她对邰玉宝说："老师，我不想念了，因为我考上了，家里也供不起我上大学。"邰玉宝听了，心里很不好受，这个孩子很上进，也很爱学习，就因为家中贫穷，连学都不想上了，大学也不想考了，如果不念书了，她这一生只能这样了。

邰玉宝问她："古丽达娜，那你自己到底喜不喜欢读书啊？"她说："老师，我非常想读书，也想考大学，可家里这种情况，没办法啊。"

邰玉宝看着她说："只要你想念书，想考大学就好，只要你考上了就有办法上学，国家现在有政策对贫困大学生救助。可你如果不念书了，大学就无法考了，考不了大学，想帮你都没办法。你好好学习吧，老师帮你想办法。"听了邰玉宝的话后，小达娜高兴了，打消了不念书的想法。从这时起，邰玉宝又多了一个任务，他要了解班里其他有困难的同学，他要找国家资助贫困大学生的相关政策，要为贫困学生填写《特殊贫困家庭学生资助申请表》，还要自己出钱给贫困学生购买学习资料。他想，能帮助学生多考一分，也许就改变了他们一生的命运。

邰玉宝帮助古丽达娜填好表，交到了学校。小达娜感激得流下了泪水，她认真地对邰玉宝说："老师，您放心吧，我一定好好学习，争取考上大学。"

高考"三模"在即，为了提高学生的学习质量，邰玉宝把班级学生分成了三个组，根据学习能力的差别，按照不同层次编成，同时他还针对民族学生另外制定一套教学方案。学校对他没要求每天的早晚自习课都要来，可他雷打不动，天天到班里，随时随地给学生讲解指导。

邰玉宝在这边忙，爱人在家忙。孩子上小学六年级，准备升初中，爱人又是班主任，每天早走晚归，特别是今年秋季开学，孩子到沈阳一所初中上学后，爱人就更忙了。家在黑山，她每周要开车往返沈阳，照顾孩子一到两次，往返近4小时的车程，叫她疲惫不堪。为了孩子，她把班主任工作也给辞了。一次孩子感冒高烧近40℃，她一边给孩子打吊瓶一边流着眼泪，但困难自己扛着，也没给邰玉宝打电话。她知道爱人忙，知道他正为高三的学生忙，正是一天比一年金贵的时候，不能去分他的心。直到高考结束了，她才给邰玉宝打了电话，告诉孩子生病的事。

高考前，班级的"三模"分数出来了，成绩让他和学生十分高兴，高的已达80分，中等的也达到了50分、60分。特别是学生们的应试心理和能力都有提高，自信心增强了。

高考结束了，邰玉宝和学生的努力得到了回报。全班42名同学，有10名考上本科大学，其中有一名学生还考入中南大学，是一所985名校。

古丽达娜考上了新疆的本科院校塔里木大学计算机科学与技术专业，拿到录取通知书时，她跑去给邰玉宝看："老师，我真的考上了！谢谢老师，没有您的鼓励和帮助，我就不会上大学了。老师，我一定努力学习，将来做一个对祖国有用的人。"

学生海沙尔考上了新疆昌吉学院，为了感谢邰玉宝老师的帮助和关爱，把自己用了5年的冬不拉送给了邰老师。

看着学生一个个高兴的面孔，邰玉宝心里也很激动，学生手中的录取通知书，就是他最大的幸福，之前的所有付出，都值了。

8月29日，邰玉宝休完探亲假返回裕民。叫他没想到的是，学校党委书记、校长韩明钊驾车到塔城机场迎接他。飞机到塔城机场已是深夜11点了，走出机场，看到韩书记正笑意盈盈地等待他。

邰玉宝走上前，握着书记的手说："韩书记，怎么是您啊，不是司机来吗？"韩明钊笑着说："原定的是，但我有时间了，就一块来了。你可是咱二中的功臣啊，我来接你是应该的。"

韩明钊原是裕民县委政法委常务副书记，他有着10年的基层教学经验和4年的教育局秘书工作的经历，所以县委在调整二中领导班子时，就选中了他。他是2017年6月到二中的，他来时，二中的物理老师还是空缺的，邰玉宝来了，解决了他一大难题。特别是邰玉宝的工作作风，他十分欣赏，看在眼里，更记在心上。邰玉宝不但教学好，还帮他带出了一批好老师，为此邰玉宝被二中评为优秀共产党员，还获得了学校和局里的优秀教师称号。而二中的各项工作，也由原来全县排名末位，上升到了前三位。

夜深了，天空星光闪烁。车内，邰玉宝与韩明钊交流着学校未来的前景。

邰玉宝是优秀的，但他只是3年来锦州援疆教师中的一员，他们每一个人，都同邰玉宝一样，默默地为裕民的教育事业，奉献自己的智慧，贡献自己的青春。

到目前为止，锦州援疆工作队在教育援疆方面，援疆教师坚持"输血"与"造血"相结合，充分发挥锦州教育优势，积极做好"传、帮、带"，开展公开课、示范课、专题讲座160余场次，参与教研活动70余次，建言献策50余项，有力促进了裕民教育事业的稳步发展。

聚焦灯下

医疗援疆，是锦州援疆工作一个重要组成部分。与内地相比，新疆的医疗人才还是很匮乏的。裕民县也如此，这里需要大量的医务人员，需要医生，需要专家。

刘朋是锦州第三批援疆干部，他来自锦州市中心医院关节外科，是副主任医师。2018年9月3日，他第一天到裕民县医院上班，就协助医院医生做了3个小手术，一个骨折，两个取腿部钢钉。

也是上班的第一天，他知道了医院的新大楼就是锦州援疆资金建成的，建筑面积近1万平方米，而医院的许多医疗设施，也是援疆资金购买的。仅2019年，锦州就给医院投入了1520万元购买医疗设备。可以说，现在裕民医院设施齐备，许多方面都是一流的，但缺的还是人才。

刘朋有着15年的外科工作经验，医院选派他来援疆，是按专家人才选派的，这里的医生，需要专家传帮带。

2019年10月3日下午4时，正在值班的刘朋接诊一个患者。患者还没进来，就听见一个女人喊道："大夫，快救人吧，血流得太多了，再晚了人就没命了。"随着声音，患者被抬了进来。患者是一位50多岁的农民，在家干活时，一条腿被烘干机的皮带卷了进去，造成粉碎性骨折。皮肤、肌肉损伤很严重，伤口处鲜血直流。

刘朋见状，二话没说，就让护士准备手术。方才喊话的女人是患者的妻子，她哭着对刘朋说："医生啊，你可把我老伴的腿治好啊，我们一家子还都指望他呢。"刘朋忙说："放心，放心，没什么大问题的。"

刘朋知道，这样的患者，最重要的是术后要防止感染，一旦感染，后果不堪设想，严重了就要截肢。刘朋娴熟地做着动作，清理创面，去掉坏死肌肉，骨体复位固定……

手术从下午5时进行，直到深夜1时才做完。手术成功了，刘朋不仅还了患者一个健康身体，还给一个家庭带来了幸福和希望。

回到公寓，刘朋急忙打开空气加湿器。也许因水土不服，也许是环境变换太快，刘朋的嘴角都裂开了小口子，鼻子也时常流血。队领导告诉他是空气太干燥的原因，用空气加湿器，就解决了空气干燥的问题。虽然睡得很晚，第二天，刘朋还是按时上班了。他也想多睡一会儿，可他知道，医院新来了一批实习生，需要带他们临床会诊。

也正是这批实习生，后来让刘朋做出一个新的决定。这批实习生，是来自内地几所医科大学的学生，来时是20名实习生，走时变成了21名，因为有一名前期的实习生，受这批人的影响，也一同走了。刘朋想，这里的条件是很苦，可作为医生，就是救死扶伤，哪能见困难就躲呢。显而易见，这里急需培养医疗人才。

2019年春节刚上班，刘朋带的两个住院医生不见了踪影，一问医院的人事部门才知道，人家不来了。刚刚培养上手，刚刚会做手术，居然一个个都走了，这个上午，刘朋自己在办公室里，一直闷闷不乐，同时也在思考一个决定。

4月中旬的一天夜里，刚进入梦乡的刘朋，手机突然响了起来。接通电话，联合值班办公室的工作人员急切地说道："刘医生，你到县医院吧，医院来了患者，腿折了，值班的医生不会处置。"

刘朋接到电话，穿好衣服，直奔医院。

患者40多岁，是一名住在县城里的农村妇女。她晚上骑摩托车在回家的路上与一台机动车相撞，造成小腿开放性骨折。清创缝合，折骨复位，最后还做了跟骨牵引。这是一个常规性小手术，两小时就做完了。

回到公寓，刘朋已无睡意。通过实习生集体离去，两个住院医生不辞而别，还有刚刚做完这台小手术的情况，刘朋对一直犹豫的一个决定，最后下了决心，他要二次援疆！他下决心一定带出一批骨科医生，一定要改变裕民骨科的现状。他还想，爱人这次不知能否支持他，有想法也要做通她的工作。

7月，锦州的天气像蒸笼一样。刘朋带着满脸的汗水赶往家中。如果不是想与爱人商量二次援疆的事，这次探亲假他是不会休的，因为裕民医院实在是缺少人手。

刘朋回到家时，爱人已经把饭做好了，孩子也放学了。一家三口坐在饭桌前，享受团聚的快乐。爱人毕业于大连外国语学院，是锦州医科大学的英语教师，工作虽忙，今天也特意提前回家给刘朋做了一桌子好吃的。

饭桌上，刘朋一个劲地夸赞爱人的手艺："老婆，你今天的菜，每个都好吃，都这么香！"爱人笑着说："你以前不夸我呀，今天怎么了，是不是有什么事求我？"刘朋也笑了笑说："我老婆就是聪明，不过是件小事，吃完饭再与你说。"

晚饭后，孩子去写作业了。刘朋拉着爱人的手，坐到了客厅的沙发上。他认真地对爱人说："老婆，电话或微信里，我与你说过，裕民那儿缺医生，特别是能带年轻医生的专家。那里的医生都青黄不接了。老百姓看病太难了，硬件设施非常好，但医生太少。"

爱人马上问："怎么，你要调去那里？"

刘朋说："那倒不是，我是想再次援疆，给那里培养一批人才，让老百姓看病别太难。"

爱人看了刘朋一眼又问道："怎么，没有你，那里的百姓就不看病了？"

刘朋诚恳地说："那也不是，我刚适应那里的环境，还没做什么贡献呢，你说这援疆的日期就到了，心里过不去。我不是要这个虚名，我是真心想为那里做点什么。"

爱人说："你回来，不是还有人去吗，不也能做贡献吗？"

刘朋说："一样啊，他们短时间内，也做不成什么大贡献的。"爱人不言语了，刘朋借机就把实习生怎么集体离开，自己带的两个住院医生不辞而别，半夜值班医生处置不了患者等情况，一股脑地向爱人述说了一遍。

之后，刘朋握着爱人的手说："老婆，就让我再一次援疆吧，那里真的需要我。"一向通情达理的爱人，此时无话了。她也知道，丈夫虽然话语少，但他决定了的事，一定是经过深思熟虑的，轻易是改变不了的。既然支持他一次援疆了，也就不差这一次了。

想到这，她推开刘朋的手，说了句："那你可答应我，把你自己的身体照顾好。"

刘朋一听这话，上前抱住了爱人，亲了一口说："你可真是我的亲老婆。"

刘朋回到裕民后，马上给锦州援疆队的领导打报告，申请二次援疆，队里同意后，报告很快上报到辽宁援疆前指。相信在辽宁下一批援疆干部人才队伍里，一定会有刘朋的身影。

8月初的一天下午，刘朋接到"结亲户"大哥打来的电话，说他的儿子小手指摔折了，要到医院诊治。

辽宁援疆工作，按总书记"促进各民族交往、交流、交融"的精神，开展"民族团结一家亲"活动。锦州援疆工作队的每名成员，都与当地民族家庭一对一地成了"结亲户"。刘朋的结亲户是一家哈萨克族牧民家庭。家中4口人，一个10岁的男孩，一个8岁的女孩，夫妻以养羊放羊生活。

不一会儿，"结亲户"大哥带着孩子赶到了医院。刘朋检查后，诊断为无名指骨折，处理好创伤面后，给手指骨折处做了复位处理。来时孩子还哭哭啼啼的，处理完后，就有说有笑了。

孩子对刘朋说："刘叔叔，你真好，上次给我买的书包，还没舍得用呢。"刘朋摸了一下孩子的头说："你用吧，用坏了，叔叔再送你一个。"孩子说："还能送吗，听说你们都要走了。"刘朋笑了一下说："其他叔叔家里那边有任务，叔叔这次不走了，还要在这工作。"孩子一听，高兴了："叔叔，那你还能到我家玩吧，还能给我讲故事吧？"刘朋说："还会的，一定会的。"孩子又天真地说："刘叔叔，那你去我们乡里卫生院上班呗，乡卫生院可大了，就是缺少医生。"刘朋说："会有的，叔叔不走，叔叔会努力的。"

男孩说的卫生院，是裕民县哈拉布拉乡卫生院，也是锦州援疆为裕民建的3所乡级卫生院之一。2019年，锦州投资1000多万元，为裕民建了3所乡级卫生院和10个村级卫生所，现在已全部投入使用。

从这以后，刘朋与"结亲户"大哥一家，处得像一家人一样。每当节日，大哥都要打电话邀刘朋到家里，刘朋也每次都给孩子们带去节日礼物。

刘朋所做的工作仅仅是锦州援疆医疗的一小部分。

截至目前，锦州援疆工作队，在医疗援疆方面，仅专家团队通过临床医疗、巡回义诊、专家论坛等方式，就累计开展医疗讲座60余场（次），诊疗患者3000余人（次），抢救危重患者90余例，成功实施手术200台（次），帮助医疗单位新开展脑外科手术、新生儿黄疸治疗、小儿推拿、骨科诊治、结核病护理等新项目、新技术10余项。2019年7月29日，在锦州援疆工作队的协调下，锦州医科大学与裕民县医院签署了科技援疆共建眼科诊治中心协议。在此期间，锦州医科大学的专家，还为裕民县23位白内障患者免费做了康复手术，使23位患者重见光明。

真诚的奉献

裕民县人文历史底蕴深厚，远在公元前6、7世纪，古老的呼揭部落及塞族人就在此游牧，汉朝属乌孙东境，唐代为葛逻禄部游牧地。元初，曾是成吉思汗三子窝阔台的封地。距今约3500多年的巴尔达库岩画群，是见证裕民历史的丰碑。这里有汉代丝绸之路的商道；有唐人李白经过的地方；有成吉思汗的战场；有唐、宋、元、明、清的古币；有清末收回巴尔鲁克山的硝烟；有与著名豫剧表演艺术家常香玉一样为祖国抗美援朝捐献一架战斗机的民主爱国人士巴什拜·乔拉克；有为捍卫祖国主权与苏联入侵者殊死搏斗的革命烈士孙龙珍；有因军旅歌曲《小白杨》而闻名大江南北的小白杨哨所；有著名哈萨克族诗人、作家阿合莫江；有用心血和智慧谱写"苦干不苦熬"的"裕民精神"的各族人民……古往今来充满神奇色彩的传说，赋予了巴尔鲁克山羌笛汉月，金戈铁马，边塞风情的独特神韵。

裕民县民俗风情多彩传奇，有哈萨克、回、俄罗斯、达斡尔等民族各具特色的民族风俗和饮食文化，民间传统文化有阿肯弹唱、社火表演、神话传说、民族工艺等，传统民族体育活动有摔跤、赛马、叼羊、姑娘追等，民族风情浓郁，民风淳朴豪放，各民族热情好客。民族融合、共同发展、共同进步的氛围浓郁。如今又有锦州援疆工作队的融入，使得裕民更加传奇。

甘于奉献，团结奋进，求真务实，争创一流。这是第五批辽宁援疆团队精神。这不是简单的一句口号，而是每一位援疆干部人才认真履责的纲领。是这么定的，更是这么做的。

2017年年初，锦州援疆干部人才一行19人，冒着初春的寒意踏上了新疆大地。领队商傲涤任援疆队党支部书记，副领队于涛任副书记，干部陈爽、任彬任党支部委员。经过前指短暂的培训，他们就立即投入裕民各项工作中。裕民县委、县政府对锦州援疆干部人才的到来高度重视，对领导干部都给予了实质性的工作岗位。商傲涤任裕民县委副书记，于涛任裕民县委常委、副县长，陈爽任裕民县委组织部副部长，任彬任裕民县公安局党委委员、副局长。

援疆队虽初到裕民，但前期援疆队员给他们留下了工作和生活的足迹。还有裕民县委、县政府的大力支持，使他们很快就进入了各自的工作角色。商傲涤抓全面工作，于涛重点抓项目，陈爽重点抓援疆干部人才管理，任彬重点抓人员驻地安全保障，其他援疆人才去各自的工作岗位。19名援疆干部人才，全部开足马力，开始忘我工作。

锦州工作队通过调研和走访，结合裕民县的实际情况，把招商引资作为援疆重点工作之一。

在很短的时间里，他们就了解到，在裕民有一个品牌优势等待开发利用，那就是巴什拜羊。为什么叫巴什拜羊，这要从一个人的名字说起。

巴什拜·乔拉克·巴平是我国著名的哈萨克族爱国民主人士。生于1889年，卒于1953年11月21日，享年64岁，1945年8月至1952年5月任塔城专署专员。巴什拜热爱社会主义中国，拥护中国共产党，热爱世界和平，热爱家乡及各族人民，一生致力于祖国和家乡各项事业的发展。他1919年开始经营牧业，并利用自己丰富的畜牧知识和多年养殖经验将裕民县的哈萨克羊与野生盘羊进行杂交，培育出了生长快、出栏早、耐粗饲、净肉率高、骨肉比高、肉质鲜嫩、品质超群的巴什拜羊。1935年他投资兴建创办了裕民县第一座九年制学校；1936年他捐资修建塔城新光电灯股份公司。抗战期间，他满怀爱国之心，为抗战前线捐了一架飞机。1951年为保卫国家支持抗美援朝，他为志愿军捐献了一架战斗机。他一生扶贫济困，热心帮助了不同民族的贫困百姓，深受各族人民的敬仰。

如今，巴什拜羊与巴什拜一样，早已在新疆家喻户晓。只是开发利用得不够充分，如果有人投资，能大规模养殖，前景一定美好。

怎么才能引来资金，招来商户？援疆干部一起研究后认为，没有梧桐树，引不了凤凰来。他们决定利用援疆资金建现代化、标准化养殖基地。有了这样的品牌，有了这样的养殖基地，不信没有投资商前来投资。

经过前期规划和报批，基地建设很快就启动了。这一建不是一个，而是在裕民县的5个乡，根据不同项目，建了5个标准化养殖基地。每个基地占地300亩，总投入2500万元。只半年工夫，5个基地就建成了，"锦州速度"在裕民成为当地百姓的美谈。

招商信息一发布，许多商家前来洽谈。最后选中了北京一家公司，这家公司已有自己的销售渠道，最多时网上销售2000多万元。最关键的是，公司老板是从裕民走出去的。他对巴什拜羊品牌的了解，对家乡的热爱，都是援疆队选中与他合作的理由。

新疆北漠牧业有限公司于2017年8月正式注册成立，注册资金2000万元，公司主营畜禽养殖销售，农作物种植，饲草种植，农产品购销、初加工，农业生产资料购销，食品销售，冷冻保鲜，仓储服务等，特别打造以巴什拜羊为品牌的羊肉供应链条。

北漠牧业公司在注册的第二年，就养牛3000头，养羊1.8万只，实现了基地加农户模式的规模化养殖。因为市场看好，北漠牧业于2019年又投入3000万元，在裕民的脱贫就业园区里，建设年加工5000头牛、10万只羊的生产企业。北漠牧业将按照"养殖基地+产业园区"的运行模式，逐步形成种植、饲养、屠宰、分割、加工、包装、销售、餐饮一条龙产业链。随着企业的发展，就业、税收都会给裕民带来巨大的实惠。

北漠牧业的老板名叫马君豪，毕业于河北地质大学商学院，学市场营销专业，先与朋友做地产生意，后回家乡投资。他说："如果不是锦州援疆工作队的努力，不是他们的奔波付出，北漠牧业不会有这样的速度，也不会有这么理想的结果。虽然这是我的家乡，没有锦州援疆工作队领导的细心关照和真情帮助，我也许还在犹豫呢，我要感谢他们。"

北漠牧业挂牌开业的那天晚上，锦州工作队也小小地庆贺一下，晚饭时，商傲涤和于涛特意让厨师加了两个炒菜，放到队员的桌上。一名队员调皮地说："领导也太小气了吧，招来这么多钱，就给个炒鸡蛋啊。"说得队员们直笑。

三顾睿洋

2017年初夏，巴尔鲁克山下的草原，在微风的吹拂下，如万顷波涛，波澜壮阔。调研回来路上的副县长于涛，在一片灌木状的植物前停了下来。路边还有一块大牌子，上面写着：黑果花楸种植试验基地。大字的下面，还写有具体内容。

黑果花楸果实，含极高营养成分，所含花青素、多酚，超过葡萄8倍，枸杞20倍，蔓越莓5倍，黑醋栗10倍，蓝莓5倍。果实中的花青素、黄酮能够维持人的心脏和肌体健康。多酚是已知植物含量最高的。花青素、多酚具强烈的抗氧化作用，是改善毛细血管结构与机能的非常重要的物质，还有助于刺激和改善物质刺激系统，具抗衰老功能，对脑神经、糖尿病、癌症、前列腺、关节炎、皮肤病等都有惊人效果。在欧美地区广泛应用于医药和功能食品工业。

黑果花楸果实及其相关产品越来越受市场欢迎，对人体健康益处是巨大的。于涛早就听说过这个项目，但对黑果花楸的具体情况并不了解。看到这一信息叫他眼前一亮。

回到办公室，他第一件事，就派人了解试种基地这个企业的信息，了解黑果花楸的具体功能和市场前景。

三天后，黑果花楸完整的信息链，摆在了于涛的办公桌上。

黑果花楸是来自欧洲的一个外来物种，它的功能和好处正如基地牌子上写的一样。在裕民试种的企业，是浙江睿洋科技有限公司，是一家上市公司。在此之前，这家公司已经在辽宁的铁岭、阜新、丹东试种过。去年，他们来到裕民试种了500亩，试验结果显示，这里试种的黑果花楸，黑色素远比其他地区好得多。

既然土地适宜，又有这么好的市场前景，企业还有实力，那么，如果把这家企业引到裕民，不是双赢吗？

有了想法，他把此项目向县委、县政府领导做了汇报，并得到了认可。由此他马不停蹄地与睿洋公司高层进行紧密联系，邀请他们来裕民县洽谈合作事宜。睿洋高层对此事也十分重视，因为对比后可以看出，裕民的土地最适合种植黑果花楸了。现在人家副县长主动联系项目，说明有诚意。于是，睿洋公司高层组织了团队到裕民洽谈合作。

裕民县拿出了最好的土地，给了最优惠的政策，做到最好的服务，并以真情感动对方。6月8日，双方签订了3000亩的种植合同。

规模出效益。黑果花楸虽然含花青素多，有着"黑色素之王"的美誉，但规模小，达不到深加工的范围，还是没有好的效益可言。经专家预算，种植规模达到6000亩时，才有好的效益。裕民县委、县政府为投资企业考虑，更从百姓就业大局出发，2018年5月，副县长于涛带领一个工作组去浙江睿洋总部洽谈进一步合作事宜。

经商经商，经是经验经历，也是往来；商是商讨商量，也是行为。经商要你来我往，礼尚往来。

于涛一行受到睿洋高层领导热情接待。一个是需要，一个是供给；一个是希望，一个是诚意；互惠互利，双方共赢。洽谈结果当然是一拍即合。此行又与睿洋公司签订2900亩的种植补充合同，同样选择的是适合种植黑果花楸的好土地，给予最优惠的政策。

于涛一行来去匆匆，连一眼西湖都没看见，就返回了裕民。

按照协议，睿洋公司签订了这笔合同后，应该开始投资建设深加工生产基地了。可是，按协议约定的时间，建设加工基地的事情，却无声无息。经过了解，知道了事情的原因。

睿洋公司加工基地没有跟进，是他们对黑果花楸的未来方向不明，后期建厂存有疑虑。因为黑果花楸，在国家"食元目录"中一直没上去，也就是说国家那时没有批准，没有对它认可。没有批准就没有市场，就更没有深加工可言。还有，睿洋公司当年投入太大，在南方的腾冲，一年投了30多亿元，造成资金紧张。

这个项目，如果建成深加工生产基地，加上前期的种植规模，总投资将近1亿元，而且对当地税收增加和百姓就业都十分有好处。面对睿洋公司这种情况，县委副书记商傲涤与副县长于涛研究决定，两个人要带队共同前往浙江睿洋公司，洽谈深加工项目落地裕民，他们要切切实实为裕民办实事。

裕民县委、县政府，如此重视这个项目，如此积极主动上门沟通，叫睿洋高层十分感动。

睿洋高层说，一旦国家批准了黑果花楸，一定积极想办法落实深加工基地建设的事情，按照协议，积极推进。但他们也如实说出一些缘由，一是当年资金十分紧张；二是黑果花楸还没有上国家"食元目录"，方向有点不清。希望裕民的领导给予理解。

商书记说，理解是理解，希望资金一旦缓解，要按协议落实。裕民县领导此行，进一步促进了睿洋公司加工基地建设落地的进展。返程时，同去的几个人，真想与两位领导说去看一眼西湖，可谁也没敢吱声，只在车里远远地看到了雷峰塔的塔尖，就返回了裕民。

2018年年底，裕民县得到了一个好消息，黑果花楸终于上了国家

"食元目录"，这说明国家批准了，产品有了明确的方向。可是到2019年3月了，睿洋方面建深加工基地的事情仍无音信。是动摇了信心，还是想改变基地建设的地方？县领导决定，是信心动摇了，就一定让他们坚定信心；如果想改变地域建设，那就要说服他们不能改变。

古有三顾茅庐，他们要三顾睿洋，以示真诚。

2019年4月，两位领导再次启程，前往睿洋总部。

这一次造访，叫睿洋高层十分吃惊，他们没想到，裕民县两位主要领导又一次到来。这在他们项目合作的历史上还绝无仅有。其实，这在裕民县的历史上也绝无仅有，锦州援疆干部这种实打实的精神，早已被裕民的干部和百姓认可了。

商谈中，睿洋高层又说了许多困难和原因，希望再给他们一些时间，要求延迟建厂。

商机商机，这样拖下去，难说黄与不黄，正如人在十字路口徘徊，你推他一把也许就按你的方向前行了。这时，书记与县长真真地推了睿洋一把："在我们土地十分紧张的情况下，我们把适合种黑果花楸的地给了你们，那是6000多亩啊，而且是价格最低的；为了这个项目，给你们的政策，也是最优惠的。现在果都结出来了，国家也批准了，深加工基地早应该开始建设。如果你们不投入了，不建设了，我们怎么向裕民县委、县政府交代，怎么向裕民的百姓交代！你们的项目这么多，能不能把困难向别的项目转一转，让我们的项目按协议推进？"

合情合理的要求，真情实意的交流，睿洋领导再没什么可说的了，他们当即表态，缓一下别的项目，裕民深加工基地建设项目马上启动！站在十字路口的睿洋，被裕民人推向了理想的方向。

2019年7月5日，新疆睿洋农业有限公司新疆万亩黑果花楸产业化二期建设项目，在裕民脱贫就业园区里开工建设。建设项目总投资额3000万元，建设办公楼、研发中心、陈列展厅、中试车间、分拣车间、成产车间、保鲜库、冷库等主要建筑。预计黑果花楸丰产后，年产值可达1.5亿元，每年实现税收1500万元。

黑果花楸深加工项目终于落户裕民了，商傲涤与于涛他们悬着的心也终于落地了。由此，锦州援疆干部"三顾睿洋"的故事也在塔城地区流传开来。

锦州援疆工作队，3年来在为裕民招商引资方面，下了功夫，付出了心血。截至目前，先后与湖南地球仓有限公司、浙江永宁药业股份有限公司、中军科创实业有限公司、浙江睿洋、北京五福牧乐等10多家有意向投资企业洽谈40多次，已经在中草药种植、黑果花楸产品开发、药用红花油生产基地建设、巴什拜羊养殖基地建设等方面，达成合作协议或意向，为裕民的经济发展，开创了一条新途径。

巴尔鲁克山下的盛装

清明时节的裕民乍暖还寒。库鲁斯台草原冰雪未尽，春草初萌，而在巴尔鲁克山的阳坡，黄色的、白色的顶冰花已悄然绽放。白色的顶冰花早晚闭合，只是在午阳的照耀下，伴随着身边正在融化的冰雪露出笑脸。这时戈壁四野，野生的郁金香开了，花瓣内黄外红，花开后，内外金黄。

4月下旬，在巴尔鲁克山，约10万亩的野生巴旦杏花铺天盖地，气吞山河，在雪山的映衬下，壮观无比，号称"天下奇观"。与此同时，裕民兰花贝母、大红的芍药在不同的山坡竞相开放，一时间巴尔鲁克山的山上山下，繁花似锦，似仙境一般。

5月的巴尔鲁克山塔斯提河谷是万花装点的天堂，到处是野山楂、野樱桃、野酸梅、忍冬、黑木、苦杨、红柳，白花满树开放。地上的蒲公英、猫爪草，几乎所有的植物都在开花。到了下旬，野蔷薇开了，一片片，一丛丛，漫山遍野，清香四溢。

6月的裕民是多彩的，吐尔加辽牧场是花的海洋，粉色的野豌豆花、紫色的野苜蓿花、黄色的油菜花、红色的虞美人、白色的野草莓，铺满了乡村山野。白色的山羊、棕色的巴什拜羊游荡在山间。毡房座座，炊烟袅袅，一派草原风光。阿克乔湖牧场冰雪还未褪尽，已铺满了金黄色的小花。整个草原远看是草，近看是花，不同的山坡开放不同的山花，俨然成了万紫千红花的海洋。

7月的裕民是红色的。15万亩红花相继开放。山上，白色的党参花、酸溜溜花，紫色的黄芩花、麻仙蒿花，黄色的野苜蓿花，粉色和蓝色的高秆花，让巴尔鲁克山尽显万种风情。

八九月的裕民是金色的。此时麦子黄了，玉米正绿，油葵盛开，是一幅集田园风光和草原风光于一身的金色画卷。这时紫色、白色、黄色的野菊独领风骚。塔斯提河谷万山红遍，层林尽染，灌木有深红、紫红、橘黄及绿色，山泉、河流漫江碧透。黑加仑、玛琳娜、野草莓、野山楂、野苹果成为人们采集品尝的美味食品。转场的畜群散落在七彩的世界里，让巴尔鲁克山尽显神韵。

进入10月，百花凋零，山前平原枫树黄了，果树红了。在漫长的冬季里，蜿蜒起伏的巴尔鲁克山犹如银河落地，一泻千里，把裕民带进了银装素裹的冰雪世界。蓝天白云下，湛蓝色的山谷，圣洁静美的山脊，随着冬阳变幻着色彩。冰清玉洁的塔斯提河像一条长长的青龙，静静地游向阿拉湖。青龙侧畔，玉树琼浆，玲珑剔透，只有山岩上傲雪的青松，在翘望又一个春天的来临。

裕民县有独特的地理位置、宜人的气候条件、优美的生态环境、悠久的历史文化、深远的古代文明、奇异的自然景观、独特的草原风情、秀丽的田园风光、浓郁的民族风情、神奇的边塞风光，这些得天独厚的自然资源，为裕民县打造旅游品牌，提供了良好的自然条件。

裕民有巴尔鲁克山塔斯提风景区、库沙河生态旅游区、野巴旦杏保护区三大景区；有巴什拜爱国主义教育基地、巴什拜陵园、中华民国县政府旧址、友好协会俱乐部、孙龙珍烈士陵园、巴尔达库岩画群、小白杨哨所、吐尔加辽草原、库鲁斯台草原、察汗托海情人谷等一批景点。

特别是5月的裕民，更是雪山、山花交相辉映的绝美季节。一年一度的新疆塔城裕民山花节如约而至。而第一次通火车的塔城，给裕民山花节带来了别样的精彩。

2019年4月初开始，受裕民县委、县政府委托，裕民县委副书记商傲涤，县委常委、副县长于涛，带着工作队员张鲲等人，就积极与锦州市援疆办、锦州市文化演艺集团、驻塔部队、乌鲁木齐铁路集团公司、兵团九师旅游专班沟通协调，落实开幕式活动场地和经费，在乌鲁木齐铁路集团公司所属场站、列车投放山花节宣传图片和视频，规划辽宁进疆旅游专列裕民段游览线路，邀请锦州歌舞团、杂技团、木偶剧团进疆联合举办山花节开幕式文艺晚会，文旅援疆有力助推了裕民文旅事业的稳步发展。

通过沟通和协调，在乌鲁木齐火车站的黄金地段，一次性就给裕民山花节5个大广告牌，免费宣传裕民山花节！

4月27日，由新疆裕民县人民政府、裕民县文旅局主办的"第十三届新疆塔城裕民山花节"旅游推介会在锦州石油宾馆举行，副县长于涛代表裕民县进行了旅游推介。裕民县文旅局援疆干部张鲲，代表裕民文旅局与锦州3家旅行社，就裕民县旅游发展合作签订了框架协议。这一段时间，张鲲十分忙碌，领导们沟通完的事情，他要一件件去落实，有时中午只吃一盒方便面，有时晚上要忙到十一二点钟。张鲲知道，作为一名援疆工作队队员，要更大程度地把山花节宣传出去，自己就要全力以赴，再苦再累也是应该的。

2019年5月10日，以"花样裕民·魅力九师"为主题的"第十三届新疆塔城裕民山花节"在塔斯提边防小白杨哨所盛装启幕。百里山花、千里草原的裕民，聚焦了世界的目光，小白杨哨所也再次成为人们关注的焦点！

当天晚上，一场精彩的文艺演出，在裕民县文化宫举行。由锦州文化演艺集团、裕民县人民政府、兵团九师161团联合举办的裕民山花节文艺晚会，节目精彩纷呈。既有大型歌舞表演，又有获国际金奖的杂技，还有非遗木偶表演等节目，这是一场极具民族特色和艺术水准的文化盛宴。除了近千名现场观众，移动网络平台还对演出进行了现场直播，不长时间，点击量超过2万，点赞量近5万，场内场外好评如潮，创造了裕民县文化旅游活动新亮点。特别是远在边疆的百姓，在自己的家门口就欣赏到了一台精彩的节目，别提多高兴了。

第二天，全体演职人员，又不辞辛苦前往九师，去慰问守边的官兵。

2017年以来，锦州援疆工作队文化援疆，协调这样大型文艺演出，已经是第二次了。2017年12月14日，锦州市京、评、歌、杂、偶五大专业艺术院团近30位优秀文艺工作者，满载着锦州市委、市政府和锦城310万人民的深情厚谊和浓浓祝福，万里赴边疆送温情，走进塔城和裕民两地，入疆开展"辽塔、锦裕文化交流交往交融·边疆情文艺演出"活动，为当地干部和各民族同胞献上了丰富多彩的文化盛宴。还把演出人员分成小分队，去慰问基层群众、武警官兵和边防大队战士，这样的活动，深受裕民百姓和戍边官兵的欢迎。

2019年5月31日，这是塔城最难忘的一天，因为这一天，结束了塔城不通火车的历史。而由沈阳开往塔城的第一辆火车，竟是"辽疆号援疆旅游专列"，列车上的568名旅客，都是由沈铁旅行社组织的旅游团体。其中有两个团体，100多人，特别游览了裕民景区，参观芍药谷、小白杨哨所等景点。

辽宁援疆前方指挥部总指挥、塔城地委副书记杨军生说，用塔城裕民山花节这个平台，助推塔城和裕民的旅游项目，让塔城和裕民的名字更响，让辽宁文化援疆做得更实。

截至目前，锦州援疆工作队在文化援疆方面，市文联共派出20名艺术家来裕民开展文化讲座和艺术交流，共创作山水、民俗等作品100余幅，增进了两地的文化交融，拓展了援疆文化内涵。

手拉手融情夏令营

援疆是全方位的工作，更是实实在在的工作。把"交往、交流、交融"落到实处，更是援疆干部需要付出辛苦和汗水的。

锦州援疆工作队，把"手拉手融情夏令营"活动作为"交往、交流、交融"一个具体工作落实，更受到了裕民县广大青少年的欢迎和好评。这项工作，工作队领导把它交给了锦州援疆工作队干部、裕民县委组织部副部长陈爽。

接到任务后，陈爽就组织工作人员研究具体落实细节。行程表、时间表、对接单位、参观活动场地及线路、住宿餐饮安排、活动内容等，每一项都要落实。好在陈爽援疆工作以来，没有休息日，更没有节假日，早晚时间可无限期使用，这才使工作安排有条不紊地进行。

2017年暑假到了，"辽宁锦州—新疆裕民青少年手拉手融情夏令营"活动在锦州隆重举行。此次活动旨在为两地青少年提供一个交往、交流、交融，促进民族团结的平台。

参加活动的裕民县27名优秀的哈萨克族、回族、汉族青少年来自裕民县各学校。他们中少数民族占50%，汉族占50%，男生女生各占50%，学生中能歌善舞者优先选送，被学校选上的孩子们，个个兴高采烈。孩子们来到锦州后，一对一地与锦州的孩子结成对子。锦州孩子把他们领回自己的家中，同吃同住，让边疆孩子们感受亲情和温暖。

在锦州期间，孩子们在锦州团市委的安排下，参观了辽沈战役纪念馆，接受爱国主义教育；踏进了渤海大学，感受大学的气氛，树立从小努力学习的信念；还登上了"群峰险壑逶迤伴绕，飞泉云岫横生妙境"的北普陀山，培养对祖国大好山河的感情，在攀登过程中磨砺意志，锻炼身体；参观了锦州世博园，让从小远离海洋的新疆孩子感受海洋世界的奇幻，接受新鲜知识，增长了见闻；走进了锦州市博物馆，以文化交融为主题，细品锦州的城市底蕴。

通过这次活动，裕民县与锦州市小朋友之间"手拉手"融情机制得以巩固延续，援疆情谊进一步深化，水乳交融的民族关系在孩子们身上得到升华。裕民的孩子们高兴而来，带泪而归，但这泪水是孩子们幸福的泪水，难忘的泪水。

看到孩子们一个个恋恋不舍，组织活动的陈爽感触颇深。他想，怎么能让更多的孩子走出大山，感受外面的世界呢？后来他向领导建议，把原来孩子们坐飞机的行程，改为坐火车，这样，原来一个孩子的费用，就可增加一个孩子的名额，可使更多的孩子进入"手拉手融情夏令营"。

2018年暑假，是裕民孩子们最盼望的假日，陈爽又组织了裕民优秀的33名各族青少年，乘上了开往锦州的列车，参加"手拉手融情夏令营"活动。锦州保二小学早做好了对接准备，等待裕民孩子们的到来。这次活动，又增加了几项新的内容，让孩子们感受到祖国的繁荣和美丽。中途去了沈阳参观九一八历史博物馆，让孩子们牢记祖国那段最难过的岁月；还去了大连圣亚海洋世界，让孩子们领略海洋深处的奥秘；最后还去了天安门，观看升国旗仪式，培养孩子们的爱国情怀。

到2019年暑假，锦州援疆队协调的"手拉手融情夏令营"活动，已经组织了4批，共有110名裕民的青少年参加。活动为这些孩子埋下了奋进的种子和追求美好人生的理想。

看着孩子们一个个幸福的笑容，一个个欢天喜地的样子，忙碌中的陈爽，心里也有一种快慰。

陈爽还有一件十分快乐的事情，他代表组织部门负责的一栋人才公寓大楼，近期投入使用了。人才公寓，顾名思义，它是为人才而建的，确切地说，是锦州援疆工作队为裕民引进人才而建的。裕民人才缺乏，要想发展，离不开人才，锦州援疆工作队为裕民"筑巢引凤"，建设人才公寓，吸引人才来裕民。在此之前，锦州前期工作队已为裕民建设了两栋，陈爽负责的这栋，是裕民第三栋人才公寓了。公寓6层，近3000平方米，每层有三户的，有四户的，每户30平方米至50平方米不等，所有家用电器都安装到位，只等人才入住。渤海大学毕业生董梦，今年毕业后，按人才引进落户裕民工作，任县一中民族高中教师。她说："人才公寓太温馨了，住得也十分舒心。"她把人才公寓住的环境和条件，发给一些要好的同学，同学们看到后都跃跃欲试了。

援疆，心就在疆，来到裕民，自己就是裕民人。陈爽时刻提醒自己，身在援疆的岗位上，一定要为裕民县的百姓多做实事，不愧对援疆岁月。

甘为祖国守边疆

2016年，当得知锦州市公安局即将选派民警参与新一轮援疆任务时，时任食药侦支队机动大队副大队长的任彬第一个报名。对于大多数人来说，新疆是一个遥远而神秘的地方，援疆工作更是充满了艰辛。得知任彬请缨后，他身边的许多朋友、同事都表示不理解，到了陌生的环境，必定会吃很多辛苦。但任彬早已下定决心，要克服困难，为新疆的稳定和发展贡献绵薄之力。其实，能做出援疆的决定也并非心血来潮，从警二十载的他身经百战，荣誉满身。2008年，任彬曾远赴四川，参加汶川特大地震救灾重建工作，自己曾先后荣获四次三等功，两次嘉奖，一次市级先进个人，一次市局优秀共产党员等荣誉。当然，荣誉只代表过去，但组织也相信他定能圆满完成任务。2017年2月，任彬作为锦州市委组织部第三批援疆干部的一员远赴新疆塔城地区裕民县，拉开了他援疆生活的帷幕。

经过组织任命，任彬同志成为裕民县公安局党委委员、副局长，分管交警、法制、执法规范化建设等工作。为全面实现"新疆社会稳定和长治久安"的总目标，工作时间长，任务繁重，习惯了内地工作的人，是根本想象不到，而且难以适应的。但任彬并没有因为自己身份的特殊而让组织区别对待，他与当地公安民警、辅警同吃、同住、同工作、同战斗，完全将自己融入裕民县公安局这个集体中。援疆公寓与公安局的距离不过300米，但他就是在单位吃住，全身心地投入工作中。当然，人都不是铁打的，一时的冲劲可能还能维持，时间久了，身体自然扛不住，在这种模式下工作了多半年，任彬的血压也直线飙升到高压220。辽宁援疆总指挥杨军生书记多次在会上提到"我们的援疆民警任彬血压过200了还在单位值班，一定要劝他住院治疗休息一下"。裕民县委副书记周继刚也说："不管黑天白天来指导检查工作，总能见到你，你对工作真是很敬业。"虽然身体一时吃不消，但自己的努力得到了领导的一致肯定，任彬感到甚是欣慰。

当然，努力自然会有回报。任彬上任的一年中，扎实推进执法规范化建设工作，严格案件审核，规范卷宗制作，加大办案场所建设，强化民警、辅警学习培训，在2017年度执法规范化建设工作评比中，裕民县公安局获得了塔城地区第二名的好成绩。交通整治方面，大力开展各项专项整治行动及交通安全法规宣传工作，强化交通事故的审结和侦破工作。2018年，裕民县交通事故死亡率，在全塔城地区最低。辛苦付出也带来了收获。"自己苦点、累点不算啥，我们来援疆，不就是要用实际行动为当地百姓做点实事嘛。"任彬经常这样说。

2019年4月，任彬带领侦查员远赴青海某县执行抓捕任务。当地平均海拔3300米，习惯了平原生活的人初到时都会有高原反应，任彬和几名战友也不例外。但此次要抓捕的是裕民县的一名涉黑涉恶头目，大家深知任务的艰巨性，所以，一开始都是强忍着不适。不过，这名嫌疑人反侦查意识极强，想要确定他的行踪并非易事，经过三天两夜的走访、蹲点，任彬等人锁定了嫌疑人，并成功将其抓获。然而，现在还不能松口气，经过连夜突击审讯后，任彬一行又远赴300多公里之外，成功抓获外逃同案人员两名。此时，同行的一名侦查员由于长时间工作，并且不适应高原气候，在返程途中晕倒了。任彬又连夜将其送到医院，并让其他人都赶快休息，独自照顾战友。大家都为此感到暖心，任彬并没有因为自己是副局长而有什么架子，反倒是时时刻刻都在关心自己的战友。"加克斯"是哈萨克语"好"的意思，说起任彬，裕民县公安局哈萨克族战友就会跷起大拇指夸赞——我们的兄弟"加克斯"。

新时代援疆事业的发展，饱含着援疆干部人才的巨大心血和付出，也凝结着全体家属的无私奉献和支持。说到家人，任彬总是感触良多，任彬的父亲在二十世纪六七十年代于新疆哈密空军某部服役，也正是在父亲的耳濡目染之下，任彬始终怀揣着一颗援疆心，想续写两代人的新疆情。虽然有着父母的支持，但两位老人年事已高，父亲长年偏瘫，母亲又有严重的高血压、糖尿病，生活中缺少了儿子的照顾，着实有着常人难以想象的困难。任彬自己身在万里之外，只能通过电话关心着父母，但的确难以帮助解决这些问题。两位老人在电话中，也是报喜不报忧，不想因为自己而让儿子牵挂。2018年任彬探亲回家，通过与邻居聊天才知道，原来母亲经常自己推着轮椅带父亲去医院治疗，做检查。听到这些，任彬不禁潜然泪下，觉得自己亏欠父母太多太多。

高考对于一个人来说，是至关重要的，任彬援疆这3年，也正是儿子的高中时期，缺少了父亲的陪伴，孩子并没有丝毫埋怨，反而更加刻苦努力。2019年，任彬的儿子更是以优异的成绩考取沈阳建筑大学，以实际行动证明自己，让爸爸能继续安心戍守边疆。

任彬在裕民县留下了忙碌的身影、坚实的足迹、珍贵的民族团结情谊，为当地公安工作做出了贡献。任彬常说："能在少数民族聚集地区工作，是一段宝贵的经历。等到新疆更加繁荣的时候，想一想，也有我们曾经贡献的一份力量。"我们相信那一天很快就会到来，我们更相信民族团结之花将在一批批援疆干部的努力下在天山南北盛开。

一场特殊的答辩

裕民县地处祖国西北部，位于新疆准噶尔盆地西缘，塔额盆地南缘，西与哈萨克斯坦共和国接壤，边境线长149.5公里，距巴克图口岸90公里，距阿拉山口口岸180公里。县城距乌鲁木齐市589公里，距克拉玛依市256公里，距塔城机场将近100公里。依巴尔鲁克山北眺，以哈拉布拉河为中心的五条主要河流横贯南北。五河两岸，沃野千里，牛羊成群，50万亩耕地和707万亩草场，哺育了汉、哈萨克、回等19个民族，以勤劳、智慧、纯朴、好客著称的5.5万各族人民，世代生息耕耘在6530平方公里广袤无垠的土地上。

裕民县地处祖国边疆，这里的物产极其丰富。有著名的巴什拜羊生产基地；有漫山遍野的红花，红花产量占新疆1/3；有黑果花楸果生产基地，这里的黑果花楸果，所含的花青素是最多的；天山脚下，牛羊成群，百里草原，百花盛开。

但是，裕民这里信息相对不畅，交通不便，老百姓手中有好产品，却卖不上好价钱。怎么能让农民手中的好产品走出去，成了锦州援疆工作队研究的一个课题。裕民县委副书记商傲涤，县委常委于涛带领援疆干部队员，一同调研、商讨，决定为裕民搭建一个县级电商平台，这样既可以连通村、乡、县三级网络，为全县贫困户建档立卡，还可向外推广全县的特色产品，让信息畅通，让品牌走出裕民。但是，建立电商网络平台，是一个复杂的工程，特别是他们起点高，要求做国家级电商平台，因为国家级电商平台获批后，还会得到1500万元的项目补助款。

工作队把这项艰巨的任务交给了于涛。于涛本来就忙，这个任务更多的时候只好用休息时间来干了。物流园的规划、建设，办公场地的选择与装修，网络平台的设计与布局，平台人才选用安排等工作，都需要时间，需要精力。于涛心里清楚，再忙再累，这项工作一定要做好，它关系到裕民百姓切身利益，关系到裕民经济发展的一个节点。

是啊，电商不能小看，阿里巴巴、京东，哪个没把中国市场搞得天翻地覆！

最关键的是，电商平台能否被国家批准，除了硬件建设外，答辩这关也十分重要。你要讲好你的特产优势，你的扶持政策优势，你的平台人才优势，你要讲好你多个品牌故事。答辩之前，许多案头工作都要做到前面，这都需要费心费力费精神的。

作为副县长很忙，但在这项工作上，于涛不敢有半点放松，这个援疆项目有利于裕民的未来。全疆20多个市县上报了这个项目，但国家只给新疆3个名额，竞争激烈程度可想而知。

经过几个月的精心筹备，电商平台各项工作有条不紊地进行着。与其配套的物流园投资690万元，建设网络平台及办公场所等投资500万元，都已到位，等待启动。

答辩的日子到了，于涛早早就赶到现场。因为准备得充分，在一个小时的答辩中，于涛对于"考官"们提出的各种问题，回答得都很充分，他还特别补充说明了裕民县将在锦州建设一个"锦州新疆农副产品展销中心"，配合电商平台，助力裕民品牌产品走出裕民。答辩结束时，各位"考官"都满意地向他微笑着。

一周后，乌鲁木齐传来了好消息，裕民县申报的国家级电商平台，获得了商务部批准，同时这个项目获得了1500万元的国家级平台补助。

民族团结一家亲

民族团结一家亲，是党中央治疆方略的重要环节，可增进民族间情感交融，团结友爱，共创美好家园。

2019年元旦刚过，锦州援疆工作队与裕民县第一幼儿园共同开展

"不忘初心·砥砺奋进，民族团结一家亲"联谊活动。

商傲涤代表全体援裕干部人才感谢裕民各级领导、社会各界对援疆工作的关心和支持。他说，按着县委统一部署，结合援疆工作实际，2019年锦州援疆工作队与裕民县一幼结对共建，共同开展"民族团结一家亲"联谊活动，进一步深化锦裕两地交流合作，不断增进民族间情感交融。

联谊中，援疆干部人才倾情演唱《援疆之歌》，一幼的教职工代表为他们戴上象征吉祥如意的红围巾。活动中穿插了丰富多彩的节目，大家通过游戏互动，开怀畅谈，让一幼教职工和援疆干部人才从陌生到熟悉，既得到了新年祝福，也收获了浓浓的友谊。

刘艳艳代表县委、县政府对援疆干部人才表示感谢，裕民县经济社会事业的健康发展，离不开锦州援疆干部人才的辛勤付出，援疆干部人才响应党和国家号召，舍小家、为大家，把先进科学技术和前沿新理念带到裕民，留在裕民，为裕民县的建设发展贡献了自己的青春和力量。

民族团结一家亲活动，锦州援疆工作队除与单位结成对子外，他们每一个人都与当地的民族朋友家庭，一对一地结成共建对子，与民族朋友家庭同吃、同住，解决困难，增进情感。

锦州援疆工作队领队、裕民县委副书记商傲涤结亲的对子家庭，是一个维吾尔族家庭。一家5口人，丈夫叫艾山太，妻子叫阿提古丽。他们有3个孩子，大儿子叫买尔旦，在读高三，大女儿叫米合尔班，读高二，小女儿木丝丽刚上小学一年级。艾山太无稳定工作，一直找零活干，阿提古丽一直做家务。

商傲涤与他们结成对子后，走动得像一家人一样。他每周都要到艾山太家住一次，还要一起吃饭，但吃饭按政策是交钱的，所以每次交钱时，都惹得阿提古丽生气，她说："这就不像哥哥了，谁家哥哥吃妹妹家的饭，还要交钱。"

以前，买尔旦学习上不很用心，有时还逃学，成绩一直不好，父母说话又不听。商傲涤来到家里后，就经常找买尔旦聊，讲外面的精彩世界，讲人生的道理，讲知识的重要性，慢慢地，买尔旦发生了变化，不逃学了，也知道用功了。半年之后，他的学习成绩，在班级里进入了前列。

说起这些，阿提古丽感激得不知说什么好。她说，她有个哥哥，可惜51岁那年，得病去世了。商书记来了，就像亲哥哥一样，关心家里的生活和困难，节假日来时，都要带东西，大米白面，孩子们的书包等，像走亲戚一样。特别是儿子买尔旦的转变，解决了家里天大的难事。

他们在一起的时候，唠家常，聊生活，无拘无束，就像一家人。

一次晚饭后，阿提古丽问："商大哥，听我亲戚说，你们工作队给他们察汗托海村安装自来水了，那里的百姓高兴得不得了啦！"商傲涤说："刚刚动工，完成还得一阵子呢。"察汗托海村，有村民200多户，祖祖辈辈吃山沟里的水，饮水十分困难。锦州援疆工作队了解这一情况后，决定为察汗托海的百姓做件实事，投资340万元，为村子引进自来水。

"那给县城投资，让自来水好喝也是真的啦？"阿提古丽接着问道。商傲涤笑了笑说："你的消息还很灵通啊，这你也听说了？"阿提古丽说："这么点个小县城，什么事不出当天，全县城人就都知道了。"

裕民县城的自来水的确不达标，水浑还发涩，水不烧开，是不能喝的。吃水是人民生活的大事，援疆工作队决定解决裕民县城百姓吃水难的问题，投资700万元，维修水网管线、净水池扩建改造，让县城2万居民喝上放心水。而阿提古丽不知道的是，裕民县的均朱热克村180户村民，也即将吃上放心干净的自来水，锦州援疆资金在这个村投入资金，改造老旧自来水管线和净水池。干净放心的自来水，很快就流进家家户户。吃水不忘打井人，裕民的百姓，当他们吃上清澈干净的自来水时，他们不会忘记锦州援疆工作队所付出的努力。

民族团结一家亲，一对一结对子，这绝不是简单的形式，而是一个最好的融情方式。在广大民族家庭里，在每一家每一户撒下的友谊种子，都会开放出温暖长存的友谊之花，亲如一家的团结之花！

3年援疆路，一生新疆情。3年来，锦州援疆干部有33人，他们每一个人都有许多感人的故事，篇幅的原因，不能在这里一一述说。他们的精彩是一样的、奉献是相同的。裕民的干部群众，会记住他们的名字，苍茫的巴尔鲁克山上，库鲁斯台辽阔的大草原里，也都已深深地铭刻上了他们每一个人的名字！

[附：锦州援疆队小资料]

锦州市第三批援疆干部人才人员名单：领队商傲涤，副领队于涛，干部陈爽、任彬；队员常士强、董建新、符跃东、郭勇、李向辉、刘宏新、吕春晖、邱亚金、滕雷明、王矫、王旭东、王玉亭、叶怀伟、朱宵亮、岳大海、吴戈、曾健、杜昱、宋明哲、孟德全、张鲲、裴晓峰、邰玉宝、李佟辉、吉庆成、张程、李扬、刘朋、王昊。

水融于水，大河奔流

聂 与

夜，亮了一宿。

乌苏市营口援疆公寓的灯亮了一宿。营口援疆工作队队员的手机亮了一宿。大家期盼了整整一年的休假即将启程，短信提醒机票的日程，从新疆到营口，5000公里，再过十几小时，老人的笑、孩子的尖叫、爱人的依偎、朋友的情义就要紧紧相拥。营口援疆工作队领队、中共乌苏市委副书记朱恒南看着地上摆的一排队员归家的行李，心揪得生疼，他太了解大家此时的心情了，因为他也是其中一员。他告诉营口市招商局外联办主任、乌苏市招商局副局长王洋，召集大家开会。所有人想的是，朱恒南书记一定叮嘱他们路上要注意安全，准时归队。

大家坐在椅子上喜滋滋地看着朱恒南。

朱恒南书记一个个地看过队员的脸，然后说："我们来自营口各行各业，从自己的家乡，撇家舍业来到几千公里之外的边疆，代表的是营口246万父老乡亲对新疆人民的热爱……"

有人开始看时间，再不走，来不及了。

有人站起来去卫生间，因着急而焦虑。

有人欲言又止，坐在椅子上的上身变换着姿势。

朱恒南书记又说："同志们，我刚接到上级指示，我们由原来45

天的全年休假改为20天的冬季休假，也就是说，行程有变，现在我们不能出发返乡了。"

所有人都愣在当场，空气仿佛凝固了。这时一个队员的手机响了，他没有接听，手机在桌子上如飞机滑行，振动着嗡嗡声。

朱恒南书记说："接吧。"

队员拿起电话对家里人说："你们别去机场接我了，刚接到通知，我回不去了。"

不知道电话那头说了什么，队员的眼圈一下子红了。在场所有的队员眼圈都红了。落差、伤感、难过，也许还有不平和愤怒，但没有一个人说："不，我要回家，因为我爱人刚动完手术需要护理；我父亲脑血栓正在抢救，我害怕看不到他最后一眼；我儿子刚3岁，他每天总是找手机看爸爸，我告诉他等着我。"没有一个人说出来。

沉默像一个钟摆，无声又向前移动。

一个队员站起来推着自己的行李往楼上的房间走；又一个队员站起来推着自己的行李往住处走。一个又一个的队员拖着自己的行李鱼贯而出，行李在楼上楼下"嗒嗒"撞击台阶的声音，像一根根椽木嵌进营口工作队在乌苏市援疆的精神大厦。朱恒南书记在心里说，好兄弟。他走上前，握住营口市公安局老边分局副局长、乌苏市公安局副局长郑潘桢的手，说："我代表辽宁援疆前方指挥部谢谢大家。"

郑潘桢举起右手，向朱恒南书记敬了一个标准的军礼。

挑战生命的极限

朱恒南书记一直对我说："不要写我，要写我们整个援疆工作队，工作是大家一起干的。"但碧空飞尽领头雁，一字排开向远方。怎么绕最后都得回到舵手的位置，因为那里才是出发点，也是终点。

时任营口发展和改革委员会常务副主任的朱恒南接到通知让他去援疆当领队的消息后，他沉思了一分钟就决定赴疆，因为他知道组织一定是经过反复慎重考虑才做出的决定，服从是天职，他别无选择。后来，大家笑谈，在援疆这件事上，组织是"硬选人，选硬人"。还好，女儿北大研究生毕业已经参加了工作，老人在乡下身体尚可维持，他应该走得放心。回到家，他把消息告诉了爱人，没想到爱人一听他要去援疆，说："今天我们单位也让报名去援疆了，那边正需要数学老师，咱俩一起去。"

朱恒南书记说："不行，我是领队，我们两个出双入对，让那些形单影只的兄弟情何以堪。"后来，队里有一个叫姚全红的队员，他曾是一名军人，单位号召援疆，他第一个报名。爱人说："当兵的苦还没遭够啊。"姚全红说："还真就有点想那种苦呢。"姚全红来到乌苏半个月，妻子因病住院手术，一开始没告诉他，他想视频，爱人总是找借口拒绝，几次之后姚全红感觉不对劲，爱人才流着泪打开视频，白色的病床，白色的墙壁，姚全红的眼睛湿了，本来想说一些安慰的话，脱口而出的却是："军人的妻子就是牺牲，所以你们才叫军嫂。"援疆一年半，姚全红没有回过一次家，爱人只好辞掉了在奔驰4S店零部件销售负责人的职务，来到乌苏当了一名临时工，与他在一起。朱恒南书记的爱人知道后，嗔怪朱恒南当初没让自己同去。朱恒南书记说："我是领队，如果我'松'了，大家就会跟着失去精气神。"

这种精气神在我采访的那些日子里，体会深刻。

每天我跟营口援疆工作队的队员们一起吃三餐，所有的队员也都是从各自的单位回到援疆食堂用餐。朱恒南书记总是一副和善的面孔，但做起事情来一板一眼，大家在背后都说他"太古板了"。无论酷暑严寒，朱恒南书记再忙，只要在乌苏，一定拎着公文包返回驻地吃饭。我问大家，走那么远的路回来吃饭，会不会觉得麻烦。大家说："不会，因为这里是我们的'家'。"

这个家，我感觉到一种天然的融洽。饭桌上大家直抒胸臆，工作的烦闷就会一扫而空。为了缓解大家的工作压力和离家的思乡之苦，营口市食品药品监督管理局副局长，乌苏市委常委、副市长，工作队副领队王健时刻关心留意队员们的工作生活状况，定期组织开展各种文体活动，让大家充满活力和战斗力。王健说，我们拥有过硬的体魄，才能实现援疆的重任，才能让我们的亲人放心。这个话，让在场的队员都深陷感伤，那是无法言说的沉重，3年援疆，从大东北到大西北，横跨近5000公里，需要克服的困难只有亲身经历的人才能体会，那是生理和心理的双重挑战，接近极限。

首先是时差。

乌苏市在天山北侧，离乌鲁木齐260公里，时差与北京时间晚两个小时。新疆上午10点上班，晚上8点下班。每天吃完晚饭都是10点以后，造成大部分队员长期间断性失眠，奇怪的是，一宿没怎么睡第二天还并不困倦。我在采访的几天里也经历过一次，1点睡觉，3点醒来，就再也睡不着了，但身体好像并没受到什么影响。后来我才知道，这种现象损耗的是元气，时间长了，会对心脏和心脑血管有影响，会出现两种极端的体征，极度消瘦和全身虚胖。第一期援疆医生李言于2018年查出耳疾，左耳失聪，但他一直坚持到援疆期满。

其次是温度。

乌苏冬季寒冷，最低温度达到零下30℃，站在外面一会儿就能浑身冻透；而夏季，最高温度达到40℃，地表温度高达五六十摄氏度，高强度的日照对眼睛和皮肤都有伤害。第一期援疆医生李弥和第二期援疆医生邵兵身患牛皮癣（银屑病）仍坚守岗位，后期出现流脓血不止现象才返回辽宁治病。

然后是饮食。

乌苏的水质比较硬，饮食以牛羊肉为主，菜口偏辣，每道菜都有辣椒，与东北菜有着极大的不同，大部分队员出现流鼻血、咳嗽不止、拉肚子现象，每天去三四趟卫生间是常事。第一期援疆医生钟涌在援疆半年后，2018年6月底查出肠癌，7月初，在组织的安排下，返回辽宁接受治疗。

至于像大石桥市市委组织部组织员、中共乌苏市委组织部副部长战旗身患慢性结肠炎和腰脱，营口市人民医院院长助理、乌苏市中医院医生刘学刚因腰脱不能下地，3天在屋子里爬着生活，朱恒南书记在慰问结亲户期间，居住在亲戚家后背受风，好几个月胳膊抬不起来，穿衣服都困难，自创一套抻拉"广播操"，天天咬牙坚持锻炼，这些都算"小病"了。朱恒南书记说，那种疼就像把一个弯曲的铁棒生生地掰过来，每掰一下，微汗冒一层，每天早上衣服都是湿透的，用超常的意志力做到的持之以恒，最后医生都惊叹，没想到恢复得这么好。

　　一年12个月，20名队员，每个月队里安排一个周末为队员集体过生日。那时，是他们最放松的时刻，说啊，笑啊，喝点啤酒，一个人不知道说了哪句话触动了对方内心最柔软的地方，刹那崩溃，七尺汉子，泪流满面，大家才知道，他的家里发生了那么大的事。

　　那么大的事，在援疆工作队都是小事。

　　营口市公安局老边分局副局长、乌苏市公安局副局长郑潘桢援疆期间，赶上女儿高考，平时女儿在班级都是前几名的学生，如果正常发挥应该没有问题，可是考试结果出来，报考的16所院校竟无一录取，有的只差零点零几分。这晴天霹雳让他的女儿无法承受，把自己关在屋子里好几天不出屋，谁跟她说话也不吱声，两眼无神地躺在床上一动不动。郑潘桢的爱人在电话里失声痛哭，不知所措，害怕女儿想不开出什么意外。作为一名警察，郑潘桢见过太多的大风大浪，可是面对自己的女儿，他真的怕了。作为一个父亲，在女儿报考院校面临人生第一次重大抉择的时候，他不在身边；在孩子高考，其他学生都是父母在考场门口接送殷殷慰藉的时候，他不在身边；现在孩子遭受人生第一次重大挫折面临崩溃的时刻，他还不在身边。他给女儿打电话，女儿不接，郑潘桢心如刀绞。他在地上来回踱步，他想请假回去看看女儿，跟她唠唠，或者24小时看着她，但他知道他不能，队里每个人都有不得不回去的理由，但每个人都在独自承受那种煎熬的苦楚，他的困难就比别人的大吗，他的痛苦就比别人更痛吗，他不能向组织提出这样的要求，他张不开口，援疆事业不允许他提出这样的请求。电话，永远都是占线。他知道女儿是生他的气了，设置了飞行模式。他打不过去，只好给女儿发微信：

> 女儿，此刻我在几千公里之外的新疆，我多想陪在你的身边，陪你放声大哭一场，把内心积压的委屈和痛苦释放出来，或者什么也不说，就是陪着你，你也能感受到爸爸多么爱你。但我不能。作为一个父亲，在你人生最关键的时刻，我缺席了，我向你说一声，宝贝，对不起。你也许会怪我，怨我，但终有一天，你会理解并懂得我今天的选择。人生的路很长，你才刚刚起步，今天的跌倒真的不算什么，你还有机会，还有健康，还有光阴，还有梦想，还有爸爸和妈妈无尽的支持与爱，如果你能从自己的屋子里走出来，你就能走出新的天地，走出自己想要的人生。那道门，看似简单，我知道它有多么的沉重，那需要勇气和力量。女儿，爸爸相信你能行，因为你一直都是那么优秀，优秀的人不仅能笑对阳光，还敢于迎接风暴，在风雨的洗礼中盛放出最美的自己。

郑潘桢发完微信，手是抖的，他眼睛一刻不离地盯着手机屏幕，就像盯着一艘等待点燃的宇宙飞船。一分钟过去了。一刻钟过去了。半小时过去了。一小时过去了。时间指向了半夜12点，郑潘桢的眼皮直打架，但手机一直紧紧地握在手中不敢放。突然手机一动，屏幕亮了，一行字如漆黑的天空中闪闪发光的星星：

> 爸，你放心吧，我会好起来的，我想复读，我一定要考上理想的大学，你在那边多保重，我和妈妈等你回家。

郑潘桢的眼泪再也止不住地夺眶而出，手机掉到床上，手心里全是汗，他悬着的一颗心终于落了下来，不顾时间太晚把微信给爱人转发过去，没想到爱人立刻打过来语音通话，又是一顿放声大哭，两个人在电话里都泣不成声，这次是释放的、开心的哭。

第二年，郑潘桢的女儿以比去年高出20多分的优异成绩考上大学。

眼前的高峰有点腼腆，他是营口市人民医院放射线医师、乌苏市中医院医生，来援疆之前，单身带着11岁的儿子独自生活。他要来援疆，一开始儿子不愿意，高峰给儿子做工作。儿子说："那我能看到你吧？"高峰说："当然能了，我们可以用手机视频。"儿子低下头，然后抬起头又问高峰："你不会骗我吧？"

高峰搂过儿子说："爸爸向你保证，你两个星期从学校回到家，我们就一定会看见对方。"

儿子才点了点头，算是勉强同意了。

为了临走前把儿子就学安排好，同时也减轻年迈父母的负担，高峰把儿子送到盘锦的全寄宿学校上学。送儿子去学校那天，一切手续都办完了，儿子扒着铁栏杆，没哭也没闹，就是眼巴巴地看着高峰。高峰狠心转身走出老远，回头，儿子还是同样的姿势站在原地，高峰的眼泪不争气地流了下来，一边擦一边对自己说："又不是生离死别。"

儿子去了寄宿学校，生活学习更加规律化，成绩反而比以前更好了，这是高峰最欣慰的。他对我说："我当初来援疆就想着离开了家和儿子，他别出啥事就行，没承想因此孩子更加懂事了，这是援疆送给我的最大礼物。"我想，这是上天给一颗美好的心灵最美的礼物。

高峰的父亲有糖尿病，心脏也不好，常年出入医院，母亲患肺心病，家里就高峰一个独子。2019年年初，高峰的母亲住院，父亲照顾母亲。如果父亲住院，母亲再照顾父亲。高峰说："我最怕两人一同住院，就得雇人照顾。那时，不仅仅是经济压力，两个老人一起着急上火，我在新疆这头就更加不放心了。因为我是医生，父母年纪大了，我跟他们说什么药名怕记不住，记错了，我就在新疆把药买好邮回去，就连快递员都知道，那个邮药的人又来了。可是药邮回去了，父母会不会按时按量地准确服用呢？"高峰每天下班之后，就给老人打电话询问他们的情况，父母对他说："你安心踏实地好好干，别老挂念我们，我们挺好的。"其实，老人又住院了，只是没有告诉高峰。

儿子的学校是两周可以返家一次。父母年纪大了也接不动了，只能求同学的家长开车帮带回来。有时，儿子突然发烧了，老师给高峰打电话，都是单位的同事和同学开车帮着把儿子接回家送到医院看病。高峰说："我特别感谢他们，如果没有他们，我在这边不知得急成什么样呢，这也是后方对援疆工作的尊重和支持。"

以前高峰是一个特别内向的人，这回援疆让他的视野更加开阔了，觉悟也提高了，他写了今生第一次入党申请书，并且申请续援。

来到乌苏，我跟王洋接触最多。他是营口市招商局外联办主任、乌苏市招商局副局长，在工作队是宣传委员、综合部部长。朱恒南书记不止一次对我说："你现在看到的王洋已经缓过来了，刚来的时候，瘦的啊，我都怕他崩溃了。还好，他挺过来了。"王洋说："瘦的原因除了自然环境的不适应外，主要是工作压力。"

用东北话说，王洋是个实诚人，做什么事都极其认真负责。他是综合部部长，队里的大事小情，领导交办的事，都是他去布置操办，大家休息睡觉的时候，他写材料到后半夜是经常的事。

"仗着年轻体力好啊。"我为王洋捏一把汗。

王洋说："还行吧，太困了就拿咖啡顶。有一次一个晚上喝了7包咖啡，差一点中毒。因为那个稿子第二天就要用，不拿出来不行。"3年，王洋累计在国家省地县各级媒体发表宣传报道300多篇，撰写45期简报。经常加班加点熬夜，第二天还要正常上班，他说，对身体和意志都是一个严峻的考验。

"有时走着走着好像都能睡着了似的。还有一次撞到了大树上。"

王洋说这些的时候，自己先呵呵笑起来。

除了写堆积如山的稿子，工作队里的文体活动，都是王洋牵头组织。他说，在这里，没有双休日，除了业务工作，还有群众工作，定期备勤值班。每天下班，想给家里打电话，他们已经睡了，而白天太忙，处理一件接着一件的事忙得想不起打。妻子来电话抱怨说："你这一去新疆挺潇洒啊，把我们娘儿俩都忘东北了，还得我主动给你打电话。"王洋拿着电话，嘿嘿笑着解释："媳妇儿，别生气，主要是时差问题，儿子上学早起需要早睡，我太晚打电话怕影响你们休息。这样，每周六上午准时给你打电话……"

作为乌苏市招商局副局长，王洋负责重大招商活动和援疆项目招商及驻外招商工作的统筹管理，协助分管党务工作。初到乌苏，如何打开工作局面成为摆在他面前的首要难题。几经思量，他向局领导申请重新编制乌苏招商项目册。多年从事招商工作的他深知，一个地区招商工作的成败不仅取决于区位优势和经济发展程度，更加重要的是招商项目的选择是否适合当地的产业基础和发展方向。从收集乌苏市"十三五"发展规划、乌苏现有企业情况、园区、交通、资源、物产等多方面情况，到实地考察调研，他用了两个月的时间，筛选和包装了30个招商重点项目，涵盖石油化工、装备制造、农副产品深加工、旅游等乌苏重点产业。在每年的亚欧博览会、西部博览会、厦洽会等重大招商活动中，积极向企业推介，获得了领导和同事们的好评。

招商工作是一个系统工程，团队的协作是取得成功的关键。针对乌苏市驻外招商工作的开展，王洋牵头带领科室人员出台了《乌苏市驻外招商联络处管理办法》《乌苏市驻外招商联络处业绩考核办法》和《乌苏市驻外招商联络处经费使用管理办法》，为驻外招商工作奠定了基础。整理并完善了《乌苏市招商局制度汇编》，涉及党务、政务、纪检、安全、人员管理等10多项内容，使全局工作又迈上了新台阶。

近3年来，通过走出去、请进来、对口招、项目带、促扩产等方式，他积极围绕乌苏"532"产业发展布局推介乌苏，洽谈项目，累计接待来访客商40余批次，推进12个招商项目，总投资20.7亿元。针对东北地区企业招商是产业援疆工作的核心内容之一，王洋根据乌苏当地市场需求，把节能装备和信息化服务作为突破口，积极与吉林韩奥电气有限公司和乌鲁木齐新疆翰维信息科技有限公司联系，邀请企业到乌苏实地考察洽谈。洽谈中细心听取企业想法，多次带领企业与乌苏市工业园区管委会和相关部门对接，帮助企业选址并提供政策咨询。从洽谈到签约，从跑办前期手续到开工建设，再到最后达产运营，通过"耐心、贴心、细心、关心、热心"的服务，让企业感受到乌苏市良好的营商环境。目前，两个项目均成功落户乌苏，其中投资6000万元的韩奥电气电采暖锅炉项目，为塔城地区乃至全疆煤改电工程提供了解决方案，2018年达产后年销售额4000余万元，利税300万元，解决当地就业50余人；投资3000万元的翰维维汉智能语音翻译器项目，有效满足了全疆维汉同声传译的市场需求，为开展群众工作提供了技术保障，目前正积极努力帮助企业申报新疆高新技术企业。

在省作协领导将我送到乌苏的当天晚上，王洋是我见过第一个说到家里哽咽的人。他说，因为总是跟儿子视频聊天，儿子只认得手机里的父亲。过年休假回家一推门，儿子却躲到沙发后面怯生生地不敢出来。那一刻，王洋再也控制不住自己的情绪，走过去抱起儿子眼泪就流下来了。

王洋是东北财经大学硕士研究生毕业，给儿子讲《十万个为什么》，儿子非常聪明，告诉一遍就能记住，回答正确了，王洋就亲一下儿子的脸蛋。休假20天，儿子天天拎着书缠着爸爸。王洋去卫生间，儿子就在门口等，有时两人一问一答到半夜，儿子也精神得不睡觉。后来，王洋和爱人才醒悟，儿子是为了爸爸的亲吻啊。想到这儿，王洋的眼圈又红了，从那天晚上开始，王洋就搂着儿子睡，一直到休假期满返疆。

有一次周末王洋和妻子通电话，妻子笑着对他说："今天我去参加儿子学校家长会，别的孩子妈妈问我你老公是不是去新疆了啊，你猜她怎么知道的？"王洋一愣，忙问，啥情况，难道也是队友家属？妻子咯咯笑着，告诉王洋："你儿子在学校告诉同学说：'我爸爸去援疆了，我爸爸是博士！'"王洋听后感慨万千，在小学一年级的孩子心里，援疆的爸爸是一个很厉害的人物，是一个英雄。性情中人的王洋，说到这里，声音又哽咽了，副领队王健却打断了我们对往事的回忆，他说："不要这样，我们来了，没有人逼着我们来，是我们自己要来的，我们就要认这里带给我们的一切苦与乐、荣誉和艰难，像个爷们儿，把眼泪收起来。"

后来的后来，我才知道，为何王健如此激动了。王健比我小两岁，总是管我叫大姐，我说叫聂与就行，他一直改不了口。我更没有想到，这个只有42岁的年轻人，时任乌苏市委常委、副市长。

了解了王健才知道他比王洋还性情，只不过他把一切都深藏在了心里。

王健说："北疆乌苏市，地处天山北麓、准噶尔盆地西南缘，居伊犁、塔城、阿勒泰三区之要津，是通往霍尔果斯、巴克图、阿拉山口口岸的重要门户，与国家石化基地独山子、新型商贸奎屯市形成北疆'金三角'，总面积2.07万平方千米，辖区总人口37万余人。因为乌苏重要的地理位置，急需建一个机场，我没有想到市委会把乌苏有史以来的这么重要的民生项目交到我的手上。当我接到通知的时候，我觉得是一个不可能完成的任务，因为太艰巨了，也因为时间过于紧迫。再多的苦和累我都能扛，但这是利国利民的大事，这是乌苏37万百姓的福祉，我害怕成为历史的罪人。"

但市委领导对他说，我们相信你能行。

王健感觉自己手里的资料重若千斤，又无上荣光。他说："感谢市委、市政府对我的信任，对我们辽宁援疆人的重托，我一定会不辱使命，拼尽全力，把这个重大项目完成好。"

台下响起热烈的掌声，王健的心却是七上八下。因为这个项目需要协调的层级很高，横向协调的面特别广，周边发达地区的竞争力又很强，王健问自己："我能行吗？"

一个声音告诉他："你能行。"王健知道那是另一个自己。从小到大，无论面对多大的困难，都是这个声音在默默地支撑着他，但这一次，他感觉到的却是无尽的压力和重量，他再一次问自己："我能挺住吗？"

"你能。"

王健对我说，他对待工作的态度一直都是立足本职，脚踏实地，但又仰望星空，胸怀理想。这是他的本色，也是他的法宝。是啊，最朴实的往往是最有力量的，最闪耀的往往是最真切的。

王健说，一个城市要建一座机场，相当于一个国家要建一座城市。它涉及的领域宽泛而繁杂，从环境评估到机场设计，牵涉空军设计局、国家民航局，调取已经审批过的相关评审资料反复验证。进新疆没飞机不行，稳定红利已经释放，旅游业实现井喷状态，乌鲁木齐机场的压力已经体现出来，而且是单跑道，无奈开启了红眼航班，甚至要改扩建，扩展跑道。而乌苏要建的机场是双跑道。空军首长在新疆调研的时候，乌苏机场项目处于整整3个月的停滞状态。王健打听到他们下榻的宾馆，他提前两小时等候着，堵在门口要进行汇报。一天等不到人，就站一天，两天等不到人，就站两天，一天又一天，功夫不负有心人，空军首长对辽宁营口在乌苏的援疆干部为当地军民航事业发展所付出的努力和艰辛感动了。在筹建军民合用机场相关手续审批过程中，空军给予了最快速度的回应。在北京协调民航和发改委过程中，为了加快审批速度，王健都是一路跑着去办，往往到一个地方已经浑身是汗，因为其他地区也在积极争取时间，最后，一共用了两年的时间完成审批，专家们逐条对照，对他们的设计进行了认可，这在全国开了先河。王健带领乌苏当地干部在北京足足等了14天，终于拿到了国家民航局的批文。王健把批文拿在手上，不禁热泪盈眶。回到乌苏，王健带领的工作小组得到了自治区政府领导的高度认可和充分肯定。审批证书模型被放在了乌苏市博物馆最醒目的位置上，这个项目填补了乌苏航空事业的空白，是乌苏最重要的民生项目，也是全疆第二大机场，是功在千秋的大事，完善了北疆"金三角"地区城市综合交通体系。

王健跟我说这些的时候，没有太多的渲染，情绪深沉，但我分明可以感受到他承受了一个人无法承受的压力，最终，他像一个巨人，擎起了那座丰碑，那是乌苏人民百年梦想的实现。

临走时，我对王健说，他的脸色看起来不太好。他说，就是睡眠不好，工作压力每天都有，时刻都在，在这里的每一个人，在自己的工作岗位上都会面对和承受这份压力。

我总在想，这些离家的男人，他们每天面对繁重的工作，面对环境和生活习惯的不适应，面对思念亲人的焦虑，这种苦和疼也许反而是另一种减压的出口，用肉体的疼痛消解精神的疼痛。看着他们晒黑的脸，在诉说自己的经历时却谈笑风生，我的鼻子一酸。可是当我听到下面的事迹时，却再也不能自己。

本批援疆第一期队员李弥，是一名医学权威，他不吃牛羊肉，却总是给大家做，做完了看着大家吃。他援疆一年后，身体突发异样，得了严重的皮肤病，淌脓血水。但乌苏的工作需要他，他选择留下来，他主持的对肝、肾囊肿及卵巢囊肿的超声介入治疗获塔城地区科学技术进步奖。他还积极开展超声引导下对甲状腺及乳腺组织的穿刺活检项目试验，因为他要把自己的技术传下去。一年半的援疆时间到期，他不顾身体的重患，继续援疆。每当大家看到他被血水浸透的衬衫，血迹一点点扩散，白色的衬衫像晕染上一朵朵红花时，大家都劝他回住地休息，他却依然坚持。晚上回到住地，血水把衣服跟皮肤粘到一起，每撕一下，就是更大的血口子，等到他把整个衣服脱下来，身体已经"千疮百孔"。看着洗衣盆里的"血衣"，大家都心疼不已，问他为什么这么拼命，他说，徒弟没带出来，师父有责任，乌苏需要这项技术，这是他献给乌苏最丰厚的礼物。

钟涌在乌苏中医院工作，他创建了临床心理科，填补了乌苏中医院没有临床心理科的空白，有效缓解了当地精神障碍患者到外地就诊的问题。援疆半年之后，他发现自己便血，一开始还以为是痔疮，又挺了半年，病情恶化，到医院检查发现已经是直肠癌中期，那一刻，所有的队员都哭了。在组织的协调安排下，钟涌回到营口接受治疗，临走，他用洁白的毛巾掬一捧新疆的土带回辽宁。

我问他们，后悔过吗？

他们说，也许在最痛苦的时候有那么一闪念，如果不来就不会受这个罪，但很快就被另一种想法占据，那就是这些苦跟整个援疆的收获相比值了。

你们最大的收获是什么？我问。

这个问题一千个人有一千种回答，但唯一的共性就是两个字：成长。

每当完成了一个艰巨的任务，战胜的不仅是各方面的困难，更是从没有过的自己。那种感觉，像过山车一样，他们一次又一次地以为那是生命极限的边界，但其实不是；每一次他们都觉得自己走到了自己能力的尽头，但下一份工作，其实还可以走得更远，这份收获是无法用语言去描述的，是无与伦比的一种超越的舒朗的体验。

这就是辽宁援疆人不畏艰难，敢闯敢拼的精神。

他们，点燃了辽宁援疆的火把

2014年5月，第二次中央新疆工作座谈会上，以习近平同志为核心的党中央就进一步做好新疆工作做出新的战略部署，即围绕社会稳定和长治久安这个总目标，以推进新疆治理体系和治理能力现代化引领，以经济发展和民生改善为基础，以促进民族团结、坚持依法治疆、团结稳疆、长期建疆，努力建设团结和谐、繁荣富裕、文明进步、安居乐业的社会主义新疆。

党和国家在新的时代背景下，对新疆工作提高新疆各族群众生活水平，实现全面建成小康社会的必然要求。按照党中央新一轮对口援疆的工作要求，辽宁省营口市与新疆塔城地区乌苏市，建立起了人才、资金、产业、教育、卫生等全方位的对口援疆工作机制，坚持把保障和改善民生放在重要位置，增进民族团结，着力帮助受援地各族群众解决就业、教育、医疗、住房等基本民生问题，支持受援地特色优势产业发展。

副领队王健说："是一种什么样的精神力量让我们远离家乡来这里工作，我们内心的小我与援疆事业的大我结合起来，开阔了视野，历练了人生，因为不同地域不同环境的经验会让我们对整个世界的看法有所改变，使生命更具有宽广的层次感和丰富性，这就是人生的财富。古有张骞出使西域，西汉屯垦戍边，晚清钦差大臣左宗棠收复新疆，1949年和平解放新疆，1954年成立新疆生产建设兵团，到二十世纪五六十年代的支边青年，献完青春献子孙的家国情怀和历史传承，这种精神激励着我们来到新疆，在我们的边陲留下生命的印迹。"

在分管的科技科协工作中，王健带领部门同志积极协调中国科协、自治区科协，主动争取，积极申报。经过不懈努力，乌苏市被评为"2016—2020年国家科普示范县（市）"，同时争取了每年50万元的相关配套资金及科普免费开放补助资金。

同时作为分管教育工作的副市长，王健秉持为党育人、为国育才的教育工作理念，着力为乌苏培养合格的社会主义接班人。为了让社会主义核心价值观在青少年心中扎根，贯穿始终，王健安排部署各种组织教育活动，联系共青团、宣传部、科协、社科联等单位协同系统化推进青少年思想工作。他在教师队伍中推进"师德师风"建设，通过建章立制、典型引领、与内地优秀院校交往交流交融等举措，切实提高教师队伍的整体政治素质和道德修养。他积极谋划党的工作体系和框架，在短时间内，配齐配强学校幼儿园党组织领导，明确了党组织在学校中的领导核心地位。为了发挥党在教育工作中的领导作用，他还积极抓好教育质量提升，带领乌苏市教育系统完成了全市的教育标准化建设和均衡化发展国家级验收，制定了教学水平持续提升的工作架构和工作机制，使乌苏的中考成绩从塔城地区倒数到名列前茅，高考成绩也一年一个台阶地稳步提升。同时，他积极为乌苏教育争取援疆基金，申请了254万元建设教育信息化平台，让乌苏城乡学生共享优质的教育资源。不远的将来，学生们通过网络共享辽宁乃至全国优质课程指日可待。

作为工作队副领队的王健，在做好当地任职工作的同时，积极协助领队抓队伍，保安全，确保营口援疆这面红旗在乌苏这片土地上高高飘扬。工作之外抓思想，树立崇高目标。统一大家的思想，不是一个平常的工作，是神圣的工作，让大家对援疆工作充满神圣感、责任感和使命感。大家离家万里之遥，后方家里老人的牵挂，受援地工作的辛劳，王健密切观察每一名队友的情况，给予队员们关心和情绪疏导，使大家克服困难，提振精神，为乌苏当地经济社会民生和各领域的发展，贡献援疆干部的聪明才智。

1968年出生的朱恒南书记，平易近人，博学多才。队员们在背后都说他是一个正统的人，接触了之后我想换一个词：正能量。

朱恒南书记工作太忙，他是最后一个接受采访的人。因为对他的采访，我的乌苏营口援疆工作队的报告文学有了辽阔而高远的背景，有了更加坚实而厚重的底色。他让我看到了一个领队在援疆工作中，举重若轻、高瞻远瞩的气魄和魅力。

辽宁第五批援疆，乌苏营口第三批援疆工作队一共29人，10人是援疆3年的干部，19人是专业技术人员。在19人中，以10人一轮进行为期一年半的中期轮换，其中一人申请了续援。

几天马不停蹄的采访，我看到的是一组彰显辽宁援疆精神的群像，他们每个人都是一本书、一部电影、一座丰碑。

朱恒南书记告诉我，这批援疆工作队跟以往援疆不同，以前是先提职后进疆，这批是先进疆，表现好了再提职，是平职进疆。

而且，援疆队员受辽疆两地各级党委和省援疆前方指挥部双重领导，队员们在乌苏当地任实职，担重担，和当地干部等同管理，紧紧围绕"社会稳定和长治久安"新疆工作总目标，做到真抓实干，积极作为。朱恒南书记说：我们要把自己当成乌苏的主人，把自己融入乌苏的发展与建设，把自己的青春和热血洒在乌苏这片美丽的土地上，就要与新疆的三年规划相契合，提高战略，找准切入点，必须适应新的工作变化。虽然援疆只有三年时间，但我们不能当过客，要援乌不做客，援疆当干将。

进疆之初，工作队设立"一室三部"，即办公室、项目部、财务部和综合部，以三年制干部为主，担当重任。队员们按照分工，各司其职，确保队伍管理和运转到位。

工作队始终把思想政治工作放在首位，把理论学习作为武装头脑、明确方向、紧跟核心、坚定信念的关键手段，全面学习宣传贯彻习近平新时代中国特色社会主义思想和党的十九大精神，系统学习习近平总书记关于新疆工作的系列重要讲话精神，学习自治区党委、辽宁省委关于援疆工作的指示，理论学习累计达300多学时，牢固树立"四个意识"，增强"四个自信"，坚决做到"两个维护"。在队员中开展"援疆为什么，在疆干什么，离疆留什么"等各种爱国爱党主题教育活动10多次，自上而下开展谈心谈话、心理疏导活动100多人次，激发干部人才的责任感、使命感、光荣感，始终以饱满的工作热情、扎实的工作态度、过硬的工作作风、昂扬向上的精神风貌投身各项援疆工作。

工作队坚持严管与厚爱相结合，实行"247365"全时段安全网格化管理，严格落实请销假、早晚双点名、重大事项报告、"八提倡、八不准"和"四个严禁、一个尽量避免"以及"247365全天候管理"规定，定期分析研判安全管理形势，累计开展安全提醒谈话活动20多次，协调解决安全问题隐患10多件，确保队员"政治、人身、作风、廉洁、生产"五方面安全。工作队同时高度关注队员身心状况，为队员集体过生日，为失眠干部送医送药，为探亲家属安排接送站，筹建了健身房、图书角，购置了运动器材，让援疆队员们切实感受到生活有滋有味，关怀无微不至，激发援疆工作热情。

"我是'无为而治'，"朱恒南书记说，"我很少批评我的队员，我告诉班子，我们要率先垂范，以上率下，以关爱激励为入口，多理解帮助爱护我们的队员，让他们热爱援疆事业，热爱这个集体，才能踏实有力地完成本职工作，体现援疆的价值和意义。"朱恒南书记也是这么做的。在2017年4月底回沈阳公出衔接工作时，他以身作则，并没有回150公里外的家里看看，妻子连他回到辽宁都不知道，真正做到了过家门而不入。所有人都以为他会在家休完"五一"假期回来，因为在哪里都是放假，但他公出完立刻回到乌苏，所有队员看着风尘仆仆的朱书记都震惊了……

作为一名经济战线的行家，朱恒南书记进疆后立足本职，围绕经济建设主战场，支持当地经济发展。2017年以前，乌苏华泰石化曾是当地最大的企业，但由于国际石油市场价格的巨大波动，长期停产，影响到乌苏整体经济运行和民生改善。朱恒南领队发挥自己专长，牵头帮助华泰石化进行破产重整。"华泰石化具备中石油60万吨原油指标，一旦进行破产清算，指标就会作废，企业乃至乌苏将会受到巨大损失。于是我认真研读相关法律，寻求解决办法，制定出了企业破产重整方案。"朱恒南说道，"乌苏当地法院的同志一开始还不受理，我就耐心给他们做解释工作，帮助他们解放思想，使企业顺利进入重整程序，开了塔城破产重整的先河。在资产、债物、人员清理及评估审计中，我全程调度指导，使得企业引入新的战略伙伴，把14亿元债务降到了5亿元，重新恢复启动了生产，再次成为乌苏当地工业产值和利税大户。"

朱恒南书记同时还担任乌苏凯赛生物化纤项目配套工程总指挥。凯赛生物化纤是一家世界领先的工业生物科技产业公司，是世界上唯一采用生物法生产长链二元酸、戊二胺、聚酰胺的高科技公司。生物基聚酰胺采用玉米为原料，经过生物发酵反应，应用特别广泛，具有亲肤、阻燃、吸湿、易染色、耐腐蚀，强度高等性能，可完全替代尼龙66，应用于工业丝、纺织服装、汽车油漆及零部件、手机壳体等领域。面对全球对生物基聚酰胺的需求，凯赛生物抢抓"一带一路"发展机遇，2016年在乌苏投资建设全球首套生物聚酰胺生产线，着力打造凯赛（乌苏）化纤产业园。项目计划投资300亿元，打造10万吨二元酸、50万吨戊二胺、100万吨聚纤胺等项目，其中一期投资47亿元，建设年产3万吨二元酸、5万吨戊二胺、10万吨聚纤胺项目，全部达产后可实现年产值43亿元，地方税收实现6亿元。为了确保凯赛项目早日见效，朱恒南负责组织实施乌苏投资15亿元的政府配套工程，包括园区的道路、绿化、消防、变电站、净水厂、污水处理厂、尾水库等，以及企业内部43公里的管廊，更是要穿越公路、铁路和渠道，一般正常工期是两年，实际上用半年时间就完工了。当时，全乌苏市没有一个人相信他，认为是不可能完成的。面临艰巨的任务，朱恒南克服资金、季节、设备等诸多困难，采取了超常规办法，确保了凯赛配套工程如期建成投产。

时任塔城地区行署常务副专员侯兴会说："我悬着的一颗心终于放下了。"

凯赛董事长刘修才说："我根本就没相信你的配套工程能完工。"

这仿佛一场战争，思维要缜密，排列组合要好，由串联组合改成并联组合工作的方法，打时间差，一环套一环，稍有差池，就会前功尽弃。自治区将这个项目定义为千亿产业的龙头企业。

乌苏啤酒，是乌苏的一张名片。乌苏啤酒厂作为一家老牌国有企业和当地知名企业，在经过几次改组改制后，成为丹麦嘉士伯的一个独资企业。改制后，企业原有职工所居住的家属小区，产生了产权不清、物业混乱、各说各理的混乱局面。为了啃下这一硬骨头，朱恒南书记经过走访调研，协调各方，终于解决了长年纠缠的水暖改造维护难题。之前的解决方案整体报价到1100多万元，最终用了86万元解决掉了。当我看着侃侃而谈、意气风发的朱恒南书记，我被他深深震撼了，他对自身专业领域的精准把握和自信，那种运筹帷幄志在千里的豪情，那是心藏猛虎，细嗅蔷薇的通达与延展，那是一个援疆人最大的底气。

为了响应国家号召，履行援疆使命，一批又一批辽宁人，在辽疆两地各级党委的正确领导下，在辽宁援疆前方指挥部的指挥部署下，他们奔赴祖国西北边陲，点燃了援疆的火把，照彻了辽阔的新疆夜空。他们是星辰，也是黎明；他们如兄弟，更是亲人。辽宁援疆精神是甘于奉献，团结奋进，求真务实，争创一流。他们做到了，做得扎实有效，取得了辉煌的战果。

产业援疆

辽宁援疆从实现党中央脱贫攻坚目标着眼，从受援地最需要救助的贫困个体入手，努力把脱贫攻坚打造成民族团结工程。3年来，辽宁援疆营口工作队在产业促就业扶贫、城乡居民住房、城乡基础设施、教育、就业设施及劳动力培训、干部人才培训培养、基层政权及阵地建设、民族交往交流交融等方面大力支持，极大助推了乌苏社会事业发展，促进了当地民生改善。辽宁营口人民对新疆乌苏人民的手足情深，是民族大家庭的血浓于水。

在辽宁和新疆两地共同制定的援疆"十三五"规划中，援疆从过去的"交支票"，变成既"交支票"又"交钥匙"。新模式既能够确保援建项目的工程质量，又有力推动辽疆两地经济交往交融，实现共赢。

辽宁首批"交钥匙"工程之一乌苏市第五中学南区分校（现命名为乌苏市第二中学）项目，占地面积8.2万平方米，总建筑面积2.7万平方米，总投资8672万元，其中援疆资金6100万元。学校已于2017年9月提前一年竣工投入使用，现有教职工120人，学生1122人，其中住校生688人。该校的建成使用为乌苏市城区学校布局调整、化解城区学校大班额问题和乡镇学生进城就读接受更优质的教育提供了有力的物质保障。

为了确保学校能够保质保量地投入使用，营口援疆工作队协同乌苏当地受援办坚持挂图作战，加强项目调度，强化项目跟踪，随时随地掌握工程进度和协调解决出现的困难，最终一座现代化、高标准、12个单体建筑的中小学寄宿制学校圆满落成。该建筑工程获得了新疆维吾尔自治区"红花杯"建筑奖的荣誉，得到乌苏当地政府和群众的一致好评。学校整合了周边4个乡场镇中心学校的初中部，让农村的孩子也享受到了优质教育资源，建成了新疆塔城地区最好的户外标准运动场和藏书3.5万册的图书馆，配备了优质的师资力量，2019年被授予"乌苏市中考进步奖"。

看着眼前一栋栋整洁气派的教学楼、现代化风雨操场、高标准塑胶跑道，我真切体会到了辽宁援疆的真情和实意。看着操场上孩子们那一张张天真无邪、幸福洋溢的笑脸，我深深为辽宁援疆感到骄傲和自豪。

乌苏火车站客运业务，在2019年2月1日正式开通运营了，这圆了乌苏人开通火车的梦想。这是在省援疆前指的帮助下，营口工作队持续对接乌鲁木齐铁路局集团公司，终于达成所愿。之前与乌铁局集团公司沟通中，由于担心市场需求不够没有盈利空间，决策层很难做出决断。工作队积极进行斡旋，帮助反映百姓需求和城市发展需要，并积极协助开展实地考察和调研。在经过大量工作后，乌铁局集团公司与乌苏市签订了协议，火车站将由双方共同投资，分别负责建设运营管理站内外，如日客流量未达到280人，辽宁援疆资金将进行补贴。火车站的运营振奋了乌苏人心，为乌苏人民送上了一份新春贺礼，效果远远好于预期，从原来预计客流量的200人，稳定在平均每天最少1000人，节假日营运接待更是达到每天2560人的高峰。营运的极大利好，坚定了乌铁局集团公司的信心，也创造了乌苏火车站运营模式，今年4月更是在乌苏四棵树镇开通了火车客运业务，效果同样良好。目前，乌铁局集团公司针对乌苏火车客运的旺盛需求，主动对乌苏站进行升级改造，投资2000万元，新建建筑面积1100平方米，满足700人同时候车，比原来提升8倍。乌苏火车站客运的营运，为乌苏经济民生增添了交通网络助力，也是辽宁援疆在乌苏当地留下的一座里程碑。

朱恒南书记说，援疆3年，我们积极开展乌苏援疆项目建设，涵盖当地产业、民生、基础设施、教育、民族交往交流交融及干部人才交流培训等方面，建成了两个"交钥匙"工程，两个精准扶贫产业促就业项目，一批安居富民和牧民定居工程，为村队建设基础配套设施，新建或改扩建一批乡镇村队基层阵地，组织乌苏干部人才赴乌鲁木齐、常州、大连、营口等地培训提升，资助帮扶内地普通高校新疆籍贫困学生就学。

"我们援疆就是要坚持民生优先。"朱恒南书记铿锵有力地说。在"十三五"新中期规划中，援疆项目从原来的撒芝麻盐变成集中精力干大事。紧紧围绕乌苏就业和民生改善，在84户乡建设巴海城市田园综合体项目。该项目依托于巴海村的3000亩农业用地，以发展葡萄种植加工、休闲旅游等产业为一体，通过生产、生活、生态和农业、旅游业、服务业的有机结合与关联共生，打造成乌苏市农旅经济综合体、精品旅游景区、精准扶贫就业基地，促进一、二、三产业融合发展。该项目总投资2.5亿元，其中援疆资金配套5000万元。开发和建设过程中，为当地待业青年、农民剩余劳动力创造了100多个就业岗位，建成后可直接吸纳和带动就业600多人，为农民实现增收目标，帮助解决贫困人口就业，同时也对社会稳定起到了积极作用。

"今年我们还集中援疆资金9000万元，全力支持建设乌苏铁路中心场站项目。"朱恒南说道。乌苏位于天山北坡经济带，自古以来就是交通要道，发展物流产业具有得天独厚的优势。在乌苏市产业规划"532"布局中，发展区域物流中心为一项重要内容。但想发展物流必须有铁路场站作为支撑，辽宁跟新疆的优势分别在于，辽宁有港口，新疆有物产。两地政府开通北疆铁路通道，乌苏将成为营口港在新疆的陆港、塔城通往辽宁货运专列的桥头堡，营口也会成为辽宁向新疆开放的前沿阵地。未来铁路通道由辽宁出发，经过阿拉山口和霍尔果斯口岸进入中亚五国，乌苏将会成为钢材、建材、家装、农产品货物的集散地，真正建成北疆区域物流枢纽，为当地提供大量就业机会，由输血变为造血，产业带动就业，具有极大的战略和民生改善意义。

人才援疆

乌苏营口援疆工作队目前有10名技术人才，其中7名医生，5人在乌苏中医院，2人在乌苏妇幼保健院，教师1人，环保局化验监测1人，畜牧师1人。

在整个援疆队伍中，医疗援疆引人注目，"师徒"结对20对，帮带提升当地人才322人，接诊病人1800多人，实施手术130多台次，开展巡诊义诊医疗服务活动22场，开展精神科技创新1项。

李薇乔，1963年出生，是营口工作队年龄最大的队员。他在乌苏市农业农村局（原畜牧兽医局）工作，特点是：较真儿。

他对我说："刚来的时候，最打动我的事，是陪着乌苏市发改委看一个项目——牧民和游牧民定居房建设。因为是援疆项目，我格外上心留意。来到现场，我看到了建好的新房，彩钢房，洗澡和做饭用具都给买好了，原来的土坯房还倾斜着。我真正地知道了党的政策给边疆人民带来的好处。我在想我得为牧民干点什么。我今年到期了，我又申请了续期，我想再为他们干点实事，也是我下一步的方向和干劲。

"乌苏市17个乡场镇，一年多的时间，我全跑完了，一年累计下乡40次，养殖数量不用问当地，我都如数家珍，有多少羊牛猪鸡，我都能记住。我听下面兽医站汇报，牲畜存栏量虽然是浮动的，但不应该上下差太多，我提出了建议，做一个软件，农业大数据智能管理系统，被采纳了。开发软件的工程师请过来，在乌苏市开了一个动物防疫员培训大会，让工程师演示系统怎么用，如何填表，每个乡场镇的报表人员挨个现场操作，过关了再回家，不过关继续学。这样我们的存栏量就会很真实，从哪里进来的，卖到哪里去，动态的数据是真实的数据。

"接到甘家湖牧场的电话报告，牧民家里的牛羊发生集中流产。那天我下半夜两点来到现场，连续5家发生流产，最严重的是一家150只羊，3天时间，流产了50多只，牛还流产了3头，母羊羔一只1000元左右，一头母牛犊是1万元钱，牛流产了3头，一共七八万元没了，怀疑是打疫苗过敏，或者是剧烈活动。疫苗是免费给的，我们有冷库，不可能光这一个地方发生问题，我又询问了其他乡镇，全都没有，我当时就排除了疫苗的原因。我开车两个多小时去了甘家湖，把流产的死胎装在塑料袋里，采集了流产羊胎和母羊血液及同群饲养尚未流产的母畜血液，带回试验室进行化验检测。之后我又去牲畜流产的牧民家里看，每家门口都堆的黑乎乎的棉籽壳，他们都喂这个东西。当时是冬天，没有草料，买饲料太贵，留存的干草用完了，棉籽壳里有蛋白质可以御寒，但里面还有一种物质叫游离酚，这个东西有害，含有一种激素，可以提取制成避孕药。这个棉籽壳，下完崽和配种之前可以用，怀孕期间不能用。现在的棉花进行机械化收割之前，必须把棉花的叶子打掉，用脱叶剂喷洒，有化学成分，有残留，再加上游离酚，一定会流产。病因找到了，解决问题。通过哈萨克语翻译，我把他们村里的村党支部书记和村主任找来，帮助制定了下一步的补救和措施，立即停止饲喂棉籽壳，下完崽之后可以喂，对全群没发生流产的母畜注射黄体酮进行保胎，每天一次，连续注射2～3天，每次肌肉注射数量20～25毫克。我整理出一个材料，让村支书把全村的牧民都召集到一起，告诉大家，如果母畜已经怀孕，不能再喂棉籽壳，把损失降到最低。回来之后，我打电话进行回访，果然再没有发生母畜流产的现象。这个棉籽壳开车给送到家，一斤一角钱，因为太便宜了，所以大家都用这个东西。牧民也让我很感动，下大雪，我的手都冻麻了。哈萨克族的牧民给我们煮肉，用他们民族的最高礼节，煮的马肉和骆驼肉。过后，给他们开办了3次关于避免和杜绝感染的培训，培训了120个人，其中80人是职称人员，40个牧民，帮助他们普及提高对人畜共患病的认识和预防常识，经常为牲畜接产的人容易通过皮肤感染，男女都可感染，全身无力，低烧，治疗费用高昂。女人得上，终身流产，不孕；男人得上，所有的关节肿大，丧失生殖能力。

"我来到新疆之后，2018年年底，赶上一次疫情，我频频下乡进行普查，组织和参加了培训和应急演练、封锁等。那时候，天已经黑了，我在外面采血的时候，把车大灯打着，用灯光照着采血。这个牧民有两个孩子，一儿一女，女孩八九岁。我的脚都冻麻木了，把羊用腿夹住采血，小女孩协助她的爸爸一起抓羊，当时的小姑娘穿着单鞋在雪地里，先抓羊角，既要快还不能激烈，因为羊怀孕了。小姑娘帮着把着后面。采血特别难，羊毛厚，先摸动脉，我深深地记住了这个小姑娘，她跟年龄不相称的沉着冷静懂事和乖巧，让我想起了自己的女儿。"

1981年出生的顾坤雷，任乌苏市第一中学副校长，他每天天蒙蒙亮的时候就要走进教室指导学生们早读，有早课的时候从来吃不上饭，学生11点半晚自习放学后，他还要到学生宿舍检查学生们的就寝情况，因此每天回到援疆队已是后半夜。援疆一年，他的体重降了10斤。

顾坤雷是语文高级教师，营口市名师工作室成员，毕业于渤海大学汉语言文学专业。有的哈萨克族学生，其他科成绩都很好，是考985、211学校的苗子，但汉语非常薄弱，语文成为短板。长时间语文成绩不理想，学生产生了畏难情绪。看到这个情况后，顾坤雷主动和班主任老师沟通，定期利用自习课及课余时间，把那些学生叫到办公室，针对他们的汉语水平单独出卷子，面批面改，向他们推荐国学经典书籍，增强他们的文学底蕴。他一句一句去讲解，一开始他们不能完全领会，但顾坤雷没有放弃，因为，他知道，他们的成长和提高会影响到其他在汉语方面薄弱的少数民族学生，会带动大家的学习。一想到这，他就更加坚定信心。在元旦活动中，一名维吾尔族学生用汉语朗诵了一首《游子吟》，感动了大家，让每个人都看到了他的进步。顾坤雷还因材施教，针对不同特点的学生进行单独辅导，经过半个学期的共同努力，有的同学学习成绩明显提高，在学校组织的民族学生汉语手抄报比赛中获得一等奖。

顾坤雷利用名师工作室的有利资源，搭建两地教学沟通的桥梁，帮助一中语文教研组做好团队建设及专业提升工作。平时积极参与语文的集备、听评课、校际交流等活动，给教研组以专业的指导。2019年的一天，他到两名教师所教班级后面听课。"有的学生还以为我是后插班的学生，年级管理员问我怎么没穿校服。"小顾笑着说道。老师上课之后，研究学情，他还针对他们的教案和课件及问题设置进行交流和指导，甚至老师的咬字发音都一一推敲，力争做到尽善尽美。一堂课，要经过多次打磨才能在本校语文竞赛中脱颖而出，才能代表乌苏一中参加地区的语文名师评选。在新疆期间，顾坤雷带队赴库尔勒参加校长论坛，前往南疆巴楚开展送教活动，多次去新疆师范大学、伊犁师范大学招聘教师。今年新入职的41名教师中，有3名是经过他签约来到乌苏一中的。在他的指导下，一中语文教研组两名教师被评为地区名师，指导语文教研组参加新疆的"六地六校"交流活动，也取得较好名次。

顾坤雷每做一件事都写日记，再配一张照片，作为援疆的记忆。

顾坤雷说，他是2018年8月来到乌苏一中的。这是一所自治区示范性高中，学生4600多人，他带的是高二的火箭班，负责高二年级的教学工作。作为副校长，他还担负着学校食堂、学生宿舍后勤管理等工作。他得到了成长和锻炼，他感激援疆经历的磨炼。

杨雨，1982年出生，在乌苏市中医院门诊工作，专业是精神卫生，主要负责当地的精神疾病和心理问题的诊治。杨雨说，他是一名党员，哪里需要就去哪里，援疆是他成长的财富，为他提供了接触外界的机会，面对不一样的人群，开阔了他的视野。这是他来援疆的初衷。可是真正到了新疆，杨雨才发现他一开始的想法过于"简单"了。

来看心理科的病患，有的不会说汉语，需要家属翻译，翻译过程中要每一个字都去核实。比如杨雨问一个问题，近两周心情不是很好？不好。怎么个不好，是不开心还是流泪愁眉苦脸，一天的时间段都会怎样？杨雨怕翻译中出现问题，一个字都会有不同的程度，就写到纸上，让患者确认，做到精准把握。家属不一定理解亲人，家属转达的翻译也可能会出现误差。就诊者进屋就痛哭流涕，属抑郁症患者，基本都是家庭矛盾引起的，家里人不懂也不理解，杨雨都需要翻译进行沟通，可是心理本身就是很抽象的东西，精神科问诊需要半个小时以上，这个难度相当大，但杨雨每次都能够做到最大程度的耐心细致。

有一个高中生频繁自残。父母忙于工作，给孩子留很多钱，却没有人关心他。杨雨做的是家庭治疗，让父母看到自身的问题和缺漏，后来母亲把工作辞了，去陪伴孩子，孩子日趋好转。

还有一个病患是惊恐性心理障碍，有濒死感，杨雨用认知三角进行阻断。一年内，杨雨治疗的患者200多人次。

在2017年之前，乌苏中医院是没有心理科的。援疆医生的到来，填补了该院的空白。杨雨负责塔城地区（乌苏市）戒毒所重性精神疾病危险评估，负责"下乡义诊"项目科普知识讲座和院内精神心理患者会诊。杨雨说，他在营口是收治精神分裂症患者，是脑器质性精神疾病精神障碍，原来是药物治疗更多一些。到了乌苏之后，门诊心理咨询、家庭问题、学业、就业、人际关系的案例更多一些，丰富了他的治疗经验和手段，这是他此次援疆的工作收获。

王建刚，1982年出生，乌苏妇幼保健院儿科副主任，女儿8岁。他来到保健院发现，当地新生儿出生时羊水混有胎粪病例特别多，因此新生儿窒息发生率很高，经常会有新生儿窒息需要抢救，做心肺复苏。原来医院有4名医生倒班，夜间是可以开诊的，有的时候科室主任给王建刚打电话会诊，往往是半夜。有一次后半夜王建刚会诊一例新生儿，患儿发生脐带脱垂37+3周。因新生儿脐带脱垂死亡率极高，需争分夺秒，否则胎儿会窒息而亡。快速评估病情后，王建刚要求立刻开启绿色通道，紧急剖宫产。他跪卧在检查床上，手一直于产道内托着胎儿。经过20多分钟，小家伙出来了，可是无自主呼吸，周身青紫，身上沾满了胎粪。王建刚用气管插管进行胎粪吸引，启动心肺复苏，随着"哇哇"的啼哭声，他紧绷的神经才放松下来，抢救成功。当他把孩子抱到其父亲面前，他看到一张质朴的脸上挂满了泪水。王建刚对重症病例的救治已有几十例，其中从死亡线上拉回来的危重病例就有五六次。

王建刚明白，在乌苏这样的医院，首先需要抓的就是制度。如果没有一套科学完善的制度，光凭永无休止地救治是不行的，如果他离开了乌苏，他们怎么办，所以打造一支带不走的医疗队伍才是工作要点。于是他制定工作制度，如住院医师的工作职责、抢救室的抢救制度、消毒制度、科主任的工作职责，等等，给大家培训，讲解疾病诊断治疗。可是因为医院的收入不高，患者又多，最后，当地4名医生又走了两名，但每天住院的患者能达到20多人，门诊看病的也有50例，全科就剩王建刚和当地医生两人。每天早晨，王建刚医生都需要进行查房工作，没有休息日，劳动量太大，王建刚的腰脱病犯了，他曾经花了11万多元动过手术，没想到援疆不到半年就复发了，王建刚疼得一天没吃饭。可是，更大的任务来了。近7000名学生的体检，院长让王建刚带队，从早到晚，而且还有住院患者，以及疫苗和体检工作，王建刚感觉自己的腰像折了一样，但他坚持着，坚持着。每天晚上回到住地，王建刚都会感到脚步沉重，非常疲惫。母亲膝盖习惯性脱臼，岳父在他援疆期间做了心脏支架手术，有段时间家里雇人接送孩子上学，爱人工作忙，还得照顾老人和孩子，一打电话就哭。王建刚说只要有时间就会给妻子、老人打电话，安慰他们，其实自己精神压力挺大的。

王建刚说到这儿的时候有点不好意思，都说男儿有泪不轻弹，只因未到伤心处，身体的负重，父母的病痛，爱人的无助，他一个大男人哭一场，爬起来，继续前行。这就是辽宁援疆人的精神，不畏艰难，勇往直前。

刘恩煦，1976年出生，乌苏市中医院骨科医生骨伤二组副主任医师。他的父亲有慢性肾病，已经7年多了，需要透析，以前带父亲一年去北京复查三四次，现在在每年一次休假的时候他顾不得休息，放下行李直接背起父亲就去北京。也许父亲知道自己的儿子来援疆，害怕自己病情加重让儿子着急挂心，反而病情稳定了。说到这里的时候，刘恩煦开心地笑了。

刘恩煦说，有一个机器轧的手外伤患者，一般骨科不做那么精细，只要保证存活，能过静脉放血就行，但刘恩煦没有让她做二期手术，一次成功，并让她通过锻炼恢复了健康。还有一个患者，在内科住院，本身有血栓，肢体不灵便，刘恩煦值门诊，给他做了小针刀，效果特别好，肢体有明显改善，那个患者总是问刘恩煦什么时候期满回辽宁，害怕他走。

张静涛，乌苏中医院放射科医生，1963年出生，他的父母都不在了，岳母80多岁了，孩子26岁。张静涛在业务上积极对乌苏中医院放射线技师开展指导，原来他们是一半一半地照相，张静涛教他们全张照相，因为骨骼不能有偏差。以前的技术是照完上半部分，再照下半部分，然后组合起来，那样不精准。而头照、啮合关节，有炎症张不开嘴，医院临床水平有局限，照得比较少，有的五官科的颈椎张口位，头照不熟练，不太会照，张静涛都一一教会他们。在工作队，张静涛是大家的乒乓球指导教练，他曾参加全国性乒乓球比赛，获得过名次，别看他年纪最大，但活力不减，是大家的老大哥。

民族交往交流交融

援助少数民族地区，要精帮扶，增友谊，抓交往交流，促进双方共同发展，增进两地友好情谊。

营口工作队积极开展"民族团结一家亲"结对认亲活动，20名援疆干部人才有7名同志与18户少数民族结亲戚，每年定期开展各类活动50多次，与"亲戚"们同吃、同住、同学习、同劳动，累计捐赠款物折合4.2万元，以实际行动增进了民族交往交流交融，促进了各民族大团结。

副领队王健援疆6年期间与少数民族结对认亲3户，分别为维吾尔族、哈萨克族、回族群众。他每年自掏腰包3000元，资助少数民族"亲戚"孩子上学，同时热心解决"亲戚"们生活中的困难。他坚持定期走访慰问，在自己父母妻子来探亲的时候，带着家人一起住到"亲戚"家里，向其宣讲党的路线方针政策和惠民政策，帮助干农活，指导学习先进的养殖技术和种植技术，带着援疆医生上门看病诊断，送去治疗药物。每到传统节日，民族亲人会邀请他去家里吃团圆饭。

2018年1月份，队员郑潘桢开展民族结亲工作。他去维吾尔族"亲戚"家住了5天，这家的老爷子兜里一直揣着他的电话号码，有事随时打电话。每到节假日郑潘桢都到"亲戚"家同吃同住同劳动，一同陪住的还有社区干部，每次郑潘桢都给老人付钱，老人不要，郑潘桢说，这是纪律，您必须收下。

老人有3个儿子2个女儿，儿女都没在身边。老人心脏做了搭桥手术，因为没有人侍候，有病不敢去看。老伴71岁，腿是紫红色的，是皮肤病，夏天怕晒，要穿毛裤。郑潘桢带援疆医生过去看病，使病情得到缓解。

我这次去采访也走访了老人家，老人看到郑潘桢，亲他的脸颊，那是维吾尔族人最高的礼节。老人告诉我，郑潘桢是他的"小巴郎子"（小儿子的意思）。去年，老人进重症监护室，郑潘桢去医院守护，并到处寻找老人的儿女，找到一个再找下一个，然后带着他们再找其他的孩子，最后，郑潘桢帮30多岁的小女儿考了保安证，并帮她找到了安检的工作。

营口工作队与乌苏市新市区街道文德路社区结成了共建单位。每年重大节假日期间，队员们都走访慰问社区困难群众和贫困学生，为他们送去米面油和文具，帮助解决具体生活困难，鼓励他们坚强乐观，同时也送去了营口援疆人的深情厚谊。

本批援疆3年，乌苏市赴营口市举办了"相约乌苏啤酒节、十城穿越、激情悦跑"长跑、"援疆之情 感恩之旅"专场文艺晚会、"光影水墨绘深情 营乌携手绽新葩"书画摄影展、乌苏学子营口行首届夏令营研学实践教育活动。援疆队员两次与营乌两地干部一起走进营口同步跨省异地直播间，向两地父老乡亲送去问候，让新疆人民了解营口的风土人情，了解多年来营口对乌苏市的无私援助，同时也让营口人民了解新疆，了解乌苏，促进相互间的了解和交融。辽宁公安警官艺术团文艺小分队赴乌苏市，为乌苏市公安局全体民警及各族群众带来了两场集思想性、艺术性与观赏性为一体的文化演出，辽宁—塔城援疆旅游专列800名游客来到乌苏市，领略了大美新疆的秀丽景色。

经过互访对接，两地供销合作社签订了《农产品供销战略合作协议》，确定了以两地供销系统作为特产商贸合作的运营主体，依托营口辽宁供销物流、乌苏电商平台建立云仓，营口市供销合作社网点、乌苏市电子商务公共服务中心等4家公司作为线下实体、淘宝、京东等5家网络平台作为线上销售网络，线上线下互推特产，实现了辽塔两地商贸互惠共赢。2018年年底，为期7天的新疆（乌苏）首届农特产品展销会在营口市兴隆大厦隆重开幕，乌苏的粮油、棉制品、干果等多种名优特产来到营口，吸引了大批营口市民前来参观采购。

为了贯彻落实党中央援疆工作精神和辽疆两地省领导安排部署，

进一步强化双方各级各层合作交流，努力在创新机制中深化合作，在优势互补中实现共赢，2018年，营乌两地签订结对帮扶协议，营口6个市区对口帮扶乌苏乡镇，12个乡镇对口帮扶乌苏村队，营口3个国家级园区多对一帮扶乌苏工业园区，围绕脱贫攻坚、产业援疆、教育援疆、人才援疆、交往交流交融、基层建设"六个聚焦"，开展对乡、村、队的精准帮扶。营口市各相关县区、园区主动作为，陆续进疆考察对接工作，为受援单位带来了智力和资金支持。乌苏化工园区也赴营口市园区考察，双方围绕产业发展、人才交流、体制机制改革等方面进行了深入交流，推动双方合作共赢。

营乌两地一直把交往交流交融作为增进两地福祉和促进民族团结的有效载体，3年来互派党政、商贸代表团18个，促进互学互鉴，调研对接援疆工作，共谋援疆大计，不断开拓对口援疆工作新局面。

在我采访快到结束的时候，朱恒南书记告诉我，今年12月底，这批3年援疆工程就要结束，他们就要回到家乡，与亲人团聚了。令人欣慰的是，19名工作队队员，有8名同志申请续援。医生刘学刚已经在乌苏4年半了，此次他也在名单之列。这个数字让人震惊，他们仿佛是天山的雪脉，绵延万里，与阳光最近，在巍峨之中。正像队员李薇乔说的：为什么我的眼里常含泪水，因为我对新疆这片美丽的土地爱得深沉。

爱在也迷里

刘国强

引　子

新疆地域辽阔，总面积166万平方公里，占全中国1/6，是我国面积最大的省区，相当于3个法国、4个日本、7个英国、16个韩国。

位于新疆大西北的也迷里，只是一个边陲小县。但，山不在高有仙则名，水不在深有龙则灵，这小小的盆地竟是两度龙兴之地，是西辽王朝建都的地方，也是成吉思汗三公子窝阔台安居立业的首府。

也迷里为古代称谓，现在叫额敏。

公元1132年，耶律大石从东北辽阳率队纵横万里来到也迷里，缔造了威震中亚的西辽大帝国，实现了"不可能实现"的神话。也迷里从此繁荣鼎盛，成为草原丝绸之路上的重镇。

千年之后，为了国家安宁和边疆人民的幸福生活，同样有一伙血性男儿，同样从东北辽阳来到也迷里，奉献智慧和汗水，书写波澜壮阔的传奇人生。我来时，这个团队的领队叫张成良，这个团队的名称叫辽宁省辽阳市援疆工作队。

能战斗的团

也迷里是离海洋最远的地方，为"亚欧大陆内心"。四面与海洋的距离均超过2400千米。内心测算完成于1997年，内心周围地势平坦开阔，地表呈沙砾质荒漠草原。

亚欧大陆内心概念源自英国近代地理学奠基人H.J.麦金德的"陆心说"：亚欧大陆地理内心是大陆远离海岸的陆地"心脏"所在地。

2019年9月6日下午6点半，我与辽阳援疆队员李杰、王爽一同来此，分享了这独特的景观和别样的感受。我步入亚欧大陆内心大理石镶嵌的"指示区"，平面上映衬的那幅浅蓝色的世界地图中，雄鸡形的浅红色中国地图傲然其上，而"内陆中心"那个"小圆点"，恰好在"雄鸡"尾部上翘的翎羽上。

我站在高高的桥形纪念建筑观景台，压抑住血液加速流淌的激动，好奇地环顾四周，试图找到"不一样所在"。左为早秋枯萎的草原，残存着"绿星星"般珍贵的绿色，似在向我眨眼送波；右为高举着黄色火把一样的白杨树，彰显着英勇就义前最后奋力一搏的悲壮；前方为一片浓绿密织的矮树，我不知道它是什么树，却认定它们是真正的抗寒勇士，在萧瑟的晚秋里仍穿着碧绿的夏装。

哪有什么"不一样的所在"啊？

在同一块土地上展现不一样的风采，将平常的日子过得有滋有味，让每一个过往都活色生香，把所有的时间都注上爱，我们眼前的一切，我们生活的每个地方，都有"不一样的所在"啊！

一进辽阳援疆工作队办公室走廊，东墙上醒目的大字展现了"不一样的所在"："一群人，一件事，一条心，一起拼，一定赢！"

如果把这五组词拆开，每一组三个字都相当于一部厚书的书名，每个"书名"下都有一长串的故事。

也迷里夏天高温，冬天寒冷，张成良带领的辽阳援疆团队，每天都要在备受气候折磨的环境中坚守。

冬天零下三十六七摄氏度，每天都要跟"刀子风"对抗。因为历史上常年干旱少雨，我观察过额敏县城的马路，没有排水设施。早春寒风凛冽，在这伤人不伤水的季节，堆积在路边的过人高的积雪，都要"天然融化"。马路上雪水自由泛滥，步行上班的工作队员，要在路面上"跳来跳去"，一不小心滑倒，扑腾一声，顿成半个泥人。

每年9月中旬，辽阳人还在兴致勃勃地满山看风景、席地野餐，也迷里山里已经下雪，即将封山！初冬来临，山上的虫蠓被寒流赶下来，雾一样在县城的半空飘浮，成群成群扑在脸上，钻进衣领。有一种不知名的家伙是个偷袭高手，连个"嗡"一声的招呼也不打，突然在半空拐个急弯俯冲下来，一头扎在脸上，叮一口就跑。

10月1日，辽阳人穿得花枝招展，还在漫山红叶里陶醉，也迷里已经寒风呼号，开始供暖。忽然一场没腰深的大雪捂严了大地，牧场和羊群都埋在雪里，张成良和援疆伙伴们要火速驰援！

2018年，大雪下了40场，很多地方积雪都没腰深，辽阳工作队的队员们赶上37场！下雪就是命令，张成良马上率领干部们奔赴牧场前线，火速救灾。羊有吃的吗？人断粮了吧？赶快把埋在雪里的东西扒出来。

寒冷是疾速出击的猛虎，如白色的刀刃，在牧场四处砍切，留下几片宽大的间隔，仿佛是它深深的叹息。

夏天，阳光的金手指频频伸过来，摸哪儿哪儿热——吓跑了"桑拿天"，霸道的"烧烤天"横冲直撞，包打全场。光线像烧热的锥子，能穿透衣服灼伤皮肤。多数队员每天步行往返两次，每次三四公里地上班，挨晒已是常态。

晚上宿舍干燥得像劣质煤烘烤的炉膛，队员们土法发明了"空气加湿器"，在地上多泼水，把窗帘喷湿了再挂上。

额敏的自来水含碱成分大，沐浴器喷头孔半个多月会被积碱堵死。泼在地上水干后，浮一层乳白色的碱花。队员们的洗脸盆都有一层"碱锈"。做菜的黑铁锅只要熬一次汤，锅底必有积碱。

有人说吃碱多容易得肾结石和胆结石，队员们毫不在乎："没那么可怕。多干工作多运动，结石就'嘚瑟'下去了。"

"得结石病的人多了！没来额敏援疆的，不是照样长结石？"

没有一个人是完全幸福的。所谓幸福，就是在于认清一个人的限度而安于这个限度。

援疆工作苦吗？苦。可比起队员们在维护边疆安定，支援边疆建设中锻炼了能力，提升了境界，这又算什么？

援疆工作累吗？累。可比起队员们开阔了视野，磨炼了意志，提升了政策水平管理水平，精神和灵魂得到双重洗礼，这又算得了什么？

在额敏采访的日子，我每天都被辽阳的援疆队员们所感动。每个人都像拧足了发条的机器，都在最佳状态工作。

"工作的事再小也是大事，自家的事再大也是小事。"这不是一句空话，而是关乎家国情怀、考验灵与肉的自觉行动。

张成良的母亲去世早，父亲是他唯一的亲人。可是父亲病重时，他却在额敏工业园区忙得脚打后脑勺，没有见上最后一面。副领队金科的父亲病危去世，金科同样在新疆处理棘手的工作。薛世杰的母亲去世，白景超的岳母去世，郑健的母亲去世，薛昌全的父亲去世、岳母去世，解明升的哥哥去世……

这些忘我奉献的援疆赤子只能舍小家顾大家，暗暗吞下痛苦，泪湿枕巾，独自忍受今生今世再也没有机会补偿的缺憾……

高级教师李杰的女儿于2019年8月18日结婚，李杰匆匆回辽阳张罗了婚礼，8月19日便赶回额敏。9月6日女儿宴请亲朋好友，李杰在额敏正忙于教学。在万里之外的也迷里，李杰向女儿女婿发去祝福视频。

但，他们没有后悔，更没有退却，当自己的援疆期满，面对留下与离开的艰难抉择时，队员们宁愿克服自家的重重困难，也要与张成良一起留下来。"援疆太苦，到期赶紧回去"的话丝毫不能影响辽阳队员援疆建设的赤诚之心，2018年6月，14名为期一年半援疆的专业技术人才工作期满，居然有12人写了"继续援疆"的申请！

珍惜能看到的，也要期待暂时看不到的。夜把花悄悄地开放了，甘愿让白日去领受谢词。

张成良像常年干旱的额敏随处可见的滴灌装置，平时静静地"躲在一边"。哪棵庄稼或树木旱了，一定在第一时间挺身"救场"，送来滋润和甘霖。每位队员都是好兄弟，谁也不能掉队。张成良心中装了满满的爱，随时送给这些"家庭成员"，细致入微地关爱每一个人。他能记住每个援疆队员的生日，并送去祝福。队员值班时他要提醒，饭别忘了吃，深夜有队员加班没回来，他打电话问询，派车去接。每位队员家里有老人去世，他会第一时间打电话问候，给予力所能及的帮助，代表工作队送去花圈。在张成良的领导和全力推动下，队员个个忘我工作、表现出色，援疆的每个干部职务都提了半格。医生和教师全部晋升了职称，来时中级职称的晋升到副高职称，副高级职称晋升为高级职称，全部兑现了工资。副领队金科提拔为副县长，王强由副科级提拔为正科级，徐兴邦工作出色，担任额敏县发改委主任，在辽宁省273名援疆干部人才中，他是唯一提拔为地方部门正职领导的。

每个人的心里都有一片属于自己的森林，迷失的人迷失了，相遇的人会再相遇。

在新疆援疆，领导曾这样评价："只要工作在新疆，哪怕什么都不做，也是好样的。"

辽阳工作队的同志们怎么会"什么都不做"？在新疆打拼的日子里，他们个个都是好样的！

人与人之间的交往，并不是一方努力付出的结果，是相互扶持、互相鼓励的，在平凡的生活中，就像彼此人生路上的一盏明灯，伴你前行。

白志久，2017年5月出差期间患"丹毒"，头部水肿，高烧不退，伴有牙齿剧痛，他坚持带队乘机往返，连续开展工作，在额敏县医院输液治疗12天。他任额敏县招商局副局长，借招商引资之便有太多回辽阳的机会，但他全力"回避"，把机会让给同志们。

徐兴邦，连续6年援疆，因工作表现突出，被任命为县发改委主任，开了援疆干部任正职之先河。

解明升，任劳任怨，被誉为"老黄牛"，克服党政事务繁杂困难，同时兼顾抓援建项目建设。

万国强，连续两届援疆教师，带领教师组同志，开办微信课堂和"六点半"课堂活动，受到当地师生好评。

赵军，给额敏县医院编撰医生考评方案和细则，受到地区卫生系统好评，协调联络4名急需的医疗专家短期来额援疆和培训当地人才。

林林，来自辽阳广播电视台，为额敏县外宣办审读上百万字新闻和外宣稿件，"讷于言而敏于行"的表率。

王强，工作雷厉风行，带队侦破多年前杀人案件，打掉当地涉黑团伙。

李光旭，作为食堂管理员，干在前吃在后，努力增加花色品种，变众口难调为众口可调。

邱忠鹏，带领额敏县医院开展静脉瘘手术，为塔城地区首创，为患者和家属减轻痛苦和经济负担。

王爽，引进内地先进经验，参与拟订融媒体筹建方案。为拍摄牧民春季转场，克服寒冷、饮食不适等恶劣条件，与牧民在山窝子里同吃同住，为丰富额敏县影像资料库拍摄了大量出彩镜头。

…………

不用滞留采花保存，只管往前走，一路上百花自会盛开。

辽宁省对口支援新疆前方指挥部主要领导对他们给予很高赞誉：能战斗的团。

有一种爱叫"迎难而上"

为什么把择定终身的职责，交给半懂不懂的年岁？为什么让成熟的眼光，延误地出现在早已收获过的荒原？

2014年2月，额敏寒风凛冽，大雪飘飞。"老风口"接连霸占央视屏幕，10级大风怒吼着卷起排空雪浪，埋上轿车，将地面上的浮物摧毁、拎起来，狠狠摔到几里地之外！

额敏县管理层也刮起了"10级大风"，旋涡中心为"五大产业建设规划"。怀揣改变家乡面貌的美好愿望，与北京某知名规划院签订合同，计付劳务费500万元，先付270万元。谁知，"风景区"突成"老风口"，当北京的几位规划师将设计规划端上额敏规划评审会时，立刻"炸锅"了，评审们群情激愤，纷纷指责这个规划漏洞百出，清一色投了反对票。

张成良对规划提了10个方面的问题，尖锐地指出要害：纸上得来终觉浅，"太学院派""空洞""没有可操作性"，这个规划放在塔城行，放在深圳也行。

双方对峙，陷于两难境地。高高在上的北京方没想到在小小的西北县城折戟沉沙，站起来困难，行走更加困难。额敏方已经花了270万元，前进不了，也没有"老风口"趋于平静，额敏县委却成了"大风口"，微词、议论、诋毁、谩骂、愤怒纷至沓来……

生活由平静的海滩进入惊涛骇浪的峡谷。

接连开了多个"连轴转"的县委常委（扩大）会议，县委书记果断决策：将修改规划的任务交给时任额敏县委常委、副县长的援疆干部张成良。

这担子力压千钧，张成良仿佛听到自己肩膀骨骼咔咔咔响。没有丝毫准备的张成良肚子里有千言万语，可他只简洁地回答："好的，我一定尽力。"

有一种爱叫"迎难而上"，因为，总要有人先攀险寻路，插上路标，把方便留给队友。

心大了事就小了，心小了事就大了。

张成良清楚，他接下这项工作，只是暂时把这个"明火"扑灭了。那么，"明火"下堆积了多少干柴？他是否有能力将其扑灭或掩埋？都是未知数。

张成良相信，再小的个子，也能给沙山留下长长的身影；再小的人物，也能让历史吐出重重的叹息。

查资料，寻样板，咨询专家，查找专业著述，张成良旋即进入角色。

成长是一种和自己的比赛，因为优于别人并不高贵，真正的高贵应该是优于过去的自己。

在繁华热闹的首都北京，张成良独自憋在一个房间里，不知道什么时候夜幕悄然降临，也不知道什么时候曙光再照东窗。时光仿佛缩小了，甘愿屈居在一个小小的荧屏上等到地老天荒；时空收窄成"一条线"，穿过首都汪洋的楼海，越过千山万水沙漠戈壁，回到他深深爱着的额敏……

张成良非常清楚，规划宏大而辽远，既要卧接地气，还要威武昂首"高大上"；既要符合今天，更要适用无数个手拉手的明天——历史与人文交融，景观与经济携手，自然与发展联袂，形象与逻辑并举，保护与创新双行……

一行行规划出现在电脑屏幕上，每个字都有温度，都带着张成良的体温和对第二故乡的热爱；每句话的后头都呈现一幅幅"图画"，郊区乡的城乡接合部的特点，玛热勒苏镇地理面貌，霍吉尔特蒙古族乡的"世界唯一的野生苹果基因种子库"，地处老风口的亚欧大陆内心，位于额敏镇至杰勒阿尕什镇公路的南面，距县城7.5公里的也迷里古城遗址，贯穿县城的额敏母亲河，以及额敏盆地内生机勃勃、魅力四射的湖泊、湿地、平原、野生鸟兽，都"如约"出现在屏幕上，向张成良微笑、招手或皱眉……

张成良能读懂"她们的每一个表情",也"意会"所有的支持或提醒。因为,来北京修改规划之前,张成良披星戴月花了3个月时间,走遍了额敏县17个乡镇、169个村。

张成良以虔诚的敬畏和深深的感情,胸装22万额敏的父老乡亲,"打笨仗,出实招",进行田野式调查,脱鞋下河,钻林入谷,越岭攀山,把自己当成体温计,量遍了第二故乡的"体温"。

天空虽不曾留下痕迹,但我已飞过。

虽远在首都北京,张成良的脉搏却始终与第二故乡同频跳动。

另一方面,张成良又十分清楚,规划不是"纪实作品",不是照片,不是简单表层的"同框",更不是花拳绣腿"比颜值",而是站在额敏故乡的土地上,让现状与科学双轮驱动、双翼齐飞,"欲与未来试比高"。

这就难了!

在设计规划的每一天,时光比秋叶落得还快,眨眼间一天没了,眨眼间一周就翻篇了,当一个月时间流逝,张成良的"初稿"仍在难产阶段。

孤单是一个人的狂欢,狂欢是一群人的孤单。人间至味是清欢,越是艰难越振作。

我没有问过张成良,在首都北京,在国内外响当当的著名规划专家和一群博士、博士后的包围中,这位小小的援疆干部,以怎样的勇气毅然举起"规划首秀"的大旗。

我也没有问过,当张成良这位"外行的小学生"日夜不休地潜心坐在电脑前,修改那些大名鼎鼎的专家们的作品时,人家在用怎样的目光看他,用怎样的心思揣摩他。

我却知道,张成良是一直站在规划"圈外"的人。即使他在管理中接触过规划设计与应用,与此次在首都北京的高档次"尖锋较量",必是云泥之别。

所有的今天都会成为明天，但，所有的明天不一定都会成为今天。简单亦化境，方寸也汪洋。真正重要的不是给生命以时光，而是给时光以生命。

张成良在大北京的某个小房间里"蜗居"59天后，他交出了答卷。

过了这个"高门槛"相当重要。但这不是最终目标。

卷子交上去了，张成良和北京规划方仍然捏了把汗。

我们熟悉的考试惯例是一群人答卷，少数人判卷。这次却相反，一个人答卷，要一群人判卷。换言之，"考生"张成良一个人把规划在人大全体大会上公布后，代表们要"集体判卷"。

投票的那一刻，最紧张的不仅仅有"设计方"，还有许多人若怀揣兔子，心提吊到嗓子眼——270万元已经支出，这次再被否定怎么收场？

理想像长脚的云，跳上天空等你。

又一次"出乎意料"，这个规划似乎有着人见人爱、花见花开的魅力，所有代表都欣然赞成，获得满票通过！

历史有自己的生命，它就像一个人，既随和又自尊。

转制就是生机

要作为思想家去行动，还要作为实践家去思想。

在遐迩闻名的额敏（兵地·辽阳）工业园区，新天骏面粉有限公司为非常抢眼的新星，短短几年，便以其优质产品迅速占领塔城地区60%的市场份额，并成为新疆同类企业的佼佼者，辐射全国。

"新天骏"将一、二、三产业连在一起，种粮食、收储粮食、加工粮食一条龙，以完整的产业链和优质产品，上游的种粮农民欣喜，下游的用户高兴，赢得广泛的市场信誉，后势强劲。

熟知内情的人惊喜万分，赞不绝口。工人们说："多亏张书记救了我们!"

用户称赞:"这是上好的有机面粉,吃了放心哪!"

现任总经理王明辉更是有感而发:"没有张成良副书记的成功改制,这一切都没有!我在内地干这行20多年,根本实现不了的事,在这里全实现了!"

2014年年底,辞旧迎新之际,多民族聚居的额敏县城热闹起来,穿着各式民族服装的百姓有的走亲串户,在为旧年"收口",有的兴高采烈地办置年货,迎接新年。县委门前却聚集一大群人,他们情绪激动,坚决阻止额敏县粮油购销公司改制。理由就一条:"你们一改制,我们不就失业了?"

可企业的现状却是:连年亏损,县财政每年补贴600万元。

面对这个实在负担不起的老大难企业,县里引进一家企业"救场",不想却遭到工人们的坚决抵制。

不转制,死路一条。转制会有一线生机,但工人们又抵制转制。

进退两难时,县委书记又把任务压给了张成良。

时任县委常委、副县长张成良刚从辽阳来额敏半年,自己唯一能掌控的就一条:对工厂和工人情况一无所知。

工人们75%为维吾尔族、哈萨克族、蒙古族等少数民族,语言沟通便是一道大坎。备受冷落的张成良一进厂,便成为"最不受欢迎的人"。工人们躲的躲,不理的不理。张成良从表情看出了对他的敌视。工人们把他视为"打饭碗的人",无论张成良怎么解释,大家都不信。大家要轰走张成良,张成良却要在此"扎根不走",始终微笑着跟他们沟通。于是,这场以1对85的硬碰硬的"较量",正式拉开帷幕。张成良首先修改了转制方案,把原来"全厂一刀切"的转制方式,变成"一人一个方案"。他跟全厂85名工人谈话,一个一个谈。少的一个人谈七八次,多的谈20多次。谈话要带翻译,翻译有时也听不懂的话,张成良便看表情,猜。翻译赞赏张成良:"猜得真准。"

起初，85人形成一道铜墙铁壁，任你说出花来，人家就三个字：不同意。

为什么要改制？改制后对职工的社会地位和待遇绝不降低，只能提高，勾画美好前景。不改制的后果会怎么样？改制后用什么办法让企业和国家"双赢"？以情动人，以爱暖人，以心暖心，"铁壁铜墙"终于出现"裂隙"……

遇见对的人，做喜欢的事，每一刻都热血沸腾。

半年后，张成良的爱心使"战局"发生"大转折"，1∶85的局面"大掉转"，多数人都站在张成良一边，只剩下一个叫海拉尔的维吾尔族中层干部与张成良"对战"。一周后，海拉尔紧紧握着张成良的手说："辽阳干部，亚克西（好）！"

"饺子已经煮熟了，再一个一个下锅。"

"定盘子"那天，张成良召开了全体职工大会，这边进行法律公证，那边由财政局发放补助金。

这是额敏县第一例成功改制的企业，也是"扑火"最干净利落的经典案例，改制后，工人们个个笑逐颜开。

好戏还在后头。张成良没有把工人推向社会不管，而是迈上新的征程，勾画了完美收官的蓝图。投资人响应额敏县招商引资政策，看好额敏工业园区和地方资源条件，引进了新天骏面粉企业，转制后仍是国有企业。国有股份占51%，民营占49%。企业加大投入，风险扛过去了，工人们还是国企职工，身份没有变，收入和社会地位提高了。

2015年完成改制，2016年盈利两万元。比较上年的亏损600万元，实际等于当年赢利602万元。

时间跨入2018年，当年里倒外歪的丑小鸭已成振翅长空的白天鹅，新天骏面粉公司在同行业脱颖而出，已现"明星相"——

春天，收储公司统一要求农民播种新冬18号小麦，粮食品质有保证。秋天收粮，在市场价格的基础上，收储公司（钱由天骏面粉厂出）每公斤补助6分钱，粮农增加了收益。

而今的工厂生机勃勃，由做大众面粉跨上做有机面粉的高台阶，把周围有机小麦加价收购，培养和激活农民种有机小麦的习惯和热情。"新天骏"面粉年产量六七万吨，歇人不歇机器，工人实行三班倒加紧生产，向年产15万吨迈进。辽宁援疆工作队迅速拉动销量，已经打开辽宁市场，在东北和西北分销蓄势强劲。在厂外，迅速扩大有机小麦种植面积，在厂内，按计划增加有机小麦生产线，打造"新天骏"名优品牌。

然而，在改制之前，"新天骏"差点"胎死腹中"。

这天，老板王明辉急了，吵着闹着找县领导，县委书记走哪儿，老板跟到哪儿。事出有因，在额敏县政府主持下签署的合约，这家企业的6062万元货款瞬间"消失"。

事情太难办，有些人说："签完约了，管我什么事？企业赔了找我，你挣钱了怎么不找我？"

这话瞬间激怒了王明辉。

张成良在专题会议上说："新疆的稳定很重要，咱们要千方百计想办法，不然就出问题了。"

县委书记当即拍板："从现在起，由成良同志负责处理此事。"

我在前边讲过王明辉的故事，他就是兴致勃勃要参与额敏县粮油购销有限公司改制的。谁知，改制尚未进行，却在收小麦上碰个大钉子！

张成良对王明辉说："出了这样的事，政府有责任，你也有责任。不管买什么货，事先必须验货的。但现在，我们不是要埋怨谁，而是要解决问题。我建议你先进行行政诉讼，走起诉的程序，政府和企业在庭前和解，重新签约，你的损失由政府补上。"

张成良清楚，王明辉不是做把买卖就走，而是要参加企业改制，要在额敏扎根办面粉厂，对这样的招商引资而来的企业要予以重点支持，绝不让人家伤心而退。另一方面，要在企业与政府之间，企业与

286

麦农利益之间，找到黄金分割点，相信"办法总比困难多"。

在张成良协调主持下，很快跨过了这道高坎，王明辉与政府握手言和，很快参加改制，"新天骏面粉"成为额敏县工业企业最耀眼的一颗新星。

我讲述如上故事，也许有人纳闷儿："张成良真的这样厉害？"

我负责任地揭开真相：这"厉害"是真的，但由来已久，来之不易。

一切伟大的行动和思想，都有一个微不足道的开始。

出身普通家庭的张成良没有任何背景，靠品学兼优和工作奉献，得到大家认可。1991年，读高中二年级的张成良提前报名参加高考，被沈阳师范大学政教专业录取。张成良履历丰富，援疆前做过高中教师、团委书记、党支部书记、教育局干部、组织部副部长并历任三个街道书记、招商局长、副县长等岗位。

人生如同道路，最近的捷径通常是最坏的开始。

张成良曾经三次分别担任三个街道的党委书记，街道工作千头万绪，招商、办企、治安、繁荣经济、抵制黄赌毒、"两个文明一起抓"……

勇敢的人不是不害怕，而是战胜了害怕继续前行；闪亮的人生不是未经黑暗，而是在黑暗中努力燃起一道光。

都是些什么人搞得街道工作困难重重？欺行霸市的、打架斗殴的、地痞流氓、调皮捣蛋的混混、坑蒙拐骗偷，一伙一伙找到头上，张成良挺直腰板迎上去，不躲闪，不惧怕，不回避。因人因事而别，有时摊牌政策法规，有时亮出法律武器，有时实行"怀柔政策"，有时"一对一大群"，有时"一对一"单挑，有时果断报警……

这些"已经翻篇"的宝贵历练，成为张成良后来"治理疑难杂症"的重要支撑和坚强后盾。因此，他才能在援疆工作中，一次又一次扭转败局、转危为安。

诗翅膀只为大爱而飞

心态要高，姿态要低，不要看轻别人，更不要高估自己。

2018年8月26日，14名中期轮转的专业技术人才刚到额敏县辽阳工作队驻地，热烈的鞭炮噼啪噼啪地响了起来，红彩当空开花，蓝烟缭绕，营造了浓郁的火爆氛围，"欢迎大家的到来，"张成良微笑地迎上前，指着眼前的公寓楼，"这就是你们的家!"

张成良一一跟队员们握手，详细问询每个队员的名字。

大家心里格外温暖，仿佛不是来到万里之遥的额敏，而是回家了!

简单的欢迎仪式上，张成良给队员们留下深刻的印象，丝毫没有官架，像久别重逢的老大哥一样和蔼可亲，句句话都洋溢着兄长般的关怀和柔情。令人舒服、温暖的是，张成良称队员们为"兄弟"。更令人吃惊的是，刚刚认识，张成良居然能亲切地叫出每一位队员的名字!

在陌生的地方遇知心，那种被尊重的感觉暖流能瞬间流入心房。

当然，他们并不知道，张成良博闻强记，数百首唐诗宋词张口就来，能熟练背诵《岳阳楼记》《滕王阁序》《出师表》《春江花月夜》……

"不是张书记记性好，而是心里有我们。"我采访的时候，多位队员这样说。

好几位队员红着眼圈儿说过同样的一句话："他这么操心，我们心疼啊!"

每个队员敬爱张成良的真诚表情，令人动容。我想，所有队员异口同声地赞扬一个人，这大概就是榜样吧。

2014年2月19日，副县长张成良，身负国家使命和辽阳市委的重托，首次来新疆额敏县援疆，任辽阳市援疆工作队副领队。

2015年10月，组织提拔他为辽阳市援疆工作队领队。

刚到额敏，张成良内心迷茫。在内地工作20多年，一下子来到人生地不熟的地方，从大的方面政策、思路、程序，到小的方面作息时间、饮食及工作方法，完全是陌生的。同样的事情采用同样的举措，怎么会出现完全不同的局面？

任额敏县委常委、副县长，在分管的工作实践中，即便那些积累数十年的成熟经验，怎么也不好用了？

每一个强大的人，都曾咬着牙度过一段没人帮忙、没人支持、没人嘘寒问暖的日子。过去了，这就是你的成人礼，过不去，这就是你的无底洞。

任辽阳工作队领队同样碰到很多棘手的事情，这个"杂牌军"共有43名队员，分别来自38个单位。大家的脾气迥异，性格不同，爱好有别，有人自私自利，有人从不易位思考问题，这，都是张成良必须面对的现实。

当无力改变环境的时候，就要适应环境。这是张成良给自己下的第一道命令。第二道命令更狠："牌不是我抓的，但我必须打好！"

"兵熊熊一个，将熊熊一窝，我带领43个弟兄，必须干好！"

"我可以没有英雄壮举，但绝不能碌碌无为。"

"我在辽阳有个家，新疆也有个家，辽阳工作队就是我第二个家。一个人好不算好，援疆工作队的所有队员整体提高了，这才好。"

刚来额敏，大家吃不惯新疆的饭菜。主食天天吃面，所有菜肴都是重口味，辣、咸、油腻大。队员的身体从未遇到过这样大的挑战。几天之后，不是爱不爱吃的问题，而是引起身体的强烈抗议，有的得了痔疮，有的胃疼，有的饭后感觉肚子丝丝拉拉痛，有的患上厌食症。张成良换了几位当地厨师，仍然解决不了这个难题，便责成管理伙食的李光旭，一定要找家乡的厨师。辽阳的一对夫妻厨师来了，张成良过问细节，确定了每顿四菜一汤，多换样，问题得到缓解。一年后，这对夫妻厨师嫌工资少，去南方另谋出路。张成良借春节放假回家，再次和李光旭"淘厨师"，面试后，把又一对夫妻请到李光旭家，当场试做荤素搭配有多种技术含量的十几道菜，大家品尝后同声喝彩："好！定了！"张成良拍板后，第二天便请这对夫妻厨师直奔新疆额敏，这才解决了老大难问题。

教育部布局的教育专家项目，辽阳有22名教师在额敏援疆。这些人统一在额敏县委学校食堂就餐，一个月后，个个瘦。大家嚷嚷"受不了"，甚至有人因饮食不适应紧急回辽阳做手术。张成良知道后当即决定请他们到干部援疆工作队驻地一起就餐。

"多个人多个管理风险，一下子多了20多个人，要多多少风险啊！"

"本来不归我们管，现在管过来，这不是给自己添累吗？"

"原来的食堂小，还要扩大，锅灶炊具都要增加，这可不是一般的麻烦哪！"

"多麻烦也要管，"张成良表态道，"这一，都是辽阳人，土亲人也亲，我们不能袖手旁观。这二，他们的身体吃不消，我看着心疼啊！为了大家的健康和安全，我有责任照顾好他们。"

这是一个流行离开的世界，但是张成良不擅长告别。

教师们的困难解决了，张成良的困难却增多了。因为，他这个领队要对这个群体的每一个兄弟负责。他的责任由21人，变成43人。

管人的麻烦比起调剂伙食，不知要难多少倍。

若不是心宽似海，哪来的风平浪静？

张成良天天要牵挂所有的队员，大到谁的原单位有事，谁的家里有事，谁的职务晋升和职称晋升遇阻，谁来也迷里后工作不适应，小到感冒发烧头疼脑热、失眠、郁闷、晚上加班，他都要管。工作队不远便是那条著名的"也迷里河"（又称额敏河），河岸上的人行路，便是张成良和队员的"感情线"，一旦发现哪位队员郁闷了，张成良便第一时间找队员谈心，能帮的帮，能办的办，按下火气，理顺情绪，找到思路，把所有的麻烦都抛进也迷里河。

流淌了千年万年的也迷里河是最好的见证，张成良就是道坚固的堤坝，拦住所有队员的"斜逸旁出"，大家手挽手肩并肩，伴奔腾的河水一道奔向远方……

辽阳市公安局刑侦支队二大队副大队长王强有勇有谋，科班出身，不怕吃苦，敢于担当。他怀揣干一番事业的梦想来到额敏，任县公安局副局长。他思路和干劲双向出色，却极不适应。对新疆的工作态势估计不足，以为也就搞搞案子，情况反差太大，他干着急使不上劲儿，下下打在棉花堆上，内力耗尽不见效，憋得身体快要爆炸无处释放，心理的弦绷得不能再紧，眼见就要崩溃，快要撑不住了。

关心要用眼睛，更要用爱。初见时的笑那样爽脆，而今怎么掺杂了迟疑和勉强？初见时的目光明亮而果决，而今怎么迷离而躲闪？初见时饭量很大，而今怎么少吃了一半？这些都是谜面，张成良要用关爱和智慧找到谜底。

有时虚比实生命力更强。墙上和脸上的斑点可以去掉，心里的斑点却很难消除。

张成良发现王强不对劲儿，情绪沮丧，主动邀他"去河边走走"。王强迟疑一下，出于不撅面子才伴行而走。

人心就是一方田，植一米阳光，获一缕温暖；植一缕花香，获满室芬芳；种下一份美好，就会收获一种幸福。

"大强啊，"王强一愣，觉得叫得亲切，"工作上有啥困难跟大哥说啊，大哥一定要高高兴兴把老弟带进疆，平平安安把老弟带回辽阳。有困难就告诉大哥，大哥一定全力帮你。"

回忆像一条鱼，频繁出现在同一片水域，却一直找不见从前的伙伴。

一口一个老弟，王强万般感动。在陌生的地方，在陌生的环境，领导竟这样爱护他，这位习惯打打杀杀的硬汉眼窝湿润……

"大强啊，"张成良亲切地拍了拍王强的肩膀，"不管遇到什么困难，一定要坚持本心，遵纪守法，融入当地。虽然遇到许多新问题新困难，以前没有遇到过，要多多学习、勤于思考。碰上把握不准、估计不足的问题，你就跟大哥说，大哥给你出出主意、当当参谋。"

每一次普通的改变，都可能改变普通。

第二天，张成良专门去了一趟额敏县公安局，同局领导沟通情况，理顺思路，请他们多多关爱新来的干部。

公安局领导也深深地感动："张书记专门跑一趟，这样关怀下属，太难得了。"

在张成良心里，难得的不是一次语重心长的谈话，也不是一次与主管领导沟通，而是天天关爱、时时关注、一辈子的兄弟情！

等待，不只是为了你回来，而是找个借口不离开。

多少个午夜，王强每天都会接到张成良的电话，"在哪呢？""开会呢。""你别一个人走，我去接你。"

王强回来早些，张成良主动"勾"他："大强，下班了？""下班了。""走，跟我到河边转转。"

今天的忍耐，恰是为了明日的花开。命运不会亏待努力的人，你要做的，是用最少的悔恨面对过去，用最少的浪费面对现在，用最多的梦想面对未来。想要理想的生活，那就放手勇敢去追。

人生好比一口大锅，当你走到锅底时，无论朝哪个方向努力，都是向上的。

王强很快走出低谷，焕发往日的生机和活力，成为额敏县公安局的破案能手、管理主力。

"在我坚持不下去要当逃兵的日子，张书记救了我，"王强红着眼圈说，"当时我太难了，进不得，退不得，成宿成宿睡不着觉，都快抑郁了。"

每个人都曾经历过艰难的时刻，但也一定有被感动被温暖过的惊喜。相由心生，境随心转。当你保持身心愉悦，对这个世界充满善意时，美好的人和事自然会被你吸引。反之，当你悲观烦躁、郁郁寡欢时，负面的东西就会暗潮汹涌。

人生舞台的大幕随时都可以拉开，关键是你愿意表演还是躲避。

王强又有感而发："张书记为我们操碎了心，关心每一个队员的成长。这一点，没有任何人能做得到。我参加工作20多年，没见过这样的领导，一直为你鼓与呼。"

"吃苦在前，享受在后"这句话之所以"永远年轻"，是因为像张成良这样的干部不断地续火传薪，赋予她新内容，使她像春天一样蓬勃。

每年春节前，工作队驻地会一天比一天冷清，教师们回家了，医生们也回家了，党政干部们后走。而张成良，则是最后一个回家的人。

每当这时，张成良便"施展"他的厨艺，每天都要换新菜谱。

张成良热爱生活，以为他人付出和奉献为乐趣。援疆前，每年春节张成良都要为家人下厨。必有火锅，象征着日子红红火火。他一个人买好菜，一个人切墩，一个人当水案。备好两个菜案板，一个用生菜，一个用熟菜。腊月二十八就把面发上，炸丸子、炸大馃子、炸蒸结合。菜肴丰富多彩，每年春节都要做20道菜。四喜丸子、酱炖鱼等主菜一样不能少。

只要张成良在家，兴高采烈的女儿会率先发话："妈，我爸回来了，不用你做菜了！"

现在，在万里之遥的新疆额敏，张成良的上等厨艺派上用场。

大街上的年味越来越浓，驻地里的人越来越少，最后只剩下几个人，张成良像欠大家多大人情似的，歉疚地说："不是我不心疼你们，按照相关规定，队里必须保证这么多人哪。"

"工作上从严从紧，生活上关心关爱"，张成良无数次强调他的理念，"我们一定要把辽阳援疆工作队打造成一流爱岗敬业、勇于奉献的团队，我们有责任有义务带好他们，管好他们，爱护他们。"

善良是人生最长的路。这路是我们生命的一部分，是我们的血肉。我们的身体时常因为这条路而疼痛，我们的梦与快乐也源自这条路。

我被深深地感动，张成良不是一天这样两天这样，而是天天这样。他不是关心一个两个队员，而是关心每一名队员。好几位朋友向我说了同一件事：张成良的善良与生俱来。在额敏河畔散步，张成良见到乱爬迷路的蚯蚓，会弯腰捡起来，放到河中。见到流浪猫，他为猫找个人家，再送200元钱买猫粮。每次碰到流浪狗，担心它会饿死，张成良会把它抱回驻地饲养，及时把照片发到微信群里，"这只小狗不错，哪位认领？"

　　月儿把她的光明遍照在天上，却留着她的黑斑给自己。

　　张成良深深地爱着每一个队员，唯独忘了他自己。按照规定，队里每年有一次家属探亲，队里负责报销往返路费。家属一来，副领队、主任到机场把探亲家属接到队里。张成良回回都安排食堂做几道好菜，档次不够热情补，渲染欢迎气氛，让家属们有回家的感觉。他主动问询家里的困难，尽力帮忙。他还安排队员带家属去伊犁和喀纳斯风景区游玩。

　　张成良援疆6年，他妻子只带孩子来过额敏一次。来不接，走不送，不参加食堂统一安排的宴请，更不许别人宴请。我无数次听到这样的话："张书记心里装着每一个队员，他太操心了！"

　　"他白天在县里负责那么多的工作，早早晚晚还要管我们，额敏河畔就是他的办公室啊！他太累太累，我们看着心疼啊！"

　　"只要张书记是领队，我二话不说，也申请留下！"

　　感动之余，我情不自禁地想：向心力，这个词发明得好，有中心吸力，也有四外向中心倾斜、方向明确的内引力。同时也表明世上最大的吸引力是人心，而非化了装戴上面具的物欲和权力。在离乡万里的也迷里，张成良首先伸出爱的"橄榄枝"，忘我无私地围着大家转，点点滴滴都是爱，才牢牢地吸引队员们，被大家尊为有着旋涡般引力的"内心"。

　　也迷里河是季节河，我去时已干涸，铺满石子的河床，像一贫如洗的母亲亮出家底。但我知道，每年9月22日母亲会"重新富有"，因为，冰冷冰冷的冰山会如约释放出哗哗翻滚的热情。就像张成良和队员们一同在河边走，兄弟情谊从未断流！水来，兄弟情伴波共舞；水走，兄弟情蓄储在心……

张成良平素不喝酒。但，为了援疆工作队这个集体，他端起了大号酒杯。

2018年7月的一天，夕阳西下，倦鸟即将归巢。

张成良兴致勃勃下厨，为明天要回辽阳的医生教师技术干部饯行。这位不吃肉的人特别会做肉，他亲手割下一块香喷喷的肉，喂进离别队员的嘴里，切一块喂一块，挨个喂，所有离别队员都这样，"一个都不能少"。

队员们热泪盈盈。

援疆的日子一页一页翻过，每一页，都有张成良对每个队员的关爱，此时以这种方式离别，大家非常感动。不知谁最先哭出声来，一下子点燃了大家，队员都哽咽不止……

张成良高高举起酒杯："聚是一团火，散是满天星。众弟兄明天要走了，希望你们在今后的工作中，发扬援疆精神，取得更大的成绩！"

张成良简明扼要总结了大家在新疆一年半取得的成绩，又说："万里援疆路，一生兄弟情！这第一杯，敬大家对我工作的支持，表示真诚的感谢，我向大家敬个礼！"

这个深躬礼引爆一阵热烈的掌声，队员们眼含热泪使劲儿拍，手都拍疼了！

张成良昂首干杯后，又倒满酒："干了第二杯，不管走多远，我们永远是兄弟，要互相照应。"

"这第三杯，回辽阳的弟兄，欢迎你们再回援疆路走走，再回来看一看。你们回去后，要像战友一样相处，打造援疆的团队精神，再立新功！"

队员们群情激昂，还要喝酒。张成良担心大家喝多，高高举起空酒杯：“我提议，用我们最喜欢的一首歌代替饮酒，现在，我们大家齐声高唱《辽宁援疆之歌》，好不好！”

“好——”队员们齐声应和。

> 在茫茫的人海里，我是哪一个？
> 在奔腾的浪花里，我是哪一朵？
> 在援疆路上的大军里，那默默奉献的就是我；
> 在辉煌事业的长河里，那永远奔腾的就是我。
> 不需要你认识我，不渴望你知道我，
> 我把青春融进，融进祖国的江河。
> …………
> 在通往援疆的征途上，那无私拼搏的就是我；
> 在共和国的星河里，那永远闪光的就是我。
> 不需要你歌颂我，不渴望你报答我，
> 我把光辉融进，融进祖国的星座。
> …………

激情的歌声刚落幕，好几个队员改变了行动方向，他们决定留下来：“再陪张书记一届。”东西都寄走了，家里的工作也安排好了——这有什么啊？寄走的东西再寄回来，安排好的工作再重新调整……

信仰是只吉祥鸟儿，黎明还黝黑时，就触着光而讴歌了。

这天，张成良猜出李光旭“有心事”，便主动“搭话”：“老弟，跟我到河边走走？”

李光旭也是位激情豪爽的汉子，2017年2月，他申请第二次留下援疆。他的单位是灯塔市第二高级中学。这位学校的骨干教师、后备干部中的“第一号人物”，现在心理落差很大。在他第二次援疆期间，学校接连提拔了3名教师，却与他没有任何关系。校长说得很客观："你又延长援疆时间，学校急等用人呢！"

2017年7月，李光旭回辽阳休假。

每年暑假，张成良都要把援疆教师的单位走一遍，向学校领导沟通教师在疆的表现，解决教师的现实问题。

这天，张成良给李光旭打了电话，让他下午在学校等他，与他一起见见校长。下午3点，张成良和县委组织部部长、副部长，县教委党委书记、主任一同来到学校，单刀直入，直接找到校长，表扬李光旭在援疆工作中的出色表现。

一下子来了这么多管他的领导，校长惊讶不已。更惊讶的是，领导们对李光旭的突出事迹竟这样"如数家珍"。

原来，张成良第一站到了县委组织部，详细汇报了李光旭的援疆表现。第二站，又会同组织部领导到了县教委，来第二高中，已经是第三站了。

领导们"现场办公"，主题是：不能让表现优异、在万里之外援疆的李光旭同志错过提拔机会。当场拍板，李光旭提拔为总务主任。

这天，在也迷里河边，负责教师工作的李光旭向张成良汇报一件事："崔广安已经三四天没睡觉了。"

"为什么？"张成良的眉头拧成个疙瘩，异常关切。

"崔广安是灯塔市第一高中教师，他的老伴也是高级教师，在同一个单位工作。崔广安来援疆，他老伴因为有重度风湿病，站不了讲台，学校安排崔大嫂在学校当门卫。冬天寒冷，门卫出出进进的人不断，每次进出都带进来一股风，崔大嫂的腿疼得扛不了，成宿成宿睡不着觉，太遭罪了。"

"怎么才告诉我？"张成良呼地站起来，似乎他也腿疼，"底下同志有这问题，你应该及时掌握，及时向我反映。崔广安已经三四宿没睡觉了，说明咱的工作没有做好啊！你马上从援疆工作的角度，向学校发个函，建议他们对援疆教师的家属给予关怀，建议调整崔广安爱人的工作岗位。"

第三天，灯塔市第一高中校长打来电话：见函后他们立刻专题召开了人事调整会议，已经把她从门卫岗位调整到实验室。

听说徐兴邦的老父亲过生日，张成良买了大蛋糕送到机场，请代为祝福。第二年的同一天，张成良借出差去给老人过生日，徐兴邦感动得热泪盈眶："张书记，还记着我父亲的生日呢！"

闻知郑健的母亲病重在沈阳抢救，在北京招商的张成良半夜三更赶到沈阳医院，帮忙协调好治疗方案，又返回北京。

知道解明升的独身哥哥病危，"忙蒙圈"的解明升却在沈阳完成援疆项目招标工作带队要赶回额敏，张成良连忙打来电话："你现在不能回额敏，作为政治任务，你必须把老哥的事情处理好！"

真正的勇者不是没有眼泪，而是含着眼泪带着笑奔跑。

2015年11月，张成良的父亲突发脑出血病危，远在万里的张成良却忙得分身无术。你方唱罢我登场，诸多项目经纬线比夏草还茂盛，都要从张成良这个针孔里"过一遍"……

张成良哪里知道，万里之外，他敬爱的老父亲已经气若游丝，只剩下一口气。父亲已经说不出话来，却一直不闭眼睛，他使尽今生今世最后的力气，坚持着、坚持着……他渴望最后看一眼成良啊！

大哥知道弟弟很忙，没有告诉他实情。

这天傍晚，张成良惊闻父亲去世，脑袋嗡地大了，一下子呆坐在椅子上，失声痛哭……

额敏工业园区常务副主任王宏告诉我："我一辈子不会忘掉那个场景，下午7点40分，其他办公室的灯都黑着，只有张书记的办公室还亮着灯。我到他办公室汇报工作，看见他在抹眼泪。我问他怎么了，张书记说：'刚得到消息，老父亲在家里去世了。'张书记实在说不下去，扶着桌子放声痛哭……"

王宏红着眼圈又说："我深深地被震撼！铁血男儿，流血又流泪啊！他忍受着丧父之痛，别家之苦，把全部精力都投入到边塞来。"

这是张成良无法痊愈的痛！

"童年是牧歌，成年是离骚，八千里路云和月，只有一声叹息啊！我连父母都不给送终，下辈子他们还是我的父母吗？"

夜深了。灯像菊花那样一盏一盏盛开，恍惚中，张成良见到了他的父亲，在一片盛开的菊花地……

敢于担当是大爱

根是地下的枝，枝是空中的根。

张成良主管额敏工业园区管委会时提出："意向项目抓签约，签约项目抓落地，落地项目抓开工，开工项目抓进度，进度项目抓报表审计，完成项目抓审计决算。"一环扣一环，环环紧扣。

2019年6月9日，工业园区创业就业（扶贫）产业园项目第三期工程的交工日期迫近，却因为缺沙石料而停工，路面铺不上了！

按照预期计划，6月16日之前必须交工。

施工单位赶紧向负责项目协调工作的援疆队员解明升报告："项目已经停工，再不来料就不能按期交工了！再说，这么多人耗在这儿，一天要损失多少钱啊！"

公安部门批准要上固定的地方取料，距离太远，来不及。

解明升赶紧找自然资源局，协调就近取料。自然资源局负责人说他们做不了主，除非领导批准。

张成良立刻组织相关部门开协调会，确定了就近取料的料场。

如果把所有错误都关在门外，那么，真理也被关在门外了。自然资源局的人提出只有公益项目可以这样办。问题是，谁来确认这是不是公益项目？几个人推来推去，不敢决定。

只有那些从不仰望星空的人，才不会跌入坑中。张成良当即拍板："追责就追究我，我签字。"

总算复工了。

一个人是否成功，不是用来衡量的，而是用人品做标准。你若不能创造价值，就没有存在的价值。

2018年12月，额敏县天寒地冻，大雪封城。为了少数民族贫困人口创业就业扶持项目的推进，张成良天天在工地忙碌。采购的手工刺绣织机、缝纫机，要投放到各个乡镇，张成良挨个乡镇去验收时，发现了问题：气泵配套少了9套，这等于9套设备成了废铁。解明升找供货商要，供货商以"已经采购结束，手续出完了"为由，拒不认账。张成良火了，找到供货商："不行！必须购齐9套气泵，少一个气泵，后期的货钱我不会给你！"

为什么出现这种状况？

张成良跑了一大圈，深入乡镇调查，发现有的乡镇收到设备不签字。他们担心设备闲置会被追责。张成良厉声质问："你们提的计划需要，我们按需要配套了设备，为什么不签字？"

建工业园区不容易，招来企业难，让企业在此建功立业就更难了。

在探索的路上，纵然华丽跌倒，也胜过无谓的徘徊。

2014年9月，针对小微企业普遍缺少资金的现状，张成良引进了"助保贷"业务。政府、企业、银行三家，共同推出一种新型的社会融资方式。政府先铺资金1000万元，放进银行的资金池，作为启动资金，授信10倍，就是1亿元，用于扶持小微企业的发展。如果到期了还不上，采用企业、政府、银行三家各摊风险的方式。企业贷款门槛低了，各家风险也同比降低。

张成良跑了人民银行、建设银行、发展银行和邮政储蓄银行，推广内地已经普及的小额贷款方式，碰了一鼻子灰。

"这个业务要是失败了，谁来负责？"

"我来负责！"张成良说完，立刻拿出一整套管理办法，"我们要成立额敏县'助保贷'管理委员会，县级财政、商经、发改、工商等联手，对企业全面风险进行评估，在这个基础上再操作实施。"

做一根有志气的枝条，不论是翠绿还是枯黄的季节，都会在自己枝头装点出一幅好的风景。

张成良终于找到突破口，成功地引进这个业务。因为利息低于银行，受到小微企业的热情响应，工业园区69家中小企业受益，最高贷款达1000万元，到期如数还款，没有一家失信。现在，"助保贷"业务已在额敏蓬勃兴起，成为推动小微企业发展的新引擎。

目标就像蝴蝶，你去追它的时候总是很辛苦，其实你只要种下很多花，蝴蝶便会自己飞过来。

为了爱，我愿意重返枝头

有的时候，我们需要继承与坚守。我们一路大步前进，不是为了改变世界，而是不让世界改变我们。

只要有爱，就值得去战斗和歌唱，就值得活在世上。

2019年9月8日下午，我们的汽车在二支河牧场斯海因村的一户人家前停下，司机玛尔旦·买买提刚下车，眼前紧闭的老红色大铁门哐唧一声打开，80岁高龄的克里木·买买提兴冲冲地出来，欢迎我们的到来。

克里木·买买提满面红光，直而长的鼻子，阔嘴，双眼含笑。"来客人啦！"老人喊一声，克里木夫人、二儿子、两位儿媳，还有4个四五岁的小孩，呼啦一下围上我们，纷纷用维吾尔语向我们问候，热情扑面。见克里木的夫人跷脚向外张望，张成良的司机玛尔旦·买买提知道她在盼谁来，便亲切地告诉她："张书记正忙工作呢，今天来不上了。"老太太这才不再张望，回身进院，给我们摘葡萄。

下午4点半左右，太阳正足。热烈的逆光透过半空的葡萄叶照射过来，我们眼前水汪汪的嫩绿连成一片，像吊在半空的绿湖，非常漂亮。我被眼前的人和美景感染，提议大家合个影。克里木大叔闻讯热烈响应，把眼前的家人招呼过来，在葡萄架下的长条凳上坐好，快门咔嚓一响,这张象征民族团结的合影便横空出世。

我写这个细节,只想告诉亲爱的读者,这个欢快的场景来之不易啊!

克里木大叔不习惯见陌生人,两年前,克里木大叔的两个儿子有特殊原因离开了家,两个儿媳生气,老太太吃不好睡不好。

这时,张成良来跟克里木"结亲",见活就干。铡草、扫院子、劈柴、烧火、炖肉。他还拿出烹饪手艺,给全家人做东北特色菜肴。张成良吃住在克里木家,餐餐付饭伙钱。张成良接连干了3天活,感动了全家人。第四天,克里木向张成良高高竖起大拇指:"有你这样的干部带领,我们的日子会更好。"

"火候"到了,张成良这才侃侃而谈,讲汉族离不开少数民族,少数民族离不开汉族,各少数民族之间也互相离不开;讲只有56个民族大团结,祖国才能更加强大,人民生活才能更加富足美满;讲家里的困难只是暂时的……

得知克里木老人眼睛患了白内障,张成良说:"请放心,我一定帮忙的。有困难就跟我说,我能办到的一定办。您老人家不要想太多,要多多保重自己的身体,剩下的事我来办,我就跟您家的儿子一样。"

张成良当即告诉他的司机玛尔旦·买买提:"从明天早上开始,你不用接我,而是天天接送克里木大叔去医院看病,医生我找好了,钱由我出。"

克里木的二儿子艾西丁·克里木右大腿静脉内血管堵塞,病情很重。张成良派司机玛尔旦·买买提和一个护理人员,将艾西丁送往乌鲁木齐手术。闻知他们缺钱,张成良垫付了1.5万元。

克里木一家人感动万分,在古尔邦节非要给张成良宰只羊,"老爸,千万别为我宰羊,一只羊一两千元,"张成良赶紧表态,"再说了,我吃素啊。"

克里木一家思来想去,给张成良送了一面锦旗,锦旗上写:"感谢张书记对我们全家的关心。张书记是位好领导，真诚地为老百姓服务。"

知道我要写张成良的文章，克里木老人激动地说："张书记太好啦！他的故事几天几夜说不完。他救了我的眼睛，救了我二儿子命啊！"

艾西丁感动地走过来，把右裤筒向上拉提，露出满是疤痕的紫红色的腿告诉我们："当时病很重，眼看整条腿都要完蛋了。已经做两次手术了，才恢复成这样。如果没有张书记帮忙……"

"这条腿就没了吗?"玛尔旦·买买提抢话道。

"不是腿没了，连命都没了！"艾西丁说。

艾西丁又说了这病的严重性，为什么会没命，我听了倒吸一口凉气。

克里木老人告诉我，他的"汉族儿子"经常"回家"看望他们，哪次来都不空手，面啊米啊油啊就不用说了，今天给500，明天给1000，回回来都给他们钱。一家人抢着讲述张成良的故事，场面感人。

我们告别时，克里木老人说刚才在葡萄架下照相时"人不全"，应该照个"全家福"。艾西丁招呼过来妻子和嫂子，又喊来4个孩子，大家在克里木家刚刚装修的新客厅长椅上坐着合影。4个孩子在前边，大人在后。12人中除了我和辽阳工作队的援疆教师李杰，另10位都是维吾尔族朋友。

过往不念，未来不迎。既不抱怨，也不纠缠，怀着一颗感恩的心，去善待每一天。

2018年7月3日下午，一辆白色救护车一路鸣叫着疾驰，蓝色警灯频频闪烁，开进额敏县郊区乡三里庄村，在一间平房前停下，车门哗啦一声打开，几位穿白大褂的医护人员迅速抬着担架下车，急速冲进小院……

一位中年妇女出来，一下子拉紧张成良的手哭着说："哥，妈妈要不行了，你可来啦!"

"别着急妹妹，放心，妈不会有事的!"

张成良边说边快步进屋，见医护人员要抬土炕上的老人，"慢着!"张成良说着赶紧伸手，"我来扶妈妈的头。"

救护车火速开走，张成良在车里给县卫生局领导打电话，请他们协助一下，让县医院提前准备好，一定要找到最好的医生，车到后马上抢救。

这位妹妹叫阿里达，是生病老妈妈的女儿。刚才，体弱多病的母亲突然病重，张口喘，出气多，回气少，眼见要不行了，她才打电话向张成良求救："哥你快来吧，妈妈眼见要不行了!"

故事至此，读者朋友已经意会，这又是张成良结亲的妈妈。

这位哈萨克族妈妈叫热斯江·卡皮坦，今年81岁。老妈妈患有心脏病、风湿病和肺气肿病。每到换季或冷天，肺气肿病就会犯病。今天下午，老妈妈突然不停地咳嗽，脸憋得煞白，半天缓不过气来。

氧气管里咕咕冒着水泡，热斯江妈妈呼吸微弱。张成良守在床前，紧紧握着妈妈的手，内心波翻浪涌……

老妈妈的经历令人敬佩，她当年怀着建设新农村的满腔热血，从额敏县城到郊区乡三里庄村工作，1965年加入中国共产党，当过40多年妇联主席、村书记、妇代会主任和计划生育委员会主任，奖章证书荣誉一大堆，曾荣获新疆维吾尔自治区三八红旗手和全国三八红旗手称号。

老妈妈起死回生，见她最喜欢的儿子张成良守在床前，哽咽着说不出话来，热泪横流。

"妈妈，"张成良用纸轻轻擦拭妈妈的泪水，"您有病，儿子在床前尽孝，这是应该的啊!"阿里达也擦着眼泪说："妈妈，这次太危险了，多亏张书记救命啊!"

我采访时，热斯江老妈妈多次流出喜悦的泪水，指着外屋的煤堆，指着面和油，指着她床上的收音机，指着自己身上的衣裳，指着她衣兜里的钱，告诉我们，这都是汉族儿子给的。

阿里达又插话说："张书记给我妈看病，花了一万五六千元。"

阿里达离异后，生活没有着落，张成良自掏一万元钱，帮助阿里达开了"一家亲餐厅"。协调县文旅局，给老妈妈的孙子解决了就业难题。

"结亲"二字的关键在"亲"字上。阿里达告诉我，张书记每隔两三天会给她打电话、发微信，问妈妈的身体怎么样，需要些什么。她有两个哥哥，很少来看妈妈。张书记经常来，一来就跟妈妈唠四五个小时，如果时间允许，就住在妈妈家。给妈妈读习近平总书记的著作，读最新的报纸，讲当今中国发展的故事，讲额敏县最新的变化。张成良知道，孤独的妈妈需要"知音"，需要拉近心理距离，因此，张成良愿意做一个倾听者，听妈妈讲自己过去的故事，一次又一次……

张成良非常尊敬这位工作了一辈子的老母亲："我没干好的地方，请妈妈指出来，我会更加努力。"热斯江老人也特别牵挂这个汉族儿子，哪怕张成良有一点点变化，她都心疼得流泪："儿子，你又累瘦了！"老妈妈告诉我："张书记让我看到了生活的希望，他比我的亲儿子还要亲。"

霜花满地，我只认叫家乡的这一朵。

老妈妈很犹豫，希望张成良留在新疆，别再回东北了。又觉得这样做太自私，谁舍得离开自己的故乡呢？

"放心吧！"张成良说，"不管我在哪儿，妈妈需要我，我一定会来。"

我采访时，体弱气虚的热斯江老妈妈告诉我，她近日在专注地做一件事，写信。她虽然不会写汉字，也要用哈萨克语给额敏县委写一封信，好好讲一讲她的汉族儿子张成良的故事。

尾 声

也迷里的秋天像一卷老辣的草书，恣肆而狂放。

谁把毛笔举上高天，在雪亮的白云上激情挥毫，写下威武的雁阵？

雁阵由远而近，声声唤！

我仔细观察大雁的队形，忽而头变尾，忽而尾变头，忽而"一"字中间射出"箭头"，一个"人"字大大地写在天空上。

我知道，你们不认识汉字，却写得这样好，是在提示每一个认字的人，要做出表率吧？

我知道，大雁有两个故乡，一个叫北方，一个叫南方。

张成良和他的援疆干部团队也有两个故乡，一个叫辽阳，一个叫也迷里。

我不知道大雁从哪年开始爱上也迷里，我却知道，从耶律大石写下第一笔"援疆故事"开始，一茬茬热血赤子往往来来，用智慧和忠诚续写"民族团结一家亲"，从千年之前，到千年之后……

我目送雁阵渐行渐远，缩成一个省略号，不见了。但我一点也不伤感，我知道，明年你们还会来。

赛尔山下的歌声与微笑

于永铎

一 草原上的巴郎子

我们的司机是一个浑身充满了奔放色调的男人，身旁的人笑称他"江江"，我也跟着这么称呼。和"江江"待上半天，尤其是在茫茫的戈壁滩上奔驰了几小时，便如同喝下了一杯烈酒，我情不自禁地也像个醉汉样跟着大喊大叫，仿佛这样的叫声能黏附草丛中晶体透明的小精灵，让可爱的亲爱的挚爱的小精灵随我们一路高歌，以此缓解天、地、人之间的疏远。别说我是个初来乍到的内地人，即便是老牧民，在戈壁滩、在草原上待得时间长了，孤独的情绪也会油然而生。在我看来，这种孤独不是焦渴状的，更不是歇斯底里的，是只可意会的淡淡的苦楚。苍穹之下，悠悠的马头琴声、绵长的蒙古长调不断地拉伸着"苦楚"的空间，此时，表象的"我"和意向的"我"彼此相望而又遥不可及，许多诘问便突然如洪钟般响彻四野。

草原上除了一群散漫的绵羊、一群散漫的枣红马、一群散漫的老黄牛以外，好在还有那么多小精灵在努力充塞着孤独和下一个孤独之间的缝隙。感谢自由自在的小精灵，因为有了它们的存在，草原上便有了灵气，便有了勃勃生机。因为有了它们的存在，天地间便迸发出阵阵嘹亮的歌声，还有我们的司机"江江"师傅阵阵爽朗的笑声。

歌声与笑声一望无际。

这儿是北疆的千里牧场，这儿也是北疆一望无际的戈壁滩。这儿是双重的，一面是熊熊火焰，一面是寒冰雪水。这儿又是单一的，纯净得像草蔓上的露珠。我们的越野车在戈壁滩、在大草原上恣意奔驰的时候，每个人都如同天马行空一般。越野车的每一次起伏，每一次转弯就如突然勒紧了缰绳。随在后面的朋友说，你们卷起了冲天的尘土，犹如一条滚龙。两个小时以后，我们的"滚龙"冲出了茫茫的戈壁滩，进入了大草原，举目望去，坑洼里的水干了，滩上的草黄了。还是我的朋友，他悠悠地说，和布克赛尔的秋天来了。

我是在初秋季节来到了新疆，来到了和布克赛尔草原。我来看望草原上的一队陌生而又熟悉的人，他们是来自盘锦的援疆工作队的同志。来之前，我读过一些资料，我注意到，在和布克赛尔，牧民们热情地称赞这群盘锦人是草原上的巴郎子。"江江"告诉我，巴郎子是一个非常亲近的称谓，是新疆各族人民共同喜欢和守护的美好称谓。

大连和盘锦相距300公里，对我们内地人来说已经很远了，然而，当我历时9个小时辗转来到新疆塔城，再从塔城搭车一路来到和布克赛尔草原，我深深地感受到了祖国的地域辽阔。在新疆，区区300公里，算个啥呢？来之前，我在塔城的辽宁援疆前方指挥部得到了一条信息：盘锦援疆工作队中有位典型值得一写。到了和布克赛尔以后，我迫不及待地想采访这位典型，然而，话在嘴边，却突然语塞，竟然想不起这位典型的姓名。负责接待我的赵朋部长说，盘锦援疆工作队23名援疆干部人才个顶个是典型，他又加重了口吻说，典型中要数韩彤的事迹最为精彩。我顾不得旅途劳顿，当即定下要尽快采访韩彤。赵朋部长却说，真不巧，韩彤书记去外地出差了。见我有些失落，他又安慰我，说手里有韩书记的个人工作总结材料，如果我感兴趣，可以给我阅读。

当晚，我在和布克赛尔住下了。到了新疆以后，我一直在倒时差，可别小看这两三个小时的时差，真的很熬人。我在大连一般晚上

10点多钟就睡下了，在和布克赛尔，晚上9点，窗外依然天光大亮。因睡不着觉，我索性走出房间，独自在城里转悠。没走出多远，见到了远处矗立着一座高大的白塔，我便一直朝白塔走了过去，不知不觉中竟然来到了"东归"纪念广场。

几百年前，和布克赛尔草原上的土尔扈特部落来到伏尔加河流域栖息。乾隆年间，沙俄向东扩展，不断蚕食土尔扈特人的领地。1771年1月4日，首领渥巴锡吹响了反抗的号角。此时，哥萨克骑兵疯狂压来，一场大屠杀就要开始了，渥巴锡率领3万余户立即突围东归。沿途，土尔扈特人浴血奋战，死伤惨重，历经千难万险终于回到了祖国的怀抱，这就是历史上可歌可泣的"土尔扈特东归"。在"东归"纪念广场转了一会儿，天黑了下来，我赶紧寻路往回走。此时，和布克赛尔城很安静，清冷的街灯下，只有我一个人在行走。忽然，我听到了嘚嘚的马蹄声，蹄声脆响。回头望去，一匹马钻入幽深的夜色之中。

我回到了工作队分配给我的宿舍里，宿舍很大，估计有100平方米以上。到了晚上10点，我怎么也睡不着，甚至胸口还有些发闷，我压根儿就没有想到会是高原反应。后来，我在和副领队李彬聊天时得知，和布克赛尔草原是个小高原，海拔在1500米左右。李彬说我的状况就是高原反应。因为睡不着觉，我开始阅读赵朋送给我的一摞子韩彤援疆的工作总结，一直读到深夜两点也没有困意。通过阅读，我了解了盘锦援疆工作队，也了解了韩彤书记。我特意选了几段摘下来，也算是本文的"引子"吧。

之一：3年来，我们深入贯彻执行辽宁省委省政府、盘锦市委市政府和自治区党委、塔城地委关于对口支援新疆工作的总体部署和具体要求，团结带领全体援疆干部人才，以党的十九大精神和习近平新时代中国特色社会主义思想为指针，紧紧围绕新疆社会稳定和长治久安总目标，以"六个坚定不移聚焦"为重点、以创建"五型团队"为保障，努力践行"四个坚持、四个坚决"援疆誓言，以促进受援地经济社会可持续发展为出发点和落脚点，保质保量完成"规定动作"，突出特色抓好"自选动作"，较好地完成了第三轮对口支援新疆工作各项任务。

之二：援疆工作队始终秉持"援疆，民生第一"的理念，根据受援地实际需求规划确定援建项目，多措并举、积极协调、跟踪调度、扎实推进，保证援建项目按计划优质高效实施。3年来实施援建项目25个，项目实施率、资金到位率、当年应竣工验收项目一次性通过率全部实现100%，在全省位居前列。

之三：积极跑办对接，推进重点工作。援疆干部多次前往北京、成都、乌鲁木齐及塔城等地，与各级有关部门对接推进重点项目审批事项，争取政策支持。目前，和丰工业园区增量配电业务售电许可已获批复，正在进行营业网点布置等前期工作；和丰机场建设项目已进入立项组件阶段，有望2020年开工建设；和什托洛盖矿区总规环评顺利通过生态环境部专家评审。

之四：援疆工作队始终以促进受援地经济高质量发展为核心，定向招商、园区共建、油地共融、商贸互通多措并举，走出一条援疆、园区、招商"三位一体"的产业援疆新模式。

之五：根据受援地油气、煤炭、湖盐、油砂等矿产资源储量丰富的优势，筛选包装重点产业项目12个。3年来，通过援疆渠道先后赴辽宁、北京、上海、广东、江苏、浙江、湖南、山东、河南、陕西等地开展招商活动30余次，拜访重点企业300余家，邀请辽宁文旅集团、辽宁环保集团、辽宁地矿集团、辽宁抚顺矿业集团、辽宁聚能重工集团、河北冀中能源邯郸矿业集团、山东北金集团、深圳澳港集团、中国华侨城等200余家企业到受援地实地考察，有效推进了煤化工、玻璃纤维、装备制造和非常规油气资源开发利用等产业招商，促成8个产业项目签约，计划总投资98.24亿元。成功推进塔城兴塔能源投资建设开发有限公司和辽宁澳嘉能源有限公司50万吨／年油砂深加工项目、辽宁聚能重工集团能源装备制造及玛湖油区综合开发利用项目、北控集团和丰工业园区危险废物综合处置中心项目、年产6万吨玻璃纤维生产项目、苏新能源有限公司煤制乙二醇项目、阿拉德赛和希南查仍油砂矿项目、宏达盐业公司大漠银海旅游项目、490吨/天超白基板生产项目、北金集团煤矿及配套三聚氰胺项目、新疆西海能源技术服务有限公司石英砂压裂制剂生产项目等重点项目前期准备工作有序开展。

之六：根据受援地玛湖区域油田大开发，钻采装备和专项技术服务需求剧增的实际，确定了打造新疆"石油装备制造供应技术服务核心区"的产业援疆新思路，深入推进塔城和丰工业园区与盘锦高新技术产业开发区合作共建。2017年，盘锦高新技术产业开发区与塔城地区和丰工业园区结对共建，被自治区纳入"飞地经济""共建园区"试点单位。在盘锦后方的全力支持下，2019年先后组织4批次盘锦市能源装备制造企业来新疆实地考察，兴隆台区委书记戚宇等领导两次带领企业考察团来新疆，千方百计将盘锦企业的石油装备、钻采工具、专项技术等推介给新疆油田公司、新疆西部钻探公司，同时将受援地的丰富资源、和丰工业园区的基础条件展示给盘锦的企业，努力促进盘锦市、塔城地区、受援地与新疆油田公司、新疆西部钻探公司深度合作共融发展。中石油渤海石油装备制造有限公司辽河钻采装备分公司与张化机重装有限公司"石油装备制造保运基地"合作项目，已于2019年8月19日在"和丰—盘锦高新产业园"挂牌运营；另外，辽宁陆海石油装备研究院有限公司、盘锦辽河油田天意石油装备有限公司、辽宁华孚环境工程有限公司、辽宁澳嘉能源有限公司等企业也计划入园建设生产基地。

之七：积极协助受援地打好"有机"品牌，组织宏达盐业有限公司、王府酿酒厂、憨豆农副产品加工有限公司、牧羊人奶制品合作社等8家经济主体的食盐、白酒、奶疙瘩、风干肉、腐竹、驼绒制品、有机棉等产品参加沈阳农博会、盘锦农产品对接会、盘锦乡博会，憨豆农副产品加工有限公司与盘锦市兴隆台区人社局达成月供应2吨豆制品意向，宏达盐业有限公司与辽宁金言科技有限公司达成线上合作、跨界合作共识，宏达盐业盐产品已在辽宁铺开。支持民营企业建设农特产品双向贸易平台，盘锦永聚泉农业有限公司在盘锦福街广场开办的"新疆贫困地区农产品销售运营中心"已经正式营业，塔城地区、受援地及新疆各地农特产品在盘锦实体店上架销售，同步通过"盘锦农乐购"电商平台线上销售，同时盘锦大米、海蜇、海鸭蛋、蒲笋蘑菇酱、蟹黄酱等优质农副产品也销售到受援地。

之八：深度释放江格尔文化底蕴，举办江格尔文化旅游艺术节；实施松树沟32座古墓抢救性挖掘。援疆工作队主动出征，与塔城地区、辽宁援疆前指和受援地四力叠加，使中央电视台《美丽中国唱起来》"插队、加班"走进和布克赛尔，《乐游天下》《中国影像方志》《地理中国》新华社无人机大赛等一系列文化援疆·走基层公益惠民活动在受援地精彩绽放。援受两地各界交流频繁，文学、书画、摄影等艺术家互访采风，非物质文化遗产、文艺团队等交流展演，少年夏令营、青年学习交流团、专业技术培训等双向互动丰富多样，援疆干部人才积极参加"民族团结一家亲"活动与民族家庭结亲，融情互动形成常态。

…………

早晨6点钟，我依然没有困意。我确信此时不是因时差造成的失眠，是因为我看到了一群铁骨硬汉，这些枯燥的数字背后是盘锦援疆工作队23名同志的辛勤付出。虽然我错过了和韩彤书记相识的机会，然而，在和布克赛尔的夜里，读了他的工作总结，我何尝不是在与他隔空神交呢？我摘录的只是几个小小的片段，我坚信，这些文字如果被我们的作曲家读到，一定能谱写出一首歌——一首援疆人的赞歌。后来，当我结束了采访回到塔城时，又一次见到了塔城地委宣传部副部长、辽宁援疆前方指挥部宣传文化中心主任田大陆同志，田大陆说了一句"和布克赛尔县的韩彤是个传奇人物"。他的话让我一阵发急，很遗憾这次去草原没有见到韩彤，没有当面采撷到他的传奇故事。但愿将来的某一天，有机会弥补这个遗憾。

提起韩彤，我总会想到他怀里抱着的娃娃——那个叫"疆宁"的婴儿。宝贝女儿出生刚刚10天，韩彤就告别妻子，放下了怀里的女儿，来到新疆。他给女儿取了个很有意义的名字——"疆宁"。身为父亲，韩彤确实够"狠心"的，宝贝幼女呱呱落地的时候，他却要随着大部队远行。后来，等到我展开全面的采访时，我发觉韩彤的这种"疼"在盘锦援疆工作队中司空见惯，并不算是稀奇的"病"，这种"疼"赵朋有，李斌有，朱广军有，晏春东有，姜盛龄有，张胜有……他们的症状都一样，都是疼在心里，疼在骨子里。

然而，他们又试图掩饰这种"疼"，他们假装从来没有过这种"疼"，他们甚至在"疼"到极点的时候还要咧嘴笑着说，男人嘛……这种"坚强"其实很脆弱，简直就是一张纸，一捅即破。我在一次社区的采访中，在人群中认出了援疆医生朱广军，他是县医院的副院长，也是一位响当当的外科医生。当时，很多人都在观看一个专题片，当片中出现了一个小女孩稚气的声音——"爸爸，你什么时候回来啊"，我注意到，朱广军突然泪流满面地跑了出去。那一刻，我感觉他"疼"得不轻。这就是援疆干部人才的"通病"，无论如何掩饰，都会像朱广军一样突然在某一个节点上被"触发"。

足够了，虽然我只摘取了韩彤的几段个人工作总结，我却相信，我已经理解了他的心路，已经将他的形象粗粗地勾勒了出来。几年来，韩彤带领盘锦第三批援疆工作队的同志做了许许多多扎实的工作，其中，党建援疆、教育援疆、医疗援疆、扶贫援疆、文化旅游援疆等措施取得了令人瞩目的成果，虽然我没有采访到他，却在和布克赛尔听到了许多人对他交口赞誉。

韩彤——一个有担当的男人，一个有着理想情怀的男人，一个有着大爱的男人。千万不要怀疑这样的评价，也绝不是给他"拔高"，真的，不到新疆，你是永远不会知道"援疆"这个词有多么神圣。韩彤两次援疆，舍弃了那么多个人利益，在新疆摸爬滚打了5年，这是什么样的精神？

我即便将最美好的词全都献给他也不为过。

毋庸讳言，很久以前，党和政府对援疆干部人才有过一些政策上的"倾斜"机制，其实，这是合情合理的。好比在前线打仗一样，军功章首先就应该颁发给冲在前面的英雄，这无可厚非。盘锦第三批援疆工作队成立前夕，政策有了较大调整，援疆干部人才不再享受"想当然"的提拔待遇。问他们委不委屈，我听到了一个令人振奋的声音——同志们都认为不倾斜的政策来得非常及时，对他们来说这是一个绝对让他们有尊严的好政策。他们不想背上为了提拔才"援疆"的印记，"援疆"这个纯洁的举动如果沾有一丝污渍，他们是不会答应的。每位援疆干部人才都认为，干好了，组织提拔，干不好任凭处罚，这才是天经地义的。

来新疆之前，我听到了一些风言风语，声音不大，却让人不舒服。有人不理解我千里万里去采访援疆干部人才，甚至有人说了"援疆干部名利双收"的话。我想，先不急于表态，还是去看看再说，如果援疆干部人才真的轻轻松松地"名利双收"，我也会在作品中表述出来，让读者来评判。行文至此，经过了一个完整的采访，我可以大声地告诉大家，援疆干部人才个个是好样的，在名利面前，他们表现得纯洁而又无私。可以这么说，他们冒着"炮火"打冲锋的时候，口袋里只有子弹，没有一分额外的钱。如果你理解了我的这种不太恰当的比喻，我相信，接下来，你会和我一样被他们的事迹感动。

和布克赛尔草原上有这样一则谚语：路要自己走，花要自己采，十五的月亮，自会圆起来。这则谚语单凭翻译过来的字面看，显得很直白浅显，然而，如果你在新疆住的时间足够长，如果你完全融入了新疆，你就会领悟出这个谚语有多么的深奥。当地朋友告诉我，这则谚语表达着多种内涵，新疆人常常挂在嘴边，无论是哪个民族的，一提起这则谚语，即便在场有其他民族的朋友，也会会心一笑。我在理解了这个谚语的深刻含义以后，突然想到了援疆干部人才，仿佛是说给他们听的，仿佛是在说他们。即便此时，我也认为这则谚语特别适合读者对援疆干部人才的理解。当地朋友对这则谚语的解释是："走过崎岖的山路，才知道平原的幸福，才懂得珍惜眼前的幸福。""如想获得鲜花和掌声，就要通过自己的努力。"

没想到，几天来，我一直精神萎靡，如果不是见到了副领队李彬，我根本不会知道我遇到了和他们入疆时遇到的同样的困难——高原反应。我曾在中缅边境线一带采访的时候发生过心慌气短、胸闷的状况，当我爬到海拔2000多米的班洪乡大山上的时候，两腿发飘，一屁股坐在石头上起不来了。我的样子一定很可笑，老街上赶集的少数民族兄弟姐妹都来围观，他们不相信我这么一个大个子会如此虚弱。后来，援疆医生张秋华解释说，高原反应因人而异，普遍来说，和体重有着直接的关系。张秋华医生的话让我恍然大悟，由于我常年伏案工作，缺乏体育锻炼，一段时间以来，我的体重严重超标，没有高原反应才怪呢。

李彬是一个身材匀称的中年男人，我一直认为身材与自律有着极其紧密的关系，能管理好自己身材的男人绝对了不起，我佩服这样的男人。和李彬相处，我总觉得他像一个文质彬彬的大学老师，一个可以与他讨论问题的智者。李彬不是大学老师，他是和布克赛尔县委常委、副县长，他的工作恰恰不是安静地"讨论问题"，而是随时随地冲锋陷阵。第二天傍晚，在食堂吃饭的时候，我坐在李彬的旁边，我却把他和另一个叫李斌的援疆干部弄混了。吃完了饭，我在电梯里才算真正"认识"了李彬，才明白此李彬非彼李斌，也因此，我对两个李斌都有了深刻的印象。

该死的高原反应让我头疼欲裂，让我困乏萎靡。我客气地对李彬说"等找个机会采访你"。没想到，李彬竟然爽快地说："今晚我值班，正好有时间。"

当晚，我在李彬的办公室里开始了采访，因为我的状态不是很好，主要是听他娓娓而谈。李彬的谈话内容全都围绕着工作，一项一项，清清楚楚的，好像是在做工作总结。我试图转移话题方向，却很不成功，他总是戛然而止。

援疆之前，李彬在盘锦市发改委工作，半辈子和招商引资工作打交道，积累了丰富的经验。当年，他和其他同志默契配合，硬是将南方的一家造船厂项目引入了盘锦市。盘锦市在这个项目的基础上，规划建设了临港工业园区，为盘锦的可持续发展奠定了基础。到了和布克赛尔，县领导安排他还干老本行，主抓全县的招商引资工作。2018年年初，一位副县长请长假考博，另一位副县长临时调到南疆工作，一下子走了两位副县长，县里很多工作出现了大规模的脱节。县领导阵前点将，让李彬兼管那两位副县长分管的部分工作，开始是兼管一条线，后来，层层加码，李彬分管了好几条线，肩上的担子越来越重。我实在找不到更准确的词来定义他当时的工作状态——李彬既是消防队员又是救火队长。

2018年，李彬代管的环保工作初战告捷，老大难的工业园区环保不过关的帽子终于摘掉了。园区各家企业因此被松了绑，可以大干一场了。大家喜上眉梢，都为李彬竖起大拇指，夸他能力强，这可是一块难啃的硬骨头，愣是让他给拿下了。解决了环保难题，县领导又将白洋河供水项目遗留问题交给了李彬处理。前两任领导没做好相关工作，导致供水工程遥遥无期。李彬经过多次与各有关部门沟通，白洋河供水工程终于如愿启动了，和布克赛尔各族百姓终于可以喝上干净的自来水了。

采访结束了，我一直意犹未尽，我想了解一些与生活有关的内容，我想从另一个角度了解李彬。可是，话题刚一转向，采访立即就会陷入困境。我忽然想起了一个人，我相信，她会帮我完成接下来的采访的。这个人就是李彬的妻子杜娟，一个热情、爽朗的援疆人。我刚来的时候就认识了她，见面时，她正在帮助厨师端饭上菜，还热情地招呼我坐下来和大家一起吃。还有比她更了解李彬的吗？有了这个念头，我便结束了采访，深夜里从县政府回到了宿舍。

杜娟是盘锦市自然资源局干部，她快人快语，落落大方，显得很有素质，年轻一些的援友都把她当成值得信赖的邻家大嫂，大事小情都愿意找她唠唠，无论遇到什么难事，杜娟都有办法三言两语化解。

丈夫李彬援疆去了和布克赛尔以后，杜娟每天都要看和布克赛尔的地图，每天都在看和布克赛尔的气象实时报道，她打心眼里就成了和布克赛尔人。经过慎重考虑，杜娟郑重地向组织上递交了援疆申请书。她要和丈夫站在一起，管理好他的生活和健康。这就是她常常挂在嘴边的"私心"。

我了解到，杜娟作为具有高级职称的特殊人才，到了和布克赛尔以后，受到当地自然资源局的欢迎。她将盘锦自然资源局先进的管理经验传给了身边的同事，传给了和布克赛尔，让当地获益匪浅。

这是我采访到的第一对夫妻援疆典型，后来，我采访了于军夫妇，采访了胡庆辉夫妇，对夫妻援疆有了新的认识和理解。老实说，夫妻援疆的代价太大了，牺牲太大了，甚至是不能承受之重。援疆期间，他们的后方"大本营"就算扔了，说轻一点是"撇家舍业"，说重一些就是"背井离乡"。有人告诉我，放假回家时，看到家里的墙长毛了，看到被子发霉了，心里头特别不是滋味。还有人说，夫妻回家探亲，见到年迈的父母，膝盖当即就软了，真想跪下来磕个头，跟父母说声对不起。人生中有这么一次援疆经历，让许多人懂得了"忠孝两难全"的古训，也让许多人明白了"大义"的真谛。

采访中，我发现几乎所有的援疆干部人才都极力掩饰自己内心的不平静，假装着不在乎的样子。张秋华、李百昌算是"不配合"采访的典型，这些，我都能理解。我甚至能从他们的眼中看到一束光辉，看到一份纯净。其实，不必要掩饰什么，我读懂了每一个眼神，每一个心跳，如果没有大爱，如果没有理想主义的情怀，谁会舍弃美丽的海滨城市，谁会舍弃亲朋好友来到遥远的新疆。

二 理想之星闪耀

我叫孟庆吉，说起来也是新闻战线的老兵了。虽然我的年龄大，能力有限，做不了什么大事，但我想，我在这里能为新栽的树苗浇一滴水，能为这里新铺的公路垫一锹土，做一点自己能做的事情，也是值得的。

在工作中，我充分发挥自己30多年新闻采编工作的专业优势，先后多次采取专题讲座、业务座谈、现场指导等形式，对和布克赛尔县广播电视台采编人员进行业务指导。从播音员主持人形象设计到新闻采编队伍综合素质提高，从新闻采编业务基础到播控机房安全管理，从全台人力资源布局到节目定位、频率、频道总体规划与整体包装，提出中肯的意见与建议。一个时期以来，《和布克赛尔新闻》从量变到质变，播出质量显著提升，这是我最高兴的一幕。

还有3个月，我的援疆任务就要结束了，回想一下在这一年多里，我在辽阔的戈壁滩上留下的每个脚印，都是我一生中永远也忘不掉的珍贵"镜头"。

我叫蔺德胜，蔺是蔺相如的蔺，生命中，我也有几个最难忘的镜头。我是盘锦市盘山县沙岭学校的化学老师，来到和布克赛尔援疆，也没想那么多，该怎么干就怎么干，让干啥就干啥。上级考虑到远离县城的和什托洛盖镇缺老师，就派我过去了，学校不缺化学老师，就让我去教小学五年级的科学课。这门课的老师奇缺，我来之前，都没怎么正式开课。干就干呗，我下了点苦功，把这门课拿下来了。你问我到和什托洛盖镇的感想？其实也没有什么，从报名援疆那天开始，我就做好了应对各种困难的准备，准备得充足了，在我眼里也就没有困难了。

入疆以来，我确实有几个难忘的镜头。一个是我的第一堂课，说起来也不怕你笑话，我有29年教龄了，也是"久经沙场"的老教师，却没想到，我来的第一堂课紧张得不行。我只知道我的学生是好几个民族的孩子，我不知道他们是什么样的状态，我特别担心第一节课演砸了。上课前，我绞尽脑汁设计了一套方案，正式上课的时候，我突然推翻了准备好的思路，我想到了"爱国主义"这个伟大的主题。于是，我就将爱国主义教育与我的课堂教学内容结合了起来。这堂课的效果出奇的好，课堂里响起了一阵又一阵的掌声，我赢得了满堂彩。这一个镜头，学生们难忘，我自己又怎么能忘记呢？

来到和什托洛盖以后，我发现这里的师资力量很薄弱，严重地影响了教学质量。我就主动提出上公开课，演示"六步教学法"。公开课受到老师们的热烈欢迎，许多老师意犹未尽，在课堂上和学生们抢着举手提问。我的第一堂公开课很多师生都难以忘怀，我自己又怎么能忘记呢？

2018年10月1日，我在新疆度过了一个难忘的国庆节，和内地的感受绝不一样。那天早晨，巴音布拉克社区广场上坐满了各族群众，他们手拿国旗，满面春风。

"你好！节日快乐！"一个维吾尔族老大姐，用略生硬的普通话向我问候。雄壮的国歌响起了，在场的各族群众唱起了国歌。国歌结束后，全场人高呼"祝愿祖国母亲生日快乐""祝愿伟大祖国繁荣富强"，随着维吾尔族小伙子的一曲《新疆是个好地方》，精彩的文艺演出开始了。广场上出现了翩翩起舞的各族同胞，他们的舞姿是那么的自然，他们的微笑是那么的甜润，援友们被这浓浓的情谊所感染，也纷纷登场，尽管我们的舞步是那么的笨拙，我却觉得这是有生以来跳得最美的一次……

盘锦援疆工作队中年纪最小的刘天尧是个内向的小伙子，提起援疆来，他有着更多珍贵的"镜头"要对我说。

刘天尧很小的时候就渴望独立，渴望过上一种自主的生活。大学毕业前，他就想去边疆工作，因为种种原因，这个愿望破灭了。参加工作以后，正赶上报名援疆，因各方面条件不够，他没有被选上。刘天尧难受了好长一段时间。援疆干部回盘锦探亲，他就跟在人家屁股后面，成了最忠实的听众。盘锦第三批援疆工作队就要成立了，这回，刘天尧真急眼了，就差在单位里大喊一声："谁也别和我争！"

刘天尧终于成了一名光荣的援疆人，就在他收拾行装准备出发的时候，父母不干了，他们质问："你都多大了？你不想找对象了吗？从新疆回来，你就是大龄青年了，你知道不？"

是啊，父母说得不是没有道理。然而，援疆是他多年的理想。刘天尧从小到大顺利惯了，平淡惯了，因为平淡，他感觉自己年纪轻轻就没有了前进的动力。他不想浑浑噩噩，他想自立，做自己愿意做的事。他想到新疆锻炼一下自己，充实一下自己，给自己的人生加满油。

刘天尧到了新疆，感觉自己变了，方方面面都变了，世界观变了，性格也变了。他想，这就是长大了吧？业余时间，他就在健身房健身，这也是他打发寂寞的一个窍门。一年下来，小伙子浑身都是肌肉块儿，一眼看去，像个健美运动员。刘天尧告诉我，这次援疆结束后，他一定要解决婚姻大事，等将来时机成熟了，他还要第二次援疆。和布克赛尔草原上有他清晰的脚印，他想将美好的青春留在这里。

和布克河自东向西穿过盆地，一路蜿蜒，形成了特有的一片肥美的草原。河两边茂密的树林犹如绿色的长廊，外来的人很容易将这些树木混淆为胡杨林，有人甚至还兴奋得大喊大叫，和这"胡杨林"深情地合影留念。春季过后，赛尔山冰雪融化，万条小溪汇入和布克河，河水湍急，冲出了河床，朝低洼处漫去，放眼望去，亮晶晶的如草原上的颗颗明珠。

春天，一夜之间，草原上生机勃勃，绿的草、红的花、翩翩起舞的蝴蝶，静的美，动的美；春天，草原上最美的时刻到了。和布克河滋润着大草原，哗哗的河水声传得很远很远，像草原上悠扬回荡的琴声。援友们都跟我描述过和布克河无与伦比的美，这也是他们引以为自豪的地方。

胡庆辉、孙海燕夫妻喜欢讲述草原上的美景，亲友们通过他们的描述，通过他们发的微信，见识了草原春天的美，亲友们都相信春天的和布克赛尔草原就是人间的天堂。他们是我见到的第二对夫妻援疆干部人才。采访前，很多人告诉我，胡庆辉是个拼命三郎，他眼里只有工作，他们甚至担心胡庆辉没有时间"搭理"我的采访。有一天晚上，我在食堂里见到孙海燕打了饭菜，拎着饭盒急匆匆地走了。我对此很疑惑，援疆干部人才基本上都在工作队的食堂吃饭，孙海燕为何如此特殊？后来，我听说，孙海燕是给丈夫胡庆辉送饭去了。

胡庆辉在县公安局担任副局长职务，后来，我了解到，绝不是夸张，他真的就忙到连回到工作队食堂吃口饭的时间都没有。如果妻子孙海燕不去送饭，他就随便找点东西对付几口。孙海燕说，她来援疆以前，老胡吃饭没有准点，也不知是饿的还是累的，人都瘦得脱了相。孙海燕担心长期熬下去，丈夫的身体会垮的。思前想后，她决心抛家舍业西去援疆，她要和丈夫在一起。

胡庆辉无论是分管社会治安工作还是分管交警、法制、纪检工作，都能做到尽职尽责。来和布克赛尔的第一天，局里安排他到远离县城的和什托洛盖镇负责组建12个便民警务站，这是一项非常艰巨的任务，从招聘辅警到训练成手，那是要付出巨大心血的。胡庆辉一头扎进了和什托洛盖，吃住在当地派出所里。在他的严格训练下，和什托洛盖镇派出所一分钟警务圈的测试不但达标，还成了全县的领头羊。这一个月，胡庆辉几乎被扒下了一层皮，累得都快直不起腰了。

胡庆辉是一个退伍军人，他将部队的作风带到警队，带队期间，每天都要带着警员出早操，警员们的身体素质练得棒棒的，个个都是关键时刻能冲得上去的棒小伙。

2018年12月，和布克赛尔刮起了大风，这场大风让胡庆辉长了

"见识"。先说一说我对新疆大风的认识吧，从塔城到和布克赛尔的路上，我见到了道路两旁的一层层金属制作的挡风墙，见到了道路两旁无数架风电机。陪同我的塔城文联秘书长杨军说，这里是新疆风力资源最多的地方。我也见识了车辆被刮得东摇西晃的时候，开车的是塔城市书法家协会的赵主席，他说，这一带的风力经常在10级左右，一年刮两次，上半年一次，下半年一次。

新疆曾经有过一次大风吹翻火车的事故，新疆的风力之大可想而知。胡庆辉说，这场突然而至的大风将巴音布拉克社区的一户居民家倾倒在外的煤灰吹燃了，火星子满街乱窜。和布克赛尔城住有许多牧民，牧民的院落里堆满了草垛，没一会儿，火星子就将好几处草垛点燃了。火龙蹿起，疯狂地吞噬着民居。正在值班的胡庆辉带领30名警员紧急出动，赶往火灾现场疏散群众。

狂风裹着沙子打在脸上，就像鞭子抽的一样疼，胡庆辉不敢顶风看，只能侧着脸眯缝着眼睛走。就这样，从凌晨3点到早晨8点，民警一共疏散群众40多人。回到局里，胡庆辉的眼睛睁不开了，同事们扒开他的眼皮，他的眼珠子上沾着血糊糊的沙子。

两年来，胡庆辉除了春节统一休假外，累计串休只有短短的3天，这也是拼命三郎这个绰号的来历。孙海燕说，当初，胡庆辉临走的时候曾经向她"保证"过，每天至少要和家里通一次电话。然而，一离开盘锦，胡庆辉就像断了线的风筝，再也抓不住了。有时一个星期也不来一个电话。孙海燕援疆以后，突然就理解了丈夫，丈夫实在是太累了。下班回到宿舍，胡庆辉往往一进门就倒在沙发上，没说上几句话就能睡着了。

来到新疆以后，每逢胡庆辉值班，孙海燕都坚持给丈夫送饭，风雨不误，天冷得刺骨的时候，她怀里焐着饭盒，一路小跑着去。每当看到丈夫吃上了可口的饭菜，她的心里都是滚热滚热的。孙海燕援疆的工作也不轻闲，丈夫是拼命三郎，她也是拼命三郎。平时在学校带班带徒弟，早出晚归，星期天还要下社区，为牧民义务上课。她教的学生个顶个出息，给她的脸上增了不少的"光"。说到这儿，孙海燕笑了，笑得很满足。我能从她的脸上看到幸福与满足。

从宿舍窗户上朝北方望去就是雄伟的赛尔山，我每天早晨都要拍几张赛尔山的照片。春天的赛尔山据说美不胜收，犹如仙境一般。斜坡上一片翠绿，仿佛画布上流淌着的绿色油彩。一场春雨过后，山上开满了各种各样的鲜花，有金山绣线菊、野月季花、栀子花、马兰花、萱草、黑心菊等，这些花姹紫嫣红，点缀在绿毯子一样的草原上。许多援友跟我描述过赛尔山的美，星期天休息的时候，还邀请我一起到赛尔山去野游，让我近距离观看美景。有人告诉我，春天里，有援友在赛尔山的沟壑中发现了成片的野库鲁姆花，消息传出，几乎每个星期都有人去专程欣赏，都想多拍几张照片，发到微信群里，让更多的人一起欣赏新疆的大美景色。野库鲁姆花也叫虞美人花，据说，这种魅力十足的野花不是每年都能大面积开花的，有的沟里得4年以上才能大面积开一次花。牧民们说，有幸见到野库鲁姆花的都是心地纯洁的好人。

援友们都喜欢赏花，草原上的花特别多，野游的路上，教生物的老师会主动给援友们介绍各种花卉的特点和习性。往往几个小时的游览，既欣赏了和布克赛尔草原上的美景，又掌握了花卉知识，真是优哉快哉。我曾听张秋华医生说过一个"反常"的现象，至今还和他一样百思不得其解。前不久，他在野外发现了一株漂亮的花，让他惊奇的是，结了果的花居然又重新开了花。这绝对有悖常识。有一天吃早餐的时候，张秋华认真地请教了李百昌老师。李百昌老师虽然是教生物的，却也没有给出一个让大家信服的答案。

在盘锦援疆工作队中，有一位十分喜欢野游的援友——万胜新，援疆前，他是辽河油田宝石花医院的眼科主任。说老实话，像他这样经验丰富的眼科医生在盘锦绝对紧缺，如果不是心中有着大爱，他完全可以在盘锦过着舒服的小日子。几年前，在一次聚会上，万胜新偶尔听到一位援疆干部说起和布克赛尔草原眼病高发，草原上由于缺少

"成手"眼科医生，患者得不到有效的救治，很多本不该致盲的患者致盲了。说者无心，听者有意，万胜新心里不平静了，从这时起，他就有了援疆的念头。因为单位人手紧，万胜新一直离不开，这个念头一年年拖了下来。眼看着再拖就要退休了，万胜新郑重地向组织上提交了申请。

有人劝他说："老万，新疆很艰苦，你的年纪大了，家里负担也重，还是让年轻人去吧。"老万连连摇头："我是一名党员，也是院里的党支部书记，就因为新疆艰苦，谁也别跟我争。"万胜新没有想到，关键时刻，一贯支持他工作的妻子却打了退堂鼓，坚决反对他去援疆。老万嘴皮子都磨破了，妻子就是不退让。万胜新说："我是党员，退出援疆，你让我以后怎么有脸见人？"其实，说这话的时候老万心里头也不是滋味，双方父母年岁都大了，自己这么一走，家里所有的责任全都得扔给妻子，确实难为了她。思前想后，万胜新请出儿子来做工作。儿子是博士生，有着和父亲一样的理想情怀，他很理解父亲，也愿意做妈妈的工作。别说，儿子的劝解还真起到了作用，万胜新的妻子含泪答应了丈夫援疆。

来到和布克赛尔以后，万胜新一连做了几台高难度的手术，在当地连创历史纪录。工作之余，他又设计建立了青少年近视档案管理系统，挨个学校走访，宣讲预防眼科疾病。我请万胜新叙述一下记忆最深的一例手术，万胜新想了想，给我讲了一例让他最开心的手术。这例手术是他极其偶然的成果，如果不是一次回眸，这例手术恐怕也就不会发生。

这一天，一位哈萨克族的年轻女子来医院做体检，测试视力的时候，万胜新突然注意到她的眼睛斜视得厉害。他转回身，仔细地观察了对方的眼睛，断定是一种罕见的眼伤。万胜新突然就萌发了要为对方做矫正手术的念头。话一出口，女子就哭了。因为一次意外受伤，她的眼睛变形变丑，从小到大，没少受到嘲笑。听万医生说能为她做矫正手术，能让她像一个健康的人，她激动得又哭又笑。

这台手术做得非常成功，而且效果非常完美。术后不久，患者的丈夫找到万胜新，说他的老婆有了一双会说话的漂亮的大眼睛，现在已经是草原上闻名的大美人了。小伙子骄傲地说，两天前，妻子被一家单位聘去当了白领。妻子成了大美人，这位丈夫乐得合不拢嘴。他是个风趣幽默的小伙子，在万医生面前又故意表现出担心漂亮的老婆被别的男人抢走的愁苦的样子。万胜新被他丰富的表情逗得哈哈大笑，看到小伙子满脸幸福的样子，万胜新的心里头非常满足。他要的就是这样的回报，这样的回报越多越好。查干库勒乡有个老大娘眼结膜上长了个肿瘤，已经严重地影响了她的生活，因为草原上缺医少药，老大娘就这么一天天熬着。万胜新在下乡义诊的时候发现了这个情况，就主动邀请她到县医院接受手术治疗。术后，打开纱布的刹那，老大娘的眼泪流了下来。她大声喊着，感谢万医生，感谢盘锦援疆工作队。万胜新虽然听不懂哈萨克语，却从老大娘激动的表情中读懂了一切。从此，老大娘把万胜新当成了亲人，每次见面，都要和他热烈拥抱，每次都对翻译说："去告诉万医生，他是个好人！"

万胜新有个愿望，他想跑遍和布克赛尔的每一个牧区，跑遍每一个冬季牧场和夏季牧场，为每一个牧民检查一次眼睛。和布克赛尔草原太大了，从这个乡到另一个乡乘车得走上大半天，他的愿望要完全实现，还是有些难度。他时时提醒自己，能多跑一个地方就多跑一个地方，累点不算什么，对万胜新来说，能及时救治一个病人就是世界上最开心最幸福的事。

万胜新第一次回家探亲，心情格外沉重，妻子明显消瘦了。什么都不用问，照顾病人的沉重负担都要把她压垮了。万胜新只能多做家务来弥补自己的缺位，整整一个假期，亲友的应酬能推就推，他珍惜在家的每一秒的时间，他只想着好好陪伴家人。假期还是结束了，他又一次背上行囊，回到了和布克赛尔。经过十几个小时的旅途奔波，他风尘仆仆，刚刚回到宿舍，家里打来了电话，岳父去世了……

我不知道万胜新立即往回赶的时候是一种什么样的心情，聊到这儿的时候，开朗的老万突然放声大哭，我能感知到他心里的震颤和纠结。接下来，我放弃了采访，陪着他默默地流泪。

三　困难总会克服的

和布克赛尔草原是伟大的江格尔史诗的诞生地。我到新疆以前对江格尔史诗的了解还停留在极浅薄的层面上，我仅仅知道《江格尔》是中国少数民族三大史诗之一。很巧合，我在和布克赛尔的江格尔文化广场浏览的时候，遇到了一位晨练老者，他非常热心地给我讲解了《江格尔》，让我这次新疆之行有了一个意想不到的收获。

大约在13世纪，江格尔诞生于和布克赛尔草原上的卫拉特部落中，之后，他转战南北，带领卫拉特人建立了一个理想的和平共处的王国。后人将他的英雄事迹创作成说唱叙事诗，到了17世纪，《江格尔》整篇将近10万行，几乎没有人能从头唱到尾，按照当地的说法，艺人唱完了，不是累死了就是老死了。几百年前，离开和布克赛尔草原前往伏尔加河流域定居的土尔扈特人，也将这部史诗带到了东欧大草原，至今依然广为传唱。

和布克赛尔是《江格尔》的发源地，盘锦市援建了一座江格尔文化广场，坐落在县城的东北角，身后便是茫茫的大草原。如果没有围栏，一眼望去，展厅就像草原上的毡房一样。我每天早晨都要去江格尔文化广场转一转，从宿舍走到广场，一般不超过半小时。广场上有巨大的江格尔和他的12位结义兄弟的铜雕，铜雕的造型大气磅礴，注视得久了，仿佛看到了一部蒙古族铁马金戈的征战画卷。

来新疆以前，夏军舰做了不少功课，其中就有熟悉《江格尔》的一节。因为《江格尔》，他对和布克赛尔草原多了一份文化认知，因为《江格尔》，他对和布克赛尔也越发向往。其实，夏军舰很早很早以前就喜爱新疆，他对新疆的认知确切地说应该是从电影《冰山上的来客》得来的。小时候，他都能背下影片中的一些有趣的台词。随着年龄的增长，他对"阿米尔""古兰丹姆"、对新疆都有了新的认识。这种认识有时候是张扬在外的，有时候是藏在骨子里的。

有一天，单位号召报名援疆，夏军舰的脑子里突然就闪出了《冰山上的来客》的画面，耳畔就响起了"花儿为什么这样红"的优美旋律。夏军舰心潮澎湃，电影画面中新疆的美景，欢快的民族舞，让他如醉如痴。他痴痴地想，自己前生一定是个新疆人。否则，他怎会如此地热爱新疆、熟悉新疆、想念新疆？他仿佛听到了来自新疆的声声召唤。

结果，费了好大的力气，像前文提到的刘天尧一样，因条件不够，夏军舰没有走成。他人虽然还在盘锦，心已经飞走了。后来，援疆干部放假回来，夏军舰就请人家喝酒吃饭，打听新疆的风土人情。新疆的广袤、新疆的草原、新疆的雪山、新疆的大枣、新疆的哈密瓜、新疆的冬不拉、新疆的《江格尔》。有位曾经援疆的老兄拍着他的肩膀说："小夏，没那么浪漫，去新疆，你得先搞清楚什么是孤独。"

这位老兄的话，夏军舰听见了，却没有往心里去。什么是孤独？孤独是什么？他不太懂也不想懂，世界上还有被看不见摸不着的孤独吓住的吗？没有，一定没有！2017年，第三批援疆的名单上终于有了夏军舰的名字。来到新疆，没等倒过时差，他就带队下沉到偏远的查干库勒乡拉不楞村工作。

牧民的生活条件很苦，尤其是在冬季牧场过冬的牧民，还得忍受着暴风雪的侵袭。如果不是下沉到了基层，夏军舰一辈子都不会想到新疆除了鲜花和草场，除了洁白的羊群，还有恶劣的能杀死人的自然环境。夏军舰努力适应着，每个援疆干部人才都努力适应着，大家都明白一个道理——困难总会克服的。夏军舰不怕能将人刮上天的大风——大风，你就来吧，来得再猛烈一些吧！夏军舰不怕能将人活埋了的暴雪——暴雪，你就来吧，来得再猛烈一些吧！

他解决了一个又一个难题，却因为"如厕"这桩小事而绝望，说起来，苦不堪言。拉不楞村只有一个茅厕，很不幸，这个茅厕离夏军舰他们的临时住处足有两公里地的距离。对出入骑马的牧民来说，多远的路也不过是一眨眼的工夫。不会骑马的援疆干部却吃了大苦头。夏军舰说，上一趟厕所，来来回回，每次都能把人冻僵了。夏军舰和其他援疆干部人才经受了严峻的考验，这样的考验让人哭笑不得，有的援疆干部人才畏惧严寒，竟然长时间憋着不去如厕，因此添上了便秘的毛病。几个月以后，夏军舰回到了县里，经过这次磨炼，他从里到外，从上到下，完完全全变成了一个新疆人。

县里安排他到发改委分管盘锦援疆项目建设。夏军舰一起手就接下了两个"大活"——县双语幼儿园和职校培训楼的施工。为了让这两项盘锦援疆项目尽快投入使用，夏军舰几乎每天都在工地里，在上级领导的支持下，他与承建方达成了一致意见，实行项目倒排工期制。经过各方努力，这两个项目在冬季严寒来临之前全部完成了施工，群众满意，施工方满意，夏军舰赢得了肯定和好评。

夏军舰的母亲患先天性紫癜，为了不影响儿子的情绪，每次打电话的时候，她都是报喜不报忧，从不提自己的病痛。母亲越是坚强，他越是心里难受，越觉得自己不是一个好儿子；妻子照顾老人、孩子，承担起了家庭的重担，一想到妻子的无助，他就觉得自己不是一个合格的丈夫；儿子刚刚完成学业，正处于走向社会的关键时期，他却不能给予帮助，他觉得自己不是一个合格的父亲。然而，夏军舰快速融入新疆，融入和布克赛尔草原，工作任劳任怨，谁能说他不是个好干部、好同志呢？

说到任劳任怨，我突然就想起了采访过的李斌，这个李斌不是副县长李彬，这个李斌是和布克赛尔县商务和工业信息化局副局长，也是个任劳任怨的典型。李斌有过两次援疆的经历。第一次来的时候，在和布克赛尔工业园干了一年半，回忆起来，大脑一片空白，感觉自己脚步飘忽，几乎没有留下什么。回到盘锦以后，一直有一种负面情绪在折磨着李斌，让他心里不安。有一天，他忽然想明白了，他一定要再次援疆，他要在新疆留下一行清晰的人生脚印，让自己的理想得到净化和升华。第二次援疆申请被批准后，李斌没想到自己会乐极生悲，援疆工作队就要出发的时候，他的腰间盘出了问题，一下子就瘫在了床上。医生说，他是重度腰椎间盘突出，至少要卧床半年才能缓解。这怎么行？李斌都快急哭了，队伍马上就要开拔了，他却趴下了，这不成了逃兵吗？

"医生，还有什么办法让我快点下床？"

"手术治疗快，不过，术后恢复期也要一段时间。"

"不行，我需要下床，越快越好。"

有人告诉李斌，微创手术愈合快，术后一个月就可以正常活动了，不过，微创手术风险很大。李斌想都没想，当即决定做微创手术，他得抢时间，他得尽快追上大部队，不能让人误以为他是逃兵。亲朋好友都劝他冷静，劝他卧床静养保守治疗，他们举出了那么多的例子告诉他，一旦手术失败，他这辈子就彻底交代了。李斌却十分固执，坚决要求手术治疗，一天都不想耽搁。亲友们纳闷，莫非新疆有什么奇珍异宝在等着他去拿？

微创手术后，李斌迅速赶往和布克赛尔，只比大部队晚了半个月。由于人手奇缺，刚放下行装，单位就派他去值班。李斌一连熬了5天，值班结束后，他刚要站起来，腰又犯病了。李斌弓着身子，一步一步挪到宿舍，躺了两天没有下地。病情稍微缓解，他又开始了紧张的工作。

李斌作为和布克赛尔县商务和工业信息化局副局长，不但要忙着招商引资，还要做许多基础性工作。他编写了《招商推荐手册》，又整理完成了和布克赛尔县两年来招商引资的文字材料。同时，他还是盘锦援疆工作队的兼职"会计"，平时工作队里的支出都由他来张罗，整天忙得脚打后脑勺。李斌却习惯了这样的节奏，他说新疆对他来说就是一方净土，新疆最大的特点就是单纯，他喜欢新疆的纯净和单纯。李斌有一个深切的愿望，他想着回去后好好安顿一下家里家外，有机会争取第三次援疆。第三次援疆对他来说，唯一的目的就是把第二次没干完的活干完。

和李斌不一样，张井伏老师看起来敏感度不高，他完全沉浸在自己设计的教学管理软件的世界中。张井伏在教学管理方面有着超常的工作能力。援疆后，他被分配到和什托洛盖镇学校当上了教研主任。张老师课余时间，琢磨着为学校建立一个系统的教学管理模式。他相信有了这个管理模式，学校的教学管理将提升一个台阶。这是一个富有挑战性的工作，别说在和什托洛盖镇，即便在内地、在沿海发达地区，能有多少中小学校有如此先进的管理水平？

张井伏拿来笔记本电脑，打开电脑将表格和网络一一点击，滔滔不绝地讲解给我听。有时候，他把我当成徒弟，他很希望我能理解这些立体化网络管理表的意图和目的。说老实话，这个文本很复杂，我听得一头雾水，看得一头雾水，实在是搞不懂其中的奥妙。不过，我相信内行人一定会明白的。我一直不好意思打断他的讲解，他时而又把我当成领导，似乎在向我阐明这套管理软件的重要性和可行性。我耐心地听着，我不愿意打断他的讲解，我看出他的努力，也理解他的超前想法。我记住了"细目化"这个词，由此记录下来，权当向执着的张老师致敬吧。

送别了张井伏老师，我又见了一对老哥俩，老哥俩绝对是盘锦援疆工作队的洒脱人，一个叫张国明，一个叫李明环。我刚来工作队的时候最先认识的就是他们俩，当时，我们围着桌子一起吃晚饭，第一印象是张国明老师话多，李明环老师话少。这两位老师本身就很"传奇"，可以说浑身都是故事，如果写下来，恐怕得再拉长20页。两个人年少时是辽宁师范大学的同班同学，几十年后，因为共同的理想，又一次在和布克赛尔援疆工作队中相聚，再次成了"同窗"。这个美妙的因素给我留下了深刻的印象。在新疆，他们各自带了徒弟，都愿意把本事教给徒弟们。张国明老师收了3名少数民族教师做徒弟，他无私地将自己积累了20年的教学资料交给了徒弟们，徒弟们有了这些神奇的"教学秘籍"，进步神速，很快就成为学校的教学主力。后来，校长又给张国明送来了一名藏族青年教师，还"命令"张老师尽快培养成才。

草原上缺老师，更缺称职的老师，张国明心里清楚，不能退缩，再苦再累也要多带徒弟，让徒弟们尽快挑起大梁。张国明和李明环每天都要听徒弟的课，从早到晚，几乎都在课堂上，算一算，比在盘锦带高考班还要累。

李明环老师虽然话不多，却一句是一句，话里话外带着风趣。张老师和李老师在和布克赛尔比学赶帮，两人都获得了"援疆优秀教师"光荣称号，从小到大，恐怕谁也没落下过谁。

四　脚印

在江格尔文化广场巨大的展厅里，我见到了一个复古的"蒙古包"，包里的人物蜡像还原了当时贵族们一边吃肉一边听《江格尔》的场景。解说员还专门播放了一段《江格尔》的说唱录音，我似乎能听懂人性中共鸣的东西。传唱了千百年的《江格尔》其实早已进入了我们北方人的灵魂中，世代轮回，就像遗传基因一样。到了和布克赛尔草原以后，我有了一种顿悟，我将这种玄幻的传承统称为"精灵"，这个词是名词，也是动词。"精灵"是实的，也是虚的，无色无味，无影无形。回头望去，城市早已被车水马龙、水泥钢筋的"丛林"挤压变形，城市中出现了若干"伪精灵"——"利益至上"像癌细胞一样吞噬着我们的文化，乃至我们的灵魂。在和布克赛尔草原上，我找到了，援疆干部人才也找到了——那种亘古不变的价值观，那种纯真的道德，那种奉献精神，那种牺牲精神。我们的纯洁的"精灵"出现了，无处不在，如影随形，淳朴的大草原就是洗涤萎靡精神的绝佳之地，淳朴的大草原就是让人浴火重生的绝佳之地。

无论你是蒙古族人还是汉族人，无论你是哈萨克族人还是维吾尔族人，大家的心里头都有着一个共同的"精灵"，就像2008年的一个黄昏，我第一次听到呼斯楞演唱《鸿雁》的时候，突然，就像触了电一般，从里往外涌动着带血的"精灵"。夕阳西下，歌声悠悠。我相信这首歌的旋律一直在骨子里存着，相信很多年前我呱呱落地的时候，母亲就在我的耳畔哼过这个曲子。后来，我惊奇地发现，我的3个哥哥都有这样的感悟，他们和我一样，神秘而又无条件地接受并喜欢《鸿雁》，每每唱起这首歌，都如痴如醉甚至泪流满面。这是一首蒙古族歌曲，更是一首北方人的歌曲，我想，这就是广袤的北方，这就是北方大地上飘荡着的"精灵"所致。

《江格尔》分为两种演唱形式，一是乐器伴奏的弹唱形式，乍一听，我居然联想到了苏州评弹，调子和音律突起，让人突然一愣。另一种为清唱形式。《江格尔》的伴奏乐器有陶布舒尔、三弦、马头琴。我只是听了演唱录音，下次再来和布克赛尔，我一定要找机会现场听一听，一饱眼福，一饱耳福。

我和晏春东在江格尔文化广场碰了面，他对《江格尔》也是非常喜欢，也喜欢搜集这方面的资料，我时常向他请教一些相关的常识。晏春东，人们都叫他"晏子"，是和布克赛尔县医院麻醉科的医生。当初，晏春东报名援疆，身边的人都不理解，有人劝他："晏子，你想进步没错，在盘锦医院也可以进步哇！"

是啊，晏春东的女儿刚刚考上高中，过来人都知道，这是人生中最为关键的阶段，抓得紧就有可能考上理想的大学，否则，就可能滑落下去。晏春东能掂量不出其中的轻重吗？最难过的是他的母亲，她很不愿意儿子远行，她误解了儿子，以为儿子援疆是为了赚钱。老母亲说："儿啊，我给你10万元钱，你就打消了这个念头吧。"

晏春东反复地解释他是一名党员，新疆缺医生，他有责任带头援疆。母亲还是不理解，苦劝儿子回心转意。晏春东含着眼泪说："妈，我都40多了，趁现在身体好，赶紧去援疆，去实现我的梦想，等再过些年，我想去也去不了了。"

晏春东入疆后，在和布克赛尔县医院大显身手，他和张秋华医生合作，成功地进行了首例无痛分娩手术。这例手术在和布克赛尔草原上引起巨大反响，在此之前，草原上的产妇一般都是在自己家里分娩，自从县医院可以做无痛分娩手术，产妇来医院分娩的比例稳步增加。晏春东很忙，比在盘锦还要忙，算下来，每天都有一台手术。最多的时候，一星期做了10台手术。内行人都清楚，麻醉科医生非常辛苦，是手术医护团队中伴随患者时间最长的一个。那段时间，晏春东累得倒头就能睡着了。

和布克赛尔与盘锦差不多有两个多小时的时差，等他下班回来，盘锦已经是深夜了。小晏因此错过了许多和家人沟通的机会，每回深夜里接到母亲的电话，他的心都是酸酸的。

提到晏春东就不能不提张秋华，他俩是搭档，一个是麻醉师，一个是妇产科医生。张秋华看起来比晏春东更闷，退回20年，我相信他绝对是一个喜欢耍酷的人，而且，我还相信，他一定很酷。说起两次援疆的经历，他都显得淡淡的。当真不值得一提吗？我知道，和布克赛尔县人民医院妇产科就是他第一次援疆的时候指导建立的。张秋华是功臣，是和布克赛尔县医院的功臣，难道这些都不值得一提？我明白他的平静，这样的平静其实是在掩饰着他内心的不平静。在一次欢送援疆干部家属的聚会中，我和张秋华又碰面了。我们都喝了一点酒，酒桌上，大家聊着各种各样的开心和不开心的话题，张秋华忽然打开了话匣子，主动说起援疆，他慨叹了一声后说，曾经一段时间特别愿意掉眼泪。

第一次援疆工作结束，临走的时候，一万多人的小县城里突然涌出了那么多欢送的人。面对着一张张热切挽留的面孔，这一刻，张秋华忍不住掉下了眼泪。这是和布克赛尔百姓对他的褒奖，是对他一年半援疆期间做了1000例手术的褒奖。在大广场上，县长不停地说着感谢的话，那么多赞美的词都说尽了。

回到盘锦以后，张秋华一直关注和布克赛尔县医院，关注他的徒弟们。一晃几年过去了，徒弟们怎么样了？算来，和布克赛尔县医院妇产科也该到了上台阶的时候了，张秋华决定再扶他们一把，让他们跟上时代的步伐。

于是就有了他的第二次援疆。

张胜是盘锦市双台子区的一名中学老师，当初被组织上批准为援疆教师的时候，妻子不高兴，"这上有老下有小，你说走就走了？"张胜有张胜的道理，他认为援疆是体现人生价值的一次宝贵机会，新疆是一个广阔的舞台，他坚信这个舞台能让他充分展现自己的才华。

来到新疆，除了紧张的教学工作，张胜又主动与巴格茨社区62岁的乌尔曼老爹结为亲戚，闲暇经常去乌尔曼老爹家里，帮助老爹做这个做那个。乌尔曼老爹逢人便夸张胜："真是个好孩子，他这样的亲戚有多少都不算多。"

我对张胜的采访有着一点点遗憾，我感觉他的状态不好，和我聊天的时候显得很急促，往往三言两语便停顿了。后来我才知道，那天是星期一，张胜有两节课要上。他担心因为采访而耽误了课程，所以谈得匆匆忙忙。我本来打算找机会重新采访他，由于他一直很忙，这个想法就没有实现。据了解，张胜在和布克赛尔工作热情很高，业余时间经常下到牧区，惠民小课堂办得有声有色，深受牧民欢迎。

夜深人静的时候，也是张胜最孤独最难熬的时候，他坦承自己想孩子。孩子还小，刚刚读小学三年级，家里家外全都扔给了妻子，不出来，绝对感受不到这种对家庭的内疚心情。

我发现了这样一个很有意思的花絮，援疆干部人才无论多大年纪，无论性格粗犷还是细腻，入疆以后，都不约而同地与妻子的感情拉近了。每个人都退回到当年谈恋爱的时光，那么多被遗忘了的爱意浓浓的词全都能回忆起来。夜深人静的时候，只要不加班，每个宿舍里，每个援友都会打开视频，含情脉脉地向妻子表述着思念之情。

姜盛龄是我的大连老乡，他的小女儿今年才4岁，家庭负担很重。2003 年，姜盛龄从辽宁中医药大学毕业，来到盘锦市中医院做了骨科大夫。说起援疆，姜盛龄有着与众不同的情结，他的三爷曾经有过援藏的经历，每次见面，都和小姜聊援藏的感受。姜盛龄很受熏陶，幼小的年纪就有了"好男儿志在四方"的英雄豪气。

姜盛龄刚到和布克赛尔，就发现当地的农牧民由于气候和饮食等方面的原因，普遍患有骨病。他便利用业余时间，到各社区宣讲预防骨病的措施。他告诉我，这些工作都是自发的，是他作为医生应该做的。他带的徒弟进步很快，一般的手术都能独立完成，姜盛龄的愿望就是在回到内地之前，徒弟们都能接上班。因为是老乡的关系，我们之间也不拘束，有一次，他邀我到宿舍里看篮球比赛，因为疲劳，我就改约第二天晚上。没想到，第二天晚上又有了一个临时的活动，我爽约了。估计小老乡会很失望，我明白他请我小酌的意思，他只是想舒缓一下思乡之苦。

姜盛龄曾经告诉我，他喜欢新疆，将来等孩子长大了，家庭负担轻了的时候，他一定会再来援疆的。他的小女儿每次视频都要问一句："爸爸什么时候回来？"姜盛龄就会敷衍她："爸爸下个月回去。"

下个月是什么时候？

每次，姜盛龄都在心里拷问自己。

朱广军和姜盛龄一样，也是一个性情中人，不一样的是，朱广军看起来精明强干。我认识很多外科医生，有的是名扬业内的一把刀。这些外科医生的身上都有一种气场，我确信朱广军身上有这种气场，姜盛龄有，张秋华也有。我相信他们都有成为名医的潜质。朱广军援疆的目的很简单，他说，有一天，突然间发现自己一直都忙忙碌碌，他认为这样的状态是可怕的，他怀疑自己丢失了什么东西，这个东西曾经藏在他的骨子里。

援疆，给他打开了一扇窗户，让他选择了变化，让他有机会改变以往的状态。来到和布克赛尔，他找到了曾经丢失的东西，什么呢？那就是热情，那就是责任。他找到了自我，他又变成了那个生龙活虎的朱广军，他又变成了工作起来浑身是劲儿的朱广军。他当仁不让地成了县医院的大牌医生，许多高难度的手术因为有了朱广军而不必转院去乌鲁木齐的大医院。

朱广军大步地往前走着，身后的脚印清晰而笔直。

李百昌是盘锦市第二高级中学的老师，我到和布克赛尔采访的时候，恰好李百昌的妻子也来队里探亲。有一次，几个援友为他们夫妻摆酒接风。我身边的李百昌的一席话深深地触动了我。他说，上一次的探亲假很快就过去了，离家那天，妻子送他下楼，拥抱告别的时候，他突然看见了妻子头发里新生了许多白发。

李百昌说，回疆的路上，他的心里下起了雨。

酒桌上，有人讲了李百昌的笑话，听着让人忍俊不禁而又心酸不已。来和布克赛尔的第一天，李百昌住进了100平方米的宿舍。房子太大了，他越发孤单，想家，想妻子，想孩子，想得睡不着觉。他便起身挨个房间串，睡沙发？睡地上？折腾来折腾去，还是睡不着。他就在大厅里转悠，转悠，转悠，夜深人静，他的脚步声在整个楼里回荡着。他就那么走啊，走啊，好像走回了盘锦老家，他走啊走啊，脚板磨破了，他还是没有停下脚步。

天亮了，李百昌怎么也没有想到，楼上楼下的援友这一夜都没有睡，他执拗的脚步声撞击着每一个人的心房。这一夜，援友都感觉到疼了，有的还疼哭了。

杨占志是盘锦市教师进修学院的物理教研员，他带了3个徒弟，每次教学比赛都在全县名列前茅。杨占志的妻子也是一名中学老师，还是他的大学同班同学。我在和布克赛尔采访的时候，恰好杨占志的妻子刘素红老师也来队里探亲，我们聊了聊，感慨万千。听说他们还保持着当年读大学期间互相"写情书"的习惯，我很好奇，想欣赏欣赏他们的"情书"，杨占志答应了我的请求，给我发来一篇刘素红老师写的日记式的"情书"。

…………

其实我们很少分开，无论走亲访友还是外出旅行，平时我们两个睡觉都手牵着手，所以他一下子去了那么远，而且时间又那么久，我真的很伤感。记得他刚走那会儿，我每天都不敢独自待在家中，因为那种冷清会让我很想他，那时候，我为了打发时间，我经常会去公园或者是大坝上走走，一边走一边听着他走前陪我听的那首歌"自你离开以后，从此就丢了温柔……"然而，越听越想他，越伤感，经常是一边听一边流泪……

在我的认知中，男人就像一个长不大的孩子，他总想做一匹脱缰的野马，想要自由，想不受任何束缚，特别是有家的男人，不想受老婆束缚是每个男人的梦想。但是当他们真的离开家超过三天，有的人就开始想家了。记得他刚去新疆不久，他就让我把家里的被子和枕头寄过去，说那里的被子和枕头不适应。于是我就把东西寄了过去。之后他发来一张相片：那是他枕着家里的枕头，盖着家里的被子的一张自拍照，眼神有点哀愁，又似乎带着哭相，然后说了一句话："好温暖，好舒服。"当时我的心像是被抓着了一样疼……

五　压力与动力

我在前面提到了李彬夫妇，提到了胡庆辉夫妇，他们都是盘锦援疆工作队的典范，也是盘锦人民的骄傲。其实，还有一对夫妇是我重点要写的。塔城地委副书记、辽宁援疆前方指挥部的杨军生总指挥介绍说，盘锦援疆工作队中有个于军老师，应该重点写写。在去和布克赛尔的路上，我心里头涌现了许多个问号等着他来回答。

我想知道，是什么力量让他们夫妻在新疆扎下根来。

我到和布克赛尔已经很晚了，我说的很晚对于和布克赛尔来说又是很早。我是傍晚7点半到的县城，在我们大连，这个时候已经是伸手不见五指了，和布克赛尔城的街道上却是阳光灿烂，楼宇间涂了一层金色的霞光。吃晚饭的时候，我问接待我的赵朋部长，于军老师在哪里？赵朋部长说，暑假期间，于军老师的腰椎间盘犯病了，现正在盘锦治疗。说老实话，我当时非常失望，我想了一路上见到于军老师该说些什么，问些什么，却没有想到我们会擦肩而过。

在我的采访到了尾声的时候，我的脑子里依然会跳出于军老师的身影，虽然，我根本就不知道他的模样。于军老师甚至还走入了我的梦中，梦里头，我跟他有了一大段交流，我问了他许多问题，他也说了许多话。梦醒后，我就记住了一句："我的腰啊！"

在赵朋部长的帮助下，我和于军老师进行了电话交流。问候了他的病情以后，我就直奔主题。我突然想到了"压力"的问题，我请于军老师回忆一下援疆这些年承受过哪些压力。

刚来新疆的时候，受援学校未通过自治区教育厅的合格评估，正在被限期整改中。当时，整个学校气氛压抑。于军掂量了一番，觉得自己有把握承担评估中最核心、最棘手的教学材料撰写工作，于是便向校领导请缨。校领导大喜过望，正在一筹莫展的时候，没想到天上掉下了一个有担当的于老师。在校领导的支持下，于军从组建教师团队和业务培训两方面入手，率领团队赶制各项教学资料，他不仅撰写，还逐个指导、审核其他老师的资料，无论是编写的质量，还是文字排版，事无巨细。

自从接上手，于军才感到身上有一股巨大的压力，全校师生都在看着他的一举一动，成功了皆大欢喜，失败了……他不敢去想。于军先后编写了机电、焊接等7个专业的申办报告和人才培养方案，共计约100万字。一切都有了模样，就在准备再次接受评估的时候，上级又把一个急活压到了他的头上——让他编写《和布克赛尔县职业技术学校实训基地建设规划（2014—2018）》。这么庞大的规划，只给他15天。于军明白，边疆地区缺少有经验的教育工作者，这些工作不靠他来完成靠谁呢？

他想起了小时候玩的陀螺，他感觉自己就像一个陀螺一样，只不过，陀螺的动力需要人来不停地抽打，他这个"陀螺"的动力则完全靠自己给自己加鞭。他几乎连轴转了，困了就倒在一边眯一觉，打个盹，继续干。一边忙着学校评估收尾工作，一边开启实训基地建设规划编制工作，两项工作同时开展。不，是三项工作同时展开。他白天依旧带课，课余时间收集资料、论证沟通、调研修改，而深夜就成了于军最"出活"的时段。

2014年5月7日，经过于军团队忘我的工作，学校终于通过了评估，校园上空的乌云突然散开了，师生们喜气洋洋，像过节一样快乐。

于军在电话中说，当时，他遇到的压力是前所未有的，以至于过去了很长一段时间，他的压力依然没有完全解除，他的眼前时常会出现急转的"陀螺"的影子，恍惚中，他就是那个自己不停地鞭策自己的"陀螺"。

电话采访后，我长时间陷入了对于军老师的认知、理解的状态之中，我坚信他是一个有着大情怀的人，和我见到的所有的盘锦援疆工作队同志一样，这种大情怀是与生俱来的，是一种高尚的品格。新疆的自然条件和工作条件相对内地是无法比拟的，尤其工作条件，从硬件到软件确实落后了许多。这也恰好证明了党和国家的援疆行动的及时，证明了党和国家的援疆政策的英明。

我对于军老师的病情一直很在意，于军老师得了腰椎间盘突出，援疆干部人才李斌也是腰椎间盘突出，我也是这个病的患者。我知道那种几乎瘫痪状态的苦痛。于军这些年是在和时间赛跑，他总是想着干完了这个活以后再好好休息。他的眼里到处都是活，这个活刚干完，下个活已经在手上了。

随着工作日益繁忙，他臀部的粉瘤也一天天长大，常因疼痛而坐卧不宁。2014年5月20日，于军在校领导和同事们的陪同下到医院检查，医生告诉他，粉瘤已经长到鸡蛋那么大，并发重度感染，必须马上做手术。第二天，于军进入手术室，因为粉瘤深度和感染程度超出大夫的预料，手术中两次追打麻药，本来20分钟的手术做了一个多小时。

在术后的日子里，他跪在床上撰写建校评估材料。为了不耽误学生的课，他打电话请妻子来帮忙讲课。妻子卫芳火速从盘锦赶到和布克赛尔，临时顶替丈夫上课。2014年9月，卫芳正式加入了援疆行列。

我在和布克赛尔的采访结束了，和一路陪伴的赵朋部长告别的时候，我才突然意识到，竟然没有采访他。经过多日的接触，我看得出来赵朋是一个踏实的人，他是援疆工作队的"管家"。每天有那么多婆婆妈妈的事需要他去协调。赵朋是个低调的人，他不愿意谈得太多，在我的一再追问下，他讲到了他的女儿。女儿朵朵8岁了，从小到大，赵朋一天都没离开过她。离家启程那一天，女儿的哭声，常常回响在他的耳畔。

赵朋部长每天上下班的途中都会经过和布克赛尔城关小学，看到校园里活泼的孩子，就会想起自己的女儿，心里会隐隐地疼……

"一个人的援疆路，其实是全家人的援疆情。"这是赵朋的感悟，我相信也是所有援疆人的感悟，为了支援新疆建设，他们冲锋在前，如果不是家人在后方给了有力的支持，我相信即便再任劳任怨，援疆的效果也一定会打折扣的。我在巴格茨社区采访时曾经看到过一个专题片，片中一个小女孩对着镜头问："爸爸，你什么时候回来?"

女孩稚嫩的声音敲击着每一个人的心，我注意到，在场的观众都像我一样泪流满面。我也注意到，片中的爸爸就是赵朋本人。临别时，我请赵朋给我讲一讲这段故事的来历。赵朋却使劲地摇着头，咬着嘴唇说，他不敢说；他说，他怕忍不住会流泪。

采访结束的前一天晚上，我参加了一次小小的聚会，大家都喝了点酒。有人即兴唱起了《想家的时候》，刚唱了一段就被众人拦住。

赵朋部长告诉过我，每当节假日的时候，他们最怕听到的就是这首《想家的时候》。这首歌的每个音符都像锤子一样，重重地敲击着他们的心房。然而，援疆干部人才又是那么迷恋这首歌，有时，会情不自禁地哼上一段，突然，歌声便如长了翅膀似的冲向苍穹，在草原上盘旋……